서사와 문화읽기

이상우

책을 펼치며

　인간은 나이와 상관없이 길을 묻는다. 어린 시절부터 품었던 미래에 대한
의문은 성인이 되고 선생이 되면 조금은 해답에 가까이 갈수 있으리라 생각
했다. 知的으로 성숙한 판단을 할 줄 알았다.

　앞이 보이지 않는 20대 초반에 몇 권의 책을 만났다. 湖外有湖라는 사자성
어를 좋아하는데, 책을 통해서 또 다른 호수를 만났던 때로 기억한다. 군대
시절 방카 작업을 위해 화학산에 두어 달 머물었던 때였다. 단순 노동의 시간
과 일몰의 아름다움이 겹쳐져 하루의 피로가 모두 사라지는 환경에 살았던
곳이다. 석양의 아름다움에 감사하고 일몰의 장엄함에 놀랐던 그때였지만
그 무엇보다도 그 짧은 시간 동안에 그 빛으로 책을 읽을 수 있어 더욱 좋았던
때이기도 했다. 두어 시간동안 비추는 빛을 통해서 독서를 하고 사색을 하고
기뻐하고 탄식했던 그 순간 세상은 모두 정지해있고 나와 책만이 살아있던
에피파니의 순간 그 꿈같던 시간들……

　책속의 세상은 현실과는 다른 세계였다. 그 우주 속으로 계속 전진해 들어
갔고 산을 넘을 때마다. 느껴지는 희열은 말로 표현할 수 없었다. 나는 세계
와 한 몸이 되었고 시간과 자연과 하나였다. 나의 몰입이 끝났을 땐 다른
사람이 되어있었다. 마치 고호가 해바라기를 만난 순간처럼 짧은 순간이었지

만 새로운 세계와 나의 삶이 함께 숨 쉬고 있었다. 내 인생에서 가장 아름다운 시간으로 기억되는 순간이었다. 지금도 그 때를 생각하면 온 몸 일어선다.

이제 겸허한 마음으로 다시 길을 찾고 싶다. 늘 부족하고 모자라는 인생이었지만, 이제는 젊을 때처럼 용기백배하여 주변을 돌아보고 세계를 긍정하면서 길을 잃으면 손을 먼저 내밀어 다독일 수 있는 사람이 되고 싶다, 인생의 디딤돌을 놓고 싶다.

끝으로 책을 내면서 서사에 입문하게 도와주신 김종구 교수님께 감사를 드립니다. 그리고 학문에 대한 고민을 나누었던 조윤남·이규일 선생과 매체 교육에 대한 열의로 밤을 지새웠던 강연희·이철진 선생에게도 행복한 시간을 함께 보냈다는 말을 전하고 싶다. 그리고 한남대학교 국어교육과 제자들에게도 감사하다는 말을 전하고 싶다.

가을이 오는 한남대 교정에서
저자 씀

차례

제1부
해체와 서사

1. 들머리

이인직의 「혈의 누」는 광무 10년(1906) 7월 22일로부터 동년 10월 10일까지 50회에 걸쳐 만세보에 연재된 신문 연재소설이다. 「혈의 누」는 급박한 시대에 변화에 대응하는 여성의 정신적·물리적 모습을 보여줌으로써 개화기의 시대적 이념을 잘 실현하고 있다. 특히 「혈의 누」에 보이는 여성 중심의 서사는 당시의 시대적 요청이며, 더 나아가 작가의 현실 변화에 대한 욕망의 표현이다. 이런 점에서 「혈의 누」는 개화기의 시대 상황과 개화의식을 여성 중심의 서사[1]를 통해 형상화한 작품으로 볼 수 있다.

---

1 서사는 무엇의 결핍으로부터 시작되어 결핍이 충족되거나, 어떤 사건이 마무리되었을 때 비로소 시작된다. 그러므로 서사 문학은 충족에서 결핍으로, 그리고 결핍에서 충족으로 이행하는 일정한 구조를 갖는 특징을 지닌다. 「혈의 누」에서 결핍의 요인은 문명과 문화이다. 개화기의 여성들에게는 애초부터 결핍의 상태에 삶이 주어진다. 가족주의 하에 보호받던 여성들이 전쟁이라는 극한 공간으로 여성들이 내몰리면서 여성들의 자각이 시작된다. 여기서부터 각각의 여성 인물들은 자신들에게 결핍된 욕망을 실현하려는 행위를

국가에 대한 정체성뿐만 아니라 개인의 삶의 지향성조차 혼미했던 시기인 개화기는 기존의 삶의 방식을 새로운 삶의 방식으로 변화시켜려는 의식이 강했던 때이다. 이런 시기에 개화인인 이인직은 세계 개조의 필요성을 절실하게 인지했고, 더 나아가 현실의 변화를 무엇보다 욕망했다고 볼 수 있다. 이런 면에서 「혈의 누」는 개화기라는 혼란한 시기에 재래의 삶의 방식을 변화시켜려는 작가적 신념이 형상화된 소설이다.

주지하다시피 개화기는 혼란기이며 민족적 삶의 지향점이 불투명했던 시기이다. 이러한 개화기에 작가가 「혈의 누」에서 초점화하고 지향했던 세계 변혁의 대상은 여성이며, 여성을 통한 삶과 세계의 급진적 변혁[2]을 시도한 작품이 「혈의 누」로 볼 수 있다. 따라서 본고는 「혈의 누」를 여성 중심 서사에 초점을 두고 연구하고자 한다. 연구 방법은 서사 시학적인 측면에서 「혈의 누」의 서사적 심층과 초점화 양상, 아울러 가정 해체의 담론으로도 살펴 볼 것이다.

2. 「혈의 누」의 심층

「혈의 누」의 심층 서사는 주제적인 것이며 정적이고 비서사적인 의미의

수행하게 된다.

2 급진적 변혁이라는 개념은 점진적 변혁과는 다르다. 이는 외부적 충격을 중심으로 내부적 모순을 해결하고 세계 개조를 통하여 바람직함 세계의 정체성과 의식을 확립하려는 지향을 갖는다. 이인직, 이해조는 급진적 개화파이다. 이들과 다른 입장의 완고파(박은식, 장지연, 신채호 등)는 소설 양식을 국가의 정체성을 찾는 데 초점을 두었다. 급진적 개화들은 세계의 개조를 외부적 힘을 통해 혁명적으로 수행하려 했다면, 완고파들은 내부적으로 점진적 개혁을 추구하려는 성향을 띤다.

문제라고 볼 수 있다. 이러한 문제는 텍스트에서 선택의 축을 의미하며 작가의 의도와 유사성을 갖는다. 선택의 축은 다시 말해서 작가의 주관적인 의식을 표현하는 것이 아니라 텍스트 자체가 내재하고 있는 통시적 계열들의 무리들이며, 그 안의 계열들이 서로 다른 특징을 지닌 채 대립적 속성을 뛰면서 서사를 진행시키는 것이다.[3] 「혈의 누」는 여성의 삶과 죽음이라는 대립된 의미를 실현하는 하나의 텍스트일 뿐이다.

「혈의 누」는 죽느냐 사느냐 하는 문제에 직면한 개화기에 한 여성에 대한 이야기이다. 따라서 서사적인 측면에서 텍스트는 중심인물인 옥련의 죽느냐 사느냐하는 문제가 초점이 된다. 여기서의 삶과 죽음은 생명을 유지하기 위한 단순한 생물학적 삶과 죽음의 문제가 아니라 물리적 혹은 정신적 측면, 개인과 사회(가정) 속에서의 위상, 국가와 국가 사이에서 국가의 정체성 등 여러 문제를 환기하면서 확대된다. 이것은 은유적인 방식으로 계열체 서사가 계기적 서사의[4] 진행에 중심이 되는 핵 단위로서 기능하는 것이다. 그리고 계기적 서사는 환유적인 방식으로 확장해 나간다. 즉 어떤 상태에서 도 다른 상태로의 이행 과정 중에서 동적인 요소는 하나의 계기적인 행동의 지속이며, 정적인 요소는 삶과 죽음의 은유적 방식으로 확장이 되는 것이다. 즉 계기적 서사의 확대 방식은 a:b=c:d의 형식으로 무한대로 확장될 수 있는 방식이다.

「혈의 누」는 옥련의 삶과 죽음이라는 대립된 쌍이 심층으로부터 확장되어

---

3 서사의 가장 심층에 놓여 있는 요소는 삶과 죽음이다. 많은 서사학자들은 서사의 심층은 삶과 죽음의 대립되는 속성의 발현 단계로 서사 텍스트는 삶과 죽음의 확장된 담화라고 생각한다.

4 마이클 J. 톨란 저, 김병욱 · 오현희 공역, 『서사론』, 형설출판사, 1993, 44쪽.

피눈문(눈물): 웃음이라는 대립된 쌍으로 표현된다. 옥련은 텍스트에서 무남독녀 외동딸로 태어나 일·청 전쟁으로 인하여 고아가 되고 일본인의 양녀로 생활한다. 그러던 중 우연히 구완서를 만나 미국에 가서 공부를 하고 부모와의 재회를 기다리는 단순한 구조로 짜여 있다. 조선에서 일본, 일본에서 미국으로 옥련의 삶이 확대 이동할수록 옥련의 불행은 점차 극복되어 긍정적 방향으로 진행된다.[5] 즉 기아-시련·고난-투쟁-성공·출세라는 전형적인 시련 소설의 서사 구조를 취하고 있다.[6] 이렇듯이 주인공인 옥련이 개화 혹은 교육이라는 목적을 달성하기 위해서 피눈물 나는 시련과 고난의 과정이 이야기 내용의 핵을 이룬다.[7] 이는 제목과 관련되어 서사 심층에 녹아있는 주제적인 요소인데 결국에는 피눈물에서 웃음으로 이행하는 것으로서 사건이 종결된다.

결국 「혈의 누」는 피눈물을 통해서 중심인물 옥련이 취해야 할 태도와 변화의 덕목이 무엇인가를 제시하고 있는 소설이다. 이는 눈물은 수구요, 웃음은 개화라는 방식으로 의미가 확장된다. 수구에 속하는 옥련모는 가정이 해체되어도 눈물만 흘리는 인물이다. 그녀는 사회 현실과 유리된 채 한 가정에만 종속되어 세계에 대한 자신의 역할을 찾지 못한다. 그녀는 사회 현실에 소외된 채 쓸모없는 부정적 행위자의 역할이다. 그녀는 개화나 문명을 받아들이기 위한 주동 인물이 아니며 전근대적인 조선 사람의 삶을 대변하는 인물이다. 그녀는 지난 시대, 즉 시대에 뒤떨어진 수구 세력의 은유적 표현이

---

5 양진오, "「혈의 누」 연구", 『한국문학이론과 비평2』, 예림기획, 1998.2.
6 김종구, "혼인 시련 신소설의 서사구조와 인물유형 연구", 서강대 박사학위논문, 1990.
7 「혈의 누」는 보는 측면에 따라, 혼인시련의 소설, 혹은 이니세이션 스토리인 성장소설로 볼 수 있다.

다. 그러나 옥련의 행동은 옥련의 모와는 다르다. 그녀는 눈물은 흘리지만 현실 세계의 변화에 대한 긍정적 태도로 자신에게 주어진 삶의 모순을 극복해 나간다. 옥련은 옥련모보다 개화의 의미를 수행하는 주행위자이다.

이러한 차원에서 텍스트에 제시된 조선의 문화 문명에 뒤떨어진 상태이며 은유적으로는 약자로서 눈물을 흘리는 허약한 조선이다. 그러나 일본이나 미국은 선진한 문명국으로서 웃음인 것이다. 그러나 일본이나 미국은 선진한 문명국으로서 웃음을 보유한 정체성을 가진 나라이다. 강대국의 입장에서 보면 일본과 청나라가 조선의 평양에서 전쟁을 일으키는 것은 조선이 정체성을 갖추지 못한 나라라는 표현이다. 이러한 의미의 연속적 방식으로 서사상 계열의 자리에 대치될 수 있는 여러 의미 단위의 내용 종목이 올 수 있다. 종국에는 서사상 전경화된 의미의 주제는 피눈물(눈물)나는 현실의 고난과 시련을 통과한 뒤의 웃음이라는 행복한 의미의 전환이지만, 이러한 의미를 은유적으로 확장했을 때 조선의 존립과 깊은 상호 관계성을 갖는 심층 구조로 되어 있다.

서사의 시작은 곧 반복이다. 인간의 삶은 반복되는 것에 의미를 부여하는 것처럼 서사도 인간의 흔적을 반복적으로 드러내면서 거기에서 어떤 규칙성을 발견하는 것이다. 반복적 규칙성을 지니는 행동 양식은 정신 구조를 반영하는 하나의 흔적이 된다. 반복적 규칙성을 지니는 행동 양식은 정신 구조를 반영하는 하나의 흔적이 된다. 이러한 흔적은 상호 대립적 계열의 의미의 쌍을 통해서 설명할 수 있다.

소설의 표제 언표 「혈의 누」는 피눈물을 뜻한다. 이러한 표제 언표는 곧 그 이면에 그와 대립되는 의미로서 웃음이 내재해 있다는 것을 내포하는 것이다. 눈물을 흘리지 않는다는 것은 곧 인물의 행동이 눈물을 흘릴 만한 서사상의 환경에 처해있지 않아야 할 것이다. 그러나 옥련이 수행해야 할 과제와 그녀의 삶이 추구하는 목적과 관련해서 볼 때 그녀의 삶은 피눈물을 흘려서 이루어야 하는 과제 혹은 목적으로서의 교육이고 의식의 개혁이라고 말할 수 있다. 여기에서 피눈물:웃음=수구:개화라는 대립적 등식이 성립되는 것이다. 그리고 더 나아가 조선 여성:일본 · 서양 여성으로 대치시켜 의미 관계를 더 확장시키면 조선의 가정과 일본의 가정, 그리고 일본 국민의 힘과 조선 국민의 힘이 대립되는 것이다.

이러한 대립적 인식은 「혈의 누」 전편을 관통하는 인식 태도이다. 이것은 작가 이인직이 현실을 바라보는 시각이며 옥련과 구완서를 통해서는 곧 조선의 점진적인 개혁과 개방을 제시하는 것이 아니라 급진적으로 외적인 요소를 통해서 내부적인 요인을 개혁하려는 의도를 강하게 표출하는 것이다. 이인직의 작가적 담론은 현실에 대한 삶의 모순점과 시대적인 모순점을 일치시켜 일시에 개혁하려는 미래 지향적인 세계 인식이 작품에 서술되어 있다.[8]

3. 서술자 – 여성초점화자의 양상

「혈의 누」의 서술자는 여성을 전경화하여 초점화 대상으로 삼음으로써 여

---

8 청일전쟁은 한사람, 한 가정, 한 국가에 적지 않은 변동을 야기하면서도 조선의 역사를 전체로 낡은 세계로부터 새로운 세계로 내밀은 추진력이 된 것만은 사실이다. 이렇듯 굴곡 많고 다면적인 역사적 운동은 소설 「혈의 누」를 통하여 더욱이 옥련이란 소녀의 기구한 운명 위에 교묘하게 표현되었음을 볼 수 있다. 이것은 작자가 그 시대에 대하여 가지고 있는 역사적 투시력의 소산이다. 임화, 『신문학사』, 한길사, 1993, 245쪽.

성을 통한 이념적 수준의 시각과 말하기가 이루어지고 있다. 「혈의 누」의 초점화는 주로 여성으로 이루어진다. 옥련모-옥련, 옥련모-군의관 부인의 목소리가 작품 전체의 중심에 놓여 있다. 그들이 주행위자요 주초점화자로서 텍스트의 중심에서 서사를 이끌어 가는 것은 당시의 시대 상황으로 볼 때 세계 변화의 목소리가 누구를 위해서 이루어져야 하는가를 알 수 있게 하는 것이다. 여성 주인공을 서술자-초점자의 중심에 놓음으로써 세계 변화의 집단적 가치·이념·윤리·규범 등을 여성의 행위 하에 반영시키고 있다.[9]

초점화는 가변 초점화와 고정 초점화로 나누어 볼 수 있다.[10] 초점이 한 인물에 국한되어 모든 어법적이고 감정적이고 이념적인 수준까지 모두 한 인물의 시각으로 통제되고 보여진다면 고정 초점화라 할 수 있다. 그러나 한 인물에서 다른 인물로의 초점의 이동이 심하고 지속의 정도가 약할 때 보다 다양한 의미를 생산해 내거나 다양한 관점을 생성하기도 한다. 그런 면에서 고정 초점화는 단편에 적합하고 가변 초점화는 중·장편에 적합한다. 「혈의 누」는 가변 초점화의 양상을 통하여 옥련모, 옥련, 정상부인, 구완서, 김관일 등등의 여러 인물들의 시각을 통해서 사건이 중재된다. 서술자는 보다 상위에서 인물들의 시각을 통제하고 의미를 부여한다.

1) 옥련모와 옥련 중심의 서술자-초점화자(행위자 발화)

「혈의 누」의 겉그림은 전쟁[11]에 의한 물리적인 충격으로 인하여 옥련의

---

9 최시한, "현대소설의 시점과 형성", 『현대소설 시점의 시학』, 새문사, 1996, 98쪽.

10 리몬-케넌 저, 최상규역, 『소설의시학』, 문지사, 1995, 110쪽.

11 이러한 여성들의 삶이 제대로 반영되지 못한 것은 육이오 전쟁이라는 삶에서도 그대로 나타난다. 전쟁은 정치 사회의 일대 혁신을 가져온다. 뿐만 아니라 세계 개조를 폭력적인

일가족이 해체되고, 고난과 시련을 극복해나가는 일련의 과정을 따라 그리고 있다. 그 밑그림에서는 자주 의식의 각성, 신학문의 섭취, 자유 결혼, 재가 허용이라는 지배적인 당대의 이념적 틀을 반영하고 있다.

서사상 주인공 옥련이 시련에 처하게 되는 동인은 전쟁이다. 이러한 설정은 주인공의 삶이 외부적인 충격에 의해서 급진적으로 변화한다는 것을 시사한다. 여기에서 이인직의 세계 읽기를 유추할 수 있으며, 서술 의도와 태도를 가늠할 수 있게 한다. 옥련모인 최춘애와 옥련 중심의 초점 화자를 세운 이유는 그들의 삶이 세계 변혁의 의지를 은유적으로 표현하고 있기 때문이다. 서술자는 옥련 모와 옥련의 삶을 이어쓰기와 고쳐쓰기를 통하여 옛 것과 새로운 것을 대립적으로 형상화한다. 그럼으로써 서술자는 개화기에 지향해야 할 변혁적 가치 의식을 상대적으로 전경화한다.

옥련은 7세 17세에 이르는 스토리상 10년 동안의 시간에 시련의 삶이 지속된다. 이러한 스토리는 가족과의 분리 - 시련 - 입사 - 성취 - 귀환이라는 조선조 고소설의 서사 구조를 그대로 따르고 있다. 어린 시절에 모친을 여의고 계모 밑에서 자란 최춘애는 가정적 상황으로 인한 시련을 먼저 맞게 되고 결혼해서 옥련과 더불어 외부적 충격인 세계로 나가지만 옥련 모인 최춘애는 부정적이며 자포자기의 행동으로 지속되다가 안정을 찾는다. 그 안정은 자기 주체적이지 못하다. 옥련모는 가족 구성원의 안에서만 생존의 의미를 찾기 때문이다.

A(옥련모)-A'(옥련)의 삶은 서사상 반복이다. 서술자는 두 인물에 초점에

방식으로 수행하기 때문에 의식이나 신념 그리고 규범 혹은 도덕까지도 인간들이 지니고 있는 세계관을 일시에 바꿀 수 있다.

맞추어 서술한다. 하지만 서사가 진행함에 따라 반복적 스토리는 의미의 대조를 이룬다. 결국 반복적 서사는 결미 부분으로 가면 두 인물의 의식의 추이와 변모된 양상의 차이를 통해 반복에서 스토리 의미의 전환으로 변화한다.

두 인물의 행위항을 병치시켜 인물 상호간의 차이와 유사성을 비교·대조하는 반복적 서사 내용을 간단히 패러프레이즈 하면 다음과 같다.

① 심리적 고아
  · 춘애는 일곱 살에 모친이 죽고 계모에게 양육된다.
  · 옥련은 일곱 살에 모친과 헤어져 정상소좌 부인에게 양육된다.
② 현실 적응력
  · 춘애와 옥련은 총명하고 눈치 빠른 아이로 성장한다.
③ 시련과 고난
  · 춘애는 계모 밑에서 자라면서 남다른 고난을 겪는다.
  · 옥련은 정상소좌의 부인에게 남모르는 구박을 받는다.
④ 자립
  · 춘애는 김관일을 만나 결혼한다(의지자를 만남).
  · 옥련은 구완서를 만나 미국 유학을 가서 그와 혼사가 오간다.

춘애와 옥련은 일곱 살 이전에는 귀엽고 총명한 모습으로 성장했으며, 남부럽지 않은 생활을 했다. 그러나 ①에서 보듯이 일곱 살을 기점으로 두 사람은 모두 고난과 시련의 입사가 시작된다. 춘애는 모친을 잃음으로써 고난에 빠져든 것이고, 옥련은 일·청 전쟁으로 인해서 시련에 처하게 된 것이다.

이런 이유로 전자는 육친의 단절에서 오는 기아와 고아 상태의 지속이고, 후자는 외부적 충격에 의한 부모와의 이별이며 이산 상태의 지속이다. 이렇게 두 인물은 고난과 시련에 처한다.

그러나 양자 모두는 ③항과 같은 시련과 고난의 상황에서도 ②처럼 총명한 아이들로 성장한다. 총명한 아이들이기 때문에 육친과의 이별에서 파급된 ③과 같은 고통스런 세계와의 대결에서 현실을 극복하려는 의지를 보인다. 춘애는 가족 내부에서 계모를 맞아들인다는 가족 구성원의 변화에 따른 고통이라면, 옥련은 일청 전쟁이라는 외부적 충격에 의해서 이산의 고통이 주어진다. 춘애의 시련은 가족 내부의 중심축이 이동한 결과라면, 옥련의 시련은 국가의 중심축이 이동한 결과다. 종국에 춘애는 자신의 총명함으로 가정 내부의 불화를 타개하고 ④처럼 정상인으로서 심리적인 안정감을 회복한다. 그녀는 삶의 의지자로서 김관일과 결혼함으로써 삶의 지도를 완성하다. 그러나 옥련의 시련은 외부적인 요인으로 가족이 파괴됨으로써 발생한 것이다. 따라서 시련의 강조와 진폭은 상대적으로 클 수밖에 없다. 그러나 그녀의 결혼은 최춘애처럼 의지자로서의 배우자 선택이 아니라 삶의 동반자로서 자신의 자유의지에 의한 선택·결정이다. 서사의 진행이 후반으로 갈수록 현실의 조건은 긍정적으로 바뀌어 간다.

춘애와 옥련의 서사는 반복이라는 공통점이 있다. 하지만 그들이 고난과 시련을 극복하고 정상으로 돌아올 때까지 두 사람의 의식의 차이는 분명이 다르다. 춘애는 총명하고 똑똑하여 시련을 극복하고 결혼하였지만, 그녀는 자신의 존재를 가족적 세계관으로부터 분리해서 자신을 세우려 하지 않는다. 그녀가 추구하는 목적은 가족 내부에서의 생존이고 그 안에서의 존재일 뿐이다. 가정이 해체된 이후 그녀는 자신의 삶을 주체적으로 견지하려는 노력을 보이지 않는다. 이러한 점은 가족 해체 후의 미래에 대한 비극적 인식과 김관일과의 결혼관이 배우자를 단순히 삶의 의지자로 인식하는 면에서 단적으로 드러난다. 그녀의 삶은 오로지 의존적이고 가족 중심적 사고에서 벗어나지 못한다. 그러나 가족이 해체된 후 옥련 역시 정상소좌의 집에서 불안한 삶을 지속하지만 구완서를 만나 신식 공부를 하고 난 후의 태도는 주체적인 여성으로 변모한다.

옥련모는 자신이 처한 상황을 제대로 인식하지 못하고 삼종지도를 의무적으로 따르는 조선 여성의 삶의 모습을 그대로 유지한다. 어린 시절 어머니를 여읜 대의 시련과 그 후 김관일을 만나 결혼해서 가족의 범주를 벗어난 적이 없는 인물이다. 그녀는 재래의 관념대로 행동하며 더 이상 자기 변화가 없는 여성이다. 그녀는 의식의 변모보다 기존의 세계관을 유지하는데 급급한 인물이다. 이러한 모습은 사회적으로는 수구이다. 그녀는 조선 여성들의 일반적 경향을 대변하는 인물인 것이다. 살아 있어도 죽은 인생이 옥련모이다. 그녀의 삶은 조선의 모든 여성을 은유적으로 대변하는 삶이며, 조선적 세계관의 현실을 반영하는 것이다.

그러나 옥련은 서사가 진행되면서 자기 정체성을 확립한다. 그녀의 의식은 새로운 사회와 문화에 부딪치면서 수정되고 변화된다. 그녀의 일본행은 어린 소녀에게는 생존 가능성이 죽음과 같은 위기 상황에 놓이는 것이 된다. 그러나 위기는 기회일 수 있다. 그녀는 여성 영웅적인 총명함으로 자신이 처한 위기 상황에 적절히 적응함으로써 자신에게 주어진 장애를 극복할 수 있었던 것이다. 그러나 이러한 위기 대처 능력은 미국에서 그녀의 삶을 주체적으로 영위할 수 있도록 한다. 문명사회에 잘 적응한 결과 그녀는 우등으로 학교를 졸업하고 삶을 개척해 나간다. 이러한 그녀의 새로운 사회에 대한 적응력은 곧 여성의 능력을 중심으로 한 현실의 극복이라는 주제를 내포하는 것이다. 여성 중심의 현실 극복이라는 의식은 작가가 개화기의 모든 사람에게 전하려는 지배적인 이념이다.

「혈의 누」는 한 여성이 고난을 겪고 새로운 자아를 획득했을 때 새로운 여성으로 태어날 수 있는 용기를 은유적으로 제시하는 소설이다. 여성영웅[12]의 출현은 사회적 시련이나 역사적 전환기에 자주 등장하는 내용 종목이다.[13] 개화기는 사회·역사적으로 시련의 시기였고, 국가·민족적으로는 밀려오는 외압에 의한 고난의 시기였다. 그 결과 역사적 사실로서 조선에서 일청전쟁까지 발생한 것이다. 이런 상황에서 조선 여성들의 삶은 과거와 다를 바 없이 무기력한 삶이 지속된다. 이는 조선 여성들이 사회·정치적으로 현실의 삶에서 소외된 결과이다. 그 결과 사회적 약자인 여성은 끝없는 시련에 봉착하게 된 것이다. 옥련과 옥련모의 시련의 삶은 그 결과에서 비롯된 것이고, 이렇든 「혈의 누」는 여성들의 행위 반복을 통해 서술자의 의도를 드러낸다.

---

12 여성영웅으로 보는 관점, 혹은 성장 소설로 보는 관점.

13 우리 소설사를 보더라도 임진 병자의 병란 때 박씨전은 곧 여성들의 사회활동에 대한 의욕의 소산이라고 보인다. 사회나 국가가 위기에 처했을 때 여성들은 늘 수동적이고 사회적 힘이 되질 못했다. 그러나 박씨전에서 보여준 위기 극복의 생각은 바로 사회참여의 여성 역할이 드러나고 있다. 그러나 그러한 사회 변화의 모습은 하나의 꿈으로만 제시되었고 이념화되거나 현실로 나타나지 않았다.

2) 서술자-여성초점화자의 의식대비를 통한 조선여성의 자각

「혈의 누」는 옥련모와 정상부인의 의식의 대조를 통해서 시대 변화의 의미를 형상화한다. 우선 옥련모와 의붓어미이며 의식의 대리모인 군의관 부인의 행동 방식을 통해서 작가는 세계의 급박한 변화에 어떻게 대처해야 하는가를 그들의 행동반경을 통해 제시한다. 인간은 생존하기 위해 주변 환경과 끝없는 대화를 한다. 그리하여 자신과 세계를 일치시키거나 아니면 세계와의 대결을 통해서 새로운 지평을 열어간다. 평상시에는 자아와 세계의 대결을 통한 세계의 개진은 점진적으로 확대된다. 그러나 외부적 환경이 혁명적이거나 전환기의 사회 현실에서는 급진적으로 모색되는 경우가 많다. 이러한 모색은 작가들의 의식이 반영되는 텍스트에 그대로 나타날 수 있다. 전환기의 현실 조건에서 작가의 세계에 대한 정체성을 확보하기 위한 세계읽기는 다분히 미래 지향적일 수밖에 없다.

신소설의 현실 인식과 시대 의식은 국난으로 인한 불안과 세계읽기의 불투명함으로 인하여 상대적으로 급진적이며 미래 지향적일 수밖에 없다. 문학 작품은 작가의 세계 인식과 허구적 상상력이라는 씨줄과 날줄을 통해 잘 짜놓은 직물과 같은 담론이다. 문학 작품은 작가의 현실세계에 대한 인식을 반영한 텍스트이다. 이는 문학 작품을 세계와의 상동 관계 하에서 파악해야 하는 이유이며, 시대 의식을 반영하는 작품을 해석하기 위해서는 불가피하게 작가적 측면을 살필 수밖에 없다는 것이다.

「혈의 누」는 개화기의 시대적 현실이 요구하는 모범적인 삶을 통해서 세계의 변화를 전망하는 담론이다. 인물들의 담화를 통하여 볼 때 이 소설은 정치·사회적 담론이 강하게 함축된 작품이다.[14] 「혈의 누」는 여성들의 의식

대비를 통해서 세대 반복적인 시대 윤리의 극복과 변화의 신념을 형상화한
다. 작가는 텍스트의 등장인물로 제시된 조선 여성과 일본 여성의 의식의
대비를 통해 두 나라 여성의 의식의 차이를 드러낸다. 작가는 이들 여성들의
의식을 통해서 자신의 삶을 자각하고 사는 여성과 의존적으로 사는 여성의
삶을 대비적으로 보여준다.

고소설 가운데 여성의 사회 진출과 세계 변화에 대한 동참의 욕구를 드러
낸 「박씨전」이 있다. 이 소설은 병자호란의 전쟁 상황에서 여성의 능력을
드러내어 현실의 난국을 타개하는 스토리이다. 이것은 여성들의 현실 참여에
대한 작가의 세계관이 반영된 결과로 보여 진다. 「혈의 누」 역시 「박씨전」처
럼 개화기의 국가 중심이 남성이라는 세계관에서 여성들도 새로운 국가 건설
에 참여할 수 있다는 의미를 여성들의 삶을 통하여 보여 준다. 이로써 작가의
현실 참여 의지를 알게 한다. 즉 남성 중심 국가·사회의 이데올로기가 초래
한 모순을 극복하기 위한 방법으로서 여성의 역할을 내세우는 것이다.

일본 여성인 정상소좌 부인과 옥련모의 시련은 가정 해체에서 오는 것이
다. 두 여인의 가정 해체는 일·청 전쟁이라는 물리적 폭력에 의한 것이라는
공통점을 갖는다. 전쟁으로 인해 옥련家는 가족이 뿔뿔이 흩어짐으로써 가정
해체가 초래되었고, 정상소좌家의 해체는 정상소좌의 전사에서 기인한 것이
다. 그러나 시련에 처한 두 여인의 현실 인식과 대응 방식은 서로 다른 양상
을 띤다. 정상소좌의 부인은 가계를 지속시키려는 의도보다는 개가하여 새로

---

14 누라는 양반님네가 다망ᄒ야노섯지오 상놈들은 양반이 죽이면 죽엇고씨리면 마젓고지물
이잇스면 양반의게 쎗겻고 계집이어엿쑨면 양반의게씨겻스니 소인 갓튼상놈들은 제지물
제계집 제목숨ᄒ누를 위홀슈가업시 양반의게미엿스니 누라위ᄒ힘이 잇슴닛가

운 삶을 살기를 원한다. 그녀는 새로운 삶을 지향하는 대안적 세계관을 지닌
다. 그러나 옥련모의 행동반경은 그리 넓지 못하다. 그녀는 과거의 가족적
세계 인식에서 벗어나지 못한다. 옥련모는 즉자적인 세계가 사라진 뒤 미래
에 대한 비극적이며 폐쇄적인 세계 인식을 보인다. 한국 여성의 행동반경과
일본 여성의 행동반경의 비교·대조를 통한 초점화는 인물의 의식 수준의
차이를 드러내는 서술 의도이다.

이러한 두 여성 인물의 비교·대조는 세계 인식의 틀과 폭을 어느 문화가
더 긍정적으로 소유하고 있느냐의 문제를 드러내는 것이다. 「혈의 누」에서
서술자는 일본과 조선 여성의 행동을 비교·대조하면서 여성 인물들을 초점
화한다. 그럼으로써 서술자는 세계 개조의 의미를 여성을 통하여 형상화한
다. 서술의 양극에 조선: 일본·서양 여성이 대치하면서 은유적으로 조선의
가정과 일본의 가정, 그리고 일본 국민과 조선 국민의 의식이 대립되는 것이
다. 이점은 작품 전편을 관통하는 작가 이인직의 현실 인식과 상통한다. 작가
는 조선의 현실적 과제를 점진적인 개혁과 개방을 통한 해결을 제시하는 것
이 아니라, 외부적인 요소를 보다 급진적으로 받아들여 내부적인 모순을 개
혁하려는 의도를 표방하는 것이다. 그의 작가적 담론은 현실에 대한 삶의
모순과 시대적인 모순을 일치시켜 일시에 이를 개혁하려는 미래 지향적인
세계 인식이 작품에 녹아있다.

　　① 부인의 느혼 삼십이 되도록말록ᄒ니 옥년의 모친과 정동갑이능아닌지 년
　　　 긔는옥년의 모친과 그럿케같느ᇰ긴모냥은 옥년의 모친과반듸 만되얏다
　　② 옥년의 모친은 눈에 익교가잇더라

정상부인은 누에사릭만드럿더라

③ 옥년의 모친은 얼골이희고 도화식을 씩엿더니

정상부인의 얼골이희기ᄂ희ᄂ 청긔가돈다

①, ②, ③의 인용은 옥련의 눈을 통한 서술자의 옥련모와 정상부인을 비교하는 대목이다. 이 인용 내용으로 볼 때 두 인물의 생김새는 정반대이다. 구체적으로 모친은 애교가 있는데 정상부인은 살의가 있다. 그리고 모친은 얼굴이 희고 도화색을 띄었는데 정상부인은 얼굴이 희기는 희나 청기가 돈다는 내용이다. 이러한 논평은 초점자인 옥련의 눈으로 보여진 객관적인 평가라기보다 그녀의 심정적인 평가라 보여 진다. 옥련의 시각에 의한 이러한 논평에는 모친이 정상 부인보다 못하다는 평가이다. 다만 심정적인 측면에서 모친은 나에게 부드럽게 대해 주었다는 인식의 발로 정도로 보여 진다.

① 어ᄂ곳에셔 ᄉᆞᄅᆞᆷ이만히 죽엇다ᄒᆞᄂ 소문이잇스면 남편이거긔셔 죽은듯ᄒᆞ고어ᄂ곳에ᄂ 어린아희죽엇다ᄒᆞᄂ 소문이잇스면 남편이거긔셔 죽은듯ᄒᆞ다 남편이사라오거니ᄒᆞ고 고딕 홀씨ᄂ마암을붓일곳이잇셔셔 사라잇셧거니와 죽어서못오거니ᄒᆞ고 ᄃᆞ망ᄒᆞ니 잠시도이셰상에잇기가실타 부인이죽기로 결심ᄒᆞ고 딕동ᄀᆞ물에 ᄲᅡ저죽을ᄎᆞ로 밤되기를기다려 ᄀᆞ가으로향ᄒᆞ야가나 그씨ᄂ구월보릅이라 …중략… 이몸이혼ᄌᆞ살면 일평싱근심이오 이러ᄒᆞ탼식을맛치ᄆᆡ 치마폭거더잡고 이롤악물고 두눈을ᄭᆞᆨ감으면서 물에ᄯᅱ여ᄂ리니그물은딕동ᄀᆞ이오 그 사람은 김관일의부인이라

② 정샹군의는 인근에다시오지못ㅎ는 길을가고 정샹부인은 찬베ㄱ기 빈방에
셔 적적히세월을보니더라 조선풍속갓흐면 쳥샹과부가 시집가지아니하
는것을 가장잘는일로알고 일평싱을 근심즁으로지니ㄴ 그러흔도독샹에
죄가되는 악흔 풍속은 문명흔나라에는 업느고로 절머서과부가되면 시
집가는것은 천흔만국에 붓그려운일이아니라 정샹부인이어진남편을 어
더시집을근다[15]
(부인) 이익 옥년아 늬가 절문터에 평싱을혼즛살수업고 시집을가려ㅎ
느ㄴ듸 너를 거두어쥴사롬이업스니 그것이 불샹흔일이로구느(분명 정
샹부인은 변모한다.)

①, ②는 일청 전쟁 → 옥련·정상소좌 가족 파괴 → 가정 해체로 이어지는
과정에 대한 서술이다. 옥련모는 옥련과 김관일과 헤어져 혼자된 상태이고,
정상부인은 남편의 전사에 의한 가정 해체이다. 그러나 가정 해체 후 두 여성
이 현실에 대응하는 삶의 자세는 분명히 다르다. ①에서 옥련모는 자포자기
하여 죽고자 하는 의식을 보이는 것이고, ②는 서술자 초점자이지만 일본의
풍속을 제시한 후에 정상 부인의 의식 역시 옥련모와 비슷하지만, 옥련모와
는 다르게 새로운 삶을 살려는 정상 부인의 의식을 제시하고 있다. 이는 조선
과 일본 풍속을 대조하면서 풍속의 변별성이 내재한 가치관의 차이를 분명하

---

15 다지리 히로유끼, 「「혈의 누의 담론」 소고, 『한국문예비평연구』 제8집, 2001, 169쪽. 서술
자는 낡음/새로움이라는 차이화를 산출하는 언설의 수사학으로 문명국으로 바뀐 일본의
관습을 만들어내고 미화하고 있다. 당시 일본에서 군인 미망인의 재혼 반대파에 대항하는
재론 허용파의 언설이 시작된 것은 사실이지마는 상기의 것이 일본의 현상과 다르다는
것은 말할 것도 없다. 문명국의 예찬으로 파악하기 어렵다. 이인직이 조선의 세계관의
변화를 위한 허구적 창작이라 보인다.

게 제시하는 것이다.

전자는 가족 안에 세계 중심이 있다면, 후자는 개인의 삶에 중심이 있다. 어떤 윤리·도덕의 가치 우열을 평가하기 이전에 전자는 선택의 여지가 없는 단일한 가치라면, 후자는 복합적이며 변화 가능한 삶의 가치로서 선택 과정이 있다. 세계에 대한 인식 태도의 차이에 따라서 인물들의 행동반경, 대처 능력은 다른 결과를 가져온다. 정상부인은 발전적이고, 입체적인 삶을 사는 인물이고, 옥련모는 삶에 대한 발전성을 찾아보기 힘든 평면적 인물이다.

옥련모는 가족적 세계관에 갇힌 여성이다. 이데올로기의 차이이며 세계관의 차이겠지만 옥련모에게 가족은 국가요 세계의 전부라 볼 수 있다. 그녀의 존재 이유는 가족으로부터 발생되며 가족은 그녀를 존재하게 만드는 믿음의 전부다. 때문에 가족이 해체되자 죽음을 선택하는 비극적이며 파괴적인 행동을 보인다. 옥련모의 이러한 비극적 행동 구조는 전통이 가져다준 결과물이다. 그녀는 변화에 적응하지 못하고 유교적인 청렴주의로 자신의 삶을 깨끗이 보존한다는 명분을 내세워 죽음을 선택한다. 이것은 가족의 명예를 지키기 위해서 자신을 파괴함으로써 주변의 시선으로부터 왜곡된 의미를 차단하려는 행동이다. 그가 옥련을 찾을 때 보여준 타인 남성과의 신체 접촉은 바로 타인에 대한 왜곡된 자신의 모습을 보여주는 것이다. 그녀에게 가족을 제외한 타인들은 적이다. 그렇기 때문에 타자의 어떤 행동이든 능욕이다. 이러한 사고방식은 선민의식에서 비롯된 것이긴 하지만 그것은 세계와의 접촉이 차단된 세계에서 편협하게 살아온 삶의 방식에서 비롯된 것이다. 보편적 세계로 나아가기 위해서는 타인의 행동을 믿고 그것에 대한 이해가 필요하다. 그런데 산 속을 헤매다 만난 사람을 그녀는 정숙한 여성 정조를 파괴하려는 모습으로 인식된다. 그녀는 이러한 세계 인식 때문에 가족과 헤어져 혼자 생존하려는 데는 매우 큰 좌절이 따를 수밖에 없다.

옥련모는 성숙한 인격체로서 삶을 감내하고 지탱할 의지가 결핍된 인물이다. 새로운 상황에 적응하기보다는 가정을 중심으로 그 안에서 안정적인 삶을 유지할 수 있을 뿐이다. 가정이 해체된 이후에 그녀의 의식은 유아기적 소녀의 미숙한 상태로 퇴행한다. 이러한 그녀의 의식은 조선 여성의 일반적 의식으로 확장될 수 있다. 그녀의 모습에서 조선 여성들은 퇴폐적 위안과 안정감을 느낄 수 있겠으나 새로운 세계로 나아가기 위한 정신의 변화는 느낄 수 없는 것이다. 가정은 세계요 세계의 전부는 가정이니 가정이 해체된 이상 죽음은 당연한 결과인 것이다. 그러나 정상 부인에게 비극적 죽음이란 애초에 존재하지도 않았고, 때문에 그녀는 자신의 삶을 새롭게 구축하려는 적극적 모습을 보이는 것이다. 일본은 여성의 위치가 정립된 사회이고 이러한 가치관은 조선 여성들이 생각할 수 없는 것이다. 전쟁이 주는 시련에 대처하는 대응 방식은 이렇듯 조선 여성과 일본여성이 차이를 보인다.

이인직은 「혈의 누」에서 조선 여성들과 일본 여성의 의식을 대비적으로 서술한다. 대비적 서술로 그들의 의식과 행동의 차이를 보여줌으로써 위기를 위기에 대처하여 이를 극복하는 전형적 모습을 제시한다. 그럼으로써 작가 이인직은 일본 여성을 통해 조선 여성들의 의식의 변화를 집요하게 요구하고 있는 것이다.

4. 가정해체의 담론

「혈의 누」는 가정해체 담론이다. 가정의 해체와 재결합이 서사의 중심이다. 작가는 가정의 해체를 통한 보다 지향된 의미의 가족의 틀을 제시한다. 가정은 가장 작은 단위의 사회이다. 따라서 가정의 해체는 사회·국가의 해체로 볼 수 있다. 가정의 해체는 국가의 해체이며, 국가의 해체는 주권의 상실이다. 옥련의 피눈물은 가정의 해체를 막고 개인의 자각을 통한 국가의 재건이라는 희망의 씨앗이 「혈의 누」이다. 가정의 해체는 세계의 상실이며, 세계의 상실은 죽음이다. 세계 상실의 근본 원인은 국가 주권의 부재이며, 국권 상실을 의미한다. 국가는 남성적 힘과 권위를 잃고 부의 역할과 기대를 할 수 없는 상황이 된다. 그 단적인 예가 바로 여성들이 의지하고 믿고 기댈 수 있는 부의 권이 부재로 이어진다. 김관일의 역할과 그의 아내인 옥련모와 옥련의 심리적인 부의 부재는 옥련에게는 일본이라는 대리부의 역할을 수행하고 옥련모에게는 심리적 공황 상태로 죽음을 택한다.

국가가 힘이 없다는 것은 소설에서는 가장의 힘의 부재로 형상화된다. 가장의 힘의 부재는 한 가정을 정상적으로 건사하지 못하는 결과를 초래한 것이며 그에 따라 가정의 해체를 가져오게 되는 것이다. 김관일은 결국 힘의 부재를 깨닫고 외국 유학을 통해서 자국의 힘을 기르려 시도한다. 그러나 그는 이미 무능하고 남성의 역할이나 세계의 중심성 즉 사회 안에서 자신의 정체성을 잃은 사람이고 그의 역할부재는 곧 남성중심주의 사회 안에서 남성의 역할을 찾기 어려운 상황임을 드러낸 것이다. 그가 가정을 포기하고 미국으로 나아간 것은 가정보다도 민족의 앞날에 대한 두려움과 불안 때문이라는 것은 작가가 지각하는 시각과 일치하는 것이다. 그러나 가정의 해체는 더이상 그의 힘으로 치유 불가능을 드러낸 것이고 그렇게 도망치듯 유학을 떠난 이유도 현실의 도피라기보다 현실에 대한 정면 대응할 능력을 상실한 가장이기 때문이다.

가족구조란 세계를 전망하는 한 방법이다. 그것은 곧 작가의 의식의 틀이며 문화내의 상징적인 표상으로 볼 수 있다. 가족 구성원의 모습을 살펴보면 분명 이인직의 의식 내에서 차지하는 구성원의 수는 남성과 여성, 그리고 자녀를 들 수 있다. 그러나 「혈의 누」에서는 오직 어린 옥련뿐이다. 옥련은 외동딸이며 그녀의 삶을 근거로 해서 「혈의 누」는 전개된다. 물론 초점화자와 초점의 대상은 분명 다르다. 초점화자는 인식자이며 그 인식은 작가의 인식과 일치하거나 아니면 불일치의 조건으로 나아간다. 가족의 경험에 의해서 인식되어진다. 가족구성원의 수가 많으냐 적으냐 남성들이 중심이냐 여성이 중심이냐는 모두 서술되어지는 서술자 혹은 내포작가의 목소리가 주변적인 상황에 대한 대처가 있다. 그러한 상황 속에서 한 가족이 어떻게 대처해 가느냐가 무엇보다 중요하다.

즉 최항래가 선 듯 돈을 대주어 미국유학을 시키는 것은 가족보다 민족이라는 설정이며 그리고 김관일 또한 가족을 찾기보다는 자신이 하지 못한 공부를 모두 버리고 국가의 위기 상황에서 민족의 위기 상황에서 어떻게 해야만이 극복할 수 있는가를 심각하게 고민한 결과물이다. 가족의 인적구성원들이 보다 가족만을 위한 가장의 노력을 충실하게 한 것은 아니다. 가계의 보전이란 측면도 전대에서 가족의 번영과 융성이라는 기치아래서 가족 구성원들의 내적인 불화와 갈등은 「혈의 누」에서는 찾아 볼 수 없다. 그런 점은 옥련의 가족과 그 가족이라는 관점에서 대가족적인 가정의 끈을 보다 민족과 국가의 위기에서 생각한다는 것은 작가의 의식이 결코 그런 점으로 가족만을 위해서 무엇인가를 해야 한다고 생각하는 것은 개화와 민족의 앞날에 아무 의미가 못됨을 제시하고 있는 결과이다.

5. 마무리

어려운 시기에 「혈의 누」는 가정을 통해서 인물들이 어떤 행동을 해야 만이 세계를 건사하고 가족을 건사할 수 있는가를 진지하게 묻고 제시한 작품이다.

피눈물을 통해서 작가가 추구한 개화에 대한 형상화를 인물들의 행위구조 안에 지배적으로 전경화 시키고 있다. 즉 「혈의 누」라는 피눈물 나는 시련이고, 그 시련을 통해서 어느 방향으로 나아가야 하는지 조선인들의 삶의 지향점을 제시하고 있다.

가족 시련이 시작된 이후 옥련모와 옥련의 인물을 통해서 새로운 삶의 변화점을 반복과 변화라는 의미로 해석 가능케 하였다. 옥련을 통해서 미래에 대한 가능성을 작가는 제시하고 있다. 또 옥련모와 정상소좌 부인의 의식 대비를 통해서 세계에 대한 새로운 모색과 의식의 변화를 알아볼 수 있다. 그러나 옥련모는 가족적 세계관에 얽매여 가족이 전부요, 남편이 세계의 중심이었으므로 가족의 해체는 세계의 상실로 볼 수 있다. 자신의 가족이외는 국가의 문제나 사회의 변화에 대한 생각은 전혀 없다. 더 나아가 가족해체는 그녀에게 곧 죽음이며, 세계 상실이고, 가족을 만나지 못하면 삶에 의미가 없다. 옥련모의 그러한 생각은 비극적 세계관에 빠져, 스스로 세계를 극복하려는 대결 의식은 없다.

1. 들머리

전통적으로 텍스트 연구는 일월론적이고 혹은 본체론적 의미를 가지고 있다는 가설에서 텍스트의 정화한 해석의 가능성을 믿어 왔다. 그러나 현대 문학이론은 문학적 의미의 확실성을 의심한다. 정확한 해석이 가능하다고 믿는 근저에는 소쉬르의 언어관에서 찾을 수 있다. 그는 기표와 기의의 관련 속에서 하나의 기표는 하나의 기의를 가지고 있으며 진리와 의미는 하나로 묶일 수 있다는 것이다. 이는 기표에 대한 관심보다는 記意에 의미의 중심이 있는 사고이다.

소쉬르의 기호학은 플라톤과 아리스톨로부터 하이데거와 레비스트로스에 이르는 형이상학의 마지막 숨소리로 취급된다. 데리다는 이를 이성중심주의며 이제 이 시대는 막을 내렸다고 한다. 미래는 기존의 정상성으로부터 전적으로 단절되며 일종의 괴물로서만 공표되고 나타날 뿐이다.[1] 이성중심주의는

언제나 진리의 근원을 로고스 즉 발화된 말, 이성의 목소리, 神의 말씀에 둔
다. 어떠한 실체의 존재도 언제나 현존으로 표시된다. 데리다는 기의와 기표
를 뒤집으면서 비존재가 존재에 앞서고 존재의 바탕이 되며 바로 존재인 것
이다. 여기서 괴물로서의 해체론이 등장한다. 진리를 전달하는 도구인 기표
는 의식과 말하기내에 남아있다. 이성중심주의의 전통에서 기의 자체가 본래
는 글쓰기이며 흔적이라는 것 그리고 이 기의는 언제나 의미 기표의 성질을
가지고 있다는 것이다. 이제 기표는 기의에 묶이지 않고 끝없이 미끄러지고
浮游한다.

　의미의 확실성을 의심한 현대 문학이론가들은 이성중심주의가 자행한 정
확한 해석의 단일성을 해체한다. 저자의 삶이나 역사중심으로 해석해왔던
인과론적이고 일원론적 사고를 해체하고 표피적이고 탈중심적이며 지금껏
텍스트에서 소외되고 억압되어 온 것에 관심을 둔다. 이는 텍스트의 고정성
을 개방하여 통일한 텍스트라도 무수한 해석과 미정성indeterminacy을 시인하
게 된다. 해체론적 독서는 전통과 권위에 의하여 시인된 단일하고 축자적이
고 명백한 지시적의미를 전복하고 반대한다. 그러나 무조건적 해체는 아니
다. 기본의 세계관을 전면 부정하고 심지어 언어(모든 기호)까지 문학의 토대
에서 삭제하지는 않는다. 해체론자 리들은 기표는 본질상 상호 텍스트적
intertext이라고 말한다.[2] 상호텍스트적인 흔적은 기호내에 이미 잘못 해석된
의미층을 해체하는 것이다.[3] 이는 텍스트 외엔 아무것도 없다는 공간적 미사

---

1 해체비평은 자크 데리다의 〈기술학〉(1967)과 더불어 시작됨. 빈센트 B 라이치 저, 권택영
　역, 『해체비평이란 무엇인가』, 문예출판사, 1990, 42쪽.
2 앞의 책, 326쪽.
3 언어는 무한한 기표작용이며 기표는 다른 기표를 지시하고 나서 또 다른 기표를 지시한다.

적 상호 텍스트성이고 역사적(시간적) 거시적인 관점은 텍스트를 넘어선 곳에 존재하는 기존텍스트에 대한 상호텍스트성이다. 따라서 기존 텍스트는 기표로 환치되며 기표는 또 다른 텍스트를 생산하는 생산적 원전이 된다. 언어적이든 비언어적이든 말이든 글이든 모든 기호는 인용되어 인용부호 사이에 투입될 수 있다. 그러므로 그것은 모든 주어진 맥락과의 관계를 끊고, 새로운 맥락을 무수히 만들 수 있다. 하나의 텍스트가 부분적으로 다른 텍스트에 인용되어 새로운 맥락을 만들고 또 그것은 후대 작품에서 다시 인용되고 하면서 이 작업이 계속된다. 세계에 존재하는 유일한 창조적 원전은 사라진다.

본고는 해체적 독서를 통하여 염상섭 소설을 검토한다. 텍스트는 「萬歲前」과 「新婚記」 두 작품으로 한다. 연구의 대상으로 삼은 이유는 두 작품이 1920년 초에 쓰여졌으며 「墓地」를 「萬歲前」으로, 「해바라기」를 「新婚記」로 처음 발표 할 때와는 달리 제목을 고쳐쓰기하여 출간한 작품들이다. 이는 언어(기호)가 의미에 고정적이고 한정적이지 않음을 보여준다. 「萬歲前」은 한국 최초의 중편소설이다. 「墓地」란 제목으로 『신생활』(1922, 7 · 8호)에 발표하고 그 후에 『시대일보』(1924. 4 · 6호)에서 완결되어 단행본으로 나오면서 「萬歲前」(고려공사, 1924.8)으로 改題하였다. 또 「해바라기」는 『동아일보』(1923, 7 · 8호)에 발표하고 그 후에 「新婚記」(1949)로 제목을 바꿔서 출간한다. 염상섭은 발표 당시의 제목과 단행본으로 낼 때의 제목을 바꾸는 일을 자주 하였

언어는 차이성의 산물인 기표에 의하여 발생되어진 차이작용이다. 따라서 모든 기호(언어)는 쓰임에 대한 동질성과 기호에 대한 비평적인 차이를 갖는다. 마단 사럽 외 지음, 임헌규 편역, 『데리다와 푸코, 그리고 포스트모더니즘』, 인간사랑출판사, 1992, 36쪽.

다. 이들 외에도 『첫걸음』(1946)을 『해방의 아들』로 출간하였다.

해체적 독서는 텍스트의 모든 요소를 연구할 수 없기 때문에 전체 텍스트를 가장 효과적으로 훼손시킬 하나 혹은 몇몇의 요소를 골라내어야 한다. 이는 지금껏 텍스트 연구의 중심항에 놓였던 요소보다 지엽적이고 소외된 요소에 더 연구의 비중을 두는 연구방법론이다. 중심항의 해체와 더불어 해체된 내용종목은 또 다른 해체를 기다린다. 지상위에 어느 것도 의미의 고정성을 차단하며 그리하여 의미는 사라지고 흔적만이 문학의 왕국을 지배한다.

2. 「萬歲前」

1) 「墓地」에서 「萬歲前」으로 해체적 독서

제목을 바꿔서 출간한 것은 문학연구에서 지엽적인 것으로 흔히 다루어진 일은 아니다. 그러나 이는 해체적 독서에 중요한 요소로 제시된다. 그것은 제목이 전체 의미를 완벽하게 함축, 상징하는 것은 아니지만 지시하는 기표가 다름으로 해서 의미기호가 고정적이지 않고 확대되거나 해체되어 이전의 기호와 판이한 의미기호를 생산하기 때문이다. 텍스트는 동일할지라도 독서 준거가 다르게 인식된다. 작가도 그 내용준거가 동이하다면 구태여 題目을 바꾸는 작업을 하지 않았을 것이기 때문이다. 이 점을 날카롭게 지적한 김윤식 교수는 「墓地」를 「萬歲前」으로 바꾼 것은 동질적 측면과 이질적인 측면이 빚는 의미층을 제목 改題에서 확보할 수 있으며 「萬歲前」이 갖는 특출함은 이러한 의미층의 생산을 가능케 한다고 보았다.[4] 동일 텍스트라도 처음 발표

---

4 김윤식, 『염상섭 연구』, 서울대출판부, 1987, 189쪽.

할 때와 후에 개작 내지 改題될 때는 짧은 시간차에도 불구하고 같은 텍스트라기보다는 기호에 대한 기호로 해체되거나 상호텍스트 되는 것이다.[5] 인간의 의식은 매번 동일한 기호를 생산하는 것은 아니다. 시간이 흐름에 따라 의미기호의 전복 내지 의미기호의 지속이 이루어진다. 따라서 「墓地」와 「萬歲前」의 의미기호는 동일 텍스트라도 기호층의 확대 재생산되며 텍스트 차원의 *存在論的* 세계가 다르게 제시될 수 있는 것이다.

젊은 사람들의 얼굴까지 시들은 배추잎 같고 주늑이 들려서 멀거니 앉았거나 그렇지 않으면 빌붙는 듯한 천한 웃음이나 '헤에'하고 싱겁게 웃는 그 표정을 보면 가엾기도 하고, 분이 치밀어 올라서

－이게 산다는 꼴인가? 모두 뒈져버려라!

차간 안으로 들어오며 나는 혼자 속으로 외쳤다.

－무덤이다! 구데기가 끓는 무덤이다! …중략…

－공동묘지다! 공동묘지 속에서 살면서 죽어서 공동묘지에 갈까봐 애가 말라 하는 갸륵한 백성들이다!

하고 혼자 코웃음을 쳤다.

－공동묘지 속에서 사니까 죽어서나 시원스런 데 가서 파묻히겠다는 것인가? 그러나 하여간에 구데기가 득시글득시글하는 무덤 속이다. 모두가 구데기다. 너두 구데기, 나두 구데기다. 그 속에서도 진화론적 모든 조건은 한초동안도 거르지 않고 진행되겠지! 생존경쟁이 있고, 자연도태

---

5 상호텍스트성은 동질감과 이질감, 이어쓰기와 고쳐 쓰기, 계속성과 순간성이다. 이는 기호에 대한 관심을 두며 의미의 고정성을 부정한다.

가 있고, 네가 잘났느니 내가 잘났느니 하고 으르렁 댈 것이다. 그러나 조만간 구데기는 낱낱이 해체가 되어서 원소가 되고 흙이 되어서 내 입으로 들어가고, 네 코로 들어갔다가 네나 내나 거꾸러지면, 미구에 또 구데기가 되어서 원소가 되거나 흙이 될 것이다. 에잇! 뒈져라! 움도 싹도 없이 스러져버려라! 망할 대로 망해버려라! 사태가 나든지 망해버리든지 양단간에 끝장이 나고 보면 그중에서 혹은 조금이라도 쓸모있는 나은 놈이 생길지도 모를 것이다.

「萬歲前」의 주인공은 이인화이며 초점화자이다. 아내의 위독전보를 받고 일본에서 서울까지 오는 기차여행 과정을 초점화자 이인화를 통하여 전달된다. 여행과정은 東京－神戶－下關－釜山－金泉－大田－서울까지와 아내의 장례를 치룬 뒤에 일본으로 돌아가는 과정까지이다. 위 인용 부분은 기차여행의 과정 중 대전에서 조선민중들의 처참한 모습에서 현실이 임을 자각하는 과정이다. 사회구조와 소설구조가 상동관계임을 주장하는 골드만의 입장에서 염상섭은 당시 조선의 현실이 묘지로 파악한 단서며 「墓地」로 전경화하여 제목을 붙인 실마리이다. 작품 「墓地」가 주는 상징성은 조선의 현실과 백성들의 삶 등에 관련하여 肯定的 이미지보다 폐쇄, 고립, 삶의 단절, 정적, 어둠, 희망의 묘지로 백성은 구데기로 은유되어 죽음의 공간으로 파악한 것이다.

묘지로 파악한 실마리는 이인화가 근대화로 상징되는 기차와 배를 타고 오면서의 변화과정에서 파악할 수 있다. 下關의 지명이 상징하듯 일본에서 조선으로 내려가는 관문인 곳이다. 일본에서의 이인화는 조선인이라는 차별을 받지 않은 어느 정도 자유스런 생활을 하였다. 그가 일본을 떠나려 하자 조선들이 공통적으로 당하는 검열을 받는다. 일본형사의 집요한 검열은 자신이 일본인이 아닌 조선인임을, 식민지 백성임을 느낀다.〈눈을 감고 드러누워도 분한 생각이 목줄띠까지 치밀어 올라서 입살을 악무는〉분노와 반항심이 솟는다.

이런 분노와 반항심은 식민지하의 조선인들이 겪는 동질감이다. 조선인이면서 조선인 구실을 하지 않은 이인화가 조선인, 조선사회의 일원으로 일본인에 대한 정당한 분노인 것이다. 하관에서의 분노는 변화된 부산거리에서 더 심화된다. 조선을 상징하는 것을 부산이라 느꼈던 그는 조선의 땅이면서 조선의 모습을 잃은 부산은 조선의 현실을 보는 듯함을 느낀다. 특히 부산에서 서울까지 오는 과정은 자신이 이제껏 자각하지 못한 현실의 삶을 자신이 누구인가를 탐색하는 과정이다. 지금껏 자신은 복제일본인으로 복제주체였다. 그러나 이인화는 동경에서 서울까지 따라온 일본형사들의 집요한 감시는, 圓形의 감옥에서 늘 감시받고 있음을 서울에 도착하여 또 한 번 느끼며, 복제일본인이 아닌 억압받는 조선인임을 다시 인식한다. 이러한 인식을 통하여 일본인들에겐 자신이 주체가 아니고 객체이며 객체적 삶의 공간인 조선의 현실은 구데기가 들끓는 현실이고 감시와 억압으로 인한 묘지의 공간인 것이다.

근대화로 상징되는 기차는 근대화의 시간관이다. 이 시간관은 짧은 시간안에 얼마만한 공간을 차지하며 얼마만한 물자를 전달하느냐에 따라 많은 영토를 차지할 수 있다. 기차는 일본의 힘이며 공간 확보에 용이한 동적도구로 상징된다. 그런 일본 사회는 진보가 빠른 회전속도의 기계이며 힘이 발산하는 주체적 공간이다. 그러나 진보가 가마와 같은 조선의 현실은 움직이고 있으나 기차와 비교할 때에 동적이라기보다 차라리 정적인 묘지의 사회로 인식케 한다. 보다 넓고 빠른 일본 사회에 비해 조선사회는 토막이나 묘지의 사회공간이다. 그 공간에서 생산적인 삶의 활동으로 전환하려는 의지보다 오히려 서로 〈네가 잘났느니 내가 잘났느니 하고 으르렁〉 대는 소모적 공간 인 것이다.

해체적 독서에서의 글쓰기도 현실을 상호텍스트한 기표로 본다. 그럼 『萬歲』는 어느 공간을 상호텍스트한 것인가. 己未년 이전인가 아니면 이후인가. 그것은 기미년 이전의 조선의 현실을 말함이다. 또 일본의 사회와 대조적인 사회 구조 하에서 핍박받는 조선사회는 인간들이 삶을 영위해 가는 사회가 아니라 일차원적 생태계의 공간(구데기)이다. 생존과 생득의 욕구만이 지배 하는 동물적 생태계인 것이다, 따라서 염상섭은 자신의 체험과 관련하여 조 선의 현실을 정적이고 소모적인 『萬歲』의 공간으로 인식했다고 볼 수 있다.

　　조선에 〈萬歲〉가 일어나던 전 해 겨울이다. 세계대전이 막 끝나고 휴전조 　　약이 성립되어서, 세상은 비로소 변해진 듯싶고, 세계개조의 소리가 동양천 　　지에도 떠들썩한 때이다. 일본은 참전국이라 하여도 이번 전쟁 덕에 단단히 　　한밑천 잡아서 소위 나리긴誠金, 나리긴하고 졸부가 된 터이라, 전쟁이 끝났 　　다고 별로 어깻바람이 날 일도 없지마는, 그래도 또 한몫 보겠다고 발버둥질 　　을 치는 판이다.

「萬歲前」은 도입부에 〈萬歲〉 사건이 강하게 전경화된다. 일인칭 회상시점 으로 체험적 주체와 서술 주체로서의 화자가 등장한다. 「墓地」가 〈萬歲〉에 대한 의미기호를 전경화하지 못했다면, 「萬歲前」은 〈萬歲〉의 부분이 좀 더 자세히 첨가되어 전경화 시키고 있다.[6] 시간이 흐르면 체험적 주체(작가)는 서술주체(서술자)로 분열되고 인식의 구성물도 바뀐다. 「墓地」가 체험적 주체로서의 개체적 세계인식이라면 「萬歲前」은 정치적 사회적 역사(시간)적 컨텍스트로 바뀐 공동체적 세계인식이다. 이는 작가도 텍스트에 대한 또다른 독자임을 드러내는 결과로 봐도 좋을 듯하다. 문학텍스트墓地는 독자로서의 작가가 조선의 현실과의 상호텍스트를 통하여 「萬歲前」이란 텍스트로 고쳐 쓰기 한 결과물이다. 이는 〈萬歲〉 이전의 현실에 대한 의미나 지시물을 해체한 것이 「墓地」이고, 「墓地」란 텍스트의 현실을 해체한 것이 「萬歲前」인 것이다. 동일 텍스트의 또 다른 해체(개작改題)로 이어지면서 언어의 고정적 의미는 사라진다. 의미가 고정되어 있다면 과거와 미래의 흔적이 필요 없다. 그러나 의미의 기원이 없어지고 고정된 의미가 없다면, 현재는 과거와 미래와의 관계에서만 의미작용의 가능성을 가진다.[7]

「墓地」가 공간적 폐쇄적 개체적인대 반해 「萬歲前」은 만세 이전의 공간과 만세 이후의 공간을 잇는 시간성과 〈萬歲〉가 갖는 정치적 사회적 역사적 의미기호를 함축한다. 또한 만세 이전의 공간과 만세 이후의 공간도 의미기호상 차이점을 갖는다. 역사적으로 만세 이전의 조선은 무단정치가 자행된 공간이다. 그러나 만세 이후는 일제에 반항하는 정치운동이 아닌 경제 문화면에서 어느 정도 자유로운 삶을 허락하는 문화정치를 실현케 하는 모티프가

---

6 이부분은 「墓地」에서 「萬歲前」으로 바꾸면서 부분적으로 첨가되었다. 또 〈彼, 彼女: 그, 그녀〉로 명칭을 바꿔서 단행본으로 출간됨.

7 김활, 『현대문학이론과 의미의 부재』, 탑출판사 1992, 137쪽.

되었다. 해체적 독서는 이런 현실을 사실주의처럼 글쓰기의 근원으로 삼는 것은 아니다. 오직 그리고 항상 최대한으로 소급하여, 그 전후에는 복사의 연속 밖에는 아무것도 우리 눈으로 발견할 수 없는 이미 쓰여 진 현실, 하나의 규약을 자신의 글쓰기의 근원으로 삼는다. 이런 점에서 염상섭의 改題는 정치적, 사회적, 역사적 컨텍스트로 확장함으로써 새로운 의미기호를 생산했다고 본다. 작품의 의미기호는 현실이 「墓地」라는 정적인 공간성으로 은유되고 이 은유는 다시 환유가 되어 「萬歲前」으로 은유된다. 여기서 은유는 일원론적 은유이다. 그러므로 단절된 공간인식의 「墓地」는 변화된 정치, 사회의 시공간 인식의 「萬歲前」으로 상호텍스트된 결과이다.

2. 이인화에서 異人化로, 정자에서 精子로 해체적 독서

해체적 독서는 텍스트에 대한 가장 세밀한 비평방식이다. 일정한 규약을 가지고 텍스트에 접근하는 것이 아니라, 우선 텍스트에 대한 꼼꼼한 독서를 바탕으로 하고난 후에 이성중심적 규약들을 해체하고 소외되고 지엽적인 규약들을 새롭게 해석한다. 기존 인물에 대한 연구는 행위항을 중심으로 해석의 실마리를 삼고 있다. 그런 방법에는 인물의 이름 자체에는 관심의 표적이 되지 못했다. 이 작품에서는 인물에 붙여진 이름에 대한 의심으로부터 지엽성을 복원하고자 한다. 이는 문학 텍스트에 대한 분열적 독서의 지평과 또 다른 해석의 실마리를 제공한다. 또한 독서의 흥미를 배가시키는 한 요소로도 작용할 수 있다. 따라서 「萬歲前」의 남녀 주인공의 이름을 해체하여 읽고자 한다. 즉 이인화를 〈異人化〉로 靜子를 〈精子〉로 읽는다. 물론 윤병로 교수는 이 작품을 염상섭의 자서전으로 이해한다.[8] 그러나 여기서는 〈염상섭=이인화〉로 출발점을 삼지 않는다.

「萬歲前」은 초점화자며 주인공인 이인화의 삶이 〈異人化〉되어가는 자기분열적 변신과정이다. 당시 韓日관계를 생각하여 일본의 중심부인 동경에 〈靜子〉가 애인으로 위치하며 그 對가 되는 조선의 서울에 이인화의 아내가 위치한다.

> "무슨 급한 볼일이 있기에 돈을 들여가며 도중에 묶었단 말이냐?"
> 벌써부터 형님의 말소리는 차차 거칠어갔다.
> "웬만하면 그대로 내친 길에 올게지. 너는 그저 그게 병통이야."
> 하며 형님은 잠깐 눈살을 찌푸리는 듯하였다.

김천 형님이 늦게 도착한 주인공을 질책하는 대화에서 보듯 이인화는 일본을 떠나기 싫었지만 인간의 도리나 의무에 억지로 귀향했음을 엿볼 수 있다. 이인화는 아내의 위독 전보를 받고도 아내의 걱정은 조금도 하지 않고 애인 정자와 성적 유희를 즐기는 도덕적으로 분열된 인물이다. 분열은 두 가지 사안을 통합하지 않고 각각의 개체로서 인정하여 갈등을 수반하지 않는다. 이는 아내와 애인이 각각 다른 차원에 위치하기 때문이다. 유교(이상)중심적 사고로 보면 아내와 애인은 도덕적 심리적으로 갈등을 수반하지만 이인화는

---

8 이인화란 주인공은 W대학 문과에 재학중인 문학청년이다. 여기에다 열여섯에 도일하여 유학했다는 것과 일본여자 스즈코와 연정을 맺었던 일, 요시찰 인물로 언제나 일경에게 쫓기던 일은 모두 작가의 청년 시절과 합치되기 때문으로 보는데 이런 이유에서 염상섭의 개인적 체험이 강하게 제시되는 작품이다.

분리하여 생각한다. 이는 아내와 애인의 분리요, 이성중심적 질서에 대한 전복이다.

왜 아내는 애인보다 그 지위를 상실했는가. 그 이유는 이성이 정립되기 전에, 자기 의지와는 상관없이 조혼의 유습으로 결혼하여 情도 사랑도 없는 것이다. 사랑이 없다는 이유로 남편으로 의무를 이행하지 않아도 심리적으로 죄의식을 느끼지 않는다. 집안 부모에 의해서 이루어진 결혼은 금수의 짝짓기요, 종족의 번식을 위한 생물학적 혼인인 것이다. 아내는 자신이 죽어가면서까지 자식을 걱정하는 여인이다. 그녀는 자신의 삶이 없는 생물학적 여성이다. 금천형수 역시 생물학적인 여성이다. 종족 번식의 기능인 생식력이 없으므로 하여 금천 형님이 아들 낳기라는 명분을 내세워 有妻再娶하여 두 아내를 한 집안에 머무르게 한다. 또한 이인화의 가계의 주변에 있는 모든 여성, 심지어 어머니, 누이들까지도 생식력의 연장에서 사는 여성들이다. 그러므로 조선의 그 어디에도 여성도 아내도 없는 것이다. 이는 문화적인 石女이며, 비생산적인 墓地의 공간이다. 그러나 조선의 여인들과 對가 되는 정자는 이인화에게 사랑과 관심을 받는 여성이다.

　　……싫든 좋든 하여간 근 육칠년간이나 소위 부부란 이름을 띠우고 지내왔는데…… 당장 숨을 몬다는 지급전보를 받고 나서도, 아무 생각도 머리에 떠오르지 않고 무사태평인 것은 마음이 악독해 그러하단 말인가……중략……누구에게 반해서나 그런다 할까? 그럼 누구에게?……중략……다만 저 뱃속에서는 정자! 정자! 이 계집애의 정기가 모두 그 눈에 모였다고도 할 만하지마는 항상 모든 것을 경계하는 눈치가 역력하다……중략……그러나 어

느 때든지 생끗 웃는 그 입술에는 젊은 생명력이 욕구하는 모든 것을 아무리 하여도 감출 수 없었다. 그러면서도 결코 소리를 내지 않고 웃는 호젓한 미소에서 침정과 애수의 그림자를 어느 때든지 볼 수 있다.

이 계집애의 나직나직한 목소리에도 좀 더 크게 하였으면 좋겠다 하는 생각이 날 만큼 절제하고 압축된 탄력이 있었다.

노기가 있는 것은 인격적 반영이라고 생각할 때, 미안하기도 하고 위로하여 주고 싶은 생각이 들었었다.

명상적이요 신경질적일 뿐 아니라 순결한 맛이 남아 있는 정자.

정자에 대한 이인화의 태도는 우호적이다. 아내의 위급전보를 받고 이발을 하는 자신이 아내보다 정자를 더 의식하고 있음에 놀라며, 한편 강하게 부정한다. 그러나 그의 발길은 결국 정자를 찾는다. 정자는 고등학교를 나온 문학 소녀이다. 계모시하의 불화와 부친의 몰이해에다가 실연이 겹쳐 경도 대판에서 뱃길로 대여섯 시간이면 건너서는 사국 고송이라는 데에서 동경으로 도망 온 여성이다. 이런 시련이 겹치면 조선의 여성들은 자살을 먼저 생각하지만 그녀는 동경에 와서 자신의 시련과 정정당당하게 맞서 싸우는 여성이다. 그 와중에 그녀는 이인화를 사랑하게 된다. 이인화가 조선으로 떠나는 날에 그녀는 동경역에 나와 이인화를 배웅하였고 사랑의 쪽지도 주어 자신의 의사를 정확하게 전할 줄 아는 여성이다. 또한 일본 여성이면서 이인화를 사랑하는 민족성에 초연한 여성이기도 하다. 그는 반년동안 가족과의 투쟁, 사회(카페걸)와의 투쟁에서 승리한다. 신학기부터 동지사대학 여자부에 입학 예정에 있으며 저의 본집과도 화해를 한다. 그녀는 조선여인들과 달리 가족 구성원들에 의한 시련에도 좌절하지 않으며 사랑의 시련을 맛보아도 새로운 사랑을 찾는 자기 주체적인 여성이다. 이 자신을 표현할 줄 아는 그녀는 이인화의 아내와 비교하여 볼 때 이인화에게는 새로운 차원의 여성이다. 조선의 여성과 비교해 보면 생물학적 여성, 종속적인 여성이 아니라 남성과 동등한 여성으로 자리 매김할 수 있다. 그녀에게 온 엽서에 대한 이인화의 마지막 답정에서 〈모든 것이 순조로 해결되어 가고 학교에 들어가게 되었다 하오니 얼마나 반가운지 모릅니다. 과거 반 년 간의 쓰라린 체험이 오늘의 신생新生을 위한 커다란 준비 시기〉였음을 축하한다. 그러나 반면 술집여급에서 대학생으로 신생新生하는 그녀의 변신에 대해 가장 큰 충격을 받기도 한다.

이런 충격은 자기 복원력을 가진 정자에 대한 놀라움으로 나타난다. 조선의 여성들은 자기 복원능력을 갖지 못한 인간이다. 그러나 精子를 소유하는 문화적 남성으로 볼 수 있다. 이는 여성의 남성성이며 삶에 대한 단위 생식적인 여성이다.

이에 반해 조선의 여성뿐만 아니라 이인화를 비롯하여 아버지, 금천형님, 김의관 등은 자기 주체적 삶을 살지 못하는 인물들이다. 이인화는 학비를 스스로 충당할 수 없는 인물이다. 아버지와 김의관 역시 유명 인사들에게 뒷줄대는 同友會에 바쁘며 자신들의 삶을 의지적으로 개척하지 못하고 허황된 망상주의자이다. 금천형님 역시 소학교 훈도 일을 하며 일본인에 빌붙어 사는 인물이다. 이들은 남자이면서 精子를 갖지 못한 인물이며 삶의 주체적 존재방식의 부재자들이다. 이런 가족 구성원들의 삶과 부산에서 서울까지 오면서 보고 느낀 식민지 백성의 비참함, 동경에서 서울까지 형사들의 감시 등이 이인화를 異人化로 지향케 한다. 異人化는 일본인이 되는 것이 아니라 자기가 살아 왔던 삶을 해체하고 새로운 삶으로 지향이다.

異人化는 가부장적 하에서 이루어진 모든 것을 해체한다. 자식에게조차도 불쌍한 시선은 전혀 없다. 또한 아내의 죽음에 대해서 감상에 젖지 않으며 장례에 대한 일, 묘지에 대한 일 등 기존적인 것에 부정한다. 자기 주체적이지 못한 것에 대한 해체이다. 조선은 기존의 것은 일본과 동등한 국가 국민 주권 등의 精子를 생산하지 못하는 墓地인 것이다. 이는 염상섭이 추구한 〈자아주의〉에서 독법을 찾을 수 있다. 〈고정관념에 실신한 자들아 자아주의를 가리켜 반역자라 비방하지 마라 근대의 모든 문화는 하여서는 아니된다는 禁慾을 파괴함으로써 얻은 성과였다〉[9] 염상섭이 추구한 〈자아주의〉는 자아 각성과 개성 확립이다. 이것에 의해서만 진실된 삶의 존재 방식이 빛을 발하는 것이다. 여기서 염상섭은 고정적 시각을 해체하고 새로운 세계관을 확립하려는 시도로 볼 수 있다.

염상섭의 이런 시도는 이인화가 장례를 치루고 동경으로 빨리 떠나려는 데에 초점을 맞출 수 있다. 精子에 대한 마지막 답장에 그의 변모된 異人化의 흔적을 찾을 수 있다. 그 편지의 마지막 구절에

이제 구주의 천지는 그 참혹한 살육의 피비린내가 걷히고, 휴전의 조약이 성립되었다 하지 않습니까 부질없는 총칼을 거두고 제법 인류의 新生을 생각

---

9 염상섭, 「지상선을 위하여」, 『신생활』, 1922.7, 85쪽.

하려는 것 같습니다. 그러나 이 땅의 소학교 교원의 허리에서 그 장난감 칼을 떼어 놓을 날은 언제일지 숨이 막힙니다.[10]

이 편지에는 新生이란 단어가 두 번 나온다. 한 번은 정자에게 쓴 개인적 新生이고 또 한 번은 인류의 新生을 위한 말이다. 그러나 이 땅(조선)은 숨막히는 현실이 계속되고 있음을 암시한다. 이 부분이 조선의 현실에 대한 자각과 함께 주체적 삶으로의 이행, 과거 존재방식에 대한 해체인 것이다. 묘지의 비생산적인 세계관에서 벗어나 새로운 문화의 주체자로서 삶을 지향하는 것이다.

일본 동경에서 조선인 이인화가 정자를 찾았던 것은 무차별과 노골적 무시가 없었고 자신의 일시적인 유희와 편안함만을 추구하였기 때문이다. 그러나 동경의 공간에서 멀어지고 조선에 가까워질수록 일본인에 의한 감시와 검문이 심해지자 이인화는 자신이 조선인인 것을 점차 느껴간다. 배안의 목욕탕에서 조선의 노동자를 모집하여 팔아먹는 일본인의 야만성에 치를 떨며 점차 핍박받는 조선의 현실에 눈을 뜬다. 부산에서 서울까지 오는 동안 조선의 현실과 조선민중들의 삶을 보고 이제껏 자신이 살아왔던 세계에 대한 반성과 조선인으로서의 동질성을 회복한다. 이 과정은 피상적이고 맹목적인 유학 생활이 이젠 변화된 유학 생활로의 심리적 전화의 기저가 된다.

또한 일본여성인 정자가 〈카페 걸〉로만 알았으나 그녀의 精子로의 변신에 충격을 받아 기존세계관에 대한 거부와 새로운 세계에 대한 지향인식이 뚜렷해진다. 이제 異人化의 삶에 대한 세계관의 변화는 일본을 향한 새로운 渡日

---

10 염상섭, 『정통한국문학대계』, 어문각, 1989.

로의 열망에 찬다. 일본에 가려는 의도는 조선에 오기 전의 삶의 방식이 아닌 자아 각성된 異人化며 새로운 新生을 위한, 새로운 민족의 新生을 위한 異人化이다. 정자와의 결별은 서울에 오기전까지의 자신의 삶에 대한 반성이며 과거의 삶의 존재 방식에서 탈피하여 새로운 문화수용의 자세를 갖기 위함이다. 김윤식 교수가 말한대로 일본이 문화의 주체이기는 허나 일본 것이 천국이란 명제는 성립되지 않는다. 기존 일본 문화에 대한 새로운 시각에서 상호텍스트하는 의식의 전복과정인 것이다.

　異人化는 아내이면서 아내의 지위를 확보하지 못한 아내, 과거의 미망에 묶여서 현실의 삶을 직시하지 못하고 浮遊하는 아버지와 김의관, 국적 불명의 혼열 작부, 그들의 삶의 근간에 있어야할 새로운 존재방식이 부재함으로써 모든 인물들이 異人化가 되어야만 조선의 현실은 新生할 수 있는 것이다. 이인화의 일본 탈출은 자신의 新生이며, 조선의 新生을 예견하는 탈출이다. 아내의 위독 전보를 받기 이전은 조선의 현실에 대해 추상적이고 개인적이며 막연한 동경유학이었다면 현실적 사건의 체험을 통한 渡日은 집단속의 개인인 자신이 무엇을 해야 하는지를 알고 그 실천을 위한 새로운 출발이다. 그 출발은 조선을 사회적 정치적 新生을 위한 길이기도 하다. 이는 자아각성에 의한 정신적 극복이 선행된 후에 각성 이전의 세계에 대한 극복 문제를 제시할 수 있기 때문이다. 따라서 이인화의 동경으로 출발은 가치관의 변화를 통한 새로운 세계로의 진입이고 시발점이다.[11]

---

11 염상섭은 1911년 渡日하여 1920년 경응 대학을 중퇴하고 귀국, 그 후『동명』의 편집 기자와 『시대일보』(1924)의 사회부장으로 재직함. 『시대일보』가 폐간되자 일본으로 유학 (1926). 그 사이에 「만세전」, 「신혼기」 출간. 이 때 염상섭이 갖추고 있었던 정치적 감각은 그의 문학을 밝힘에도 매우 중요한 요소로 김윤식 교수는 보고 있다. (김윤식,『염상섭

3.「新婚記」

1)「해바라기」에서「新婚記」로의 해체적 독서

중편「해바라기」(1923, 7·8, 동아일보)는 처음 발표할 때의 題目이다. 後에「신혼기」(1948)로 改題한다.「해바라기」는 나혜석을 모델로 한 소설이다.[12] 나혜석을 모델로 하였다는 것은 현실과 문학의 경계는 무너지고 상호텍스트되어 기표만이 부유한다. 모델은 이미 실제의 나혜석은 아니며 그렇다고 〈나혜석이 히스테리까지 걸릴 정도면〉 전혀 아니라고 할 수도 없는 것이다. 이렇게 현실은 문학의 속으로 확장되면서 의미기호의 복제품을 생산함과 동시에 분열적이고 해체적 독서를 유도한다.

분열적이고 해체적 독서의 실마리는 제목의 천착에서부터 시작할 수 있다.「해바라기」를 중심으로 전경화하여 읽느냐,「新婚記」를 전경화하여 읽느냐가 관건이 된다. 작품의 인물 최영희를 중심축으로 하여 죽은 애인 홍수삼과 결혼한 남편 이순택으로 분열된다. 과거와 현재, 심층(수삼)과 표층(순택)의 기호 전복이 나타난다. 과거 지향적 삶이냐와 미래지향적 삶이냐, 사랑이냐와 물질(경제)이냐, 질서의 지속이냐(영원한 정조, 지조의 지속)와 기존질서

연구』, 서울대 출판부, 1987, 264-265쪽) 작가의 재도일과 작품속의 주인공과 관련하여 동경에로의 지향성은 〈현해탄 콤프렉스〉로 본다. 김윤식편, 『염상섭』, 문학과 지성사, 1987, 54쪽

12 「신혼기」는 여류화가요, 문우이기도한 L여사(나혜석)의 승낙을 받고 모델로 한 작품이었다. 후일 L여사는 〈그것 때문에 히스테리에 걸릴 뻔하였다〉고 넌지시 나를 나무래는 말도 들었거니와.(『횡보문단회상기』, 207쪽) 김윤식, 앞의 책, 재인용.
「신혼기」에서 현실의 인물들이 작품속의 인물로 상호텍스트됨. 여기서 나혜석(최영희), 최승구(1917년 죽음)(홍수삼), 1918년 나혜석과 염상섭 사귐. 그 후에 1920년 김우영(이순택)과 나혜석 결혼. 나혜석 1946년에 죽음. 위의 책, 266-268쪽. 참고.

의 전복이냐(사랑없이도 결혼할 수 있다), 흔적 찾기냐와 흔적 지우기냐(새로운 흔적 만들기), 남성주체냐(수삼) 여성주체냐(영희), 이혼여행이냐 신혼여행이냐가 거의 동등한 기호로 작용하기 때문이다. 이는 구도 상 삼각관계로도 볼 수 있다. 삼각관계가 흔히 수반하는 갈등은 여기서는 중심항에 놓이지 않는다. 갈등은 영희와 남편 순택에게서 나타나는데 순택이 수삼과의 갈등보다 영희의 행위에서 수삼을 발견하고 갈등한다. 즉 영희의 분열된 심리에 대한 갈등이다. 수삼은 이미 죽고 없지만 기호로서 존재하며 그 기호는 영희의 심리인 것이다. 따라서 수삼과 순택의 직접적인 갈등은 없는 것이다.

「해바라기」로 전경화하여 독서하며 초점화자인 한 여성의 영원한 사랑 이야기이다. 한 남성과 사랑하고 그 사랑이 결실을 보지 못하고 남성이 폐병으로 죽자 그 사랑을 못 잊고 방황하며, 다른 사람과 결혼하여서까지 죽은 남자의 환상을 좇으며 또한 현실적 남편에게서조차 그를 보는 해바라기向日花인 것이다.

이는 해바라기가 주는 상징성과도 밀접한 관련성이 있다. 해바라기는 향일성식물이며, 向日花(話)이다. 흔히 花는 여성에 비유되고 日은 남성에 비유된다. 바꾸어 말하면 해바라기는 남성에 대한 끊임없는 사랑을 바치는 사랑을 말하는(話) 여성인 것이다.[13]

---

13 김윤식의 말대로 염상섭이 나혜석으로 인한 피해의식으로 나혜석과 유학한 여성들의 허영심을 드러내기 위한 것이라면 向日花가 일본 지향적이며, 주체성이 없는 여성으로 해석이 가능하다. 최영희처럼 말에 대해 행동으로 옮기지 못하는 인물들로 볼 수 있다. (김윤식편, 『염상섭』, 문학과 지성사, 1987, 53쪽.)

　　신랑 신부도 앉았다. 이때까지 신랑은 거울을 사이에 두고 거울 밖에 섰는 자기는 거울 속에 있는 신부를 바라보고, 거울 속에 있는 자기는 거울 밖에 있는 신부를 바라보고 있었으나, 인제야 체경에 등을 지고 기역자로 앉은 신부의 얼굴을 거울에 비추지 않고 마주보게 되었다. 그러나 광선의 작용으로 신랑의 눈에는 거울 속에서 보던 얼굴의 더 화려한 것 같아 보였다. …… 중략……그 눈만은—마음의 비인 곳을 채려고 무엇인지 호소하며 찾는 듯한 그 눈만은 여전한 것을 깨달았다.

　　신랑 순택이 결혼식을 마치고 신부가 앉아있는 곳에서 영희를 체경을 통하여 바라보는 모습이다. 이 부분은 영희와 순택의 관계를 사전 제시하는 부분이다. 화려한 결혼이 끝나고 즐거워야 할 시간에도 영희의 깊은 실연의 모습을 순택을 읽어낼 수 있었던 것이다. 실상 영희는 경제적 자립이나 〈지금이라도 집에서 부모나 형제가 눈살을 찌푸리지 않고 하루 세끼 먹여준다〉하면 결혼할 필요를 느끼지 않는 여성이다. 〈경제적 독립만 이룰 수 있다면 결혼은 필요 없으나 경제적 독립을 못한 오늘의 여자로는 조금도 불명예〉할 것도 없는 것이다. 〈연애란 일생에 한 번 뿐이지 두 번씩은 없는 것이다〉 행복은 수삼과 사랑할 때만 존재했고 수삼이 죽자 사랑도 함께 사라졌다고 생각한다. 영희의 영혼이 순택의 영혼에서 살 수 있어도 영희의 영혼 속에서 순택의 영혼이 파묻힐 수는 없는 것이다. 이와 같이 영희의 결혼식은 자신의 삶을 위한 경제적 방편이다. 그 사이에는 순택의 사랑이 낄 자리가 없는 것이다. 사랑을 해서 결혼했다기보다 순택이 자기에 대한 집요한 성실성 때문인 것이다. 따라서 영희의 사랑은 수삼에 대한 오직 한 번뿐인 것이다.

수삼의 동생 수철의 전보를 받고 영희는 전보의 내용에 의미를 새기다 과거의 수삼의 빙그레 웃는 모습을 떠올린다. 수철의 전보가 계기가 되어 영희는 수삼의 묘가 있는 H군으로 신혼여행을 떠난다. 순택에 대한 것은 영희가 살 토양이며 경제적 기반일 뿐이다.

그녀가 지향하는 곳은 向日花로서 수삼에 대한 영원한 사랑인 것이다. 영희가 신혼여행의 첫 방문지로 수삼과의 사연이 있는 곳으로 택한 것은 죽은 이에 대한 흔적을 복원하기 위함으로 볼 수 있다. 離緣狀을 내기 위해서의 가는 것이라는 그녀의 심리와 달리 그녀의 행위는 이연을 위한 행위가 아니다. 無緣의 백골이 되고 말 수삼의 묘를 찾음으로 하여 무연을 有緣으로 만들기 위함이다. 자신과 수삼이 사랑을 주고받은 공간으로 이입하므로 해서 수삼에 대한 흔적 찾기가 되는데, 그 흔적은 영희가 수삼이 죽기 전 한 달 전쯤에 동경서 수삼의 병문안 오던 때 만났던 사끼짱과 자혜병원 의사와의 만남을 회상함으로써 시작된다. 회상은 과거에 대한 현실적 존재함을 드러내는 매체이다.

사끼짱이란 여인은 애인 홍수삼과의 사랑하는 관계에 있던 여성이다. 흔히 볼 수 있는 애정의 삼각관계는 소멸되고 유곽의 갈보로 전락한 얘기를 목포에 와서 듣고 동정을 보낸다. 사랑하고 약혼까지 했던 수삼이 떠나자 사랑했던 한 여인은 결혼하고 또 다른 여인은 갈보가 됨에 이 세상을 떠난 그 사람만 가엾다고 생각한다. 수삼의 흔적은 너무 강열하여 연적(사끼짱)까지도 귀엽고 불쌍하게 생각한다. 영희의 이러한 행위는 수삼은 사라지고 그 흔적만 남아 그 흔적을 통하여 주체(홍수삼)를 복원하려는 노력의 일환이다. 한 남자를 사랑했던 두 여인의 상호이해와 주체의 소멸로 인한 허탈감이라는 동질성이 동성 연애적 감정으로 작용한 것이다. 이는 두 여인의 대립적 관계를 해체한다.

수삼과의 가장 강렬한 사랑의 흔적은 그와 주고받던 편지이다. 이 편지는 몇 해를 주고받던 사랑의 기록이며 끊는 열정을 역력히 그린 기념탑인 것이다. 〈이 넓은 세상 가운데 꼭 한 사람이던〉 그와의 향기로운 흔적이 영원히 가신님의 가슴에 품어 두려고 수삼을 찾는 것이다. 수삼은 죽었지만 편지라는 흔적을 통해 과거는 늘 유사현실로 존재했다. 유사현실은 이제 사진과 함께 편지를 태워 묻음으로써 둘만의 영원한 현실로 남게 된다. 자신의 사진은 자신의 몸을 대신하여 수삼에게 바친다. 최영희의 몸이 이 세상에서 자취를 감추는 날에도 이 땅 위에 아직 남아 있을 것은 이 사랑의 흔적일 뿐인 것이다. 묘비를 세우는 행위는 사랑의 종언이라기보다 최영희의 가슴에 영원히 사는 흔적이 될 것이다. 向日花인 최영희는 순택과의 결혼은 경제적인 안정이고 사랑은 아닌 것이다. 오직 사랑한 사람은 홍수삼이다. 해바라기라는 제목과의 관련성은 한 여인의 끝없는 사랑과 지조를 받치는 남성 중심 하에 종속된 과거지향적인 삶이다. 자신의 사진을 묻고 비석을 세우는 행위는 영원한 사랑의 지속 행위인 向日花이다.

「신혼기」란 제목으로 해석하면 중심인물로 떠오르는 사람이 최영희와 이순택이다. 두 사람의 결혼식과 신혼여행이 전경화 되면서 애인 홍수삼은 후경으로 밀려난다. 결혼과 신혼여행은 새롭게 두 사람이 만나서 인생의 새 출발하려는 통과 의례적 행위인 것이다. 이 통과 의례적 행위는 이성중심주의가 만든 남녀의 차별적 역할의 변화를 예고한다. 이는 기성사회에 대한 모랄의 변화를 예고하기도 한다. 구식 결혼이 아닌 신식 결혼, 신부의 연설,

시아버지의 무력감과 혼례의 주체적 주도자가 부모에서 혼례 당사자로 전환, 시아버지에 대한 폐백의 삭제에다 신부의 신혼여행 주도, 게다가 더 큰 파격은 신혼여행지를 과거 애인의 무덤으로 잡은 점[14]은 세계의 모든 여성이〈무개성적 하나의 여자〉에서 개성과 사고의 주체자로 전환하는 몸짓인 것이며, 夫唱婦隨의 삶은 夫唱婦隨의 삶으로 전복되는 것이다.

「신혼기」는 여성에 대한 남성의 인식의 변화가 뚜렷하다. 순택은 영희를 종속된 아내보다 사랑을 바탕으로 한 영희의 모든 것을 이해하려한다. 이해의 근간은 再嫁장가라는 결점이 있지만 무엇보다도 영희를 사랑함에 있다. 또 그녀의 재능을 인정하고 돌봐주기 위함과 그녀의 실연을 달래주기 위함이다. 그러나 최영희는 사랑보다는 경제적 안정감을 위한 결혼이다. 그의 사랑은 과거의 애인 홍수삼 뿐이라고 생각한다. 극단적으로 영희의 영혼이 순택의 영혼 속에서 살 수는 있어도 영희의 영혼 속에서 순택이 살 수 없는 것이다. 오늘의 결혼 역시 순택에게 정복된 것이 아니라 순택이가 자기에게 정복된 것이니까 영희는 순택에 대하여 절대 패권을 가진 왕자라고 생각한다. 물론 그에 대한 사랑의 감정이 없는 것은 아니다. 그러나 그것은 불쌍하고 가엾다는 연민에서 오는 사랑이요 뼈에서 우러나는 피의 방울방울이 끓어오르는 사랑은 아니었다.

영희의 이런 생각은 순택의 끝없는 이해가 영희의 심리적 변화를 서서히 유도한다. 영희가 순택에게 숨기고 수삼의 무덤을 향하는 기차 안에서, 순택이 영희를 승리를 얻은 여왕으로 추켜세우자 정말 행복한 순간을 맛본 것

---

14 「신혼기」를 동경유학생의 혼인시련을 전경화한 것으로 봄. 김종구, 「혼인시련 신소설의 서사구조와 인물유형 연구」, 서강대학교 박사학위 청구논문, 1990, 110쪽.

같이 만족한다. 영희와 순택은 나그네의 첫날밤을 즐겁게 기다리며 목포에 도착한다. 영희가 목포의 한 여관에 투숙하자 순택이 홍수삼과 관련된 사연이 있음을 알고도 내색을 하지 않는다. 그런 남편의 관대한 처사에 영희는 무진 감사하고 고개가 절로 숙여짐을 깨닫는다. 영희는 순택에게 수삼의 무덤에 함께 가주기를 간청한다.

영희는 가라앉은 목소리로 고진 입을 맞대고 감격에 또는 소리로 속삭였다. 남편의 깊은 사랑과 관대한 처사에 대한 감사와 감격이 넘쳐서 새로운 애정이 가슴속에 흥건히 고이는 것을 깨달았다. 그러나 그 순간에 영희는 매달려 있는 사람이 순택인지 수삼인지 분명하지 않았다.

영희의 간청을 흔쾌히 승낙하자 영희는 그의 사랑에 감격한다. 순택의 사랑에 영희는 자신의 내면에 순택의 사랑을 기릴 수 없다고 한 생각이 점점 변화되어서 순택과 수삼을 착각하는 지경까지 이른 것이다. 영희의 이러한 분열은 대상이 동등한 양가감정으로 나타날 때 나타나는 착각인 것이다. 수삼과의 사랑을 속삭일 때 느끼던 감정을 점점 순택에게서도 느끼는 결과인 것이다. 넓은 아량과 이해는 영희의 연애와 결혼이 분리되고 경직된 사고를 누그려 영희의 영혼으로 순택의 영혼이 살 수 있는 여지를 보인 것이다.

미안할 거 뭐 있나. 영군은 망령에게나마 離緣狀을 내놓으로 가는 거요, 나는 잘 맡았으니 염려말라고 안위시키러 가는 셈쯤 되었으니 잘되었지……중략……그런데 비를 하나 세우고 싶은데

비를 세우겠다는 영희의 말에도 순택은 질투 없이 승낙하며 자신의 돈도 보태고 싶다고 청한다. H군에 도착하여 수삼의 묘를 찾아간다. 비를 세워줄 것을 김서기에게 부탁하고 여관으로 돌아와 수삼과의 사랑하던 시절의 편지를 태워 자신의 사진과 함께 무덤에 묻고자 한다. 여기서 편지를 태우는 행위와 묻는 행위는 자기 정리하는 행위며, 흔적 지우기이다. 이 흔적 지우기는 순택의 끝없는 이해와 사랑으로 새로운 흔적 만들기에 성공하게 된 것이다. 「新婚記」는 과거의 사랑과의 離婚記이며 과거청산과 새로운 삶의 출발이다. 그것은 두 주체자가 과거의 모든 행위를 매듭지음으로써 새 출발의 의미[15]를 갖게 한다. 결혼의 두 주체가 결혼 전의 애인의 무덤을 신혼여행지로 삼아 갈등과 시련을 극복함으로써 남녀의 새로운 결혼 풍속도를 사회화 시킨다. 그것은 夫와 婦가 주종관계가 아니라 夫와 婦가 이해 협조관계임을 고지시킨다. 또한 로고스 중심의 탈출이라는 데리다의 관점에서 보면 남성의 주도적 질서를 해체한 여성의 새로운 흔적 만들기이다.

4. 마무리

본고는 해체적 독서를 통하여 염상섭의 「만세전」과 「신혼기」를 살펴보았다. 의미의 고정성을 믿어왔던 기존연구의 방법론을 본고는 부정하며 문학텍스트는 끊임없이 개방된 실현태이며 유희의 진원지로 독자에게 드러난다. 「墓地」에서 「萬歲前」으로 改題됨으로써 텍스트의 의미가 고정되었다기보다

---

15 김우창은 『리얼리즘에의 길』에서 〈새로운 결혼의 출발〉을 도모하려는 영희의 계책으로 평가함. 김종구, 앞의 책, 110쪽, 재인용.

해체 및 확장됨으로 기표와 기의의 이원적 관계에서 기의는 사라지고 기표만
이 부유하는 것이다. 「墓地」의 정적 폐쇄적인 공간에서 「萬歲前」이라는 동적
(정치적) 개방된 컨텍스트의 변모는 제목의 改題에서 읽을 수 있다. 또 인물
들의 이름을 해체하여 이제껏 작품 속의 상징성만을 확보한 이름을 해체하여
독서하므로 문학고유의 유희적 공간으로서, 놀이로서의 다양한 해석을 생산
할 가능성을 확보할 수 있다. 이인화를 異人化로 읽음으로써 텍스트는 또 다
른 의미기호를 생산할 수 있으며 고정적인 인물지표를 동적인 변화과정으로
기술할 수 있다. 정자란 여성은 精子를 보유한 여성으로, 자신의 삶을 의지적
으로 주체적으로 영위할 수 있는 여성으로 전환되며 그 對가 되는 조선의
여성들은 삶의 의지를 주체적으로 영위하지 못하는 여성들이다. 「해바라기」
는 제목이 주는 의미기호가 向日花로서 영원한 사랑이지만 「新婚記」는 두 남
녀의 사랑보다 새로운 결혼풍속도를 제시함으로써 남녀가 이해와 협조가 가
능한 결혼관의 변화로 읽을 수 있다. 「해바라기」에서 「신혼기」의 공통점은
기차여행을 통한 공간의 확대인데 종착역이 모두 새롭게 출발하는 인식과정
을 보이는 점이다. 즉 새로운 공간으로의 여행이라기보다 과거의 삶의 흔적
을 따라가면서 그 삶의 방법에 대한 정리, 혹은 잘못 인식한 자신의 삶을
자각함으로써 새출발의 의미를 갖고 있기 때문이다.

1. 들어가기

「감자」와 「오몽녀」는 1925년 같은 해에 발표된 김동인과 이태준의 작품이다. 두 작품의 유사성은 발표 당시 이미 나도향의 심사평을 시작으로 많은 연구가 이루어져왔다.[1] 이러한 논의 가운데 착상의 유사함과 결구의 차이를 밝히고 있는 정한숙의 연구와 등장인물의 성격을 본능 추구형으로 분류하여 인물 특성에 초점을 둔 송하춘의 연구가 대표적이다. 그런데 이와 같은 논의는 작품의 구체적 분석에 의한 평가라기보다는 개론적 성격의 평이라는 데 한계를 갖는다. 최근에 이병렬은 사건 구조를 바탕으로 논의하였고, 정연희는 서술 기법을 중심으로 연구하여 전자의 연구보다 섬세한 분석을 내놓았

---

1 [稻香]이 작품을 볼때에는 김동인군의 「甘藷」가 작고 생각납니다. 처음 보는 작자로서 이만큼 얌전한 작품을 내어놓는 것은 퍽 반가운 일입니다. 나도향, 「7월 창작소설 총평」, 『조선문단』, 1925.8, 121쪽.

다. 이러한 연구는 추상적인 논의에서 보다 구체적인 논의로 발전된 연구 결과로서 평가할 만하다.[2]

본고는 김동인과 이태준의 소설「감자」와 「오몽녀」[3]를 비교하여 논의를 진행하고자 한다. 양자에 대한 비교 논의가 매우 많이 이루어졌지만, 본고에서는 기왕의 연구에서 간과하고 있는 몇 가지 개념을 중심으로 살펴봄으로써 두 작품의 거리를 조명하고자 한다. 즉 행위의 반복과 매개자를 통한 의식의 변모, 가정해체의 급진성과 가정 내부의 모순, 닫힌 결말과 열린 결말 구성이라는 테마를 중심으로 두 작품이 지닌 변별적 거리를 논의함으로써 이들 작품의 특성을 살피고자 한다.

2. 행위의 지속과 매개자를 통한 의식의 변모

인간의 성숙은 정신적 성숙과 육체적 성숙[4]으로 나누어 생각할 수 있다.

---

2 정한숙, 『현대한국문학사』, 고려대출판부, 1982, 192쪽.
　송하춘, 『1920년대 한국 소설연구』, 고려대민족문화연구소, 1985, 227-231쪽.
　이병렬, 「복녀와 오몽녀의 거리」, 『이태준소설연구』, 평민사, 1998.
　정연희, 「김 동인과 이태준의 서술기법 비교연구」, 『한국현대문학이론연구』, 현대문학이론학회, 291.
3 본 논의는 원본을 중심으로 함.
　김동인, 「감자」, 『조선문단』, 1925.1.
　이태준, 「오몽녀」, 『시대일보』 1925.7.13.
4 通過儀禮라는 개념 역시 한 개인의 일생에서 탄생, 성숙, 결혼, 죽음이 하나의 주기로 되어 있는데 이러한 삶의 고비에서 수행되는 인류학적 원형상징이며 이 역시 문화 속에서 일정하게 상징적인 틀을 견지한다. 따라서 완전한 성숙은 모두 그 정신적으로 미숙에서 성숙으로 이행되는 통로이며 인물의 행위나 의식이 모두 어떤 시점과 사건을 전후로 대립적이거나 반대되는 형식적 틀을 가지고 있다.

서사문학에서는 대체로 육체적인 성숙보다는 정신적 성숙을 서사의 기저로
삼는다. 그런 점에서 두 작품은 모두 결혼 후 정신적 성숙(성장)을 다루고
있는 소설이다. 복녀와 오몽녀는 사회의 법이나 가부장의 질서 아래에서 정
상적인 사회의 일원이라기보다 희생을 강요당하거나 주체적 삶을 박탈당한
타자로서의 결정된 삶과 운명의 소유자로서의 성격이 강하다. 사회는 그녀들
이 주체적으로 삶을 가꾸어 나가도록 놔두지 않으며, 두 작품의 서사는 이
러한 매우 왜곡된 상태의 현실에서 시작된다. 「감자」와 「오몽녀」에서 성숙
의 전제는 매음과 간통이라는 방법을 통하여 의식이 변모하고, 이러한 의식
의 변모는 정신적 성숙, 혹은 향상된 삶의 질적 변화로 이행되지 않거나
진행된다.

1) 행위의 지속을 통한 성숙-복녀

복녀는 자신의 삶의 진정성을 인지한 여인이라기보다 환경적 요인에 의해
잘못 학습된 결과를 자신의 행동 기반으로 삼은 데서 오는 비극적 인물이다.
복녀의 비극은 잘못된 사랑법에 의한 것이다. 그녀는 사랑의 방법을 금전거
래를 통해서 잘못 학습됨으로써 그것을 믿고 추구하다 비극적 죽음에 이른
다. 특히 복녀를 중심으로 인간관계를 살펴보면 결혼 전 부모와 함께 있을
때만 그녀의 인간관계는 정상을 유지한다. 그러나 결혼 이후 복녀에게 주어
진 상황은 시련과 장애의 연속이며, 여기에서 비롯한 삶의 고통이다. 그녀는
육체적 노동을 통해서 정상적인 삶을 유지하려 하나 남편의 게으름으로 생존
방법이 더욱 악화된 결과 칠성문 밖으로 추락한다. 그곳에서 복녀의 인생관
은 바뀐다. 그녀는 지속적인 매음 행위를 통해서 새로운 세계를 지향하나

결국 좌절하고 만다.

① 「형님은, 뉘집에?」

「나? 陸서방네집에. 님자는?」

「난, 王서방네! 형님 얼마 바닷소?」

「陸서방네 그 싹쟁이놈, 배츠 세폭이!」

「난 三圓바닷디」

복녜는 자랑스러운 듯이 대답하엿다.

② 그뒤부터, 王서방은 무시로 복녀를 차저왓다.

③ 복녀는, 차차 동리ㅅ거라지들한테 애교를 파는것을 中止하엿다.

④ 王서방이, 분주하여 못올째가 잇스면, 복녀는 스서로 王서방에 집까지
차저갈째도 잇섯다.

⑤ 복녀의 부처는, 인전, 이 빈민굴의 한 富者엇섯다.

⑥ 그 겨울도 가고, 봄이 니르럿다.

⑦ 그째, 王서방은, 돈百圓으로 엇던 처녀를 하나 마누라로 사오게 되엿다.

⑧ 복녀의 얼굴에는, 분이 하-야케 발라저 잇섯다. 그는, 王서방의게 가서,
팔을 잡고 느러젓다.

⑨ 「자, 가자우, 가자우」

王서방은 복녀의 손은 쌕르첫다. 복녀는 쓸어젓다가 다시 니러섯다. 그가
다시 니러설째에는, 그의 손에는, 얼른~하는 하는 낫이 한자루 들리워
잇섯다.

①에서 왕서방과의 첫 매음을 통해서 복녀는 이웃 여자와 자신을 비교해 금전적으로 비교 우위에 있음에 자랑스러운 태도가 나타나 있다. 도둑질을 하다 발각이 나고 그로 인해 매음을 하게 된 복녀는 매음의 대가인 금전적인 보상을 받고 기뻐한다. '배추 세펙이'를 받은 다른 매음녀와 3원을 받은 복녀의 보상은 교환가치의 차이가 전제된다. 복녀는 이러한 물질적 조건에 대한 차이를 자랑스러운 듯이 생각한다. 이는 복녀가 물질에 대한 경도와 아울러 금전차이를 통한 인간의 가치에 대한 차별성을 인지했다고 볼 수 있다. 이러한 생각이 지속되면서 매음의 대가로 주는 돈의 크기에 따라 매음대상자가 자신의 몸값을 후하게 줄 때 복녀가 대상에 대한 연정을 품을 수 있는 전제가 된다.

②에서 ⑨는 왕서방과의 첫 만남 이후 왕서방과 복녀의 행위, 이것이 가져온 복녀의 변화와 왕서방의 변화를 제시하고 있다. ②에서는 왕서방이 '무시로' 찾아온 행위와 왕서방이 찾아오지 않을 때는 '스서로' 찾아갈 때도 있음이 나타난다. 왕서방의 일방적인 매음이 아닌 복녀가 스스로 찾아 갈 때가 있음은 이들의 관계가 매음 이상임을 드러내는 것이다. 또한 왕서방과의 매음 관계를 통해서 복녀는 매번 큰돈을 받는다. 이들의 왕래정도가 일시적 현상이 아니라 지속적으로 유지되었음을 볼 수 있다. 그 지속의 정도는 9월부터 새봄까지니까 거의 육칠 개월이라는 시간정도 지속된 셈이다. 이러한 지속은 그녀가 왕서방에게 남다른 사랑을 품게 되었다는 것을 말한다.[5]

---

5 이동길은 절망적 현실에 타협한 자아의 허무라고 평하면서 시기와 질투는 복녀가 왕서방과 지속적인 관계를 갖고 정부로서의 지위까지 도달하게 되자 그 속에서나마 자기 정체성을 생각했다. 이동길, 「김동인의 감자에 나타난 불행한 삶과 모순된 인식」, 『배달말』, 배달말학회, 1988, 293쪽.

왕서방이 새장가를 든 날 저녁에 그녀가 '낫'을 들고 왕서방의 집에 들어간 행위가 과연 사랑 때문이냐 아니면 돈 때문이냐가 해석상 문제가 될 것인데, 이것이 돈 때문이라면 일련의 복녀의 행위에 의문이 간다. 왕서방이 결혼함으로써 매음이 단절되고 금전 확보가 어렵다는 점에서 '낫'을 든 이유라면, 복녀네 가정은 이미 칠성문 밖에서는 부자인 상태이다. 그녀에게 금전적인 궁핍은 그리 걱정되는 것은 아니다. 더욱이 본능적 욕정이라면 다른 매음자, 즉 일회성 매음자인 거라지들을 굳이 피할 이유가 없을 것이다. 따라서 복녀가 코웃음을 날리고 분을 하얗게 바른 행동은 왕서방의 변심을 돌려보려는 의도이며, 애원하는 행위는 애욕에 의한 것도 아니요, 금전에 대한 불안한 심리도 아니다. 사랑하는 자에 대한 변심을 돌리려는 행위일 뿐이다.

질투란 사랑의 극단적인 표현인데 왕서방에 대한 사랑이 복녀의 가슴속에 내재해 왔다는 것은, 수단으로 사용되었던 성이 목적으로 뒤바뀌었음을 뜻한다. 매음과 간음을 둘 다 하게 되는 것이다. 복녀는 왕서방과 지속적인 만남을 갖는다. 지속적인 만남은 곧 반복이고 반복적인 행위는 의식의 변화를 가져온다. 그 의식의 변화는 복녀에게는 사랑의 감정[6]이라고 볼 수 있다. 다른 사람에게서 느끼지 못한 자기만의 가치를 인정해주는 남자, 그리고 차별화된 금전적 거래가 부정적이나마 왕서방을 특별하게 느끼는 사랑이라고 생각할 수 있다. 복녀를 찾아오는 왕서방과 그리고 왕서방이 바쁠 때 복녀가 찾아가는 관계는 이미 그들의 관계는 매음이상의 간음으로 볼 수 있다. 다른

---

6 강인숙은 도덕적으로 완전히 타락한 복녀는 남편에게 찾을 수 없었던 것을 왕서방에게서 발견하게 됨으로써 그와의 관계가 단순한 매음이 아닌, 그 이상의 애정을 갖고 있었다. 강인숙, 『한국 현대소설사 연구』, 민음사, 1994, 65쪽.

거러지와는 일회성 매음에 불과했으며 왕서방은 지속적이었으며 더욱이 그를 만난 이후는 거러지들과 매음을 끊기 때문이다. 복녀가 느끼는 새로운 관계란 왕서방에 대한 사랑을 전제로 지속된 것이며, 그의 변심은 그에게 이제껏 보이지 않던 질투가 발동한 것이다. 그 질투의 내면에는 이미 사랑이 자리하고 있었기 때문이다.

따라서 그녀가 비록 양반가의 딸에서 팔려와 결혼하면서부터 시련은 시작되고 매음을 통하여 극복하였으나 또 다른 시련인 사랑의 감정이 싹트면서 새로운 시련이 시작된 것이다. 사랑의 감정이란 정상적인 의식 상태인 것이다. 이전에 매음은 생존하기 위한 방식이 자지만 왕서방과의 간음은 삶의 의미로 해석할 수 있다. 왕서방에 대한 집착은 지금껏 보이지 않았던 심리 상태이고 왕서방의 변심은 그녀가 삶을 포기하는 비극적 행위를 촉발한다. 따라서 그녀의 죽음은 자기 체념에서 오는 자살로 읽을 수 있다.

복녀의 행위서사를 통해서 볼 때 비로소 그녀는 한 남자를 만나서 사랑을 인식한 것이다. 왕서방을 만난 이후 복녀의 의식은 여자로서 성숙의 문턱에 이른 것이며, 더 나아가 그가 깨달은 삶의 의미를 유지하기 위한 몸부림은 '낫'을 든 행위로 나타난 것이다. 부정적인 환경에서나마 자기의 생존의미를 찾은 복녀는 새로운 세계를 만나자마자 죽음에 이르게 된다.

2) 매개자를 통한 성숙-오몽녀

이 소설은 비정상적인 부부 관계 아래에서 무지한 오몽녀가 사랑의 매개자를 만남으로써 정상적인 삶을 회복해가고 더 나아가 의식의 성숙에 이르는 이야기이다. 유년기에 팔려온 오몽녀는 부부 생활을 할 정도로 육체적으로 성숙한 여인이다. 그의 미숙에서 성숙으로 이행되는 과정은 매우 독특하다. 그녀의 시련은 어린 시절 35원에 팔려온 이후 지참봉과의 결혼 생활에서 시련이 시작된다.

시련에 대한 그녀의 탈출구는 불만을 통해서이다. 불만이란 현실적 상황에 대해 만족하지 못할 때 대리 행위를 통해서 보상을 받는 행위이다. 오몽녀의 행동을 통해서 볼 때 그녀가 욕구 불만을 해소하는 방식은 우선 식욕을 채우고 훔치는 행위를 통해서이다. 그녀는 남의 것을 훔치고 탐식을 통해 내적 불만을 해소한다. 그녀는 맛있는 반찬이 생기면 그녀 혼자만 먹고 남편인 지참봉에게는 주지도 않는다. 그녀는 지참봉에 대한 배려나 관심이 전혀 없다. 지참봉은 욕구불만의 대상이며 그 대상에게 무신경한 행동을 함으로써 부분적인 보상을 받는다.

이와 함께 그녀는 주변적인 여건과 지참봉을 비교함으로써 불만이 키운다. 그 불만의 싹은 이전에 방순사와 현재의 남순사와의 성관계에서 찾을 수 있다. 물론 이들과의 관계는 외적인 현실로 볼 때 권력에 의한 강압에 의해서 이루어졌다고 볼 수 있다. 그러나 그녀의 행동과 심리 상태를 볼 때 지참봉에 대한 성적 불만이 그들과의 성관계를 능동적으로 만들었다. 그러나 그들은 애정의 대상이라기보다 성적 욕망을 풀어내는 대리자일 뿐이다. 애정이 가미되지 않은 거래의 대상일 뿐 그 이상도 이하도 아니다.

金乭이는싱글싱글웃으면서五夢女의겨트로닥어서드니, 부르르 떨리는손을五夢女의엇개우에올려노트니, 한손으로는얇은구름속에잇는달을가르친다.그러나五夢女는避하려하지도안코오히려約束이나한愛人을맛난것가티그가하라는대로머리를들어흐릿한海上月色을살펴보앗다.

앞의 인용은 오몽녀가 금돌의 배에 들어가 백합을 훔치다가 금돌이 펼쳐놓은 그물에 걸려든 상황이다. 그러나 첫 만남이지만 금돌과 오몽녀 사이의 애정 표현은 농도가 매우 긍정적임을 볼 수 있다. 오몽녀는 "避하려하지도안코오히려約束이나한愛人을맛난것가티그가하라는대로머리를들어흐릿한海上月色을살펴보앗다"라는 금돌에 대한 감정 표현을 볼 때 서술자체가 姦婦의 모습이라기보다 청춘남녀들이 배 위에서 만남을 즐기는 것처럼 제시된다. 이는 오몽녀가 새로운 만남을 통하여 행동이나 심리가 적극적으로 변화된 것을 암시한다.

① 五夢女는金乭이를맛나고온뒤로부터는池參奉에對한不滿이점점 强해젓다. 그리고, 무슨영문인지저도모르게 늘, 金乭이와池參奉을比較해본다. 池參奉은눈이 멀고, 나히만코, 氣力이업고, 잇대야이까짓쵸가집하나, 金乭이는눈이안멀어, 나히젊어 氣力이健壯해, 집보다는못하나그래도둘이서는넉넉히살배가잇서....

② 그는金乭이가맛나고십헛다. 생선과白蛤이쏘먹고십헛다.

③ 五夢女는生日이지난지十餘日後에그여이바구니를씨고나가고야말앗다.

④ 두번재金乭이를맛나고온五夢女는그뒤로부터는심심하면이웃집말단니듯하얏다. 池參奉이占이나처서잔돈푼이나생기면五夢女는그돈을훔치어가지고, 甁을들고酒店으로간다.

①은 금돌을 만나고 나서 오몽녀의 불만이 더욱 강해졌음을 보여주는 대목이다. 그것은 오몽녀가 금돌과 지참봉을 비교하면서 내재해 있던 심리가 드러난 것이다. 나이의 많고 적음, 기력이 없고 기력이 건장함, 눈이 멀었고 멀지 않음을 통해서 기존에 내재된 지참봉에 대한 불만이 더욱 표면화된다. 외적인 가치에 대한 불만은 현재와 새로운 세계와 비교하면서 부부 관계는 깨지고 지참봉과의 결혼 관계는 비극으로 발전한다.

②에서는 금돌에 대한 그리움이 생선과 백합을 먹고 싶은 것으로 나타난다. ③과 ④의 인용은 오몽녀가 그리움을 참지 못하고 금돌을 만나러 가는 행위이다. 이미 오몽녀는 사랑에 빠졌다. 그로 인하여 금돌을 자꾸 만나고 싶은 심리가 나타나며 더욱이 지참봉이 번 돈을 가지고 금돌에게 술을 사주는 행위가 제시된다. 이는 이제껏 훔치기만 하던 오몽녀가 오히려 금돌에게 술을 사주는 행위로 행동의 변화를 보인 것이다.

⑤ 그는, 그어느쌘가, 확근확근하는金乭이입김이自己얼굴우에슬어지든그쌔보다도, 더가슴이울렁거리고, 마음이急하얏섯다.

⑥ 그보들업고, 푹신푹신한맛, 다스한맛이벗은살우에배여들쌔, 强性的인五夢女의肉體는부들부들썰리도록興奮되엇다. 「오늘나주엔金乭이레고대할게구마...」속으로혼자중얼거리다가, 쌧쌧한속곳까지다벗어내팽개치고, 잠이들엇다.

위의 인용은 오몽녀의 심리가 제시된 것인데, 행보객 하나가를 객보하지 않아서 오몽녀가 유치장에 갇혀 있을 때도 오몽녀가 금돌을 생각하는 심리를 드러낸 것이다. 남순사가 오몽녀를 자기 숙직실에 재울 때 남순사에 대한 오몽녀의 의식은 매우 긍정적으로 그려지고 있다. 이 부분은 오몽녀의 갈등 부분인데 미명이불도 덮지 못하던 그녀에게 산동주 이불로 인한 부러움이 허영과 같은 호기심을 보인다. 더욱이 남순사의 호의가 자기에게만 있는 영광으로 안다. ⑤와 ⑥에서는 금돌의 입김보다 물욕에 흥분되어 있음을 보여 주나 그의 심리에는 "오늘나주엔金乭이레고대할게구마…"라는 심리가 드러 나면서 갈등하는 부분이 나타난다. 물욕에 흔들린 오몽녀가 금돌을 생각하는 것은 이미 과거의 오몽녀의 행위에서 볼 수 없는 것으로 새로운 차원에서의 의미 지향으로 보이나 아직도 오몽녀의 내면에 금돌에 대한 확신이 차 있다 고 볼 수 없다. 그것은 "그는, 그어느쌘가, 확근확근하는金乭이입김이自己얼 굴우에슬어지든그쌔보다도, 더가슴이울렁거리고, 마음이急하얏섯다"라는 표 현에서 단적으로 볼 수 있다. 금돌의 입김은 금돌의 사랑의 표현이며 느낌이 라면 그러한 것보다 더 가슴이 울렁거리고 마음이 급한 무엇에 빠져 있음을 보여준다. 이런 내면 심리는 오몽녀가 물욕에 빠져 금돌의 사랑보다 더 흥분 하고 있는 심리 상태이다. 따라서 그녀의 생각은 금돌과 물욕과의 갈등에 있다고 보거나 금돌에 대한 사랑이 완전하게 이행되지 않았음을 드러낸다. 또한 탕녀적 이미지[7]로도 볼 수 있다. 이는 성숙이 내부적으로 변모하길 멈춘 상태라 보여진다. 따라서 그녀는 자체적으로 성숙에 이르기보다 성숙에 이르 는 도움자가 필요한 것이다.

---

7 이명희, 「이태준 소설의 여성주의적 층위」, 3쪽

⑦ 五夢女는金乭이와아모도업는외싸른섬에서二十餘日이나愉快한生活을
하얏다.나는새밧게는아모도보는이업는이섬안이淪落된蕩女 五夢女에게
는다시업는理想村이요樂園이엇섯다.
그러나날도추어오고, 쌀도썰어지고해서, 樂園인그섬도써나지안흐면안
되게되엇다.
五夢女는金乭이가男便으로滿足하얏고, 金乭이는勿論이엇슴으로, 그들
은다시거리로들어가糧食도작만하고, 池參奉모르게세간도쌔어내싯고,
海參威로들어가살기로言約하얏다. 그래서五夢女와金乭이는二十餘日
만에三街里에들어왓다.

⑦의 인용에서 보이듯 남순사에게 불안을 느낀 금돌은 오몽녀와 애정의
도피를 감행하는데 이와 같은 적극성은 오몽녀를 성숙의 공간으로 진입시키
는 데 성공한다. "윤락된 탕녀오몽녀는 외싼섬은 이상촌이요 낙원의 경지를
맞보게" 되는데 이는 결정적으로 오몽녀의 마음을 바꾸는 계기가 된다. 더욱
이 오몽녀의 마음에 금돌을 새로운 남편으로 만족케 하였으며 더 나아가 해
삼위로 들어가 살기로 언약까지 한다.

오몽녀는 금돌을 만난 이후에는 진정한 자아를 발견했다. 물론 물욕에 대
한 갈등이 있었지만 금돌의 적극적인 행동으로 오몽녀를 변모시킨 것이다.
이들은 진정한 자아를, 아니 사랑을 만나서 비정상에서 정상으로 이행되며
비극적인 공간에서 긍정적인 공간으로 상승하게 된다.

3. 가정의 무의미화와 가정내부의 모순

인간 생활의 기본적 단위로서 가정은 공동체이기에 세계이며, 생존의 발판이다. 인간은 가정을 이루어 생활하며 생명을 유지하고 삶의 발전과 향상을 이루려 노력한다.[8] 가정은 곧 세계이며 더 나아가 인간 생존의 근거이다. 그러나 사회의 변동과 사회구조가 안정적이지 못할 때 작가는 사회의 모순을 가정으로 축소해서 보여준다. 서사의 중심은 보통 부부간의 갈등을 첨예하게 드러내거나 더 나아가 가정의 해체를 다루어, 불안한 시대와 불안한 사회의 일면 혹은 전면을 보여준다. 김동인은 「감자」에서 돈에의한 급진적인 가정해체의 모습을 보여주고 이태준은 「오몽녀」에서 점진적인 가정해체의 모습을 서술한다.

1) 가정의 무의미: 「감자」

김동인은 「감자」에서 가정이라는 의미를 삭제하여 세계의 중심에 거래 관계의 효용가치를 상징하는 돈이라는 의미를 극대화함으로써 가족 관계를 무화시키고 있다. 이는 가정의 전제가 기존 서사적 패턴과 사뭇 다르다. 기존 가정해체는 내부의 모순에 의해서 여성이 가출하거나 권력에 의해 정조를 유린당하거나 좀더 나아간다면 남편이든 아내든 불만으로 인하여 다른 공간으로 야반도주하는 정도의 서사진행이라 볼 수 있다. 그러나 김동인의 「감자

---

8 가정에 속하는 가족 구성원들은 시대나 현실의 삶에 밀접한 관련성을 가지며 세계의 변화에 가장 민감하게 반응한다. 가족은 사회화 및 문화전승기능, 인구의 유지, 성적관계의 질서유지, 가족성원들의 생활보호 등을 중심으로 경제적, 교육적, 자치적, 기능을 가지면 현실세계와 대립 및 호혜적인 관계를 유지한다.

」는 기존 서사적 전통의 전제가 이미 삭제되고 오직 파괴된 가정만 제시된다. 가정은 윤리적 기반과 애정을 전제로 하여 문제를 야기하는 공간이다. 그러나 「감자」에서 부부 관계는 이 모든 것이 거세된 채 제시되며 다만 생존을 위한 동거 관계 정도로 가정을 전경화한다. 「감자」에서 남편과 복녀의 부부 관계는 포주와 매음녀의 관계이며, 가정이란 자체는 애초 그 의미조차 없는 무의미한 부부 관계 공간이다.

    ① 복녀가 돈에 팔려 결혼한다.
    ② 복녀가 남편의 무능으로 인해 생계를 위해 매음을 배운다.
    ③ 남편이 조흔일이라는 듯이 벌신벌신 웃고 있었다.
    ④ 복녀의 죽음을 놓고 남편이 흥정한다.

「감자」에서 가정해체 서사의 중심은 남편의 무능이다. 남편은 가정생활을 영위하려는 의지가 보이지 않는다. ①에서 나타나듯 복례의 남편은 게으름으로 인하여 선대로부터 물려받은 재산을 탕진하고 마지막으로 결혼하기 위해 80원만 남은 사람이다. 그는 결혼 후에도 게으름으로 일관한다. 복녀의 불만은 그의 게으름에서 기인하며 남편의 무능으로 인해 매음을 배우게 된다.

①은 신부를 돈으로 사는 거래 행위인데 이는 사회경제의 어려움과 결혼의 실상을 제시하는 것이다. 이는 비정상적인 혼인관계나 애초 애정을 전제로 결혼이 이루어지지 않았음을 나타낸다. ②에서는 복녀가 전통적인 윤리 의식을 가지고 생활하나 생계를 위하여 어쩔 수 없이 매음을 하는 것으로 제시된다. 그녀와 남편은 칠성문 밖에 오기 전에는 그들의 삶을 유지하기 위한 모습

을 보인다. 복녀는 매음 이전에 적어도 윤리나 도덕을 알며 생계를 위하여 노동이라는 방법을 추구하는 정상적인 여성이었다, 그러나 매음을 통한 생계의 전면에 나서고부터 그녀의 남편은 아내의 부정을 방조한다. 이런 모습에서 복녀의 삶의 진정성이 어디에 있는지 나타나지 않는다. 다만 매음의 지속을 통해서 돈을 벌고 생계를 유지하는 것이 곧 가정을 유지시키는 행위일 뿐이다.

① 그의 남편은 이것이 결국 조혼일리라는 듯이, 아랫묵에 누어서 벌신벌신 웃고잇섯다.

② 복녀의 송장은, 사흘이 지나도록 무덤으로 못갓다. 王서방은, 몃번을 복녀의 집에, 복녀의 남편을 차저갓다. 복녀의 남편도 째째로 王서방의 집을 차저갓다. 둘의 새에는, 무슨 고섭하는일이 잇섯다.

사흘이 지낫다.

밤ㅅ중에 복녀의 시톄는, 王서방의 집에서 남편의집으로 옴겻다.

그리고 그 시톄압페는 세사람이 둘러 안젓다. 한사람은 복녀의 남편 한사람은 王서방! 또 한사람은, 엇던 韓方醫. 王서방은, 말업시 돈주머니를 써내여, 十圓짜리 지페 석 을, 복녀의 남편의게 주엇다. 韓方醫의 손에도, 十圓짜리 두장이 갓다.

이튿날, 복녀는 腦溢血로 죽엇다는 韓方醫의 診斷으로, 공동묘지로 가저 갓다.

인용 ①에서 복녀가 매음을 통하여 경제적인 안정을 찾자 그것에 대한 남편의 방조적인 웃음이 제시된다. 남편의 무능으로 인해 아내는 생계를 떠맡게 되고 가정은 비정상적으로 이행된다. 이러한 방관적인 남편의 행위는 복녀 스스로 매음의 정당성을 확보하도록 하며 나아가 수동적이던 매음이 능동적으로 변모하는 계기를 이루게 된다. 이 과정에서 가정 구성원간의 관계는 부부라는 형식적인 요인만 남게 되고 가정과 가정 밖이 구분이 되지 않으며, 윤리적인 타락은 이미 문제되지 않는다. 복녀에서 가정은 칠성문 밖에 있을 때 이미 애정이 결핍된 상태이다. 하지만 가정 자체는 어느 정도 정상을 유지하나 복녀의 죽음 앞에서 남편이 흥정하는 결말에 가서는 이제껏 유지해온 가정이라는 틀이 남편에 의해서 전복되는 구조이다. 즉 가정이라는 의미는 전체적인 서사구조로 볼 때 가정이라고 생각할 수 없다.

②에서 복녀의 매음에 대한 방관자였던 남편의 태도는 이제 자신의 아내의 죽음 앞에서 사건 은폐의 동조자가 된다. 부부 관계에 있는 남편은 남편의 위치라기보다 착취하는 자의 입장이다. 복녀와의 결혼은 가정을 유지하기 위한 수단이라기보다 매수자의 입장에서 복녀를 산 것에 다름 아니다. 복녀를 샀기 때문에 자신의 아내를 파는 행위로 나타난다. 복녀의 남편이 흥정하는 태도에서 부부 관계와 가족의 의미는 사라지고 오직 돈만이 남는다. 남편의 태도에서 부부라는 의식과 생계의 교류로 맺은 공동체에 대한 의미 상실이 아니라 오직 사고 파는 경제적인 행위로 이루어진 가정으로 밖에 볼 수 없다.

따라서 「감자」에서 가정해체의 근본 동인은 남편의 무능에서 기인하고 더 나아가 매음의 방조와 도덕적 신념을 파괴하는 흥정에서 단적으로 나타나는 것이다. 자신의 아내의 죽음을 파는 관계인 복녀 부부의 가정은 이미 가정이라기보다는 포주와 매음녀의 관계이며 인간에 대한 애정이나 배려라는 삶의 의미가 완전 거세되어버린 해체된 가정이다. 여기에서 가족 관계는 무의미하며 세계의 중심에는 오직 돈이 자리한다. 복녀와 남편과의 관계는 매음녀와 포주의 관로 볼 수 있다. 매음녀는 매음을 업으로 삼아서 금전과 몸을 대체한다. 따라서 남편은 복녀의 몸을 사고 복녀는 타인에게 몸을 팔고 남편은 복녀의 주검(몸)을 파는 서사구조이다.

　김동인의 가정은 정상을 훨씬 넘어선 극단적인 부부 관계를 축으로 경제적인 거래 관계만 지상에 남는다.

　2) 가정 내부의 모순에 따른 가정해체: 「오몽녀」
　이태준의 오몽녀에 대한 서사 관계는 김동인의 방식과는 대조적이다. 그의 가정해체의 서사는 기존의 방식을 어느 정도 긍정적으로 바라보는 가시권에 놓여 있다. 이태준은 서사의 취재를 전통적인 가정 형성의 모순 구조에서 찾는다. 김동인의 가정은 애초에 존재하지도 않은 애정 거세의 동거 방식이다. 그러나 이태준의 서사는 부정적인 내부 모순을 극복하고 새로운 가정을 이룸으로써 자신의 행복을 찾는 구조이다.

　① 오몽녀가 지참봉에게 불만이 있다.
　② 오몽녀가 불만을 훔치거나 다른 사람과의 성관계로 욕구불만을 나타낸다.
　③ 오몽녀가 훔치다 금돌을 만난다.
　④ 오몽녀가 남순사에게 성관계를 요구받는다.
　⑤ 남순사가 지참봉을 죽인다.

⑥ 오몽녀가 남순사를 속이고 금돌과 해삼위로 떠난다.

지참봉과 오몽녀의 관계는 비정상적인 부부 관계이다. 지참봉이 오몽녀를 자신의 길잡이로 사온 후에 오몽녀가 성장하자 이들은 부부 관계를 맺는다. 부부가 되기 위해서 외부인들에게 자신들의 관계를 알려야 함에도 그들은 정당한 절차를 밟지 않는다. 내적으로만 부부 생활을 한다. 이와 함께 그들의 나이 차는 매우 많아서 딸과 아버지의 관계인 것처럼 외부인들은 알고 있다.

이태준은 가정을 구성함에 있어서 이미 비정상적인 관계를 설정하고 그에 따른 불만을 제시한다. 오몽녀와 지참봉을 대조적으로 서술하여 오몽녀의 행위를 정당화하고 있다.

① 누구나 五夢女는 池參奉의딸인줄안다. 그러나, 其實은총각으로 늙어온池參奉이아홉살된五夢女를 三十五圓에사다가妻를삼으려길러온것이다. 그래서벌서五六年前부터는婚禮는햇는지안햇는지 이웃사람들도, 모르것만池參奉과五夢女는夫婦와가튼生活을하아온다.이러케단둘이살아옴으로池參奉은五夢女를씀직이사랑해오것만

② 五夢女는肉體로나三十五圓어치를池參奉에게許諾햇슬른지情義로는單三十五錢어치가업섯다.그도그러할것이, 어째서팔려왓든, 自己는압길이솟가튼젊은계집이요, 가티살아갈男便이아버지가튼 늙은소경이니, 勿論不滿할 것도無理가 아니다.

③ 훔치고숨기기를常習하야왓다. 或時손님이들째나自己가입덧 이날째는돈들이지안코, 늘맛있는반찬을작만하얏다.

인용 ①은 처를 삼기 위해서 35원에 오몽녀를 사다 기른 지참봉, 그리고 5-6년 전부터 부부 생활을 해온 관계를 서술한 내용이다. 이 정보의 핵심은 비정상적인 부부 관계를 유지하는 지참봉에 대한 이해라기보다 지참봉의 태도에 문제가 있음을 드러낸다. 젊음/늙음으로 대립되며, 딸/아버지의 관계로 대별해서 말할 수 있는 관계 아래에서 오몽녀가 갖는 불만에 당위성을 부여하는 서술태도이다.

인용 ②는 오몽녀 시각에서 이들 부부의 태도가 매우 다름을 보여준다. 서사의 시작은 곧 정상적인 혼인이라기보다 비정상적인 혼인이므로 그에 따른 갈등이 내재되어 있고 더 나아가 오몽녀의 행동 변화를 예측케 하는 서술이다. 즉 비정상에 따른 불만은 점차 식욕과 성욕이라는 욕구 불만의 심리로 표출된다. 불만의 표출은 남의 것을 훔치고 이웃 남성들과 간음의 부정한 관계를 유지하는 것이다. 즉 금돌과 만나기 전까지는 서사상 방순사와의 관계가 이루어졌고 방순사가 죽자 남순사와 관계를 지속한다. 물론 이 두 순사는 하나의 권력에 의한 겁탈이라는 관점에서 해석될 수도 있다. 그러나 오몽녀의 태도는 이들과의 성관계에서도 별 큰 의미를 두지 않는다. 그것은 그의 생활의 일부며 지참봉에 대한 불만의 한 탈출구로 생각하기 때문이다.

이태준은 오몽녀에 대한 당위적 서술을 전제하고 오몽녀가 금돌을 택하기 위한 행동 방식의 근거를 사건 여러 곳에 핵단위로 펼쳐 놓는다.

이러케집 問題도南巡査의뜻대로덥허지고말앗다.

五夢女와南巡査는입은담은채눈으로만무슨情談을한참하다가五夢女는山東紬이부자리를생각하얏다.그리고속으론짠배포를채려노코는입을한번찡그려南巡査의귀에다히고, 무어라고한참속살거리고깔깔웃엇다.

　南巡査도웃어주엇다. 바로自己딴은집이나하나작만하고, 妾을다려다딴
살림이나채리는것가티깃벗다. 그래서山東紬이부자리는그날저녁으로池參
奉네골방안에노혀젓다.

　그러나밤이깁허도南巡査는오지안는다. 들으니까南巡査의妻가解産을햇
다고한다. 五夢女金乭이는이틈을타서山東紬이부자리, 가마솟, 衣服가지等
動産이라고는全部를배에갓다실엇다.

　그리고新夫婦金乭이와五夢女는그밤으로海參威를向하야永遠히써낫다.

　더욱이 오몽녀가 금돌을 선택함으로써 걸림돌이 되었던 지참봉을 남순사
로 하여금 살인케 하여 그들의 새로운 가정을 형성하는데 장애 요인을 제거
한다. 그리고 남순사에 대한 오몽녀의 처신은 자신의 행복을 위해 이중적인
계략을 제시하는데 남순사에게 첩이 되어줄 것 같은 행동을 함으로써 남순사
를 안심시킨다. 다른 하나는 그녀의 물욕인데 유치장에서 산동주 이불에 대
한 가지고 싶은 심리를 충족시킨다. 지참봉의 죽음에 대해서도 그녀의 태도
는 웃음을 보임으로써 심리적 압박감보다 웃는 태도를 보인 것은 자신이 생
각한 일의 성취를 위해 도덕적 연민을 보이지 않는 것이다. 그 이유는 오몽녀
의 가정은 내부적인 불만과 애초 비정상적인 가정을 이룬 데서 기인한다.

　따라서 이태준이 추구한 가정해체의 결말은 가정 내부의 불만에서 새로운
가정을 이룸으로써 정상성을 회복하는 구조로 되어 있다. 더욱이 작가의 태
도는 애초 오몽녀에 대한 긍정적 시선을 전제하고 그러한 부정적인 요소를
제거함으로써 오몽녀가 새로운 세계로 나아가게 한다.

4. 닫힌 결말과 열린 결말 구성

서사체에서 결말을 어떻게 맺느냐에 따라서 작가의 의도를 파악하며 주제를 드러낸다. 주제와 의도를 드러내는 방식은 보통 두 개의 세계관이 존재한다. 그 하나는 행복을 전제로 하거나 긍정적인 시선으로 끝을 맺거나, 불행한 결말을 맺는 방식이다. 김동인과 이태준이 제시한 두 결말은 부정적인 결말과 긍정적인 결말[9]로 나타난다.

1) 닫힌 결말−「복녀」

김동인의 「감자」는 시간적 담화에서의 결말로서 원인과 결과라는 기본적인 서사 양식에 의거하여 전개된다. 이 양식의 강점은 작가의 주제 의식을 직접 한 시대나 인물을 통하여 분명한 자기 입지를 서사적으로 천명할 수 있다는 것이다. 그러므로 서두는 문제를 제기하고 결말은 그에 대한 문제 해결의 방식으로 전개되는 것이다.

① 싸홈, 姦通, 殺人, 도적, 求乞, 징역, 이, 세상의 모든 비극과 활극의 出源地인 , 이 七星門밧 빈민굴로 오기전까지는 福女의 夫妻는 (土農工商의 第二位에 드는) 農民이엇섯다.

② 복녀의 송장은, 사흘이 지나도록 무덤으로 못갓다. 王서방은, 몃번을 복녀의 집에, 복녀의 남편을 차저갓다. 복녀의 남편도 째째로 王서방의 집을

---

9 김현은 시간적 담화에서의 결말과 공간적 담화에서의 결말을 의미 있게 제시한다. 김현, 「현대소설의 담화론적 연구」, 서강대학교 박사학위 청구논문, 1992, 18쪽.

차저갓다. 둘의 새에는, 무슨 고섭하는일이 잇섯다.

사흘이 지낫다.

밤ㅅ중에 복녀의 시톄는, 王서방의 집에서 남편의집으로 옴겻다.

그리고 그 시톄압폐는 세사람이 둘러 안젓다. 한사람은 복녀의 남편 한사람은 王서방! 또 한사람은, 엇던 韓方醫. 王서방은, 말업시 돈주머니를 써내여, 十圓짜리 지페 석댱을, 복녀의 남편의게 주엇다. 韓方醫의 손에도, 十圓짜리 두장이 갓다.

이튼날, 복녀는 腦溢血로 죽엇다는 韓方醫의 診斷으로, 공동묘지로 가저 갓다.

위 지문은 마지막 지문인데 작가-초점화자의 서술이다. 서두의 서술에서 "싸홈, 姦通, 殺人, 도적, 求乞, 징역, 이, 세상의 모든 비극과 활극의 出源地인, 이 七星門밧 빈민굴로 오기전까지는 福女의 夫妻는 (土農工商의 第二位에 드는) 農民이엇섯다"에서 '姦通, 도적, 求乞'은 반복적으로 서술되나 '징역'에 대한 서술은 찾아볼 수 없다. 징역이란 부분은 칠성문 밖에 사는 사람들의 입장에서 서술된 것으로 보아 '싸홈, 殺人'의 결과로 징역이란 부분이 나와야 한다. 그러나 서사적 진행상 어디에도 찾아볼 수 없다. '싸홈, 殺人'은 결말에서 나타나는데 그 결말에서의 서술은 돈에 의한 사건의 은폐만 나타날 뿐이다.

그렇다면 '姦通, 殺人', 비극과 활극보다 결말 처리 방식에서 가장 강조되는 것은 돈에 의한 사건의 은폐가 중심이 된다. 한 사람의 죽음을 처리하는 방식이 서두에 제시한 징역이란 부분과 정확하게 대치되고 있다. 즉 징역이 사건의 은폐라는 방식으로 결말 처리가 된 것은 서술 방식의 미숙성이던가 아니면 왜곡된 사회 구조를 드러내기 위한 서술방식이 되어야 맞다. 그러나 결말 구조가 아내의 죽음을 은폐하려는 다른 차원에서 결말을 맺고 있다. 즉 아내의 주검을 놓고 왕서방과 한의사 등과 작당하는 남편의 모습이 부각된 서술이며 더욱이 왕서방의 쪽에서 보면 돈으로 복녀에 대한 살인을 은폐하여 사건을 마무리 지으려는 왕서방의 의도가 결말구조의 중심이다. 또한 한의사의 윤리적인 신분을 버리고 사건을 조작하는 모습을 보인다. 이는 사건의 중심이 복녀의 중심에서 왕서방 쪽의 의도에 준한 사건의 은폐로 결말을 맺게 되는 것이다.

그렇다면 서두에서 제기한 몇 가지 개념 중에서 '징역'이라고 전제된 부분은 조작이나 은폐라는 전제가 있어야 타당하다. 이러한 해석을 따라가면 복녀가 물리적 환경에서 급격하게 변화한 인물이라면 결말도 죽음보다 징역을 가는 것이 더 타당하다. 복녀가 살인이나 살인미수로 인하여 징역을 가서 사형을 당해야만 서사적 논리에 타당성을 얻게 된다고 볼 수 있다. 이와 같이 서사적 진행으로서 결말을 얻게 되며 복녀의 서사와 일치하고 더 나아가 결말처리방식 역시 죽음에 의한 닫힌 결말구성이 될 수 있다.

그러나 「감자」가 복녀의 일대기에 의한 죽음으로 끝이 날 때는 닫힌 결말[10]로 볼 수 있으나 복녀의 서사가 아닌 왕서방을 초점으로 결말을 맺게 되면 사회의 부조리한 면을 부각시키는 이중적 결말 구성이 된다. 따라서 「감자」에서의 결말 구성은 1차적 복녀의 서사에다 2차적 사회의 부조리를 부각시킴

---

10 김현은 복녀의 죽음을 '경제적 안정과 성적 독점욕을 지속시키고자 하는 시도와 그 실패'라는 측면에서 시간적인 완결형 결말로 보고 있다. 김현, 『현대소설의 담화론적 연구』, 계명문화사, 38쪽.

으로써 서사적 결말 구조를 혼란스럽게 한다.

2) 공간적 담화에서의 결말-「오몽녀」

이태준의 「오몽녀」는 공간적 서사에서의 결말구조이다. 이 구조는 열린 결말을 유도해 갈 때 매우 유용한 방법이다. 이태준이 선택한 방식은 먼저 공간을 제시하고 그 공간에 대한 전제 이유가 결말을 어떻게 맺느냐에 달려 있다.

① 西水羅라하면 저-咸鏡北道에도아조北端-元山, 城津, 淸津, 雄其를다 지나第一끗으로잇는港口이다.

이西水羅에서十里쯤北으로나가면바로豆滿江가요凍海邊인곳에 三街里 라는작은거리하나가노혓다. 戶數는四十餘에不過하나 駐在所가잇고, 客 主ㅅ집이四五處나잇고, 理髮所가하나잇고, 卷煙, 술, 菓子, 郵便切手等 을파는日人의雜貨店이하나잇고, 그리고는色酒家비슷한營業을하는집 外에는모다農家들이다

② 이러케집 問題도南巡査의쯧대로덥허지고말앗다.

五夢女와南巡査는입은담은채눈으로만무슨情談을한참하다가五夢女는 山東紬이부자리를생각하얏다. 그리고속으론싼배포를채려노코는입을한 번찡그려南巡査의귀에다히고, 무어라고한참속살거리고깔깔웃엇다.

南巡査도웃어주엇다. 바로自己싼은집이나하나작만하고, 妾을다려다싼 살림이나채리는것가티깃벗다. 그래서山東紬이부자리는그날저녁으로池 參奉네골방안에노혀젓다.

그러나밤이깁허도南巡査는오지안는다. 들으니까南巡査의妻가解産을햇다고한다.五夢女金돌이는이틈을타서山東紬이부자리, 가마솟, 衣服가지等動産이라고는全部를배에갓다실엇다.

그리고新夫婦金돌이와五夢女는그밤으로海參威를向하야永遠히써낫다.

①은 서두 부분이고 ②는 결말 부분이다. 서두 부분에서 매우 특이한 것은 공간에 대한 자세한 제시이다. "서수라는 함경북도 제일 끗에 잇는 항구"라는 서술과 다음 문장에서는 두만강까지 북으로 10리 거리임을 서술자의 시점으로 제시한다. 서사의 서두에 공간을 제시한 이유는 작가의 주제를 서사화시키는데 매우 유용하다. ①에서 제시한 공간의 의미가 ②에서 나타나는데 그것은 오몽녀와 금돌이 해삼위로 도망가는 결론을 맺기 위한 방식이다. 오몽녀는 서수라에서 살았으며 그 공간은 고통과 시련의 공간이면서 동시에 그곳을 떠나기 위한 전제적 공간으로 기능한다. 그 이유는 아홉 살 된 오몽녀가 삼십 오원에 팔려 와서 지참봉과 의미도 모르는 부부 생활을 시작하는 공간이기 때문이다.

서두에 제시된 바다 근접한 공간은 금돌이 오몽녀를 유인하여 회유하는 공간과도 일맥상통한다. 즉 금돌과 오몽녀는 사랑을 성취하기 위해서 두 가지 걸림돌이 시련으로 제시된다. 하나는 남순사가 오몽녀에 대한 연정이며 다른 하나는 지참봉에 대한 문제이다. 첫 번째 문제는 남순사가 오몽녀에게 성적 접근 방법을 금돌이 오몽녀와 함께 무인도로 떠남으로써 서두에 전제된 바다 주변의 공간을 적절하게 이용함으로써 타당성을 얻는다. 오몽녀가 남순사의 물욕에 갈등하고 있음을 알아차린 금돌이 오몽녀와 함께 무인도로 잠적

해서 오몽녀의 의식을 바꿔 놓는 것이다. 이는 금돌의 계략적 회유로서 금돌의 적극성으로 성취하게 된다. 다른 하나는 ②에서는 결말구성의 방식인데 지참봉에 대한 처리문제인데 남순사가 지참봉의 의심을 견디다 못해 지참봉을 살인함으로써 오몽녀를 취하려는 방식이다. 지참봉의 죽음은 다분히 사회적 상황이 일본 순사라는 권력을 빌미로 죽음이 은폐된다. 허나 작가의 입장에서 그러한 처리에 대한 부당함이나 의문을 제시하지 않는다. 그것은 서사적 동인이 오몽녀에게 초점화되어 있기 때문이라 볼 수 있다. 즉 오몽녀의 서사상 변모는 모두 긍정적으로 판단하며 더 나아가 애초에 불합리한 결혼구조를 합리적인 결말로 유도하기위하여 간단한 서술로서 사건을 끝맺는다. '南巡査의 뜻대로덥허지고말앗다'는 서술은 모든 문제가 오몽녀와 금돌의 결합에 문제가 없음을 제시한 것이다. 그러나 마지막으로 남순사가 오몽녀에 대한 성적 접근과 욕망을 오몽녀의 재치로 극복하는 모습을 ②에서 제시한다. 오몽녀가 잠시 갈등했던 산동주 이불을 생각하면서 남순사에 귀에 대고 뭐라고 깔깔거리며 친근한 모습을 보여 남순사를 안심시키려는 행동이다.

이와 같이 남순사와 지참봉의 문제를 서두에 서수라는 항구를 제시하고 바다와 인접해있음을 제시함으로써 오몽녀와 금돌이 해삼위로 떠나게 수월하도록 처리한 결말구성방식인 것이다. 따라서 서수라는 항구를 서두에 제시하는 방법은 이미 결론에 새로운 공간으로의 떠남이라는 의미를 내포한 전제이다. 이들이 해삼위라는 새로운 세계로 떠나는 행위를 서사의 결말에 제시함으로써 열린 방식의 결말을 맺게 된다. 열린 방식의 결말구조는 인물들의 삶의 구조가 현재에 묶여 있지 않고 미래를 향해 열려 있음을 보여주는 것이다.

5. 마무리

김동인의 「감자」와 이태준의 「오몽녀」를 성숙과 가정해체, 그리고 결론 방식에 대하여 살펴보았다. 두 작가의 작품이 동시대에 창작되었으며 그들이 세계를 바라보는 지향점이 매우 다르게 서술되고 있음을 알았다.

먼저 성숙을 중심으로 살펴보면 「감자」의 복녀는 잘못된 학습을 통해서 지속적인 매음을 하나의 사랑으로 착각한데서 온 성숙이며 오몽녀는 자신이 성숙의 과정으로 나아가기 보다는 매개자인 금돌을 통해서 성숙에 이르고 있다. 그리고 가정해체의 문제에서는 김동인은 일상적인 가정을 해체하여 가정의 무의미함을 제시하고 있으며 이태준의 가정은 가정 내부에 모순을 극복하고 새로운 가정을 이루려는 의미로 읽혀진다. 마지막으로 결말 구성방식에서 「감자」의 구조는 서두와 결말의 연계의 문제점을 지적하였고 『오몽녀』에서는 서두와 결말의 일관성이 잘 짜여졌으며 새로운 세계로 나아가기 위한 열린 결말임을 논의하였다.

五夢女

李泰俊

西水羅라하면 저-咸鏡北道에도아조北端-元山, 城津, 淸津, 雄其를다지나第一끗으로잇는港口이다.

이西水羅에서十里씀北으로나가면바로豆滿江가요凍海邊인곳에三街里라는작은거리하나가노혓다. 戶數는四十餘에不過하나駐在所가잇고, 客主ㅅ집이四五處나잇고, 理髮所가하나잇고, 卷煙, 술, 菓子, 郵便切手等을파는日人의雜貨店이하나잇고, 그리고는色酒家비슷한營業을하는집 外에는모다農家들이다.

그런데이四五處되는客主ㅅ집에하나인第一 웃머리에사는池參奉네라고잇것다.

이池參奉은벼슬을해서參奉이아니라, 젊엇슬째부터失明이되어서어느째부턴지參奉參奉하고 불러내려온다. 그는副業으로占도치고, 푸닥거리도하고, 하지만원악작은곳이라, 占과푸닥거리가 맛치못하고, 客主를한대야鐵道沿邊도아닌드메ㅅ國境이라, 步行客이만하야한달에五六人에지나지못한다. 그러니, 눈먼池參奉이알가난뱅이로살것은 事實이다. 食口는單둘인데그는四十이넘은 이池參奉과, 갓스물에나는五夢女라는계집이다.

누구나五夢女는池參奉의딸인줄안다.그러나, 其實은총각으로늙어온池參奉이아홉살된五夢女를 三十五圓에사다가妻를삼으려길러온것이다. 그래서벌서五六年前부터는婚禮는햇는지안햇는지 이웃사람들도, 모르것만池參奉과五夢女는夫婦와가튼生活을하아온다.

年前부터는 婚禮는햇는지안햇는지이웃사람들도, 모르것만池參奉과五夢女는夫婦와가튼生活을하아온다. (시대일보에 반복되어서 실림)

이러케단둘이살아옴으로池參奉은五夢女를씀직이사랑해오것만五夢女는肉體로나

三十五圓어치를池參奉에게許諾햇슬른지情義로는單三十五錢어치가업섯다.그도그러할
것이, 어쌔서팔려왔든, 自己는압길이쏫가튼젊은계집이요, 가티살아갈男便이아버지
가튼늙은소경이니, 勿論不滿할 것도無理가 아니다.

　五夢女는어쩌다, 조흔반찬이생기드래도自己男便을먹이는法이업다. 한자리에마주
안저서먹건만보지못하는男便은먹든못먹든, 저만집어먹으면서도족음도未安해하지안
는性味柔한계집이다. 그 까닭이라고할는지는모르지만池參奉은마른北魚처럼말랏다.
두눈이휑하게부은얼굴에는개기름이쭈르르흐르고잇다.풋고추만한상투꼿에는몬지가
하야케안고, 그래도망건은늘쓰고안젓다. 그러나五夢女는그와正反對로나쌀이차갈스
록살이오르고, 둥그스름한그의얼굴은허여멀거코도 두쌤은늘血色이배여잇섯다. 그래
서美人이라는것보다, 거저투실투실하고, 푸근푸근한福스러운 계집이라고할지? 그러
나이족으마한드멧거리에선, 제가 一色인체하고 쏘리를치기에는넉넉하얏다. 이러케
人物은훤하게잘난五夢女건만자라나기를貧寒하게자라낫고, 눈먼男便을돈으로飲食으
로 늘속여오는터이라, 남을속이는마음이平凡해지고말앗다. 남의것이라도自己마음에
가지고 십흔것이면훔치고숨기기를常習하야왓다. 或時손님이들쌔나自己가입덧이날
때는돈들이지안코, 늘맛있는반찬을작만하얏다.

×

　때는/八月中旬인데어느날인지는모르나來日이五夢女의生日이다. 그래서五夢女는입
쌀되나사고, 미역오리나쓰더오고, 이제는어두윗슴으로생선작만하러나오는길이다.
으스럼한달밤에바구니를끼고맨발로보들러운모래를사뿐사뿐밟으며바닷가으로나왓
다. 五夢女는무테다혀잇는배압헤가서는우쭉서드니, 기침을한번하고는뒤를휘돌아보
고, 아모도업슴을살핀다음에고기잡이뱃속으들어갓다.

　五夢女는생선이나白蛤이먹고십흔때마다늘이배에나와서훔치어갓다. 이배ㅅ主人은
二年前에 雄其서들어온金乭이라는총각인데本來漁父의子息이랴바다에익숙하야서혼자
이거리에와서도漁業을하고잇섯다. 金乭이는終日잡은생선과白蛤을그날저녁과이튼날

아츰과두번에별러셔파는 짜닭에그가저녁에팔것을지고거리로들어오면, 그배에는이튼날아츰에팔생선과白蛤이남아잇고, 金틩이는다팔고, 나오느라면늘밤이깁허서야배로돌아온다. 五夢女는늘이틈을타서생선과白蛤을훔처들엿다.

오늘밤에도마음을턱노코배안에들어와생선을바구니에주어담을쌔, 아차!배가갑작이움즉이엇다. 五夢女는화닥닥뛰여나와본즉벌서배는나리지못할만큼무틀떠낫다.

이것은여러번이나도적을마즌金틩이가하필그날은고기도한번팔것밧게더잡지못하야, 해서고기도누가훔치나볼겸, 오늘저녁은고만두고來日아츰에나팔겸해서지키고잇섯다가, 이거리에선 花草로보는五夢女임을알고, 큰寶貝나어든듯이조핫다. 그래서爲先배를뜨이는것이上策이라하고, 그는배를밀어노코櫓를젓기始作한것이다. 五夢女는눈이똥글애어쎌줄을몰랏다. 소리도못칠形便, 뛰지도못할形便, 그물에걸린고기는오히려쉬윗스리라.

어스럼한달밤에金틩이와五夢女를실은이배는무테서보이지안흐리만큼바다에나와닷을내렷다

金 「앙이! 아즈망이시덤둥?」

五 「.........」

金 「놀래 쥐마십겅이, 어찌할쉬잇슴둥?」

五夢女는얼른顔色을고치고생긋웃어주엇다.

그리고

五 「생원(生員)에!, 어찌겟슴둥. 배르대랑이」

金틩이는싱글싱글웃으면서五夢女의겨트로닥어서드니, 부르르떨리는손을五夢女의엇개우에올려노트니, 한손으로는얇은구름속에잇는달을가르친다. 그러나五夢女는避하려하지도안코오히려約束이나한戀人을맛난것가티그가하라는대로머리를들어흐릿한海上月色을살펴보앗다. 그리고는 나즉한목소리로

五 「배르 대랑이, 배르대구는무슨노릇이못될게잇슴둥, 이왱지새에....」

그러나, 그배는움즉이지안핫다.

두어時間뒤에야슬몃이움즉이어이움즉이어무테와다핫다.

五夢女는바구니안에생선과白蛤을가뜩어더이고, 밤에훨신느저서야집에돌아왓다,

그이튿날아츰에는, 생선을쯸히고굽고, 白蛤膾에느러지게차리고, 그날은池參奉도잘먹엇다.

五夢女가世上에나서 生日을이러케잘차려먹기도처음이엇다.

×

五夢女는金돌이를맛나고온뒤로부터는池參奉에對한不滿이점점 强해젓다. 그리고, 무슨영문인지저도모르게 늘, 金돌이와池參奉을 比較해본다. 池參奉은눈이 멀고, 나히만코, 氣力이업고, 잇대야이까짓쵸가집하나, 金돌이는눈이안멀어, 나히젊어 氣力이健壯해, 집보다는못하나그래도둘이서는넉넉히살배가이서……

그는金돌이가맛나고십엇다. 생선과白蛤이쏘먹고십헛다. 그리고生日前날밤에金돌이배에서내려올째金돌이가自己억개우에언즛든손을내리며「아즈망이, 쏘오시랑이, 뉘알겟슴둥?낼나주(來日밤)에두고대하겟스꼬마, 쏙오랑이」이리든말을생각하얏다. 필경쏘가드래도金돌이는생선보다더한것이라도주며 歡迎할것을생각하니까자수구가고십헛다

五夢女는生日이지난지十餘日後에그여이바구니를끼고나가고야말앗다. 이번에는五夢女가배안에들어갓서도, 배는무테다혼채로잇섯다. 초저녁에나간五夢女는밤중이헐신지나서야亦是바구니안에생선과白蛤을가득이어더이고집으로돌아왓다.

두 번재金돌이를맛나고온五夢女는그뒤로부터는심심하면이웃집말단니듯하얏다. 池參奉이 占이나처서잔돈푼이나생기면五夢女는그돈을훔치어가지고, 甁을들고酒店으로간다. 그리면그날밤에는池參奉은술냄새도못마타보것만金돌이는술이얼큰하게醉해서自己뱃전을장고삼아치면서첫사랑에느글어진五夢女를시달리고잇섯다.

×

이곳은 國境이라 武裝團과 阿片胡酒, 담배密輸入者들싸탄에 警官의 客主집단속이 嚴密한곳임으로 客이들면그밤으로 駐在所에 客報를해야한다. 萬一한번이라도이저? 그러면 營業中止는 勿論이요, 主人은 拘禁이나 罰金을물어야한다.

池參奉네집에도 客이들면그날저녁으로 客報冊을내어客에게씨워가지고 五夢女가늘 駐在所에드나들엇다. 그駐在所엔 日人所長한名과 李巡査, 南巡査, 모두세名이잇다. 그런데그中에 南巡査란者는늘 五夢女를볼째마다남달흔생각을품어왓다. 아이를둘이나나코, 이제는살이내리고, 얼굴에줄옴이잡히기 始作하야점점쪼글아저들어갈쓴인 自己妻를생각하고, 지금한창바람인저투실투실한 五夢女를볼째그는限업시 興奮되어왓다. 그리고, 그의男便이 年老한장님이라 期會만잇스면 五夢女에게對한뜻을념려업시 達하리라고까지밋어왓다. *(권력이 발동되는 공간임)

×

八月은다지나고 九月에들어서서어느날저녁째다. 어떤步行客하나가 池參奉네집에들어가자고가량으로저녁을시켜먹고, 누엇다가, 西水羅에들어오는뱃고동소리를듯고, 來日아츰에써날그배를노칠가봐, 자지는안코, 바로 西水羅로간일이잇다. 그러케되니까 客報는할새도업섯고, 할必要도업섯다. 그째는마츰 駐在所에 所長은경절과 日曜日이낀 三日間을어느村으로銃사냥을가고, 李巡査는 淸津으로넘기는투전군두名을데리고 淸津에갓섯다. 그래서혼자남은 南巡査는이렁조흔긔회를 五夢女에게利用하려고, 여러가지로 具體案을생각하다가 池參奉네집에서저녁사먹은 客이잇섯스나 客報가업슴을알앗다 그리고는그날저녁으로 五夢女를잡아다 留置場에너헛다그리고 池參奉에게가서하는 수작은이러하얏다 「참봉아즈방이, 무쉴에客報르앙이함둥?쇠쟁(所長)이뇌햇습데, 아무러커나, 내쇠쟁에게조흘대루말하겟스고미, 쉬얼히뇌히겟습지, 과히글탄으마십경이」

영문도모르는 池參奉은 百拜 謝罪를햇다. 所長에게잘말히야서 速히나오도록해달라고 哀乞햇다. 이 南巡査놈은가장 權力이나가진것처럼아모념려업다고, 豪言을하고돌아왓다.

밤은아홉時가지나고, 열時가갓가워, 거리윗집들은컷든燈들이하나둘써저갈째, 南巡査는슬그머니나와留置場門을열어노핫다. 그리고, 고르지못한 語調로

「五夢女? 내가所長모르게特別히 너를宿直室에재우능기……나오랑」

이러케自己宿直室에너코는自己집으로가니너혼자그입울을덥구자라고하얏다. 그리고덧門을닷고, 못나오게쇠를잠그고, 완연히밧그로나가는소리가난다.

산산한留置場에서쪼그리고안젓든五夢女는南巡査의親切함을퍽 感謝하얏다. 족으마한 單間房새로되배를하고, 불을덥도춥도안케알마치째어서房안이봄날과가티 薰薰하얏다. 그리고山東 紬로쑤민두둑한日本이부자리가房바닥을거이다휘덥고잇섯다. 미명입울도제대로덥지못하든五夢女는虛榮가튼好奇心이널어낫다. 그리고손을입울과요사이에집어코그보들아움과싸쓷한맛을늣기는그는, 그어느쌘가, 확근확근하는金틀이입김이 自己얼굴우에슬어지든그째보다도, 더가슴이울렁거리고, 마음이急하얏섯다. 그리다가南巡査가웨나를이러케同情해주나하고, 생각하니까 昨年겨울윗무슨일이언뜻생각킨다. 五夢女는눈을한번씹흐리고, 내가이房이두번째나하는 直感도널어낫다.

이南巡査가오기前에는方가라하는巡査가잇섯다. 그는술만먹으면有錢罪間에百姓을함부로치든다. 지금이南巡査도사람을잘치고, 제父母가튼老人을辱잘하고, 이거리를제世上으로알고돌아다니지마는, 그래도方가보다는낫다는評判을듯는다. 그래그方가가잇슬째昨年겨울이엇섯다그째도駐在所에方가하나밧게업슴며슬동안, 그는五夢女의집을일업시자조다녓다. 그리다가池參奉이어느村으로푸닥거리를하러간줄을알고五夢女를잡아다가이房에서辱뵌일이잇다. 그뒤에그는늘五夢女를못견듸게굴다가, 올三月에豆滿江건너로갓다가죽엇다. 이南가는그方가代身으로淸津서온이다.

五夢女는눈을감고그일을생각하니까. 이南巡査도쓸데업시客報안햇다는, 罪가아니라그생각으로불려온줄을짐작하얏다그러나五夢女는죽음도두려워하지안코, 오죽自己에게만잇는榮光으로알앗다. 그리고그는, 푸근푸근한山東紬입울우에옷닙은채로작바저저南巡査오기를기다렷다. 그러나열두時치는소리가事務室에서울려올째까지도南

巡査는오지안는다. 五夢女는생각하기를, 이틀에한번씩들어와자는 男便임으로, 나가지못하게그의마누라가 박아지를 긁는가보다하고, 꿈꾸든모든생각을풀어던진후등을쓰고, 아조저고리, 치마를벗고, 입울속으로들어갓다.

그보들업고, 푹신푹신한맛, 다스한맛이벗은살우에배여들째, 强性的인五夢女의肉體는부들부들썰리도록興奮되엇다.「오늘나주엔金兎이레고대할게구마...」속으로혼자중얼거리다가, 쌧샛한속곳까지다벗어내팽개치고, 잠이들엇다.

五夢女가옷을다벗고자기나, 제법山東紬이부자리에늘어저보기도처음이다

五夢女가잠이든지 三十分이못되어서다, 자는五夢女의입술에는무엇이 선듯하고다핫다. 經驗잇는五夢女는잠김에라도, 그것이수염난산아이의입술임을直感하얏다. 그리고눈을번쩍썻다 그러나불은쩌진채로잇는데, 엽헤서누가, 옷벗는소리가난다. 五夢女는놀래면서도 態然히하는 듯이房밧게서는들리지안흐리만큼나즌소리로「앙이, 어느나그내심둥?」

「내쏘마...쉬쉬...」이것은完然히南巡査의목소리엿다.

×

이튼날아츰에다밝아서야五夢女는그房에서나왓다. 그는불이나케駐在所大門밧글나서자말자自己바른손에쥐어진것을펼쳐보앗다. 그것은一圓짜리紙錢두장이엇다. 五夢女는滿足하야서뒤를한번휘돌아보고는이러케속으로생각하면서집으로돌아왓다.「사람이란생긴것을보면알아, 아이, 고方가녀석, 고녀석은, 돈이다뭐야, 밤중에야留置場에서불러내선제볼일다보군, 돌우留置場에집어늘걸!그녀석잘죽엇지, 잘죽어, 南巡査는그래두「五夢女」「아즈망이」하는데, 그녀석은「이간나」「저간나」......그리구입울이그게뭐야, 南巡査건그러케조은데, 늘그런입울을딥구잣스문......」

그後어느날밤에는南巡査가술이얼근하게醉해서五夢女네부억간으로들어섯다. 보니까사랑房에서는여러사람의목소리가난다. 그리고, 정지깐(부억과안房이하나된房) 에는아모도업섯다. 南巡査는사랑房門엽헤서엿들어보니까, 그거리윗靑年들이쾡(꽹)사

냥을하다가매를노치엇는데, 매가東으로갓느냐西으러갓느냐占치러온군들이엇다南巡査는 구나하고, 골방門을살그머니여니까五夢女의팔이나오드니南巡査의팔을이끌어들리고門을닷는다.

　매는北으로갓다는占괘가얼른나왓다.. 이말을 듯는 靑年들은「매는못자슬매쑤마」하고섭섭히흐텃겟다. 왜北으로가면못찾느냐하면, 여긔서北이면豆滿江건넛山인데, 그山에가서돌아다니다가는銃에마저죽기알마즌까닭이다. 靑年들을보낸池參奉은쯧쯧한정지깐으로누우러나러와서두손을더듬거리며木枕을찻다가, 웬구두한짝을잡게되엇다. 意思가넓은장님이오五夢女의행실을잘아는터이라, 구두한짝을단단히잡고골房門미테가엿들엇다. 그러나아모말소리도들리지안코, 두사람의單罰로나오는숨소리만들리엇다. 눈이멀어보지는못할망정, 그대신귀는밝아, 눈치는챌대로다챗다. 다른사람이라면모르리만큼그들은숨소리까지操心하얏건만, 池參奉은잘알앗다. 이거리에서구두일제는어쩐놈이든지巡査일것도쌔달앗다.當場에칼을들고들어가녀놈을발기고십헛스나, 눈먼自己가섯불리하다가는, 누군지도모르고노칠것가타서구두한짝만단단히쥐고나오기만기다렷다.

　얼마뒤에야「히히」하고五夢女의웃는소리가나드니족음잇다가골房門이열린다. 南巡査와五夢女는정지깐에안즌池參奉을보앗다. 그래서五夢女는돌우골房으로들어가고, 南巡査는池參奉의압흘멀리성큼성큼돌아서, 구두만들어 三十六計를불을作定이엇스나, 구두한짝이업다. 이예에池參奉이「긔게뉘귀요?」소리를첫다. 곳니여서「귀뒤에서사쒸지비. 뉘귀야?뉘귀...이거리에서사람업소...」하고소리를지른다. 南巡査가아모리생각하야도빗밧다. 이모양으로하다간거리의ㅅ사람이다모여들겟고, 亡身보다도밥줄이끈허질 것이다. 그는곳池參奉의압헤가서그의손에紙錢몃張을쥐여주고, 만약듯지안흐면客報안한罪로 罰金百圓을물린다는둥, 말을들으면이거리에다른客主집은所長과議論後에어쩌케하든지營業을廢止시키고, 池參奉너혼자만 하게해준다는둥쇠이고달래고협박하고해서, 일이 無事하게하얏다.

그後에는五夢女가金첨지에갓서도업기만하면池參奉은의례이南巡査에게간줄알아왓다. 그러나 果然南巡査의말대로며칠이안돼서客主ㅅ집하나가客室不潔이란條件으로營業廢止를當했다.池參奉이가만이생각해보니몃날아니면그거리에客主ㅅ집이라곤自己네만남을것을가핫다. 그래서五夢女가나갓다날밤中에, 새벽에들어와도別로말하지안핫다.

×

金첨지의마음은점점달앗다. 열흘에여드레는나오든五夢女가이틀도걸으고, 사흘도항용걸른다. 하로는아츰에생선을팔라所長네집에갓다오다가五夢女가巡査宿直室에서나오는것을보앗다. 그리고곳, 요지음에自己에게드물게나오는原因도알앗다. 金첨지는무슨생각을햇든지그날은입쌀을대엿말팔고, 간장, 장작, 먹을물, 쟁개비해서, 五夢女모르게배안에실엇다. 그리고五夢女나오기를기대렷다.

기대리는五夢女는그이튼날밤에亦是바구니를끼고金첨지의배에나왓다. 그는前과가티金첨지가자는기적깔아노흔뱃간에들어갓슬째金첨지는밧게나와배를띄엿다.그리고櫓를젓기始作하얏다. 그래서그배는그밤으로 十餘里밧게잇는족으마한無人島에다핫다

×

池參奉은아모리기다려야五夢女는들어오지안는다. 하로, 이틀, 사흘, 五夢女는안들어왓다. 池參奉은 이것이꼭南巡査의농간이라하얏다.

그래서五夢女가나간지나흔날밤에는南巡査를불러다노코 最後의決判으로달라부텻다. 이놈네가쌔돌리지안핫스면누가한짓이냐?이놈아나를죽여라, 눈먼내가어째케혼자살란말이냐, 客報안한罪로懲役을가드래도너를걸어告訴를하겟다. 池參奉은악이올라서부은눈을껌벅어리며들이덤빈다. 南巡査는아모리생각하야도 避치못할그물을썻다. 도망간五夢女들어올리(바)가업고......그래그는필경무슨計策을생각하얏다. 그리고自己가한듯이自白하는듯한말을했다.「참봉아즈망이, 내앙이한노릇이것만, 이제사별쉬잇슴둥?내이宅아즈망이를 三日內루차사노켓스고마, 아즈망이혼자서며칠고생이

되시겟슴둥, 내오늘月給은바닷스고마내방금집에가돈가방으가주구오겟스고마, 그리
구염레마십쇼마, 三日內루찻겟스고마……」

池參奉이南巡査의짓이올쿠나하얏다. 그리고三日內루찻겟다고장담을하고, 月給이
약이를할때는, 五夢女는다차즌사람이나다름업고, 오늘밤으로돈냥도생길것갓다. 池
參奉은성난얼굴을탁풀어던지고, 「어서갓다오방이그테무……」하얏다.

南巡査는自己집으로가지안코駐在所로돌아갓다. 그리고所長도가고, 아모도업슬때
事務室에들어가 密輸犯에게서押收한胡酒를한甁딸아내고, 亦是密輸犯에게서押收해둔
阿片을얼마쎄여가젓다. 그리고, 거리ㅅ집에불이다쩌지고, 잠이들엇슬째, 그는池參奉
네집으로돌아왓다.

南「아즈방이느젓쓰고마, 내아즈방이들이자구, 胡酒르한병재가주구 오다봉이 그
　　리뎃스고마」

池「앙이, 胡酒어듸메잇슴데?아무레커나南순새재쥐잇슴녕이내서강(●井)오갓슬째
　　먹어보구능...」

南「뉘알문대탈이납ㅅ마, 골房으루가시장이?」

池「아무테나……」

池參奉은胡酒란맛에골房으로쓸리어갓섯다.

南「이술이모질이毒합데, 내어제맛對엔두盞으마시구자구사백엿당이」

池「술으마시군자서술으마시구, 자지안쿠, 쥐정으로하는나그내는사람가투하지안
　　타랑이, 쥐후 酒後엔 자사 군잼(君子)넝이……」

南巡査는보지못하는 池參奉압해서슬그머니 阿片을내어노코탓다. 이런 特別胡酒를
마신 池參奉은석잔이못넘어가서쓸어지고말앗다.

死體의 自, 他殺을 調査하는 常識을가진 南巡査는시칼을들고들어와 池參奉의목에여
러군대를서투르게질럿다.그래서누가보든지自殺者로알게맨들엇다. 그리고도南巡査
놈은쏘무엇을생각하얏다. 그는곳池參奉의주머니에서그의印章을쓰내서借用證書를맨

들엇다. 一金에四十圓也를쓰고, 債務者에池參奉, 債權者엔自己를썻다. 日字는두어달前 윗것으로맨들어가것다.

池參奉의屍體는이튿날午後에어쩐占치러왓든사람이發見하고駐在所에告하얏다. 所長以下李 南巡查가現場에와서死體를檢查한 後, 妻도自己를버리고달아낫고, 糧食도업고, 눈도멀고, 모든것을 悲觀하고죽은自殺者로죽음도疑心업시認定하고, 그날밤으로 ●●(매장)을시켜서 共同墓地에무더버렷다

南巡查는四十圓짜리假借用證書를所長에게보이고힘들이지안코池參奉의집을 自己所有로맨들어가것다.

×

五夢女는金돌이와아모도업는외짜른섬에서 二十餘日이나 愉快한 生活을하얏다. 나는새맛가튼아모도보는이업는이섬안이 淪落의蕩女五夢女에게는다시업는 理想村이요 樂園이엇섯다.

그러나날도추어오고, 쌀도쩔어지고해서, 樂園인그섬도쪄나지안흐면되게되엇다.

五夢女는金돌이가男便으로滿足하얏고, 金돌이는勿論이엇슴으로, 그들은다시거리로들어가糧食도작만하고, 池參奉모르게세간도쌔어내싯고, 海參威로들어가살기로言約하얏다. 그래서五夢女와金돌이는二十餘日만에三街里에들어왓다.

五夢女가와보니까, 池參奉이죽엇다. 그는한을에나오른것가티깃버하얏다.

南巡查는五夢女가왓다는말을듯고, 무엇보다집 問題가널어날가봐, 불이나케五夢女를차자왓다.

南「앙이!어듸메갓습매!영감이상새난줄두모르구, 앙이기가차지!」

五「잘죽엇지비!방진(地名)으갓나가알쿠왓당이」

南「방진으무슬에? 영감상으求하레갓덤둥?허허.....」

五「그나그내, 쎄쓰지안슴둥?南순새잇는데, 무인에영감쟁이쏘일이잇슴둥? 홍!이제는나두 巡查宅이쏘마!」

南巡査는그래타는듯이빙글빙글웃으며

南「이집은내싸스쇠마!」

五「앙이!뉘팔앗습둥?」

南「池參奉의 喪費랑뉘내갓습둥?어찌할쉬잇서사지, 그래所長이이집은내게팔아서 喪費르쓰구, 남아지는公金이되구말랏스경이」

五「그래그남아지는못갓습둥?」

南「앙이 精神이잇습둥? 업습둥?池參奉이죽은原因이당신이업기쌔뭉이라구, 당신 으차자서 裁判所루보내갓다는거, 내기르쓰구말겻낭이, 그런말은하지두말낭이, 所長이 若(약문)하문 裁判所감녕이...」

五「......긋까지써오...」

이러케집 問題도南巡査의쯧대로덥허지고말앗다.

五夢女와南巡査는입은담은채눈으로만무슨情談을한참하다가五夢女는山東紬이부자리를생각하얏다. 그리고속으론쌴배포를채려노코는입을한번생그려南巡査의귀에다히고, 무어라고한참속살거리고쌀쌀웃엇다.

南巡査도웃어주엇다. 바로自己딴은집이나하나작만하고, 妾을다려다쌴살림이나채리는것가티깃벗다. 그래서山東紬이부자리는그날저녁으로池參奉네골방안에노혀젓다.

그러나밤이깁허도南巡査는오지안는다. 들으니까南巡査의妻가解産을햇다고한다. 五夢女金돌이는이틈을타서山東紬이부자리, 가마솟, 衣服가지等動産이라고는全部를배에갓다실엇다.

그리고新夫婦金돌이와五夢女는그밤으로海參威를向하야永遠히써낫다.

－끗－1926시대일보본 중심으로

제2부
전쟁과 서사

1. 들머리

「증묘」는 1971년에 발표된 김문수의 중편 소설이다. 그의 대표작으로서
작품이 주는 독특한 서사구조와 다양한 문화적 전형성이 모자이크된 소설이
다. 특히, 민담과 신화를 낯설게 배치하여 시대와 사회를 보다 새롭게 읽으려
는 시도가 보이는 작품이다. 즉 「증묘」는 전쟁의 체험자인 주인공이 전후의
현실에 적응하지 못하고 부유하는 삶을 제시한다. 이러한 부적응은 전쟁을
체험한 인간들이 가지는 공통된 행동이다. 그의 행동은 죄의식에 의한 심리
적 트라우마이다. 즉 증묘 텍스트의 겉 그림은 곧 우리 민족이 겪은 육이오에
의한 집단적 죄의식이며, 밑그림은 그로 인하여 파생되어 강박행동을 보이는
인물들의 심리를 다양한 문화적 인유를 통하여 작가는 형상화하고 있다.

본고는 「증묘」에 나타난 민담과 김문수에 의해 어떻게 변주되고 있는가를
상호텍스트성을 통하여 밝히고자 한다.

2. 이론적 전제

바흐찐은 형식주이의 비판으로 그들의 문학작품에 역사성과 저자의 부재를 들어 그의 문학분석이론인 상호텍스트성을 제시하였다. 그는 대화성과 다성성[1]이란 개념을 상정하여 기존의 담론에 이어쓰기와 고쳐쓰기란 형식으로 역사성을 가미한 개념을 사용했지만 프랑스의 이론가 줄리앙 크레스테바가 이 개념을 들어 프랑스에 소개하면서 문학에 한정해서 상호텍스트성이란 개념으로 사용하였다. 바흐찐에게는 문학 및 비문학을 구별하지 않고 모든 담론에는 이데올로기를 가진 여러 담론들이 실현되는 공간인 사회적 담론적 성격이 강했지만 크레스테바와 토도로프가 비로소 문학연구에 맞게 정리하였다.[2]

상호텍스트성은 텍스트 구조자체에 초점이 주어지기 때문에 텍스트간의 다양하게 침투하는 것을 가리킨다. 모든 작품은 기존의 텍스트와 관련지어 텍스트를 구성하며 다른 텍스트와 연관되어 읽혀지고, 그것과 나란히 제공된 다른 텍스트와의 교차참조를 포함하고 있다. 즉 상호텍스트성은 주어진 텍스트의 공간에서 다른 텍스트로부터 인용된 여러 발화들이 교차하면서 만나고 서로 중화되는 것 혹은 어떤 기호체계가 다른 기호체계로 전위되는 것이다.

---

1 안토니 이스트호프는 텍스트 읽기를 해체 하면서 사회적 실천의 수준에서의 읽기, 기표 수준의 읽기, 기의 수준의 읽기를 상정하면서 텍스트의 다의적 읽기를 시도하고 있다. 안토니 이스트호프 저, 임상훈 옮김, 『문학에서 문화연구로』, 현대미학사, 1996, 44-61쪽 참조.

2 츠베탕 토도로프 저, 최현무 옮김, 『바흐찐: 문학사회학과 대화이론』, 까치글방, 1987, 262-276쪽.

따라서 상호텍스트성은 현대의 작품뿐 아니라 역사나 현실 속의 인물과 맥락 등 여러 수준과 범위에 걸쳐 일어나며, 궁극적으로 텍스트 안에서 구조화된다. 따라서 신화나 민담의 상호텍스트성은 하나의 텍스트에 다른 텍스트가 기억과 반향 그리고 변형을 통해 기존 텍스트의 요소들인 인물이나 플롯, 주체 등을 새로운 맥락 속에 위치시켜 노출시킨다.

문학텍스트이든 비문학텍스트이든 과거의 참조이며 이어쓰기이고 현실에 맞게 고쳐쓰기를 한 결과로 보아야 하며[3] 신화와 민담의 이어쓰기와 고쳐쓰기[4]는 곧 오늘날의 문화라 볼 수 있다. 이는 지워지지 않고 반복되는 구조이며 삶의 지배원리로 인간의 삶의 구조에 영원히 그 근원적 힘으로서 존재한다. 따라서 현대적 사회나 문화나 문학도 민담과 신화적 담론의 반복에 불과한 것이다.

3. 동종 문화(민담)의 고쳐쓰기

문화는 집단의 기억을 간직하고 있는 담론들(공통의 화제들, 그리고 예외적인 말투인 상투적 표현들)로 구성되었고, 개개의 주체는 이 담론들과의 관련 하에서 스스로를 위치시킨다. 주술적 민속담론인 증묘행위는 문화를 향유하는 주체들에 따라 삶의 원리로 인식하며 더 나아가 종교적의미로도 이해될

---

3 바흐찐은 신화의 아담만이 처녀지로서 첫 담론은 한 번도 인용된 적이 없는 세계에 접근하며, 고독한 아담만이 진정으로 그의 담론의 대상에 대해 이루어진 타자의 담론에서 상호적인 유도에서 완벽하게 제외될 수 있었다. 김욱동 편, 『바흐친과 대화주의』, 나남출판사, 1990, 199쪽.
4 이어쓰기와 고쳐쓰기란 말은 창작적 개념이 아니라 상호텍스트성을 풀어서 쓴 개념이다.

수 있다. 민속담론이 종교적인 의미까지 확장될 수 있는 근거는 무속적 근거를 믿고 따르려는 행위에서 비롯된다.

민속에서 이어쓰기를 한 김문수의 「증묘」[5]는 한 인물을 삶의 원리를 지배하는 특수한 관계에 놓이게 만든다. 과거의 흔적인 육이오 때의 한 체험이 지속적으로 삶을 구속한다. 그러한 구속은 증묘 행위인데 '고양이를 삶아 불특정 저주의 대상에게 해코지를 가함으로써 심리적 안정과 지위를 누리'는 민속의 저주기속이다. 민속에서 잃어버린 물건을 찾을 때, 즉 심증은 있는데 물증이 없을 때나 훔쳐간 상대가 스스로 되돌려 놓도록 유도하여 상호 관계를 원만하게 하려는 의도가 있다. 증묘 행위를 '뱅이'라 일컫기도 하는데 다분히 범인점의 성격을 가진 '뱅이'가 주류를 이룬다.[6] '뱅이'는 전국적으로 분포되어 민중의 삶을 지배했다고 볼 수 있다. 그러나 김문수의 「증묘」는 증묘 행위가 소설 전체에 주인공에게 미치는 행동제약의 한 요소이며 삶의 특수한 지배원리로 작용한다.

> 증묘蒸描란 우리나라 기속奇俗의 하나로, 각 지방마다 그 형태가 약간씩 다르기는 하지만 대체로 도둑을 잡기 위한 범인점犯人占이나 애정에 관한 저주詛呪를 할 때 곧잘 행하여졌던 일종의 저주기속詛呪奇俗이다.

5 김문수, 「증묘」, 고려원, 1989.

6 이필영, '(도둑잡이) 뱅이' 『민속학 연구』 제4호, 1997, 304쪽 참조. 원래 우리나라 전역에서 의미와 형태는 다르다 해도 주로 도둑을 잡기 위한 범인점을 할 때 이루어진 것으로 채록되며, 마을 외부의 권력이나 기관에 의존하지 않고 마을 자체에서 잃어버린 물건을 되찾고 또한 그러한 도난 사건을 미연에 방지하는 성문법 이전의 통제 장치로 간주된다.

위의 인용은 작가가 작품의 서두에 참조로 밝힌 우리 문화 속에 산재한 저주기속을 정의하고 있다. 작가가 참조를 밝힌 것은 곧 텍스트의 구성 원리로서 민속의 저주기속을 이어쓰고자한 의식을 이미 가지고 있었던 것으로 생각할 수 있다. 작가는 문학의 형식들의 생산과 그 사회적 구성에 관심을 가진다. 기존의 문화의 실천적 행위에 들어있던 증묘 행위를 어떻게 문학화시킬 것인가는 그것이 사회적 관계에서 어떤 의미를 가질 것인가로 대체할 수 있다. 다시 말해 개인적인 경험이나 사적인 기억에 의존하여 일상적 활동과 삶에 대한 구체적이며 체계적인 문화전유 방법이다. 이러한 방법은 피지배사회 집단의 삶의 양식을 드러내주고 숨겨진 교훈을 통해 지배적이고 공공적인 현실을 비판하는 재현의 의미구조로 볼 수도 있다.

작가의 입말에서 알듯이 증묘란 우리나라 전국적으로 이루어진 저주기속인데, 주로 범인점으로서 누군가에 의해 도둑맞은 물건을 되찾고 범인도 색출하려고 행하는 어떤 주술적 의례행위이다. 그러나 작가 김문수는 이러한 '뱅이점'을 새롭게 고쳐쓰고 있는데 애정에 관한 저주로서 저주기속을 첨가하고 있다. 따라서 전국에 분포되어 전하여지지만 충남·북 지방만을 살펴보면

1) 경쟁이가 고양이를 가져다 놓고 경을 읽은 후 풀어주면, 고양이는 범인의 집으로 달려가서 그곳에서 쓰러져 죽는다.(옥천군 이원면 강청리 승골)

2) 마을 사람들을 모두 한 자리에 모아놓고, 고양이를 시루에 넣어 한 사람씩 거꾸로 앉아 불을 때게 한다. 이때 뚜껑을 열어 두면 고양이가 범인에게 달려든다. 한편 고양이가 죽어 버리면 범인이 고양이가 죽은 시루 앞에 와서 고양이 소리를 내면서 죽게 된다.(부여읍 지석리 석원마을)[7]

1)과 2)는 모두 범인점으로서 고양이를 통하여 경을 읽는 행위와 시루에 고양이를 찌는 행위가 나타난다. 김문수의 증묘에 가까운 것은 2)이지만 충남·북을 비롯해서 전라북도, 경기도, 제주도, 금강산 일원에서 채록된 민속을 보면 어느 곳에서도 범인점으로만 나타날 뿐 애정기속은 나타나지 않는다.

범인점의 구조의 원리로 보면 A라는 사실을 인위적으로 만들어주면 실제에 있어서 A′라는 사실이 발생한다는 모방 주술의 원리에 기초한다. 이는 문학적으로 동종주술이라고 하는데 그 목적에 따라 크게 두 가지로 나눌 수 있다. 복을 불러 행복을 꾀하는 것과 불행을 물리쳐서 행복한 상태에 이르는 것으로서 전자는 招福의 동종주술, 후자는 除厄의 동종주술이라고 하면서 증묘를 적대자를 제거하기 위한 주술행위로 보았다.[8] 이는 보다 넓게 보면 범인을 제거하고 잃어버린 물건을 찾는 것을 목적으로 행함에 있어서 죄를 지은 범인이 증묘 행위를 함으로써 양심에 가책을 받아 물건을 스스로 되돌려 줄 수 있도록 하기 위한 행위로 이해된다. 이러한 행위는 성문법 이전에 도둑을 예방하려는 통제장치이다. 이렇게 민속에서의 단순구조는 김문수의 「증묘」에서 매우 복잡한 변형된 양상을 보인다. 삼촌을 죽게 한 범인을 찾는 것과 사랑하는 조카를 빼앗아 가려는 대상을 향해 숙모의 증묘 행위가 이루어진다. 확장구조를 보면 민속에서 도둑을 잡기 위한 범인점에서 살인자를 잡는 범인점으로 확장되었으며 또 조카의 애정의 대상을 제거하기 위한 애정점으

---

7 위 논문 305편 참조.

8 이선경, 「현대소설에 나타난 동종주술 모티프 연구」, 명지대 문예창작과 석사학위 논문. 5쪽 참조.

로 고쳐쓰고 있다.

> 그때 솥에서 끓던 것은 엿이 아니고 고양이였다. 삼촌의 넋을 달래기 위해 산 고양이를 솥에 가둔 채 찌고 있었던 것이다. 숙모뿐만 아니고 마을사람들은 툭하면 고양이를 산 채로 잡아 솥에 가두고 불때기를 좋아했다. 도둑을 맞았을 때도 그랬고 남편들이 바람을 피워 대도 그랬다. 뜨거운 솥에서 삶겨 죽는 고양이의 넋이 물건을 훔친 도둑놈에게 붙어 눈을 멀게 하며 또 남편을 바람나게 만든 여자에게 붙어 성불구로 만들어 놓는다고 믿었기 때문이었다. ―중략― 〈네가 솥에서 삶기는 건 우리 낭군의 원수를 갚기 위함이니 원망을 말아라. 네가 우리 낭군의 원수 때문에 이 지경이 되는 것이니 죽어 귀신이 되면 그 원수놈에게 달라붙어 원수를 갚아다오〉

위의 인용은 주인공이 따발총 군인에게 국방경비대 소위였던 삼촌을 자랑하다가 숨어 지내던 삼촌을 죽게 만들었던 사건으로 인하여 숙모와 어머니의 저주의 대상이 곧 자신임을 알게 된다. 여기서 작가는 민속에서 제시하는 범인점의 환유로서 도둑에 대한 부분의 일치를 통해서 물건을 훔치지 않았음에도 어느 새 주인공이 숙모의 가장 소중한 남편을 죽게 만든 범인을 원수로 변형시키고 있다. 범인점은 도둑질을 한 범인에게 예방의 차원에서 이루어지며 법적 제재를 받기보다 스스로 물건을 되돌려 줌으로써 마을 사람들 상호 간의 앙금을 해소하고 가져간 자는 뉘우치며 돌려받는 자는 원래대로 보상을 받음으로서 사태의 해결을 긍정적으로 풀려는 전통적 화해방식인데, 자신의 남편을 죽인 원수를 갚기 위한 숙모의 증묘행위[9]를 통하여 작가가 변형시킨

담론은 원한과 저주가 함축된 원수풀이로 고쳐쓰고 있다고 보여진다.

　　며칠 전의 일이었다. 그가 집에 들어서자 숙모는 그날 낮에 일어났던 사건들을 들려주었다. 약을 먹고 죽은 쥐를 삼킨 모양인지 키티가 갑자기 펄펄 뛰다가 죽었다는 것이다. 키티는 집에서 기르던 고양이의 이름이었다. 〈조카도 마땅한 색시를 얻어 장가를 들어야지.〉 ─중략─ 부엌에 있는 솥 안에서 한 애정의 재물이 되었을 키티의 넋이 음산한 울음 소리를 내고 있는 것 같았기 때문이었다. 그는 숙모가 키티의 넋을 그녀에게 보냈다는 것을 알 수 있었다. (키티야, 날 원망 말아라. 네가 이 지경이 되는 것은 우리 조카의 마음을 뺏은 여자 때문이다.)

　위의 인용은 주인공이 두 달쯤 전에 담배 가게 진열장 너머로 한 여인을 보고 자신의 이상의 여인상으로 생각한 후 그녀를 뒤좇아 따라 가는 순간 키티가 그녀에게 달려드는 환상을 본 후 그녀가 차에 치어 죽는다. 작가는 뱅이담론에 보이지 않는 애정의 저주기속으로 고쳐쓰고 있다. 먼저 숙모는 남편에 대한 원수를 갚기 위해 고양이를 찌며 다음으로는 숙모의 애정의 연적을 제거하기 위해 고양이를 찐다. 이는 작가가 도둑을 잡기위한 범인점에서 살인자를 잡는 증묘행위와 연적제거의 담론으로 고쳐쓰고 있다.

　　그와 동시에 그 건물 꼭대기에선 공사에 썼던 긴 통나무장대들을 내려

---

9 증묘행위는 숙모에게 하나의 종교이다. 그의 세계관은 증묘행위 자체를 믿음의 실체로 생각하는 것이다.

던지기 시작했다. 그러자 그 중년부인은 무엇인가 이상하다는 듯 고개를 갸우뚱거리더니 급히 그곳을 물러났다. -중략- 이번에는 뒤따르던 인부가 그 골목을 기웃거리는 머리채가 긴 아가씨에게 이렇게 주의를 주었다. 그러나 그 소리엔 아랑곳도 없이 건물 공사판 위에서 던져대는 통나무들이 떨어져 맨홀 위로 쌓이는 것을 바라보며 그 아가씨는,

위의 인용은 덧니박이 아가씨가 조카를 찾아오자 조카는 그녀를 숙모의 눈길로부터 피신시키기 위해 스스로 맨홀 안으로 숨는다. 이는 숙모의 저주로부터 덧니박이 아가씨를 보호하기 위한 행동이다. 그러나 맨홀 위로 통나무가 쏟아진다. 통나무는 조카를 향해 달려드는 키티(고양이)의 변형된 형태로 보여 진다. 키티가 달려드는 환영은 증묘행위의 또 다른 변형이다. 작가는 증묘행위의 결과는 항상 고양이가 달려드는 것으로 묘사하지만 소설의 마지막 단락에서는 통나무로 증묘행위를 대신하고 있다. 증묘행위 중 '쏟아진다'는 개념만 환유적으로 확장시키고 있는 것이다. 따라서 숙모의 증묘행위는 숙부를 죽인 원인으로 인하여 조카의 죽음으로 결과를 맺음으로써 파국을 맞는다.

4. 이질 문화(신화)의 고쳐쓰기

1) 외디푸스 신화의 고쳐쓰기

신화는 한 번도 인용된 적이 없는 처녀지의 언어[10]로서 일반적인 의미에서

10 김욱동 편, 『바흐친과 대화주의』, 나남출판사, 1990, 1990쪽. 바흐찐은 신화의 아담만이

원리들의 심상화된 담론들이다. 그것은 어떤 제도나 관습의 기원, 우연적 사건의 논리, 만남의 유기적 관계들을 설명해주는 것이다. 따라서 그것은 언제나 근원적인 요소들을 내포하고 있다. 즉 원형심상으로서 맥락과 서사를 제공해 준다. 외디푸스 왕[11]의 신화는 신탁에 의한 친부 살해와 근친상간의 신화적 패턴을 제공하는데 친부살해에 따른 것은 세대 간의 갈등요인[12]으로 해석이 가능하며 근친상간적인 요소는 인간의 혈연관계 및 성의 문제를 함축하고 있다. 따라서 외디푸스 왕의 신화에 대한 이어쓰기와 고쳐쓰기는 크게 두 가지로 생각해 볼 수 있다. 신탁에 의한 부친 살해와 근친상간적 요소이다. 신화의 패턴을 보면 다분히 운명론적 세계관의 반영이라 볼 수 있는데 인간의 운명은 신에 의해 결정된 듯한 구조로 발전한다. 「증묘」에서 보이는 이러한 요소는 삼촌과 조카의 관계와 숙모와 조카사이로 유사한 구조를 가지고 있다.

(1) 신탁

먼저 신탁을 살펴보면, 외디푸스 왕의 신화적 패턴은 신탁이다. 이 신탁은 한 인간이 운명을 이미 신에 의해 결정된 것이다. 「증묘」의 신탁적 요소는 매우 다르게 은유적으로 표현되고 잇다. 그것은 육이오와 가계 내력인데 두

처녀지로서 첫 담론은 한번도 인용된 적이 없는 세계에 접근하며, 고독한 아담만이 진정으로 그의 담론의 대상에 대해 이루어진 타자의 담론에서 상호적인 유도에서 완벽하게 제외될 수 있었다.

11 소포클레스 외, 한상철 외 옮김, 『히랍극선』, 삼성출판사, 1990, 79-131쪽 참조.

12 프로이드는 오디푸스 왕의 신화를 세대간의 갈등으로 풀고 있다. 제레미 탬블링, 이호 역, 『서사학과 이데올로기』, 예림기획, 2000, 164쪽.

요소가 복합적으로 신탁과 유사행위로 해석될 수 있다. 육이오라는 전쟁은 주인공의 삶에 하나의 지나가는 사건일 뿐이다. 그러나 육이오 기간에 '천진 난만한 혓바닥'이 국방군 소위인 삼촌을 자랑하다 삼촌을 죽게 만든 사건으로 인하여 육이오는 조카에게 하나의 운명적인 신탁의 원리에 동인이 된다. 원인은 '혓을 잘못 놀려' 만든 결과이지만 이미 육이오는 신들의 계시로 이루어진 결과물이며 그 결과는 외디푸스처럼 벗어날 수 없는 인간존재인 것이다. 그리고 〈애당초 과부를 만드는 집안으로 시집간 게 잘못이었다.〉고 얘기 하던 점쟁이의 말은 곧 숙모에게는 하나의 신탁으로 보아야 할 것이다. 숙모는 과부가 되었고 남편을 잃은 결과로 나타난다. 숙모나 조카의 삶은 모두에겐 이미 어떤 운명론적으로 결정된 행위이며, 거역할 수 없는 원리이다. 그들에게 무관한 듯 보이는 육이오는 그들에겐 신탁이나 다름없다. 또한 가정의 내력에 대한 신탁인데, 숙모의 점에서 보듯이 조카의 가정 내력은 이미 그의 부친을 여의고 홀어머니 밑에서 성장했으며 유일하게 부를 대리하던 숙부를 죽이는 결과를 가져온 것이다. 신화에서 보이는 신탁의 변형은 하나의 고쳐쓰기라 생각할 수 있다.

(2) 친부살해

외디푸스는 자신이 알지도 못한 채 친부를 살해하는 신화적 패턴이 제시되는데 이를 세대 간의 갈등으로 풀기도 한다. 전세대의 삶의 구조를 변화시키기 위해 새로운 질서가 연속적으로 반향을 생성하듯이 살부殺父에 대한 죄로서의 의미보다, 한세대가 다음 세대로의 순탄한 이어짐이 아닌 다분히 급진적으로의 세대교체가 이루어진 구조로 파악할 수 있다. 왜냐하면 외디푸스왕

家의 왕권의 연장은 곧 자식의 탄생과 그 자식의 왕위 계승이라 볼 수 있다. 그러나 신탁의 계시에 의해 살부자로 태어난 외디푸스는 라이우스 왕에게는 하나의 도전자이며 자신의 왕권을 해체하려는 적대자의 위치에 선다. 그것은 살부 할 자식이 태어난다 해도 자식에게 물려줄 왕권이라면 응당 죽이거나 버리지 말았어야 할 것이다. 그러나 라이우스는 외디푸스를 버림으로서 그러한 갈등의 단초를 남기며, 그 행위가 세대 간의 갈등구조를 표면화했다고 볼 수 있다. 「증묘」의 살부 행위는 일견 세대 간의 갈등으로 볼 수도 있다. 그러나 자신의 의지와는 상관없이 '천진한 말 한마디'가 가져온 재앙으로 풀 수도 있다. 살부의 원인은 간접적이며 한마디의 말실수인데, 숙부가 국방군 소위라는 자랑거리가 그 원인이다. 하지만 조카의 말속에는 은연중에 숙부의 세대를 닮고 이어가려는 행위가 더 크다고 볼 수 있다. 외적 상황인 육이오가 준 살부라는 점이 외디푸스 왕의 신화와 유사할 뿐 그 내용 면에서는 세대 간의 갈등은 나타나지 않는다. 다만 부친살해라는 의미에서 결과적으로 보면 외디푸스나 조카 모두에게 죄의식을 가지면서 외디푸스는 두 눈을 찔러 대속의 행위가 보인다. 어쩌면 외디푸스의 행위는 초월적 지위에 있는 자로서 반성의 모습이라 보여 진다. 눈이 있으되 진정한 사물을 인식하지 못하고 친부를 살해한 과오를 눈을 제거함으로서 진정한 진리에 도달하려는 신화적 해결방식이 보이지만 「증묘」의 조카는 자신의 살부행위에 대해서 어떤 외적 포현을 통해서 대속적인 의미를 가지려는 행위는 어느 곳에서도 찾아볼 수 없다. 다만 그의 심리에 트라우마로 남는데, 그는 숙부와 반공이데올로기에 관련된 모든 부분에서 심리적인 고통을 받는다. 가슴이 덜컹하며 내려앉는 증상이 간헐적으로 나타나지만 그것을 극복하고 벗어나려는 외디푸스적 행동을 보이지 않는다. 따라서 외디푸스왕의 신화가 친부살해는 세대갈등으로 보이지만 「증묘」는 근본적으로 민족 간의 이념의 갈등을 밑그림으로 하여 가족 간의 갈등을 축소해서 제시 될 뿐이다.

(3) 근친상간

근친상간적인 신화적 패턴은 어머니면서 아내인 이오카스테왕비에 대한 죄의식 또한 강하다. 어머니를 왕비로 취한 것은 외디푸스의 욕망에서 비롯된 것이라 할 수 있다. 스핑크스를 죽이고 테베의 왕이 되기 위한 욕망이 결국 그의 모와 근친상간을 하게 된 동기이다. 신탁으로 알기 전에는 그들은 부부였으며 그들에겐 근친상간을 통하여 아들과 딸들을 두고 있다. 신의 저주로 받은 외디푸스는 두 딸과 함께 자신을 추방함으로써 신탁적 패턴을 벗어난다. 그러나 「증묘」는 욕망구조는 삼촌을 '자랑한' 욕망이 삼촌을 죽게 한 원인이라 볼 수 있다. 그러나 그는 자신이 삼촌을 죽인 결과를 알고 죄의식에 빠지지만. 숙모는 아무것도 몰랐던 이오카스테 왕비가 외디푸스와 결혼했듯이 조카와 애정관계로 발전한다. 代理母이면서 아내인 숙모와 조카 사이는 생물학적으로 보면 외디푸스처럼 근친적인 요소는 없다. 남남의 관계일 뿐 피를 섞은 관계는 아니다. 다만 유교적인 관점에서 보면 친족관계로 설정될 수 있다. 조카 쪽에서 보면 근친상간의 행위로 파악 되지만 숙모 쪽에서 보면 조카도 하나의 이성으로 보여 진다. 숙모의 이런 행위는 혼례만 올리지 않은 유사 부부관계로 발전한다. 그녀는 조카를 소유하기 위한 결정적인 이유로써 자신이 재가하지 않고 조카를 키웠다는 이유로 구속한다. 그런 이유로 숙모는 조카가 사랑한 여인에 대한 질투로 발전하며 이는 애정의 변형된 형태로 보여 진다. 그러나 조카 쪽에서 보면 여전히 삼촌의 부인인 숙모이다. 또한 그는 숙모가 고아나 다름없는 자신을 키워준 고마움을 가지고 있다. 그녀는 그 대가로 성관계를 요구하지만 삼촌의 부인이라는 인륜과 현실 사이의 갈등이 지속적으로 억압한다. 조카는 행동과 심리의 언발런스는 주체가 세계를 자기화하지 못하고 타자에 의해 이끌려 갈 때 나타나는 현상이다.

「증묘」는 문화의 잘못된 패턴을 지키려는 외디푸스왕의 신화와 달리 친부 살해와 근친상간적 신화적 패턴을 오늘날 문화의 기준점이 사라진 도덕적 혼란과 혼돈의 문화현상으로 고쳐쓰고 있다.

2) 테세우스 신화의 이어쓰기와 고쳐쓰기

테세우스 신화[13]는 테세우스가 아테네의 재앙을 물리치기 위해 미년 미노스왕에게 바치는 공물(남녀 각각 7인씩)을 받는 미놀타우르스를 제거하기 위한 모험에 나선다. 그는 미노스 왕의 맏딸 아리아드네의 도움으로 미궁에 갇힌 미놀타우르스를 제거함으로써 그리스의 재앙을 막는다.「증묘」의 신화적 패턴은 미궁과 미놀타우르스, 아리아드네의 실 정도가 될 것이다.

(1) 미궁(미로)

미궁[14]은 미로로 이어쓰고 있는데 「증묘」의 미궁은 건축물이라기보다는

---

13 최준환 편역, 『그리스 · 로마의 신화』, 집문당, 1995.

14 고재석은 소설의 공간성과 서사문법에서 증묘의 공간을 L와 V공간구조를 규명했으며 그 공간의 예를 보면 마치 미로구조로 파악하고 있으며, (196면) 최명숙은 크레타섬의 미로가 정신의 은유이듯이 현대도시는 미로이며, 인물의 내면적 갈등과 복잡한 심리를 상징화한다. 최명숙, 증묘의 「미로적 특질」, 『한국언어문학』 제39집, 한국언어문학회 1997, 652쪽

서울의 후미진 도시 골목이 하나의 미로를 이룬다. 고대 그리스 산화에서 보이는 건축물로서의 미궁은 오늘날 길과 인간의 복잡한 심리 등으로 은유되는데 「증묘」의 미로적 이미지는 그들의 비정상적인 삶을 숨기기 위한 방어의 공간이며 은폐하기 위한 공간이다.

　　버스에서 내린 그는 골목으로 접어들었다. 거기서 이분쯤 걸으면 왼쪽으로 샛골목이 나타나는데 그 골목 왼쪽 첫 집은 목욕탕이었다. 목욕탕을 끼고 골목으로 들어서면 저만큼 앞에 높다란 시멘트벽이(이곳은 막다른 골목입네다)라고나 하는 듯이 우뚝 버티고 서 있다. 이 골목을 처음 이용하는 사람이면 으레 앞을 막아선 시멘트벽에 속아 다시 뒤돌아서든지 아니면 목욕탕 앞 구멍가게 노파에게 골목이 과연 막다른 골목인가를 확인해야 했다.

　　그는 솜틀집 간판에 그려진 화살표 방향으로 몸을 틀었다. 저만큼 앞에 V자형으로 꺾어진 쌍갈랫길이 나타났다. 이 쌍갈랫길이 갈라지는 지점에 두 개의 점포가 있었는데 오른쪽은 담뱃집과 만화가게를 겸한 점포였고 왼쪽은 쌀가게였다.

　　왼쪽은 쌀가게 오른 쪽은 담배가게이며 쌀가게 방향으로 계속가면 철대문 집이 보이고 포오크처럼 생긴 길이 나타나며 막다른 골목이 된다. 그리고 담배가게의 끝은 숙모와 함께 사는 집이 있다.

참조.

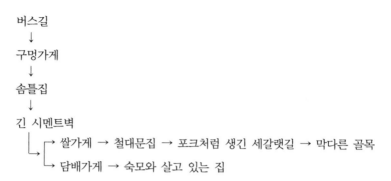

위에 인용된 이미지는 테세우스의 미궁과 구조가 비슷하다. 작가는 주인공과 숙모가 함께 사는 집을 장황하게 서술한 것은 숙모와 주인공이 공간적으로 은폐된 주거환경이라는 것을 암시한다. 이 공간은 결코 정상적인 주거공간이 아니다. 결코 일상에서 찾아보기 힘든 매우 폐쇄적이고 복잡한 공간으로 그들의 주거공간이 위치하고 있다. 이러한 복잡한 공간은 미로자체의 혼란함을 상징하지만 그 보다도 미궁의 주인인 숙모가 미놀타우로스[15]적 이미지를 환기시키기 위한 서술이라 보여 진다. 숙모와 조카의 관계가 도덕적이나 윤리적으로 떳떳하지 못한 사이다. 즉 숙모는 조카와 성관계를 확보하기 위한 공간이요 조카는 숙모의 지아비인 숙부를 죽게한 죄인이기 때문이다. 그러므로 그들이 정상적으로 삶을 영위하고 있다기보다 정상적인 삶의 공간으로부터 혹은 타인들로부터 그들 자신들을 숨기기 위한 심리구조의 반영물이라 볼 수 있다. 그들은 될 수 있는 한 타인과의 접촉을 피함으로써 그들은 심리적으로 안정감을 누릴 수 있는 공간인 되는 것이다. 따라서 그

---

15 최명숙, 「증묘의 미로적 특질」, 651쪽 참조.

러한 현실을 숨기기 위한 공간으로써 단절 및 폐쇄의 공간으로서 미궁인 것이다.

테세우스 신화는 미노스 왕이 통치하는 크레타와 그리스간의 대립의각을 세우던 시기에 테세우스가 갈등을 해소하기 위해 크레타섬으로 스스로 찾아가 미놀타우루스를 제거함으로서 갈등이 해소된다. 미놀타우르스는 미노스 왕의 왕비인 파시파에가 소와 교접해서 낳은 자식이다. 미노스 왕에겐 자신의 친아들이 아니다. 미놀타우르스가 미노스 왕에게는 부담이 되며, 그는 미놀타우르스인 괴물(소의 얼굴과 인간의 몸을 지님)을 사람들의 눈에 띄지 않게 격리시키기 위해 미궁에 가둔다. 결국 신화적 패턴의 한 축은 도덕적으로 떳떳하지 못한 아들을 은폐시키기 위한 미궁이다. 결국 증묘도 두 사람의 떳떳치 못한 관계를 숨기기 위한 심리적 방어기제로서 집이라 볼 수 있다. 그들을 찾기 위해선 매우 복잡한 과정을 거쳐 찾을 수 있는 것이다. 덧니박이 아가씨가 주소를 가지고 찾아왔을 때에도 골목을 몇 바퀴 돌며 조카가 살고 있는 집을 찾지 못한 것도 그들이 얼마나 깊숙이 숨어서 살고 있다는 것을 단적으로 드러낸다. 그들이 숨어사는 것은 육이오가 빚어낸 결과이지만 한 개인들에게는 자신으로부터 파생된 세계 속에 꽈리를 틀고 정상적 현실로 진출보다 사람들의 이목을 피해 자신을 감추려는 심리구조를 그대로 반영한 공간이다. 따라서 테세우스 신화에 미궁을 심리적 방어물로 이어쓰며 고쳐쓰고 있다.

(2) 아리아드네의 실

아리아드네의 실은 테세우스가 미궁을 빠져나오기 위해 사용한 기제인데

이는 절망에서 희망으로 지향하는 신화적 패턴을 가진다. 그러나 「증묘」는 유일하게 주인공을 구원하기 위해 적극적으로 다가오는 여인은 덧니박이 아가씨이다. 그러나 그녀는 오히려 구원의 여인으로 주인공에게 다가왔지만 주인공으로부터 보호를 받는 여인으로 그려진다. 동류의식을 느낀 주인공은 그녀가 주인공의 집을 찾기 위해 골목길(미로의 길)에 접어들자 주인공은 숙모의 눈에 띄지 않게 하기 위해 그가 스스로 맨홀 속으로 들어간다.

> 그는 완전히 당황하고 있었다. '이 세 사람(자기 자신과 숙모 그리고 이 덧니 아가씨)의 마주침이 있어서는 안된다.'는 오직 그 한 가지밖에 생각지 않았다.
> (만약 숙모가 이 아가씨를 본다면?)
> 그는 더욱 초조했다. 숙모가 만일 이 아가씨를 본다면 숙모는 자신의 〈절대자〉인 조카를 빼앗기지 않으려고 그녀가 갖고 있는 두터운 신앙의 힘을 불러일으키기 위해 또다시 그 제전祭典을 마련할 것이다.
> 이런 생각을 펼치고 있는 그의 눈앞엔 무수한 고양이 때에게 쫓기는 이 덧니박이 아가씨가 떠올랐다.

그가 맨홀로 들어간 것은 숙모의 눈에 띄면 그녀가 곧 죽기 때문이다. 그녀를 구하기 위해 자신을 숨김으로써 그녀를 위기에서 구한다. 그는 덧니박이 아가씨를 숙모의 주술범위로부터 멀어지게 하기 위한 행위는 그녀와 떨어져 아무 연관이 없도록 하는 행위뿐이다. 자기 찾아온 그녀를 방어할 능력은 그에게는 없는 것이고 자기 자신을 숨김으로서 숙모의 주술범주로부터 피할 수 있는 방법인 것이다. 그가 맨홀로 들어섰을 때 그는 하나의 주술에 걸려 통나무의 세례를 받게 되고 죽음을 맞이하게 된다. 어떤 면에서 덧니박이 아가씨와의 사랑은 아리아드네의 실로써 주인공이 트라우마적 강박에서 벗어날 수 있는 희망이 보였지만 그 희망은 자신이 맨홀에 갇힘으로써 절망적인 상황에 놓이게 된다. 여기서 테세우스 신화의 아리아드네와 같은 구원의 여인은 보이지 않는다. 이는 곧 소설 증묘가 희망적이고 긍정적인 삶을 지향한다기보다는 절망적이고 단절된 세계로 고쳐쓰고 있다고 보여 진다.

(3) 미놀타우르스

이 소설에서 숙모는 미놀타우르스로 이어쓰기하며 악마적 이미지로 고쳐쓰고 있다. 먼저 자신의 남편을 죽인 자에 대한 한풀이로서의 주술과 자신의 조카를 빼앗아 가려는 연적을 죽이고 조카와의 관계를 지속하려는 의도로 고쳐쓰고 있다.

> ① 〈네가 솥에서 삶기는 건 우리 낭군의 원수를 갚기 위함이니 원망을 말아라, 네가 우리 낭군의 원수 때문에 이 지경이 되는 것이니 죽어 귀신이 되면 그 원수놈에게 달라붙어 원수를 갚아다오〉 이런 기도를 올리돈 숙모의 얼굴이 아궁이에서 흘러나오는 불빛을 받아 이글이글 타오르는 듯했다
> ② 이번에 그려진 숙모의 얼굴은 그가 어렸을 때 보았던 숙모의 얼굴이었다.

①은 삼촌이 죽었을 때 조카가 느끼는 숙모의 외적 형상인데 〈불빛을 받아 이글이글 타오르는 듯 했다〉는 괴기스러울 정도로 충격을 받은 모습이다.

②는 조카가 이상적인 여인을 만나 상상하는 과정에서 숙모의 얼굴이 오버랩 되면서 과거의 삼촌이 죽었을 때 보았던 숙모의 악마적 이미지를 떠올리며 심리적으로 위축된 모습을 보인다. 결국 ①과 같은 이유가 어린 조카에게 충격을 주어 삼촌을 죽게 한 원인이 자신임을 밝히지 못하고 심리적으로 간직한 채 과거의 충격에 고착되어 강박적 행동이 나타난다.

숙모의 이미지는 악마적인 주술사의 이미지와 겹치는데 그 증묘 행위가 애정기속으로 변질되어 조카의 연적을 제거한다. 그 첫 번째 희생자는 담뱃 가게의 장씨 처녀인데 자신이 키우던 고양이 키티를 증묘함으로써 녀의 소망 은 성취된다. 그녀는 툭하면 고양이를 삶아 조카의 애정행각을 방해한다.

성욕은 권력의 산물이다. 숙모와 조카사이의 성욕은 생산성을 전제한다기 보다는 숙모의 지배력을 행사하기 위한 방식인 것이다. 그녀는 성욕을 통해 서 조카를 지배하고 그의 연적인 젊은 여인들을 증묘 위를 통해서 제거해 나간다. 고양이의 증묘를 통해서 그녀의 욕망이 행사되며 마치 미놀타우르스 가 사람을 잡아먹듯이 연적을 제거함으로써 자신의 욕망을 채우고 있다. 숙 모는 조카의 삶을 지배하고 그의 연적을 죽임으로써 영원히 미궁으로부터 벗어나지 못하게 하는 것이다. 마치 음의 세계를 지배하는 악령처럼 주술을 풀어 조카의 삶을 완전히 지배한다. 이것이 미놀타우르스와 다른 고쳐쓰기의 한 형태이다. 미놀타우르스는 제거되지만 현대판 미놀타우르스는 제거되지 않기 때문이다.

5. 마무리

신화나 민담의 상호텍스트성은 하나의 텍스트에 다른 텍스트가 기억과 반향 그리고 변형을 통해 기존 텍스트의 요소들인 인물이나 플롯, 주체 등을 새로운 맥락 속에 위치시켜 노출시킨다.

본고는 민속과 신화가 상호텍스트성이란 개념을 통하여 「증묘」에 내재된 문화의 연관관계를 살펴보았다. 다양한 문화를 상호텍스트한 「증묘」는 소설 문화에서 동종과 이종적 텍스트를 상호텍스트하여 과거의 문화적 구조를 오늘에 이어쓰면서 오늘날 문화현상을 설명하고 있다.

작가는 증묘라는 민속행위를 통하여 도둑을 잡기 위한 범인점에서 살인자를 잡는 증묘 행위와 연적제거의 담론으로 고쳐쓰고 있고, 외디푸스 신화의 고쳐쓰기는 오늘날 문화에 내제된 도덕적 혼란과 혼돈의 문화현상으로 고쳐쓰고 있다. 또한 테세우스 신화의 고쳐쓰기는 미궁은 가두기 위한 기제가 아니라 죄의식을 감추고 숨기위한 방어적 공간으로 나타나며 미놀타우르스는 신화에서는 제거되지만 현대판 미놀타우르스는 제거되지 않고 악마적 이미지로 문화에 반복적으로 드러난다.

1. 들머리

현대사에서 우리민족에게 가장 커다란 상흔은 육이오라는 전쟁일 것이다. 이 상흔은 현대를 살아가는 체험세대나 미 체험 세대가 어떠한 방법으로든 살아있는 역사의 장으로 인정하고 그 바탕에서 새로운 삶을 시작해야 할 것이다. 그런 차원에서 현실적으로는 전쟁은 끝이 났다. 그러나 문학작품에서는 비로소 전쟁이 시작되고 전개되며 그러한 사건에 대한 대안적 극복과 새로운 삶에 대한 대안적 극복과 새로운 삶의 방향성을 모색할 때 한층 안정되고 새로운 삶을 영위할 수 있을 것이다. 그러므로 한국의 현대사에 각인된 전쟁은 그 물결이 잔잔해 질 때까지 우리의 문학 속에서 현존으로 살아 있을 것이다.

전쟁은 인간을 파괴적이고 본능적으로 행동케 하며 인간의 실존적 근거를 뿌리째 전복시키는 오염된 인간군을 생산한다. 전후세대의 문학은 비정상적인 세계 속에 실존의 근거를 찾는 인간들의 모습을, 인간의 흔적을 되새김질하여 다음 세대에게 살아있는 정전으로 제시된다. 돌이 떨어진 곳은 가장 파문의 수직적 진폭이 크다. 그러나 시간이 흐름에 따라서 수직적 파문은 수평적으로 확산되어 간다. 수평적 확산은 시간의 흐름에 따라서 공간이(흔적) 넓어지는 반면에 수직적 흔적은 깊어지는 구조를 가진다. 표층에서 심층으로 돌이 가라앉는 만큼 표층은 확대되거나 엷어지고 심층은 현실과의 역사적 거리를 갖는다. 결국엔 호수 속에 돌만이 남거나 사적으로는 돌이 던져진 흔적만 남는다. 육이오의 전쟁은 역사의 호수에 던져진 커다란 돌이다. 전쟁에 의해 만들어진 물결은 세대가 교체되어도 진원지적 흔적으로 세대를 잇는다. 이런 면에서 문학적이든 비문학적이든 인간의 삶의 방식은 상호 텍스트적이며, 과거와의 끝없는 대화인 과정으로 오늘이 현존한다고 볼 수 있다.

　문학은 인간의 삶을 모방한다. 그 중에서도 서사문학은 인간의 삶을 가장 잘 반영하는 양식이다. 서사는 인간의 생존공식이다. 전쟁의 상황이든 전후의 상황이든 인간의 삶 속에 공분모로 작용한다. 전쟁이 서사문학에 내재될 때 작가든 독자든 모두 하나의 공분모 의식을 가진다. 인간의 삶의 흔적은 서사이며 역사는 인간의 삶을 잇는 대서사이기 때문이다. 역사 속의 인간의 삶을 고정시키는 불변의 행위 항이다. 전쟁으로 인한 인간의 삶은 하나, 혹은 여러 개의 개인서사를 만들고, 작품에서 이런 서사는 전쟁이 발발한 현실은 아니며, 하나의 모방된, 상호텍스트 된 허구화된 현실이 된다. 허구화된 현실은 두 가지로 시간적 왜곡을 갖는다. 하나는 스토리요, 또 하나는 텍스트이다. 텍스트는 고정불변의 인물의 스토리 구조를 작가의, 시각으로 변형시킨다. 이런 면에서 육이오의 전쟁은 하나의 혹은 개인에 따라 양상이 다른 여러 개의 스토리가 될 수 있다. 전쟁이 역사적 사실이고 고정불변의 스토리로 볼 수 있다면 전쟁을 체험한 작가들이든 미 체험한 작가들이든 상관없이 애초에 발원지로부터 퍼져 나온 도심원의 물결의 위상일 뿐이다. 그들은 각기 다른 텍스트를 생산해낼 것이고 생산한 텍스트들은 각각 다른 양상을 보일 것이다. 이는 전쟁을 체험한 한 작가의 여러 작품에서 시간이 흐름에 따라 진폭과 넓이가 달라질 수 있으며, 여러 작가들의 각각에도 서술정도와 대상이 달라질 수 있다. 이는 기의와 기표관계로 설정하여 볼 수도 있다. 기의는 고정되고 기표만 달라진다. 전쟁이라는 기의는 고정된 스토리로 영원히 문학 속에 존재하지는 않는다. 최초에 이루어진 실제의 전쟁만이 기의가 된다. 그 이후는 고정되어 언제까지나 기의로서 존재하지는 않는다. 작가에 의한 혹은 시간이 흐르면서 자주 여러 번 기의는 최초의 색을 잃고 여러 가지 색으로 흔적으로만 존재한다. 이 흔적은 기표가 되며 기표가 또 다른 기표를 생산하여 의미가 고정된 전쟁을 확정시킬 수 없다. 이는 최초의 전쟁에 대한 무수한 거품만 생산할 뿐이다.

$$S/S_1 \cdots Sn \qquad\qquad\qquad \text{(s: 전쟁, S: 전쟁의 흔적)}$$

전쟁의 흔적은 한 작가, 혹은 여러 작가일 수 있으며 시간에 따라 진폭도 달라질 수 있다. 전쟁의 흔적은 한 작품, 혹은 여러 작품일 수 있다. 그러한 흔적 중에 여성의 시련은 문학작품에 많이 등장한다. 전쟁의 본성은 원칙적으로 여성에 대한 만행적인 폭력과 유사한 것이기 때문이다.[1] 전쟁의 인위적

---

1 이재선, 『현대 한국소설사』, 민음사, 1992, 114쪽.

재난은 여인들의 실존적 근거를 제거하여 생물학적 여성으로 전락시킨다. 이렇게 전쟁은 여성의 위상을 박탈하고 문화적 여성성을 거세하는 단계에 머무르도록 한다.

여성의 실존은 작가에 따라서 혹은 시대나 사회의 변동에 따라 혹은 전쟁 극복 양상에 따라 다양한 흔적으로 재생산되었다. 특히 작가의 인식 구조에 따라 작품의 서술자 및 대상도 여러 가지로 나타난다. 전쟁하거나 전쟁 이후의 문학작품 속에서 서술하고 있는 여성들의 삶은 다양하게 그려지고 있다. 그러나 여성의 수난을 작가가 전경화하여 서술하는 것은 그 나름대로의 세계 읽기가 되기 때문이다. 따라서 본고는 전쟁 하에서 혹은 전시 하에서 여성들에 대한 삶의 존재 방식을 알아보고 그에 인식구조의 변화를 알아보고자 한다. 또한 전쟁을 심층으로 하고 표층은 현재의 삶의 방식이 과거 삶을 상호텍스트한 작가 및 독자의 인식구조도 다양한 흔적으로 나타날 수 있다.

2. 여성시련의 전경화

1) 여성의 자아 찾기

정연희의 「波流狀」[2]은 전쟁으로 인한 한 여성의 시련을 전경화한 담론이다. 서술자는 전지적이지만 마들레에느에 의해 초점화 대상을 지각함으로써 그녀가 초점화자이다. 초점화 대상은 그녀의 심리가 주조를 이룬다. 심리를 다룸에 있어서 1인칭 주관적 시점이 간과하기 쉬운 시야의 편협성을 극복하

---

2 「波流狀」은 1957년 동아일보 신춘문예의 당선작이다. 이 말은 무궁무진한 세상의 변천을 비유한 말이다.

고 있다. 시각의 편협성은 개인의 체험으로만 치우칠 위험을 내포한다. 그러나 1인칭 서사물의 전용으로 여겼던 개인의 체험과 주인공의 내면의 심리를, 전쟁의 폭력에 불가항력으로 당해야 했던 한국의 여성들의 삶을 객관적으로 확대시킨다.

서술자는 마들레에느의 내적 심리를 초점화하는 시각과 서술자-초점자는 수녀인 마들레에느의 시각으로 사건을 지각해간다. 주로 마들레에느[3]의 심리의 변화에 대한 서술이 중심을 이루고 있고 심리의 변화에 대한 보강효과로서 인물의 시각을 통한 초점화가 이루어진다. 이는 인물의 심리 상태가 어떤 사건의 지속이라기보다 삶에서 오는 충만한 감정을 여과 없이 그대로 드러내려는 서술인데 파류상에서는 가장 중요한 모티베이션이 전쟁의 흔적이다. 그 흔적은 세계의 참혹한 파괴로는 드러나지 않지만 한 여성의 삶에 갑작스럽게 닥친 충격적 순결상실은 인간으로서의 실존적 의미를 부정케 한다. 순결상실의 의미는 도덕적인 의미의 문제만이 아니라 실존의 근거까지 부정케 하고 더 나아가 지금까지 살아온 모든 세계와의 극단적인 단절을 의미한다. 그러나 이러한 그녀의 행위는 그녀의 순결상실 이전과 이후의 삶의 모습을 살펴보면 전자는 이기적인 세계인식이 다분히 강했다면 순결상실 이후에 개인의 삶에서 보다 보편적이고 타인을 위한 삶의 자세로 전환한다.

전쟁은 인간의 삶을 정상적으로 영위할 수 없게 만든다. 특히 여성의 삶은 죽음에 무한대로 노출된다. 전쟁의 가학성은 인간의 권리로서 존재가치를 무화시키고 말초적이고 본능적인 동물의 집단으로 전락시킨다. 여성의 삶은

---

3 이 텍스트는 한 개인의 시련을 확장, 여주인공인 수녀 바들레느의 삶을 인간사 「波流狀」에 비유하고 있다.

폭력에 방치되어 정상적인 인간의 삶을 영위할 수 없다. 폭력은 여러 가지로 나타나는데 살인, 강간, 강간살인 등의 신체적 외상 및 정신적 내상을 준다. 여성은 전리품이고 전리품이 된 여성은 폭력 앞에 인간이기보다는 섹스의 대상으로 전락한다. 가해자들에겐 섹스의 대상이지만 피해 당사자는 그로 인해 정신적, 육체적, 정서적 충격은 정상인으로서의 삶을 포기하기까지 한다.

「波流狀」은 전시하의 상황에서 전쟁의 물리적 참혹상은 보이지 않는다. 한 수녀에게 폭력적 외상을 주어 그것이 원인이 되어 자신의 삶에 대한 갈등과 번민을 통한 자아 찾기의 한 과정으로 이어진다. 여성의 순결상실은 세계의 상실로 곧 죽음을 택했던 과거의 삶의 방식이 이 작품에서는 여성의 자아 각성을 통한 자아 찾기로 볼 수 있다. 「波流狀」은 한 인간이 전쟁의 가학성으로 순결을 상실하고 그로 인한 정신적인 고통을 그린 작품이다. 神에게 자신의 삶을 맡긴 수녀 미들렌느는 T市에서 수도원의 생활을 마치고 S市의 본당으로 옮겨간다. 모든 세계가 자신을 위해 존재하는 것처럼 느끼며 이십여 년 동안 신만을 위해 신의 품 끝에서 안주하기 위해 신앙생활에 든다. 본당에 왔을 때 봄이었고 봄의 충만성이 모두 자신을 위해 있는 듯 환희에 차있다.

흑호집의 날개처럼 야드러운 검은 보를 머리에서 내리고 마들레에느가 수련시대를 마친 것은 수도원 정원에 마로니에꽃 향기가 가득한 봄이었다. 마들레에느는 더할 수 없이 밝고 가벼운 마음으로 정원을 거닐었다. …중략… 봄이 이렇게도 즐겁고 환희에 차 있다니! 그녀는 조그만한 육신이 지탱할 수 없도록 벅찬 환희에 가슴을 움켜잡았다. 『이제 영원토록 주님만을

생각하고 느끼고 어루만질 생명을 여기 주셨기에 내 부드럽고 어여쁘신 주
님...」

봄이 주는 희망성으로 인한 그녀의 새 출발은 완벽하게 행복했고 신의 의
사가 자신의 의사인 듯 여겼으며 자신을 위해 신이 존재하는 듯이 느낀다.
그러나 그녀에게 여름은 하나의 통과 제의의 시간이 된다. 신과 자신이 한
몸인 것으로 여겼던 봄은 라캉의 상상계[4]이다. 그의 삶은 수련시기를 통해서
예수에 대한 격정적인 사랑과 오직 그를 위해서 삶을 영위하려는 시기이다.
즉 공간은 결국 가장 안정적인 기반을 가진 자궁기이며 신앙의 자궁기는 신
앙에 대한 안정감과 그리고 그에 대한 편안한 환경이 마들레에느에게 제시되
는 공간이다. 이것은 곧 라캉의 말에 의하면 상상계의 공간이다. 정신적, 혹
은 신앙적 일체감을 통해서 그의 자신에 대한 예수 혹은 천주는 완벽한 실체
와 동일시의 과정이고 절대적인 믿음의 실체로서 자신의 삶을 모두 하느님에
게 혹은 천주에게 일치시키어 모든 일에 감사와 찬미로 일관된 삶이다. 그의
그러한 태도를 경계하도록 제시하는 것은 곧 수녀 어머님이다. 수녀 어머니
의 삶의 모습에서 그의 위험한 삶의 행동은 반성적 자아를 형성하지 못하고
모든 일에 격정적이거나 긍정적인 삶의 찬미로 대하게 된다.

상상계에서 상징계로의 진입은 그녀에게 악의 시련에 방치되어 신을 부정
하고 신과 함께하려는 과거의 삶은 사라지고 인간적인 고뇌만이 남는다. 자
신의 순결상실은 신의 의지가 아니며 운명에 의한 작용으로 치부한다. 신의

---

4 상상계는 완벽한 공간과 시간으로 생각할 수 있다. 즉 마들레에느에게는 신과 자신의
완벽한 일체감을 느끼면서 환희에 들떠있다고 볼 수 있다.

의사는 어디에도 없으며 오직 인간의 폭력과 고뇌만이 난무하는 세상에 마들
레에느는 떨어진다.

> 마들레에느는 조용한 자세로 십자가를 바라보며 머리의 콘냇에서 핀을
> 뽑았다. 법의 자락을 풀어헤쳤다. 마들레에느는 쓰러질 듯한 몸으로 밖을
> 향해 나갔다. 그것은 천주의 힘이 미칠 수 없었던 것처럼 아프락사스에 의하
> 여 열려진 문도 아니었다. 그녀는 이미 어떤 고뇌에 몸을 던지든 자기를 감당
> 할 수 있는 힘을 체내에 느끼고 있었다. 그녀는 수도원 담장 밖을 훌훌히
> 벗어났다. 거리의 소음에 한발 한발 적어들며 천주의 이름으로 구원받을 수
> 없는 수많은 생명의 아우성을 들었다. 그것은 산산조각이 된 예수 고행의
> 파상체들 …중략… 그 아우성 속에 자기가 져야할 십자가를 찾아 그녀는 걷
> 고 있었다. 고뇌와 슬픔과 그것이 아우성치는 의식 속에서 자신의 죄악을
> 감당하려는 또 하나의 십자가를 찾아 그녀는 거리로 걸어갔다.

군인의 고뇌에 손잡아 주면서 그녀는 인간의 정을 더 그리워하는 자신을
발견한다. 신이 있다면 그녀에게 그런 시련을 주지 않았을 것이라는 이기적
인 믿음에서 출발한 생각이다. 그러나 마들렌느 자신만의 이기적인 구원에서
이타적인 구원으로 지향한다. 마들렌느는 자신만을 위한 이기적 껍질(수녀
복)을 벗고 이타적인 인간구원으로 나선다. 고뇌에 찬 병사에게 손을 내밀었
듯이 인간적이고 고통스런 生靈살아있는 영혼들을 위한 정신적 자각은 전쟁이
준 충격을 극복할 수 있는 가능성을 시사한다.
계절의 시간성은 그녀의 삶에 위상의 변화를 준다. 이십여 년 동안 그녀의

삶은 애벌레의 시간이다. 수도원에서 본당으로 오기 전에 겨울은 그녀가 하나의 나비가 되기 전의 성충의 시간이다. 수녀가 되어 성당에 온 봄은 혹호접의 시간 속에서 세계의 자연의 아름다움을 신의 은총을 느낀다.

그러나 여름이 되면서 그녀의 삶은 변하게 된다. 낯모를 군인들에게 자신의 순결을 겁탈당하고 그때 신을 불러 보았지만 신은 응답이 없다. 모든 것을 운명으로 돌리어 생각하지만 그 또한 하나의 도피에 불과하다. 가을은 그녀가 자신의 고통(순결상실)을 극복하는 시간이다. 이는 이타적인 삶을 영위하기 위한 자각의 시각이다. 그녀의 삶이 변모할 수 있는 계기가 된 것은 한 병사가 자신에 대한 연민과 회한을 통한 위안을 받고 떠나는 순간 그녀는 모든 것이 분명해짐을 깨닫는다. 천주와의 완벽한 일치이거나 천주의 품에서 살고자 환희에 차 있던 마들레에느는 이제 순결 상실로 인하여 더 이상 완벽한 공간에 머무를 수가 없다. 이는 그만이 천주의 성령 안에서 안주하려는 모습은 천주에 대한 일체감을 느끼면서 천주에로의 지향만하면 모든 것이 끝나는 자기만의 사랑이었다. 〈마들레에느 너무 격하면 못써요. 천주님은 만인의 아버지고 온누리의 사랑이신 걸 알아야지……〉라고 타이르는 말의 뜻을 알지 못했다. 이기의 강렬한 도취상태에 있었던 것이다. 그러나 순결상실 이후 그의 좌절감은 한 병사의 삶을 이해하는 데에서 시작된다. 이는 상징계에서 수녀가 갖는 절대적인 믿음의 실체인 천주에 대한 강렬한 욕망(열망)을 대신 욕망함으로써[5] 자신의 아픔을 천주와의 동일시하게 된다. 따라서 그

---

5 여기서 성당 안과 밖은 해석상 의미가 다르다. 성당 안에서의 천주는 상상계이며 하나의 완벽한 어머니의 공간이다. 마들레에느가 머물고자 했던 공간이며 신과 자신과의 합일의 공간이며 완벽한 공간이다. 수녀에게는 천주의 품에서 영원히 머물기를 꿈꾸는 공간이다. 성당 바깥은 곧 상징계며 실재계이다. 강간을 당한 것은 사회적인 자아로 이행을 뜻하며

의 삶의 실체는 원리 안에서 사는 삶이 아니라 자신의 삶의 중심이 되어서 세계에 대한 새로운 해석을 하고 있다.

3. **여성시련의 위상**(이 성숙한 밤의 포옹)

「이 성숙한 밤의 포옹」[6]은 전시 하의 배경으로 한 작품이다. 전시 하에서 교전 중에 한 여성을 살인하고 후방으로 탈영한 서술자이자 초점화자인 나의 시선으로 사건이 중개된다. 서사 전개상 이 작품은 세 개의 서사단락으로 구성되어 있다. 세 개의 공간은 주인공의 이동에 따라 나누어진다. 전시 상황 하에서 여성의 삶이 어느 공간에 있느냐에 따라 각각 다르게 나타난다,

첫째, 공간은 전쟁 중 전투공간이다.

둘째, 공간은 탈영 후 도시에서의 공간이다.

셋째, 공간은 애인 상희와 함께 하는 군입대 전 공간과 입대 후 탈영한 도시의 공간이다.

사회적인 법의 강력한 권위에 상상계가 파괴된 것이다. 따라서 수녀인 마들레에느는 자신의 삶을 천주의 법에 일치시키고자하면 순결 상실의 의미 때문에 자살 및 삶의 근거점을 찾지 못하게 될 것이다. 그러나 이기의 강렬한 도취 상태를 벗고 이타적인 삶의 방식으로 지향하게 되면 곧 아버지의 법 즉 천주의 법에 동일시 되면서 하나의 새로운 욕망을 갖게 됨으로써 새로운 삶으로 나아갈 수 있는 것이다.

6 서기원의 「이 성숙한 밤의 포옹」(1960)은 사상계에 발표하고 그 이듬해에 5회동인문학상을 받은 작품이다.

해가 쉬이 지는 산속이어서 그녀의 얼굴이 과연 상희를 닮았는지 의심스러웠다. 그녀는 실신하는 순간까지 몸부림을 멈추지 않았다. 해가 저물어가는 나무 그늘 속에서 희부연 여자의 얼굴과 마주쳤을 때, 그러자 그녀가 새파랗게 질린 낯을 돌리며 달아나려는 순간, 나는 이런 기회가 평생에 두 번 있을까 말까 기막힌 아쉬움이 치솟았다. 그녀의 비명은 나를 한층 광포하게 했으며 그녀의 몸부림 또한 나의 욕망을 더욱 자극시켰다. 너는 절대로 상희여야만 한다. 잠시 후 나는 그녀가 상희가 아니었음을 깨달았다. 나는 뉘우쳤다. 뉘우침보다는 겁이 앞섰다. 그녀는 반드시 나를 고발하게 될 것이고, 그 때문에 나는 군법 회의에 걸려 꼼짝없이 총살당하게 될 것만 같은 어떤 숙명감마저 느껴졌다. 나는 두 손으로 그녀의 목을 졸랐다. 나는 그 시체를 어느 후미진 바위틈으로 날았다. 나는 다시 총을 걸머지고 산을 내려갔다. (259)

첫째 공간은 나의 행위에 대한 나의 회상시점으로 서술된다. 행위자도 나요 그에 대한 반성적인 시선도 나이다. 다분히 독백적의 효과를 제시하여 심리적인 면을 부각시키려는 효과를 지닌다. 전투시 그는 한 여인을 만나고 그 여인과 애인 상희의 얼굴과 겹쳐읽기 된다. 애인 상희에 대한 갈절한 욕망은 곧 그 여인에 대한 겁탈로 이어지고 그 겁탈은 여인을 죽이는 단계까지 이른다. 상희를 원했던 욕망을 그 여인으로 하여금 대리 만족으로 이어졌으며 그 대리 만족을 채운 뒤에 그는 현실적인 법에 억압되어 그 여인을 죽이는 악순환을 가져온다.

주인공의 분열적 행동은 이성과 감성이 양극으로 극대화된다. 좀더 자세히 말하면 시골처녀를 강간 후 살인하는 공간과 전투시 포로를 사살하는 공간이라 볼 수 있다. 공간에 따라 주인공의 행동이 모순된다. 먼저 전자의 공간에서 그의 행동은 일방적이기보다 전시라는 삶의 가치관이 확립되지 못한 정신분열 상태에서 현실과 그가 생각하고 그리워하는 애인의 모습이 겹치면서 살인을 한 공간이다. 전시의 강간은 병사들의 일방적이고 일반적인 공격 행위이다. 강간은 군법으로 금하고 있다. 그러나 일상성에서 벗어나 죽고 죽이는 전투상황에서 오직 육체적으로는 생존 본능만이 극대화되고 심리적으로는 긴장과 강박관념은 정신적 분열현상을 일시적이나마 보일 수 있다. 강간의 동기는 〈해가 저물어 가는 나무 그늘 속에서 희부연 여자의 얼굴과 마주쳤을 때, 그녀가 새파랗게 질린 낯을 돌리며 달아나려는 순간〉 평생에 두번 있을까 말까 싶은 기막힌 아쉬움에 기인한다. 그것은 감각적이며 〈평생이 있을까 말까〉한 죽음에의 심리적 강박관념이 작용한다. 그리고 시골처녀의 모습에서 애인의 모습을 찾는 정신분열적 행동이다. 그러나 그녀는 애인이 아니었으며 난폭하게 강간할 때와는 달리 현실적 군법에 위협을 느끼고 그녀를 교살한다.

> 김상사는 주먹밥을 먹다 말고 밥풀이 붙은 손으로 총을 잡고는 적의 포로를 단방에 쏘아 죽였다 …중략… 상처에 치솟은 피덩어리는 김상사의 허리를 적시었다 …중략… 하얀 밥덩이와 그걸 쥐고 있는 벌건 피의 선명한 색채의 대조가 나를 발작적으로 광포한 소용돌이 속에 몰아 넣고야 말았다. 나는 사나운 짐승의 울음소리를 지르며 김상사의 턱을 발길로 걸어 찼다.(255)

김상사가 적의 포로를 현장에서 즉결재판을 단행한다. 주먹밥을 먹다말고 포로를 죽이고 그 손으로 하얀 밥덩이를 먹는 모습에서 주인공은 김상사의 비정함에 항거한다. 이것이 그의 현실에 대한 사고의 모순점이다. 자신이 교살한 처녀에 대한 반응은 전혀 고려하지 않은 채 김상사가 포로를 척결한 대에 대한 반항심과 그리고 김상사를 발로 차는 행위는 모순이라고 볼 수밖에 없다. 무방비 상태의 포로를 죽이는 김상사의 모습(가학적 폭력)은 그가 시골처녀를 죽이는 행위와 마찬가지이다. 그러나 김상사가 죽이는 모습에서 가학적 살인을 느끼며 그 행위에 발작적으로 저항하는 자신의 모습에서 정신분열증을 느낀다. 그러나 그가 산 속에서 마주친 시골처녀를 강간하고 그녀가 고발할까 두려워 살인을 한 행위(가학적 폭력)는 주인공의 이율배반적 행위이다. 주인공도 3년동안 성에 굶주려 있고 그 갈증 때문에 살인을 한다. 살인의 현장에서 애인 상희의 모습이 교차되고 시골처녀가 상희가 아님을 깨닫고 후회한다. 그러나 후회도 잠시뿐 그녀를 죽인다. 자신이 가학적 살인을 할 경우는 자신을 객관화하여 생각하지 못하는 반이성적인 인물이다.

그가 김상사의 잔학한 행위에 대한 저항은 이성의 회복에서 오는 정상적인 판단이다. 시골처녀에게 했던 그의 분열적인 행동은 전쟁이라는 비정상성에서 오는 가학적 폭력으로 볼 수 있다. 이는 전시하에 인간이 자신에 대해서는 관대하고 타인에 대해서는 엄격한 이중적 현실 논리이다. 처녀에 대한 그의 행동은 전시하에는 객관화되지 못하고 애인 상희의 위독 전보를 받고 탈영한 후방도시에서 죄의식으로 나타난다.

둘째의 공간은 후방도시로 애인 상희가 있는 공간이다. 탈영을 하여 기차를 타고오는 동안 자신의 삶이 짐승의 삶이었음을 깨닫는다. 기차는 남성의 성기를 암시하고 있으며 〈기차가 임종을 고하는 듯한 딸국질〉은 주인공의 삶을 예견해 주는 암시이기도 하다. 또한 굴은 여성의 성기로 〈눈을 감으면 여인의 성기는 그처럼 길고 어두웠다〉는 자신이 시골처녀를 범한데 대한 죄의식이 심층에 작용하고 있음을 암시한다. 그가 탈영한 진짜 이유는 상희의 위독도 김상사의 잔인한 살인도 아닌 시골처녀를 죽인 이유이다.

후방도시는 전방과는 판이하게 달랐다. 전시하에서 만난 시골처녀는 저녁에 한 군인에게 만났다는 이유로 강간을 당하고 죽음을 당했지만 후방의 도시는 여성이 죽임을 당하지는 않는다. 생존의 방식이 다른 것이다. 전방에서는 남녀간의 거래행위가 성립되지 않는다. 오직 적이 아니면 아군이고 죽이지 않으면 자신이 죽는 생존 방식인 것이다. 후방은 여성들이 생존을 위해서 매음을 한다. 똑같은 여성임에도 상황은 다르다. 창녀의 몸에서 생명의 숨결을 느끼고 수십 수백 층으로 누적된 기억의 중압으로부터 해방감을 준다. 〈창녀가 치근치근 굴지 말아요〉라고 쏘아 붙혀도 킬킬 웃을 수 있다. 시골처녀가 저항하는 몸짓과 동등한 행위지만 죽일 생각은 하지 않는다. 후방에서의 여성들의 생존문법을 인정하는 것이다. 창녀 진숙에 대한 유혹은 그에게 충격을 준다. 창녀의 위치에서 인간의 위치로 서려는 진숙의 삶을 잔인하게 짓밟고 싶은 충동이 생긴다. 그러나 두 배의 화대로 그녀를 유혹하거나 거절한다. 그녀의 거절은 창녀로서의 삶이지만 언젠가는 창녀촌을 탈출하려는 인간적 몸부림인 것이다. 그러나 자신은 정상적인 위치를 상실한 술병 같은 존재인 것이다.

사창가에서 만난 선구의 삶 또한 비정상적이다. 술을 먹고 술병에 오줌을 누워 침대 밑에 보관한 행위는 비어 있을 자리에 비어 있지 않고 오줌을 누워야 할 자리에 눕지 않는 선구의 삶을 암시한다. 그러나 그 술병과 같은 삶일지도 모른다고 생각한다. 시골처녀를 죽이기 이전까지는 인간이었을지 모르지만 지금을 술병 안에 오줌으로 곰삭여진 자신의 의식을 본다. 그 삶은 또한 자신의 삶이기도 한다. 후방의 여성들은 전시에 자신의 몸을 팔지언정 건강한 생활을 영위하는 것이다.

셋째 공간은 상희와의 공간이다. 상희는 폐병을 앓고 있다. 그는 그녀의 병에 가슴 아퍼하고 안쓰러워 한다. 그녀의 위독이 계기가 되어 탈영했지만 그녀의 집까지 가서는 이내 돌아온다. 그녀의 임종을 보기 위해서 왔지만 전쟁전의 자신이 아니기 때문이다. 시골처녀를 죽이기 이전은 인간으로서 존재하였지만 그 이후 죄의식에 사로잡혀 상희를 만나지 못한다. 결국 시골처녀를 죽인 죄의식이 그를 상희를 찾아가 못하게 하고 사창가에 머물게 한다. 사창가는 여성의 삶이 가장 밑바닥 인생들의 모여 사는 공간이기에 동질감과 편안함을 얻어 안주하고 있다. 그러나 가장 구제할 길 없다고 느낀 그들의 삶이 건강한 것을 보고, 특히 진숙에게서 받은 충격은 그를 자살케하는 요인이 된다. 자살은 미수로 그치고 혼미한 상태에서 상희를 찾아 감으로서 새로운 삶의 시작을 알린다. 상희는 상상적 합일을 이룰 수 있는 모성으로서의 여성이다. 주인공이 구제될 수 있는 가능성은 상징계에서 상상계로의 복귀를 통해서이다. 상처받은 현실에서 하나의 정화된 삶의 지향점을 여성으로 대체하고 있으며 그러한 공간을 하나의 정신적 파라다이스로 생각할 수 있다. 결국 「이 성숙한 밤의 포옹」은 자신이 전쟁으로 인해 비정상적으로 시골처녀를 죽인 죄의식을 죽음으로 갚으려는 것이다. 이는 동물적 본능만 남은 전시의 인간이 인간 본연의 인간성을 회복하려는 몸부림이다.

4. 여성의 수난과 사회적 관심(황구의 비명)

「황구의 비명」7은 전시문학은 아니며 전후문학이다. 50년대와 60년대의 문학작품과 다른 전쟁의 흔적만 제시된 작품이다. 용줏골로 한정된 공간은 당시 시대상인 한국과 미국이라는 나라의 위상을 보이며 더 나아가 그 행위의 중심에 있는 여성들의 수난을 그 여성들의 삶과 공유하고 있는 '우리' 혹은 국민 모두의 관심을 촉구한 담론이다. 즉 서술자이자 초점화자인 나는 용주골로 돈을 받으러 떠나면서 그 공간에서 격은 여성들의 수난과 삶의 실존을 확인하고 그들의 삶을 정상적인 삶의 공간으로 돌리려는 사회교화 담론이라고 볼 수 있다.

〈당신과 나 사이에 전쟁이란 없었다면〉 미군과 양공주로 만나지 않았을 상황으로 시작해서 〈고향의 돌담길이나 물레방아 도는 시골 땅을 밟고 살고〉 싶은 상황으로 끝이 나는 작품이다. 미군과 양공주로 대변되는 70년대는 전쟁이 현실에 가져다준 삶의 지향점이랑 것이다. 70년대가 주는 어느 정도의 안정성이 보이는 작품이나 은주와 윤 미순이라는 여성은 농촌의 궁핍을 면해보려고 도시로 나온 여성들이며 당신 궁핍한 우리 주변의 누이요 여인들을 상징한다. 그들의 삶은 손쉽게 돈을 버는 방법으로 몸을 파는 양색시가 되는 것이다. 당시 시대의 현실적인 아픔과 그들이 흘러 들어간 곳이 용주골임을 상기해보면 그들의 상징성은 수난당하는 한국인임을 또한 상징한다.

여성이 곧 국가로 제시되는데 전쟁이라는 상황이 사라지고 새로운 지배질

---

7 천승세의 「황구의 비명」(1974)은 전쟁의 상흔이 미군에 의해서 대리될 뿐 직접적으로 드러나지는 않는다.

서인 미군에 의해서 지배구조가 형성되고 그리고 안정감을 갖게 되는 현실적인 상황은 양공주인 우리의 이웃인 미순과 은주는 수난 당하는 한국인의 모습인 것이다.

　나는 그 방 앞의 도독한 시멘트 신발대를 보다 말고 너무나 가슴이 아려오는 것이었다. 신발대위에 나란히 놓여 있는 신발들은 너무나 잔인하게 크고 작았다. 기껏 한 뼘이 될까 말까한 하얀 고무신 곁으로 두 뼘이 다 되는 워커가 묵중하게 놓여 있다.

　나는 순간, 높낮이가 다른 똑같은 발바리들의 교미를 생각해내고 있었다. 양쪽 귀가 다 쳐진 황구들의 당연한 교미들을 떠올리고 있었다. 하루에도 몇 차례씩 골목 안을 어색하게 만들었던 그 흔한 교미들이 왜 그렇게도 평화스럽게 보였던가 하는 …중략… 신발대 위의 신발들은 우선 구도상의 엄청난 부조화였다.

미군과 은주의 신발을 항공모함과 소해정으로 서술한다든가, 외국산 덩치 큰 수캐와 재래종 황구의 교미를 통해서 강자의 일방적인 폭력을 상징하고 있다. 〈나는 그 외씨고무신 옆에다 헐어빠진 짚신 한 켤레를 그리고 있었던 것이었다.〉라는 생각을 하는 그는 한국인들은 한국여성과의 자연스러운 만남과 관계를 유지해야 한다고 생각한다. 그의 그러한 깨달음은 이제 돈을 받으러 온 사람이 아니라 그녀에게 설득하려는 자세로 변모되어 가는 것이다. 즉 담비 킴에서 은주라는 한국여성의 이름을 찾아주고 싶어하는 오빠의 식이 발동된 것이다.

또한 은주를 설득할 수 있던 가장 큰 동인은 은주가 자신을 가지라고 다리를 벌렸을 때, 그를 밀친 행위이다. 그 행위로 은주는 자신을 인간으로 보지 않는다고 오해를 한다. 그러나 하룻밤을 지내고서야 그의 행동을 이해한다. 그것은 인간이하로 본 것이 아니라 그녀를 진정 인간으로, 아니 친 여동생으로 보았다는 것을 깨닫는다.

용주골에서 은주를 고향으로 돌려 보내려는 행위는 현실적으로 소외되고 가려진 여성들의 삶에 관심을 둔 행위이다. 여성들의 삶이 은주로 대변되고, 사회가 오빠 의식을 회복하면서 민족이 감싸안아야 할 여성문제이고 또 하나의 이데올로기 극복과 아울러 사회문제에 관심이 돌아간 까닭이다.

또 하나의 해석은 시골여성들의 도시진출이다. 일확천금의 혹은 돈을 벌기 위해 가난한 농촌을 떠나 도시로의 가출에 대한 하나의 메시지로 볼 수 있다. 도시는 그들이 할 수 있는 적당한 일을 주지 않는다. 따라서 여성들은 신체적 밑천으로 육체를 파는 양공주가 된다.

조그만 창문으로부터 새어 들어오던 것들은 평범한 일상의 전부들이었다. 여인의 짜증스러운 목소리가 자식들을 불렀고, 배드민턴 치는 개구쟁이들의 함성이 펄펄 끓고 있었으며, 무척 어릴성싶은 꼬마애가 서툴게 「그건 너」를 부르고 있었고, 고물장수와 젊은 아낙이 나직이 다투고 있었으며, 그리고 발바리 강아지들의 울부짖음이 골목을 흔들고 있었다.

이러한 서술은 처음과 끝 부분에 반복적으로 보인다. 내가 추구하는 삶은 일상 속에서 평범하게 살아가는 것이다. 은주에게 고향으로 돌아가라는 권유는 결국 허황된 부를 쫓는 환상을 버리고 가난하지만 평범한 삶에 만족하여 사는 여성이 되라는 권유이다. 격에 맞지 않는 황구의 야합은 허황된 여성들의 삶을 대변하는 것이다. 또한 황구의 비명은 한국여성들의 비명이며 한국인들의 비명으로 확대된다.

5. 마무리

전시 하에서 여성은 인격적으로 육체적으로 보호받을 수 없는 상태이며, 또한 전쟁의 본성은 원칙적으로 여성에 대한 만행적인 폭력과 유사함 때문에 전쟁의 인위적 재난은 여인들의 실존적 근거를 박탈하여 생물학적 여성으로 전락시킨다. 이렇게 전쟁은 여성의 위상을 박탈하고 문화적 여성성을 거세하는 단계에 머무르도록 한다.

「波流狀」에서는 한 여성의 삶의 긍정성을 파괴하여 현실적 삶의 방식을 깨닫게 하는 동시에 성신의 삶의 자세를 새로운 각도에서 견지할 수 있게 하였다. 그러나 수녀에게 가해지는 물리적인 폭력은 전쟁이 가져다준 또 다른 여성비극이다. 그리고 「이 성숙한 밤의 포옹」은 전쟁으로 인한 한 남성의 정신 분열이 자신의 애인과의 혼미한 의식 속에서 살인을 하는 과정을 그리고 있으며 「황구의 비명」은 시대적인 삶을 반영하는 일면과 더 나아가 한국 여성의 성의 유린이 곧 삶의 유린으로 이어지는 전쟁 후의 한국 사회를 묘사하고 있다.

1. 들머리

송병수는 1957년 「쇼리 킴」이 『문학예술』지의 신인특집에 당선하여 문단
에 데뷔했다. 그의 대표작은 「쇼리 킴」이라 할 수 있으며 『현대문학』에 실린
「잔해」(1964)로 동인문학상을 수상했으며, 「산골이야기」(1974)로 제1회 한국
문학 작가상을 수상한 바 있다. 세 차례의 수상경력은 그의 작가적 역량과
작품에 대한 긍정적 평가를 내릴 수 있는 근거가 될 수 있으나, 그에 대한
본격적인 작품론이나 작가론은 매우 빈약하여 심층적인 연구가 요구된다.
그는 「쇼리 킴」을 발표한 후, 1974년 「산골이야기」까지 단편 50여 편과 장편
인 『빙하시대』와 『대한독립군』을 발표한 바 있다.[1]

송병수의 작품에 대한 연구는 주로 초기 작품을 중심으로 휴머니즘과 실존
주의적 관점에서 이루어졌다. 이 시기 작품들은 전장 체험을 중심으로 형상

---

1 작품 전체에 대한 자료를 찾은 결과 약 3-40여 편 정도 밖에 찾을 수 없는 실정이었다.

화한 것으로, 인간 존재의 의미와 인간에 대한 따뜻한 애정을 바탕으로 그렸다는 것이 일반적인 평가이다.[2] 이와 같이 그의 소설은 거의 전장의 야만적행위에 대한 휴머니즘적 저항을 형상화함으로써 전후소설이 갖는 일반적인출발에서 크게 벗어나지 않고 있다. 특히 전쟁과 부조리한 사회의 근원을파헤치는 비판의식이나 현실에 밀착된 역사의식을 보여주고 있지 못한 한계를 노정한다.

이 글에서는 송병수의 여러 작품 가운데 세태를 그리고 있는 작품에 중심을 두고 논의하고자 한다. 세태를 그리고 있는 그의 단편들은 크게 두 가지공간으로 대별될 수 있다. 하나는 전장의 공간이고 다른 하나는 전쟁 후 현실적 삶의 공간 즉 일상적 삶의 공간이다. 이 흐름을 따라 이 글에서는 체험의서사화가 이루어진 전장의 삶과 전후 현실을 다룬 작품으로 나누어서 논의를전개하고자 한다.[3]

2. 세태소설과 트리비얼리즘의 이론적 전개

세태소설은 1930년대 최재서에 의해서 처음 언급된 이후 임화가 논의를

---

2 그는 이전의 작가군과는 변별되는 신세대 작가로서 구세대가 견지하던 삶의 시각을 보다
  새롭게 보려는 의도를 가지고 문단에 등장했다고 보인다. 당시 실존주의적 관점과 휴머니
  즘적 관점이 전후세대의 삶의 현실에서 많은 설득력을 얻고 있던 터라 그러한 경향이
  그의 문학작품에 비껴갈 수 없었던 것으로 보인다.

3 송하춘·이남호 편, 「50년대의 한국소설의 형성」, 『1950년대의 소설가들』, 나남, 1994, 26
  쪽. 송병수의 문학은 전쟁체험에 대한 객관적 시선을 획득한 것은 주관적인 체험이 중심
  이 되며 전후소설에서 그의 주관적 체험은 객관적 현실 묘사에 초점을 두면서 점차 주관적
  시선을 객관화하고 있다. 그리고 전쟁의 요소가 사라진 현실 세태를 그린 작품에서는 다
  분히 객관적 시각을 정면으로 제시하고 있다.

이어나간다.[4] 최재서는 「천변풍경」을 리얼리즘소설이 아니라 세태소설이라 주장하였는데, 그에 의하면 세태소설이란 내성소설과 대치되는 개념으로 풍속과 세태묘사를 중심으로 하는 소설을 뜻한다. 세태소설이 등장하게 된 배경은 1930년대의 문단적 환경이 일반적으로 사상성이 거세되고 현실과 환경만이 부각되면서이다. 임화에 의하면 본격소설은 환경묘사와 사상표현이 소설의 내부에서 조화를 이루는 소설인데 반해, 세태소설은 이상화 현실의 괴리라는 현실 자체의 분열이 작가의 주장과 묘사되는 세계의 불일치를 초래한 것으로 그 결과 세태소설과 내성소설이라는 새로운 형태의 소설이 생겨났다고 보고 있다. 그러면서 인물 성격과 환경과의 조화가 본래 소설의 전망임에도 불구하고 세태소설은 작가가 어느 일방을 선택한 결과라고 말한다.[5] 세태소설은 사상성의 감퇴로 이루어진, 어느 일면만을 부각시킨 기형적인 소설이라는 것이다. 즉 총체적 전망이 깨지고 객관적 현실에서 희망, 사상, 가치, 신념, 세계관, 정신 등을 현실묘사 속에 구현할 수 없는 소설이 세태소설인 것이다. 그러나 그는 세태소설에 대한 개념을 확실하게 정하기보다 막연하게 사용하고 있는데, 세태소설에 대한 텍스트의 미적 원리나 내재한 특질과 성격을 정확하게 밝히고 있지 않다. 다만 「林巨正」을 세태소설로 규정한 것을 통해 그 실체를 우회적으로 살펴볼 수 있다.

---

4 최재서, 「리얼리즘의 擴大와 深化」, 조선일보, 1936.11.2.-7, "〈川邊風景〉은 都會의 一角에 움즉이고 있는 世態人情을 그렸다." 즉 풍속의 인정을 그리고 있는 소설이 곧 세태소설로 본 것이다.

5 위의 글.

조밀하고 세련된 세부 묘사가 활동사진 필름처럼 전개하는 세속의 생활의 재현이 우리를 즐겁게 하는 것이다. 그러므로 세태소설 가운데서 작가는 주의를 한 군데 집중시키는 법이 없다. 현실의 어느 것이 중요하고 어느 것이 중요치 않은가 — 이것을 구별하는 것이 진정한 리얼리즘이다 — 가 일체로 배려되지 않고 소여의 현실을 작가는 단지 그 일체의 세부를 통하여 예술적으로 재현코자 한다. 이 세 점, 즉 세부묘사, 전형적 성격의 결여, 그 필연의 결과로서 플롯의 미약 등에서 〈林巨正〉은 현대 세태소설과 본질적으로 일치된다.[6]

위와 같이 임화의 논리를 따른다면, 세태소설은 세부묘사가 이루어져야 하며 전형적인 성격의 결여 그리고 플롯의 미약의 특성을 보인다. 세태묘사는 현실의 여러 묘사의 대상 중 한곳으로 통일을 이루고 의미의 집중이 이루어지기보다는 그 중요도가 순서 없이 확장되며 동등한 입장에서 묘사되기 때문에 삶의 진실에 가까워질 수 있다는 것이다. 그러므로 소설에서 묘사를 극대화하는 것은 사상성을 집약적으로 제시하기가 매우 어렵게 된다. 그러므로 리얼리즘에서 통일을 이룰 수 있는 방법은 전형적인 성격을 창조함으로 플롯을 강화시킬 수 있다는 논리로 받아들일 수 있다. 그러나 세태소설에서는 플롯의 강화와 전형적인 성격의 창조는 파편적이고 말초적인 묘사와 주제로 인하여 끝없이 단순한 방식으로 진행하기 때문에 조화와 이상을 실현할 수 없다.

임화는 결국 세태소설은 꼼꼼한 묘사와 느린 템포와 자그마한 기지로 밖에

---

6 임화, 「세태소설론」, 동아일보, 1938.4.1.-6.

씌워지지 않을 것이라고 단정하고 있다.[7] 치밀하게 사물의 특징만 드러내는 것이 아니라 집요하리만큼 세세하게 그리는 것이며, 느린 템포는 사물의 부분에 너무 치중하면 전체적 서사의 진행이 느려질 수밖에 없다. 또한 커다란 사상을 서술하기 보다는 아주 작은 혹은 잡다하고 평범한 세계를 그릴 수밖에 없다는 것이다. 이와 같이 임화는 어찌 되었건 세태소설 내지 세태적인 문학의 성행은 무력한 시대의 한 특색이라는 부정적 평가를 내리고 있다.[8] 세태소설은 리얼리즘의 확장에서 현실에 대한 세태묘사가 그 초점이고 세태묘사에는 나름의 리얼리즘적 효과를 가질 수 있다는 생각이 임화에게 지배적이었던 것이다. 그러나 임화의 논리에서 세태소설에 대한 미적 분석을 통하여 논리를 주장하고 있다고 보이진 않는다.[9]

트리비얼리즘Trivialism은 사상의 본질을 탐구하지 않고 평범하고 사소한 일들을 상세하게 서술하려는 태도, 즉 쇄말주의로 불리기도 한다. 트리비얼리즘은 라틴어의 형용사 트리비알리스trivialis에서 온 것으로, 자연주의 예술에서 필요 이상으로 세밀한 묘사가 많은 경우 그것을 경멸하여 쓰는 말이다. 그런 측면에서 보면 현실에 대한 묘사가 극단적으로 세밀하게 이루어진 비판적

---

7 위의 글.

8 임화, 「博文」, 『文學의 論理』, 학예사, 1940, 364쪽.

9 민병기의 주장은 『탁류』와 「천변풍경」은 대립적인 특질로 인하여 세태소설이라는 평가의 굴레에서 해방시켜 고찰해야 한다고 주장한다. 그러나 「천변풍경」이 『탁류』와 다른 묘사적이거나 사상적인 면이 결여된 점을 보아 다분히 세태소설적 특질을 가지고 있다고 보인다(민병기, 「세태소설론 재고」, 『비평문학』, 1991, 105-122쪽). 「천변풍경」과 『탁류』를 비교·분석하면서 「천변풍경」은 플롯을 해체한 소설이며 주제파악의 방법이나 톤의 관점에서 온정적이며 긍정적인 작가의 톤을 세태소설의 특징으로 제시했으며, 마지막으로 문체상의 특징을 들어 「천변풍경」은 유장하며 한 문장 속에 많은 의미를 태포하고 있다고 보았다.

개념이나 그 개념이 세태소설과 잇닿아 있다고 보인다.

트리비얼리즘은 묘사의 폭이 텍스트 전체를 통해서 펼쳐진다고 보기보단 어느 일부분이 집요하게 묘사되거나 문체적인 측면에서 주로 언어유희적이다. 따라서 주로 풍속과 언어를 반영할 때 쓰인다. 조건상은 박태원 소설에서 몇 가지 트리비얼리즘적 예를 달고 있는데, 먼저 박태원의 능청스러울 만큼 시치미를 떼며 휘갑을 치거나 미주알고주알 캐고 따지며 늘어놓는 소위 트리비얼리즘의 구사가 자칫하면 경박스러운 말장난 같은 인상을 독자에게 줄 수도 있다고 지적한다. 그러면서도 박태원의 경우에는 인물과 문체와 사건 등이 빚어내고 있는 분위기에 잘 혼융混融되어 성공적인 효과를 얻고 있다 평가하면서 언어의 농조나 넛두리를 통해서 당대 현실에 대한 고발과 삶의 곤궁함을 그리며, 부조리하고 불건전한 생리를 드러냄으로써 윤리와 빈궁의 문제를 제시하며 사회에 대한 강한 고발이 이루어졌다고 평가했다. 더 나아가 채만식이나 김유정의 경우는 골계와 해학의 미를 통해서 사회 모순의 고발하고 불합리의 비판을 위한 장치로써 사용하였다고 보았다.[10] 김유정과 채만식은 해학과 골계의 문체적 특징을 통해서 트리비얼리즘이 생산되었다고 보는 것이 일반적이며, 박태원은 반어적인 야유와 조롱에서 그리고 50년대 염상섭은 사실성에 입각한 세밀한 묘사와 안방이야기[11]로 평가받으며, 김승옥은 인간소외와 불안의식에 대한 표백으로 트리비얼리즘이 나타났다고

---

10 조건상, 「박태원소설연구」, 『대동문화연구』 26호, 1991, 209쪽.

11 이어령, 「1957년의 작가들」, 『사상계』 54호, 1958.1. 이어령은 염상섭 소설에 나타나는 현실에 대해 안방이야기라고 말하고 있다. 이 안방이야기는 별 문제되지 않지만 자질구레한 일상적 현실이 사회적으로 확대되지 못한 데 문제가 있다. 염상섭은 정밀한 시선으로 현실을 관찰하였으나 그 시선이 역사적 지평과는 절연된 것이었다.

본다.

세태소설은 풍속적인 측면이 강조되며, 문체적인 측면이 강하다. 따라서 텍스트 전체로 풍속을 제시하는데 반해 트리비얼리즘은 모든 면에서 부분적인 측면이 많다. 하지만 주제적인 효과와 일체감을 줄 때는 세태소설적 의미로 볼 수 있다. 세태소설이 현실에 대한 묘사만 치중하고 그 사상적인 측면이 미약할 수 있듯이 트리비얼리즘 역시 염상섭의 경우처럼 방안의 풍광을 모두 완벽하게 언어로 재현하려는 묘사는 사실성에 입각한 과잉묘사가 되어 사상성은 미약할 수 있겠다.[12] 따라서 세태소설과 트리비얼리즘은 그 발생 배경은 다르지만 오늘날 소설에서 두 개념은 매우 혼란스럽게 사용된다. 그러므로 세태소설은 그 안에 트리비얼리즘적 기법요소도 함께 포함하고 있다 생각할 수 있다.

결론적으로 세태소설은 세태에 대한 풍속의 묘사나 인간성의 묘사에 주로 사용되었다고 하겠다.[13] 개인의 신변이나 가족의 단조로운 삶을 반복적으로 묘사하거나 주제가 매우 현실적이거나 인간세태의 윤리와 도덕이 변했다거

---

12 1990년대의 젊은 작가들은 무거움이 사라진 포스트모던한 사회의 트리비얼리즘적 묘사 중심으로 작품화하고 있는 것도 세태소설적 트리비얼리즘이라고 보인다. 근대적 문학에서 사상, 민족 등은 사라지고 이제 현실의 표피적이고 말초적이며 현실 묘사가 극대화되어 끝없이 부유하는 현실의 확장 등은 트리비얼리즘적 요소를 함께 가지고 있는 것이다.

13 박배식, 「세태소설의 개념연구」, 『선청어문 제23집』, 서울대학교 사범대, 1996, 790쪽. 박배식은 임화와 김남천의 세태소설을 바탕으로 추출한 개념은 첫째, 세태소설은 사회적 변혁기의 인간들의 집합적 삶의 양태를 총체적으로 그린다. 둘째, 인물의 행동양식의 묘사에 있어서 물질이 인간의 윤리적 일탈행위 및 사고 행위를 결정한다는 입장을 취한다. 셋째, 소재적 측면에서 세태소설도 정치, 종교, 철학적 상황을 그릴 수 있지만 구성의 집점 면에서 사상성이 배제된다는 것이다. 넷째, 세태소설이 당시 세태의 변화에 중점을 두는 바, 등장인물의 다양함과 그에 따라 소설의 시간, 공간 구조에 있어서 과학적 방법의 소설 양식을 지닌다고 정의하고 있다.

나 하는 사소한 세계를 집약적으로 다룬다고 볼 수 있다.

3. 송병수의 단편소설에 나타난 전후 소설의 세태

송병수의 작품을 분석할 때, 그가 전쟁 이후의 현실을 어떻게 파악했는가는 매우 중요하다.[14] 그의 작품은 전후 현실에 대한 보고서적인 성격이 강하기 때문이다. 전후의 사회상이나 현실이 철저하게 반공 이데올로기의 올가미에서 자유롭지 못했던 것은 주지의 사실이고, 이에 온전한 의미에서의 작품활동은 상당 부분 거세된 지점에서 출발한다. 이런 맥락에서 송병수의 단편들도 당대 이데올로기를 정면으로 그린 작품은 별로 없다. 그의 작품이 보여준 특징은 사상적 논쟁거리에서 한참 떨어진 곳에 위치한다. 이러한 이유는 그가 세태의 다양한 모습을 그리는데 초점을 맞추었기 때문이라 생각한다. 그는 "예술은 현실에 대한 판단"[15]이라고 말하면서 현실의 제시가 예술가의 고유의 권리라고 말한다. 현실분석과 현실 판단은 작가의 고유의 권리라는 것이다. 그러나 실제에 있어서는 이러한 측면에 치열하지 못했거나, 그가 말하는 현실이 일반적인 범주의 현실과 동떨어져 있다고 판단된다. 김치수는 송병수의 작품을 논하면서 "세태소설의 생명은 매우 짧으며 사회적인 상황이나 풍속은 항상 변하기 때문에 —중략— 똑같은 주제를 똑같은 계통의 감각기관에 호소한다면 독자는 곧 싫증을 낼 것이다"[16]라고 그의 소설적 한계의 대

----

14 1957년 이후에서 1970년대 초반까지 왕성한 작품 활동을 하였으므로 본고에서는 이 시기의 현실을 말함이다.
15 송병수, 「이러저러해서……」, 『현대한국문학전집』 14, 신구문화사, 1968, 523쪽.
16 김치수, 「인간애의 세태소설」, 위의 책, 495쪽. 세태소설로 성공할 수 있는 길은 세태의

해 말하고 있다. 리얼리즘은 환경과 인간의 조화가 이상적인 삶을 그린다. 그러나 자연주의적 관점에서 세태는 매우 암울한 인생의 이면을 확장하여 그린다고 볼 때, 송병수의 작품은 전체적 역사·사회적 관심은 수축되고 세태만 확장된 현실부정의 문학으로 진행된다. 역사발전에 필연적 도정으로 삶에 대한 이상은 사라지고 현실에 대한 무이상으로 말미암아 현실은 트리비얼리즘적 모색에 머물렀다는 것이다.

1) 전후의 삶에 관통된 외상

전쟁은 극단의 황폐와 도저한 절망을 드러낸다. 정신적 육체적 상처로 얼룩진 사람들은 극도의 불신감으로 공동체적 이상을 잃고 동물적인 본성으로 자신들만의 생존을 추구한다. 이 과정에서 빚어지는 갈등은 전후소설의 주요 소재인 바, 송병수 역시 이러한 문제를 지나치지 않는다.

「沒落」은 한국전쟁 때 피난을 온 사람들이 어렵게 정착에 성공했으나 소유권에 대한 무지로 내몰릴 수밖에 없는 현실의 세태를 그린다. 주용락은 한국전쟁 때 이북에서 남으로 온 피난민이다. 원래는 삼팔 선 이남 땅이었던 개성에서 손꼽히는 부자였으나, 전쟁이 떠지자 삼남매와 함께 남으로 피난했다. 그러나 그는 일반적인 피난민과는 다르게 고대광실 높은 집에서 살던 기억을 곧 잊고 현실에 적응하려고 몸부림친다. 현실을 직시하고 남한의 삶에 적응하기 위해 노력한 것이다. 그는 먼저 젊은 아내를 얻어 삼남매를 두었고 비록 산동네이지만 국유지에 세워진 판잣집을 장만했으며 이북에 있을 때 하인이던 황사장 밑에서 일을 한다. 그는 비록 비참한 처지로 몰락했지만 세상에

변화에 따른 작가의 부단한 변모에 있다고 말한다.

대한 불만보다는 체념을 통해 현실에 적응한다. 그는 비록 비참한 처지로 몰락했지만 세상에 대한 불만보다는 체념을 통해 현실에 적응한다.

그런데 문제의 시작은 그가 살고 있는 동네에 철거가 시작되면서이다. 이에 삶의 거처인 집을 놓고 주용락을 비롯한 동네사람들의 집단적 항거가 시작된다. 주용락에게 집은 안정과 정착의 의미이다. 그런 집이 자신들의 의사와 상관없이 헐리며 내쫓기는 것은 피난 내려오던 상황과는 또 다른 절망의 나락인 것이다. 한국전쟁으로 인한 신분의 몰락은 절망적이지는 않았다. 체념을 통해서 자신의 삶을 남한에서 다시 일으켜 세울 수 있었기 때문이다. 그러나 집의 소유권을 빼앗기는 것은 도저히 회복할 수 없는 절망의 상황이었다.

주용락씨는 도시 어찌해야 좋을지를 몰랐다. 그저 그 자리에 팍 쓰러져 애들과 함께 얼마라도 소리내어 울고만 싶었다.

－쾅

요란한 폭음이 산등성에서 울려왔다. 천막 안의 동네사람들이 놀라 뛰어 나왔다. 출산한다 어쩐다 무라고 소리치며 주용락씨에게로 달려왔다.

비는 억수같이 내려 쏟아지기만 했다.

그러나 경찰과 철거반들이 조직적으로 주민들을 탄압하자 주용락의 대응은 매우 소극적이다. 울고 싶은 심정은 감정적인 대응이며 세상을 조직적으로 분석하면서 그 대책을 세우려는 삶의 자세가 아닌 것이다. 어쩌면 더 이상 해결할 방안을 찾지 못한 데서 오는 절망적 상황에서 오는 울음인 것으로 볼 수도 있다. 한편 그는 해결의 기미가 보이지 않자 극단적인 방법을 택한다. 마을 사람들은 인문을 퍼 마을 입구에 뿌리며 저항했으나 무효로 돌아가자 아무도 몰래 마을 입구에 박격포탄을 설치하여 그들을 억압하는 철거반원이나 경찰에게 폭력적 항거를 생각한 것이다. 그러나 이는 자신의 아내와 딸만 죽인 결과를 낳고 만다. 이와 같이 이 작품은 주용락의 무지한 대응이 사건의 중심이다. 그러나 철거반원들의 전횡과 일방적으로 강자의 편에서 판자촌 사람들을 구속 수감하는 경찰들의 모습은 당시 세태의 일면을 고발하고 있다.

「還元期」는 아내의 윤리적 변화에 충격을 받고 정상적인 삶으로 환원하기 위한 아내와 남편의 고통을 다룬 작품이다. 전쟁은 한 가족의 삶의 방식을 충격적으로 바꾸기에 충분했다. 전쟁에서 불구가 되어 돌아온 남편은 아내가 자신이 아닌 남의 씨를 잉태한 것에 충격을 받는다. 그녀는 가족의 건사를 위해 자신이 선택한 매음은 생계를 위한 한 방식이라며 정당화하려는 태도를 보인다.

> 「남편을 기다리되 우선 살아야 했수. 살자니까 살다 보니까 어쩔 수 없이 캬바레에서 땐스호올에서 남편 아닌 남자 덕에 살게 됐수. 지금도 그렇게 살고 있단 망이우. 알겠수? 그 전쟁 때문에……」
>
> 「글세 난리가 웬수죠……. 애비 모를 새끼를 배 놓고 해산은 닥쳤는데 멱국은 고사하고 제때의 끼니조차 막연하다오. 그 나이 그 마음씨에 의지붙이 없는 생과부로 이 지경이라니」

자포적인 아내의 방종에 준은 전후의 현실을 실감하며 아내의 훼절을 이해한다. 전쟁의 처참함과 무질서의 세계가 지나간 흔적은 이제 그들의 부부가 풀어야만 할 숙제인 것이다. 그러나 아내는 생계를 빌미로 계속해서 출분을 하고, 이러한 행위는 전우의 아내 역시 마찬가지였다. 전쟁에 나간 사람이나 후방에서 살고 있는 가족이나 모두가 전쟁을 치른 군인인 것이다.

매춘은 생존을 위한 어쩔 수 없는 행위였기 때문에 묵인하더라도 다른 남자의 씨는 어떻게 처리해야 하는가는 당시의 전후세대가 공통적으로 겪어야만 하는 세태의 물음이며 풀어야 할 공동의 숙제였다.[17] 준의 태도는 불륜의 아내와 갈라서야만 정당하다고 보나, 그녀가 자신의 부모를 부양하기 위하여 매음한 결과라는 주장 때문에 갈라서지 못하고 결국은 아내가 낙태를 함으로써 부부의 가족문제는 일단락된다. 결국 「還元期」는 제목 그대로 삶을 원래대로 환원하여 살 수밖에 없는 세태의 아픔을 그리고 있다. 송병수는 도덕적 윤리적 타락의 원인제공은 전쟁으로 인하여 부부사이에 끼어든 매춘의 씨이지만 결코 윤리적 관점에서 아내의 타락을 질타했던 것은 아니다. 그는 아내와 남편 간의 새로운 해결과 타협을 요구하고 더 나아가 새로운 모랄을 치유의 방법으로 제시하고 있다. 즉, 물질이 인간의 윤리적 일탈행위와 사고 행위를 결정한다는 세태소설의 입장을 취한 것이다.

「被害者」는 나이 사십에 가까운 지방행정 주사보를 주인공으로 내세운다. 그는 과장의 압력에 견디다 못해 처리한 공유지 불하 건으로 과장과의 갈등을 빚는다. 과장은 이것이 문제가 되자 말단 주사보인 그에게 책임을 전가하

---

17 공정원, 「송병수 소설 연구」, 동국대 석사논문, 2005, 29쪽. 공정원은 어쩔 수 없는 상황논리에 묶인 매음 행위는 생존의 문제로 윤리적 문제를 넘어선다고 보고 있다.

고 자신은 빠지려 한다. 그는 군에서나 사회에서나 늘 피해의식에 시달린다.

> 선두의 병사가 쓰러졌다. 뒤이에 연달아 몇이 쓰러졌다
> 그래도 뒤의 지휘관들은 전진하라고 호통이었다.
> 적의 수류탄이 몇 개 날아와 한꺼번에 터졌다.
> 쾅, 콰쾅―
> 나는 흙먼지를 흠뻑 뒤집어쓴채 나자빠지고 말았다.

그는 군에서는 병사가 죽음을 먼저 맞이하고 사회에서는 위험한 것 고통스러운 것은 모두 하급자가 먼저인 부당한 사회에서 살고 있다. 그는 결국 자신이 부당하게 뒤집어 쓴 문제를 거부하기로 하지만 늘 피해자로 살아왔고 거기에 길들여졌던 그는 세태에 저항하기보다 사직서를 쓰고 있는 자신을 발견한다. 그는 부조리한 현실을 전면적으로 고치려는 정면대응보다 그 삶과 현실에서 우선 회피하려는 경향을 보인 것이다. 이와 같이 이 작품은 전쟁의 폭력적인 불편부당한 삶이 전후의 현실로도 그대로 이어져 운명처럼 거부할 수 없는 세태를 그린 작품이다.

「掌印」은 전쟁으로 인한 피해자들이 모두 주인공으로 등장하는 작품이다. 교수부인은 술집을 통해서 제자와 매음을 하고, 상이군인들을 모두 협박과 부당한 갈취를 자행하며, 할멈의 손녀는 대학을 다닌다고 하면서 창녀 짓을 하고, 朱民 또한 전쟁으로 인한 장래에 촉망받던 미술가로서의 삶을 찾지 못하고 방황한다. 다시 말해 상이군인은 목발로 먹고 살며 납치된 교수부인은 술집을 하면서 굶주린 성을 남편의 제자들에게 풀며 친구는 자신의 그림을

모방해서 개인전을 열고 전쟁 전에 함께 선생으로 있던 친구는 정치 브로커가 되고 야당원들은 부정선거에 항거하는 데모를 벌인다. 한국전쟁으로 변해버린 윤리적 풍속도를 그대로 보여준 세태소설이다.

2) 전쟁고아들의 현실과 생존방법

전쟁을 형상화한 소설에서 일반적으로 등장하는 주인공은 바로 어린아이다. 전쟁의 참혹함과 아이의 순수성이 극명하게 대비되기 때문일 텐데, 송병수의 단편에 드러나는 어린이 한 마디로 어린이 같지 않은 어린이다. 전쟁이란 상황이 이미 어린이다움을 빼앗았기 때문이고, 어린이다움을 지키고서는 극단의 전쟁 상황을 견딜 수 없다는 없음을 반증하는 것이다. 그럼에도 이들이 꿈꾸는 미래나 현실 속의 행동방식에서 여전히 어린이다움을 보여줌으로써 전쟁의 갖는 비극성을 한껏 고조시킨다.

「쇼리 킴」은 전후 고아들이 살아가는 세태와 생존방법을 그리고 있는 소설이다. 이 작품은 전후 한국 사회를 그린 일련의 세태소설인데, 전쟁으로 인한 폐허의 현실은 정신적인 폐허인 윤리적 타락으로 이어짐을 보여주고 있다. 「쇼리 킴」은 전쟁에 참여하지 않은 어린이들에게 전쟁이 남긴 긴 고통의 긴 그늘이 결코 적지 않음을 형상화 하고 있다. 이 작품에서 인물들의 삶은 어디서나 투쟁적이다. 쇼리 킴과 딱부리는 서울에서의 굶주림을 못 이겨 휴전선 근처의 미군부대에 기생하면서 삶을 영위한다.

> 놈은 덜미를 잡아 메어꽂고는 사정없이 차고 짓밟고 한다. 그러다가 나중에는 뭣인지 땅바닥에서 버쩍 쳐든다. 큼직한 돌덩이다. 아아, 놈이 정말 이

것으로 내려칠 셈인가……이젠 죽었나 보다고 쑈리는 눈을 감았다. 그러자 되레 놈이 먼저, "으악!" 소리치며 나자빠진다. 똑똑히 보니까 놈의 잔등에 자개무늬가 박힌 뾰족한 칼이 꽂혔다. 딱부리 솜씨였다. 놈이 내려치려던 돌덩이는 힘없이 옆에 떨어지고 놈이 움켜쥐었던 딸라 뭉치는 벌겋게 피가 배어 발발이 흩어져 가랑잎마냥 바람에 날아가고 있다. 놈은 그것을 아는지 모르는지 나자빠진 채 눈을 희멀겋게 까뒤집으며 굼틀거리기만 한다.

성장과정은 모든 어린이들이 순탄하게 이루어져야만 했다. 그러나 쑈리는 어린 나이에 고아가 되어 새로운 엄마인 따링누나를 모성적 혈연관계를 삼고 삶의 안정감을 찾아간다. 그러던 중에 절뚝이가 따링누나를 고발한다. 그 결과 따링누나는 잡혀가고 쑈리는 절망적인 상황에서 따링누나의 팔백 불을 지키려다 절뚝이를 죽인다.

이 소설에서 송병수는 절망적인 현실에 정상적인 출구가 없을 때, 어린이와 여성들이 어떻게 변화되는가를 그리고 있다. 전쟁이 원인이 되어 정상적인 삶을 영위하지 못하는 비극적인 세태를 그리고 있는 것이다. 누이는 성을 팔고 고아인 쑈리는 호객행위를 하면서 그들의 삶을 영위해야만 하는 비극적인 세태 말이다. 절뚝이, 쑈리, 따링, 딱부리 등 이름조차 잃어버린 상황에서 그들이 무엇을 향해서 가야하는지, 그리고 그런 삶은 그들의 앞날에 펼쳐지는지에 대한 의문의 시각으로 세태를 바라보는 것이다.

『돼지아범』의 뚝보는 고아이다. 그는 삶의 중심이 어디에 있는지를 모르는 즉 자신이 삶이 왜 살아야하는지도 모르는 천애고아이다. 그는 부평초같이 연명하면서 왕초들의 똘마니 생활을 하다가 도망하여 시립 아동 보호소에

보호를 받는다. 그는 늘 혼자 생활하였고 남에 대한 믿음을 가져본 적이 없
다. 지금까지 살아온 본능대로 먹을 것을 보면 빼앗는 등, 힘이 강한 자가
취하는 생활이 그에게는 하나의 종교처럼 되었다. 그러나 시립 아동 보호소
에 들어오면서 점차 그의 생활은 점차 정상적인 삶의 과정으로 나아간다.
돼지를 보호하는 일을 맡으면서 삶의 의욕을 되찾고 살아가야 할 이유도 만
드는 것이다. 특히 축구를 통해 조직사회에서 필요한 균형감가고가 동료애를
배울 수 있었으며, 이는 그의 삶 전체를 새로운 시각으로 보게 되는 계기로
작용하였다. 이로써 뚝보는 새로운 세계에 대한 진입과 적응 그리고 정상적
인 실패를 통하여 새로운 삶에 적응하고 있는 것이다. 이 작품을 통해서 송병
수는 전후 삶에 대한 하나의 가능성을 제시한다. 절망으로 가득 찬 척박한
전후의 땅에서 공동체를 통해 희망의 전범을 제시했다는 점에서 그러하다.

3) 전장 미망인들의 거세된 삶

전쟁의 가장 큰 피해자는 전쟁의 당사자도 아닌 어린이와 부녀자들이다.
송병수가 주로 주목한 대상도 이들이다. 그러나 그가 그린 부녀자에 대한
서사는 전후소설에서 지배적인 고통 받는 부녀자와는 거리가 있다. 주로 부
녀자들의 성을 그리고 있다는 점에서 그러하다. 전쟁과 아무런 상관없어 보
이는 성의 문제, 그러나 전쟁을 통해 남편을 잃은 여인들에게는 상당히 중요
한 문제로 부각되는 것이다. 전쟁이 평범한 삶, 인간의 인간다움에 대한 욕망
을 거세했다면, 여기서는 성의 문제도 예외가 아님을 보여주고 있다. 사람으
로서 당연히 누려야 하는 것을 전쟁이 막아섰기 때문이다. 따라서 전쟁미망
인들의 성의 타락을 단순히 윤리적인 문제로만 바라볼 수 없는 이유가 여기

에 있다. 이는 상황의 문제인 것이다.

「창백한 달」은 전쟁과부가 철없는 딸을 데리고 아등바등 살려는 의지를 그린 작품이다. 그러나 그녀의 정상적이고 성실한 삶이 전쟁으로 인해 송두리째 파괴되는 과정을 통해서 각박한 세태에 과부인 사회적 약자가 정상적으로 살기가 얼마나 어려운가 하는 총량을 구체적으로 제시하고 있다. 황여사는 신현기라는 중령 출신의 남자에게 전남편 같은 믿음을 느껴 투자했지만 그는 그녀의 애틋한 신의를 무참히 짓밟고 배신한다. 이후 그녀는 신현기의 씨를 잉태한 채 비극적 삶의 나락으로 빠져든다.

한편 「掌印」은 전쟁으로 인해 남편을 잃은 교수부인이 술집을 통해서 성을 해소하고 삶을 영위해가는 윤리 도덕적 타락의 극치를 보여준다. 남편의 제자에게 술을 먹여 자신의 육욕을 채우는 그녀의 모습에서 삶의 건강함과 윤리의 정상성은 도저히 찾아볼 수가 없다. 모든 것이 해체되어버린 상황에서 그녀가 추구하는 것은 오직 동물적 육욕으로, 이것이 모든 것에 우선하는 것이다. 이와 같이 성의 타락과 윤리의 부재를 형상화한 것은 「解狂線」으로 이어진다. 이 작품에서 어머니는 남편의 초상이 내려다보는 방에서 정부와 성관계를 갖는다. 남편이 부재하는 공간에서 그녀의 어머니는 새로운 남자를 만났다. 새로운 남자인 구레나룻은 그녀에게 환심을 사기 위해 노력하나, 그녀에게 새로운 꿈을 꾸게 했던 그는 한국전쟁 때 월북한 남로당 간첩임이 드러난다. 이에 실망한 그녀의 엄마를 위로하면서 서로의 상처를 보듬으면서 다시 내일의 삶을 살 것을 다짐하는 작품이다.

4. 송병수의 단편소설에 나타난 일상적 세태

송병수의 단편에 드러나는 일상적 세태는 소시민적 근성을 다룬 작품이
한 경향을 이룬다. 주로 '사소한 것의 사소하지 않음', 즉 자질구레하고 시시
해서 무시하고 넘어가지 쉬운 문제들을 무시하지 않는다는 태도로 이는 그의
창작의 변에서도 밝힌 바 있다.[18]

1) 도시 소시민들의 궁핍한 일상

일상성이란 사람들의 개별적인 삶을 매일 매일의 테두리 속에서 조작하는
것을 말한다.[19] 일상성은 생활의 리듬을 만들어 낸다. 매일 매일 반복의 가능
성은 어떤 메커니즘을 통해 움직여지는 듯하다. 하루의 일상은 변화를 추구
할 때 삶의 발전이 이루어지나 그것이 반복적으로 지속될 때 삶은 지루하고
출구가 없는 일상이 된다. 삶의 리듬도 변화를 이루는 것과 변화하지 않는
것의 조화가 곧 삶의 리듬이다.

「銅錢 두 잎」은 소시민의 위악성을 표현한 작품이지만 그러한 궁핍한 일상
에서 벌어질 수 있는 반복을 무의미함을 풀어내고 있다. 이 작품은 누구나
바라는 巨富에 대한 소시민적 애환을 담은 소설로,[20] '나'라는 주인공은 꿈에

---

18 송병수, 「필자와의 대화」, 『문학사상』, 1973, 63쪽.

19 Karel Kosik, 박정호 역, 『구체성의 변증법』, 거름, 1985, 66쪽.

20 김윤식 외, 『한국현대문학사』, 현대문학, 1999, 394쪽. 한국문학사에서 60년대는 현실적인
문제들에 접근하여 도시 소시민들의 삶과의 관련성을 두루 가지는 것이 특징이다. 대부분
작가 자신의 삶이자 동시에 4.19와 직접 연관되는 사회집단으로서 성장한 소시민의 형성
과 그 의식의 좌절, 변모는 한국전쟁이라는 비극적 사태와 자유당 정권의 권력 밑에서
많은 정신적 갈등으로 표출될 수밖에 없다.

서조차 부자가 되는 꿈을 꾸지 못하고 늘 '동전 두 잎'정도만 얻는 꿈을 꾼다. 신문기자로 합격한 '나'는 형의 소개로 선을 보는 장소로 향하던 길에 뿌려진 오백 원짜리 네댓 장의 돈 때문에 양심을 속인다. 마치 자신의 돈처럼 거짓말을 해서 취한 것이다. 한 장을 줍고 나서 주위를 살피던 그는 구두닦이가 주은 돈을 빼앗기 위해 거짓말을 한다. 자신이 흘린 돈임을 양심의 가책도 없이 주장한다. 그러나 구두닦이는 그의 돈이 아님을 알고 버틴다. 결국 경찰서에 가게 되어 진위를 밝히고자 한다. 그러나 사람들은 외모만 보고 신사의 모습인 그의 편에 서서 그의 돈임을 거들어준다. 그런데 경찰서에서 돌아나오던 중에 함께 가서 진술해준 신사가 그 돈은 자신이 심리실험을 하기 위해 일부러 흘린 것임을 주장하며 여러 가지 증거를 제시하여 '나'를 당혹스럽게 한다.

이 작품에서 송병수는 소시민적 삶이란 보다 자본주의적 삶을 영위하기 위한 꿈을 가지면서 실제로는 노동자들의 삶을 살고 행동하는, 즉 위선적인 삶을 하나의 사건을 통해 제시한다. 송병수는 그의 대담에서 위악적인 청년의 행동을 통해서 소시민적 삶의 체념적 의미를 확장하고 있다. 그는 사소한 돈을 줍는 행위를 통해서 소시민의 삶의 모습을 발견하면서 자본주의 하에서 금전에 대한 권력과 그것을 취하기 위한 소시민들의 애환을 제시한 작품임을 밝히고 있다.[21]

한편 「되풀이 來日」은 김동수와 임난경의 사랑 이야기이다. 겉 그림은 사랑 이야기나 밑그림은 반복되는 룸펜의 하루를 그리고 있다. 동수는 아내와 별거한 채 십년동안 숙모 집에 얹혀산다. 열 살 난 딸을 두고 있는 유부남인

---

21 송병수, 「은전 두 잎」, 『문학사상』, 문학사상사, 1973, 63쪽.

그는 그러나 난경과 새로운 사랑을 꿈꾼다. 그런데 그녀의 집에서는 시집을 보내고자 선 보기를 재촉하지만, 그녀는 동수이야기를 꺼내지 못한다.

> 첩이 될 순 없잖아요? 당신도 설마 나헌테 그것을 요구하진 못하겠죠? 우린들 왜 방이야 못 얻겠어요? 얻은들 뭐냐 말애요? 아무래도 멀쩡한 처녀가 멀쩡한 처자가 있는 남자하곤 살 수 없잖아요? 당신도 설마 나헌테 그것을 요구하진 못하겠죠? 빨리 해야지 난들 언제까지나 이 모양으로 기다릴 수 있겠어요? 정말 너무하지 않아요?

동수는 지식인이지만, 잡지사의 번역 일을 하여서는 생계를 제대로 꾸리지 못한다. 그의 삶은 매우 궁핍하여 난경이 결혼을 재촉해도 동수는 별다른 반응을 보이지 않는다. 그는 수중에 돈이 없지만, 난경은 동수가 전처와 이혼만하면 단칸방을 얻을 수 있음을 암시한다. 그러나 동수는 자신의 무능으로 난경의 요구를 들어주지 못하고 매일 반복되는 야외에서 데이트를 한다. 사랑하는 사이지만 그들이 아늑한 보금자리를 욕망해도 동수의 미온적 태도는 매번 제자리걸음이다. 이와 같이 이 작품은 지식인의 무능과 마땅한 직업이 없이 사회에 겉도는 삶의 세태를 그대고 있다.

2) 성 모랄의 변모와 기성에 반항하는 세태

「行爲圖生」과 「嘗膽」은 동일한 작품으로 보아도 무방하다.[22] 「行爲圖生」은

---

[22] 「行爲圖生」은 행동을 통해서 자신의 삶을 주체적으로 그린다는 뜻으로서 여성의 심리를 나타냈다면, 「嘗膽」은 제목이 암시하듯이 현실의 쓸쓸한 맛을 봤던 미혼모의 삶을 다룬

「嘗膽」을 개작한 것같이 매우 유사하며, 스토리와 인물의 사유방식의 면에서도 거의 흡사하다. 주제 역시 한 미혼모의 의식을 다루었다는 점에 더욱 그러하다. 「嘗膽」의 주인공 '나'는 매우 소극적이며 부모의 말에 순종하던 여인이었다.

> 나는 언제부터인지 자기 위주의 독선을 고집하는 성미를 갖게 되었다. 나이 어렸을 때는 물론 성인이 다 된 몇 해 전까지만 해도 나는 나를 극히 못 믿어워 했었다. 그것은 정작 자기불신 내지는 자기비하, 좋게 말해서 겸손이 아니라 오래 익힌 어쩔 수 없는 他依存의 습성에서였다. ㅡ중략ㅡ 주체의식을 확실히 강렬하게 일깨워 줬다. 이제부터는 나의 일은 내 마음대로 할 테다는 확고한 주체의식은 아울러 타인 혐오에 가까운 저항의식을 나에게 싹트게 했다.

위의 상황은 자신이 데이트에 늦자 부모의 꾸지람을 받은 그녀가 그 때를 기점으로 자신의 주체의식을 가지게 된다는 것이다. 그녀의 주체의식이라는 것은 곧 자유분방한 성의 유희이다. 그녀는 남자와 잠자리를 했다하여도 당당하다. 남자에 의해 유린되었다거나 피해의식을 갖진 않는다. 그런데 방종한 성생활의 결과로 그녀는 임신 4개월이 되었다. 임신은 기성에 대한 저항이라 볼 수 있지만 그녀의 연애관은 매우 문란하다. 어떤 남자든 프러포즈를 해오면 우선 응하고 보며, 자신을 학대한다고 해도 순종의 모독이 아니라

작품이라고 볼 수 있다. 그러나 여기에서는 세태소설적 관점에서 접근한다. 한편 「行爲圖生」은 「嘗膽」을 개작한 작품으로 보인다.

일종의 희열로 느끼는 여인이다. 문학 동인들과 만나서 예술론과 자담을 한 후에 그 중에 아무 남자와 동침한다. 또한 친구의 애인을 빼앗고 그와 친구가 모르게 동침을 하기도 한다. 그 결과 그녀는 임신을 했고 임신은 그녀에게 하나의 새 생명의 탄생으로 축복이라기보다 귀찮은 것으로 인식한다. 먼저 왜 여자는 한 때 임신을 해야만 하나 회의도 한다. 또한 아이의 아빠가 누구인지도 모르며, 태아를 무사히 분만하게 될지 의구심을 갖는 여인이다.

이와 같이 「行爲圖生」과 「嘗膽」은 여성의 주체의식에 대한 풍자적 의미를 갖는다. 여성들의 주체의식은 곧 성에 대한 도덕적 윤리적 관점을 무시하고 문란한 성을 바탕으로 사생아를 양산하는 세태의 모습을 비판적 시각으로 보고 있다. 성의 정체성을 갖는 것은 매우 바람직하나 성에 대한 존경과 풍속에 대한 급진적은 반항은 무질서와 혼란을 야기하는 바탕이 될 것이기 때문이다.

「그늘진 陽地」는 기성세대 외 젊은 세대의 갈등을 그린 작품이다. 제목부터 역설적으로 '그늘진 양지'이다. 고등학교 3학년인 숙의 친구들은 퇴학처분을 받는다. 다른 학교 남학생과 단순히 어울렸다는 것이 그 이유이다. 이 작품은 전후 맥락을 무시하고 젊은이들의 이성교제에 대하여 무조건 색안경을 끼고 바라보는 기성세대의 시각을 비판하는 의식이 지배적이다. 여기서 송병수의 시각은 매우 일방적으로 기성의 문제 해결에 초점을 맞춘다. 학생들의 행위에 대해 무조건 윤리적 잣대를 들이대는 학교의 교사들과 교장들의 모습을 부각시킨 점에서 더욱 그렇다. 그리고 그들이 정상적이지 못한 방법으로 사건을 은폐시키거나 축소시키려는 모습도 지속적으로 초점화시킨다. 다만 정선생만이 학생들의 삶을 이해하여 학생들의 행위가 무죄임을 주장한다.

그러나 그의 생각이 관철되지 않자 정선생은 사표를 쓰고 다른 학교로 전근을 간다. 기성의 시각은 매우 도덕적이고 엄격하다. 학생들의 사유와 행동에 대해 이해하려 하지 않기 때문이다. 그들에게도 순수한 사랑이 있고 세계에 대한 호기심이 존재한다는 관점을 왜곡하는 기성의 세태는 결국 절망적인 문제행위로 결말을 맺게 된다.

3) 윤리의 타락

세태의 주제는 매우 다양하다. 그 중에서도 윤리적 파탄을 그린 작품들이 많이 거론 되는 것은 그 시대 삶의 척도를 작가들이 세세하게 묘사하기 때문이다. 그런 점에서 「한여름의 권태」와 「인간탈환」은 매우 유사한 스토리를 가진 작품이다. 「행위도생」과 「상담」이 그렇고 「탈주병」과 「빙하시대」도 유사하다.

「한여름의 권태」의 주요 모티프는 얼벵이며 「인간탈환」에도 얼벵이다. 두 인물은 동일 인물로서 얼벵이의 생활에 초점이 맞추어진다. 부잣집 아들인 그는 희곡 작가로서 「언어유희」라는 작품을 동생의 연극 반원에게 막을 올리도록 한다. 이는 삶의 가운데 유희적인 면만 확장한 세계를 쓴 작품이다 .연극을 통해서 의미를 실현하고자 하는 것은 바로 얼벵이의 행위를 통해서 시작되는 한여름의 권태이다. 권태로운 현실에서 벌어지는 얼벵이의 유희는 윤리적 타락을 즐기는 것이다. 그는 아버지의 정부인 미스 김과의 밀회를 즐기고 동생의 애인인 미스 주를 보트로 유인하여 성관계를 갖는다. 그리고 이웃의 미세스 조와도 성관계를 갖는다. 그의 이런 행위는 윤리적 측면에서 보면 분명 정상적인 행위가 아닌 패륜적 타락이다. 그러나 얼벵이를 통해서 세계의 혼란과 무질서한 현실을 그렸다면 그것이야말로 세태에 대한 저항과 지속이라고 보인다. 이와 같이 송병수는 성이 유희가 된 세대를 형상화한다. 이는 「인간탈환」에서도 지속되는데 이 작품에서 역시 얼벵이가 주인공이다. 그는 풍족한 삶을 살면서 희곡을 창작한다. 희곡의 주인공이 리애로, 얼벵이는 그녀를 희구한다. 그러나 현실에서는 리애가 없으므로 리애를 닮고 싶은 여인인 미스 주와 유희를 즐긴다. 미스 주는 동생의 애인이지만 그녀를 취하고 싶은 얼벵이의 도착적 행위가 시작된다. 그러나 몸은 얻을 수 있으나 그녀의 정신적 가치를 빼앗지 못한 얼벵이는 결국 타락한 공간을 떠난다. 이 같이 그는 얼벵이를 통해서 인간 정신이 추구할 지고지순한 세계를 그리려 하지만, 그려지는 것은 타락한 육체적 결합과 말초적 섹스뿐인 세태를 반영하고 있다.

4) 가족문제와 정치적 세태

전후 송병수의 작품세계는 현실의 영역에까지 확대된다. 아마도 현실적인 상황의 변화가 크게 작용한 듯하다. 그러나 현실세계를 그린 그의 작품에서도 세태묘사라는 그물망을 벗어나고 있지 못하다. 현실을 정면에 두고 묘파하는 것이 아니라 한 측면만을 과도하게 부각시키고 있기 때문이다.

「曇陽의 眷屬」은 정치적 세태를 그리고 있는 작품이다. 제목이 암시하듯이 국회의원이며 대실업가 주찬 씨의 집안문제와 사회문제가 복합적으로 제시된 세태소설이다. 어느 면으로 보면 가정의 구성원들이 구심점이 없이 행동하며 그러한 세태를 구름에 낀 태양이라는 제목으로 가정의 몰락을 의미하나 크게는 정권의 몰락을 의미한다. 주찬은 정부통령선거에 개입함으로 인해

과도정부의 검찰에 구속된다. 부의 구속으로 가족 구성원들은 새로운 삶의 지향점을 발견한다. 민은 상이군인(전장에 나가 다리를 다침)으로 미술을 전공하면서 경애를 사랑한다. 경애는 기사의 딸이지만, 그는 상이군인이라는 자신을 자학하면서 밖을 나오지 않는다. 그러나 주찬이 잡혀가자 그는 지팡이를 짚고 밖으로 나가려는 의도가 강하게 보인다. 그리고 성악을 하는 란은 혜경과 갈등을 하지만 아버지가 검찰에 잡혀간 후 혜경을 이해하게 되고 새로운 가족구성원으로 태어날 조짐을 보인다. 그녀는 새엄마에게 어머니라고 부르겠다는 다짐을 한다. 연극을 하는 막내 철은 아버지 때문에 데모에 나가지 못하지만 결국 반정부 투쟁의 승리의 주역이 되어 팔에 관통상을 입고 병원에 입원한다. 그는 이후 즐거운 나의 집을 휘파람을 불며 이층으로 올라간다. 가족이지만 여관방에서 생활하며 다른 생각과 다른 행동을 하는 주찬 씨의 가족은 주찬 씨의 구속으로 모두 제자리로 돌아와 새로운 가족의 구성원으로 다시 태어난다. 이 소설에서는 다분히 4.19의 시대의 정치적 문제를 통해서 부정적인 연결고리를 끊고 새로운 시대로의 변화를 예고하는 상징적인 가족구조가 나타난다. 주찬 씨의 구속을 통해 구세대의 고리를 끊고 새로운 삶으로의 이행을 제시한 작품인 것이다.

「繫累圖」는 인간 상호간의 지배구조가 얽혀있는 세태에 대한 풍자를 다룬 작품이다. 피라미드식 하층에 속한 기층민의 삶이 사회적 유명인사인 국회의원까지 이어지고 매어져 있는 세태에 대한 비판인 것이다. 이는 사회비판적 시각을 드러내지 않았던 송병수의 작품에서 몇 안 되는 사회 비판의식을 그린 작품이다. 등장인물인 홀쩍이와 넓죽이는 구걸을 하고 돼지는 호객꾼이다. 이들 모두는 고아로서 엄마와 아빠라는 사람에 의해 하루하루를 통제

받는다. 그들이 벌어들인 돈은 모두 착취당한다. 홀쩍이와 넓죽이는 돼지에게 매일 이십 원 정도를 상납하며 돼지는 짬빵에게 상납을 해야 차표를 팔수 있다. 짬빵은 말대가리파가 자기 구역에 와서 시비를 걸자, 짱구 형님에게 도움을 요청하기 위해 돈을 이백 원을 상납한다. 그래도 해결되지 않자 악어형님에게 도움을 요청하며 천원을 상납한다. 악어는 재크 형님을 찾아가 메기의 일을 부탁하고 재크는 국회의사당에 가서 X의원을 만나 부탁한다. X의원은 경찰서에 들어간 놈을 수사계 O경감에게 부탁한다. 이와 같이 이 작품은 정상적인 세태라기보다 뇌물과 힘으로 이루어진 사회의 모습을 고발하고 그들의 삶의 세태가 늘 이익을 위해서라면 의리도 정의도 없이 오로지 돈으로 움직이는 사회의 도식적 삶을 고발하고 있다.

5. 마무리

자연주의적 관점에서 세태는 인생의 暗面을 확장하여 그린다고 볼 때 송병수의 작품은 전체적으로 역사·사회적 관심은 수축되고 세태만 확장된 현실 부정의 문학으로 진행된다. 역사 발전에 필연적 도정으로 삶에 대한 이상을 사라지고 현실에 대한 무이상으로 말미암은 결과 트리비알리즘적 세태를 그리고 있는 것이다. 그는 '사소한 것에 대한 사소하지 않음'을 실현하는 작가이다. 그는 총체적 삶의 이상보다는 개별적이고 지극히 진부한 주제와 현실을 형상화시켜 인간들의 고통을 보편적으로 공유하거나 현실에 대한 비판적인 시각을 견지하도록 한다.

이 글에서는 송병수의 작품을 세태 소설적 성격으로 규정하고 이를 규명하고자 하였다. 그의 작품은 전쟁을 배경으로 한 소설과 전쟁 후 삶의 모습으로 대별할 수 있다. 전자에서는 전쟁의 참혹한 현실에 대한 휴머니즘적 접근이 많았다면 후자인 경우에서는 전쟁에 직·간접적으로 연관이 있는 인물들을 그린 것과 전쟁이라는 흔적이 전혀 없는 일상적 세태를 그린 작품으로 또 구분할 수 있었다. 먼저 전쟁 후 세태에서는 전쟁에서 돌아온 군인들과 상이 군인들이 현실에 적응하려는 세태의 모습과 전쟁미망인들과 전쟁고아들의 삶의 모습도 그린다. 다음은 일상적 세태는 사소한 몇 푼의 돈에 양심을 파는 일상적 소시민과 돈이 없어 결혼을 할 수 없는 룸펜의 일상, 기성세대와 갈등, 윤리적 타락, 약육강식의 정치적 형태 등 많은 작품에서 현실의 문제점을 부각시키고 있다. 그러나 일상적 세태에 대한 지속적인 관찰은 높이 평가하지만 전후 사회가 나아가야 할 지향점이 제시되지 못한 점은 송병수 소설의 무게를 가볍게 한 측면이 없지 않다.

1. 들머리

문학이 보편적인 삶의 세계를 반영하는 것이라면「사냥」의 작가 이정환은 보편적인 삶의 세계에 대한 이야기를 보다 특수한 공간에서의 체험을 문학적으로 형상화한다. 그의 삶의 이력이 매우 특수한 체험이며 삶 자체가 한편의 드라마와 같은 작가이다.

그의 체험은 군대시절에서 겪은 이야기가 사냥이라는 작품이다. 그는 전쟁시에 휴가를 나왔다가 미귀대로 탈영병이 되었고, 그것으로 인해 전시하에서의 총살형을 언도받고 사형수가 되었다. 그는 그러한 상황에서도 살 수 있다는 희망을 버리지 않았다. 사형수라는 신분으로 감옥 안에서의 체험을 소설적으로 형상화한다. 그의 이력은 매우 특이해 사형수에서 미결수로 그리고 출감하여 대전에서 작가생활을 하였다.

따라서 이 텍스트는 화자면서 체험주체가 되어서 전달하는 작가적 담론,

서술자 담론, 그리고 텍스트 내부의 하위 서술자 담론으로 시간적으로 층위를 가지며 더 나아가 공간의 상태도 사회와 감옥이라는 큰 틀에서의 내부 구조를 가진다. 그러므로 중층구조를 가진 이 작품은 공간적으로는 현실과 감옥의 대립 그리고 감옥의 공간에는 삶과 죽음의 대립, 작품 내부에서는 가진 자와 갖지 못한 자들의 대립이 중층구조를 이루며 텍스트는 전개된다.

2. 이론적 전개

서사물에서 스토리는 반드시 화자의 것은 아니지만 화자에 의해 언표화되는 '프리즘', '관점perspective', 또는 '시각'의 중재를 통하여 텍스트 속에 제시된다. 쥬네트G.Genette는 이러한 중재를 초점화focalization라고 부른다.[1] 그가 시점point of view이란 용어 대신에 사용한 초점화의 의미는, 서사물에서 하나의 제한된 투시법, 즉 사실들이 보여지고, 느껴지며 이해되고 평가되는 하나의 관점을 말한다.[2] 이것은 사건들이 보여지는 각도를 말한다.

쥬네트가 그의 저서 『서사담론』에서 설명한 것과 같이 시점과 초점화의 문제는, '어떤 인물의 시점이 서술의 관점을 이끌어 나가는가'라는 질문과 누가 '서술하는가'하는 서로 전혀 다른 문제 사이의 커다란 혼란이다. 간략하게 이를 공식화한다면 '누가 보는가'라는 문제와 '누가 말하는가'라는 문제이다.[3] 분명히 한 인물은 보는 것과 이야기하는 것, 이 모두를 다 할 수 있고 또한

---

1 G. Genette, 권택영 역, 『서사담론』, 교보문고, 1992, 174-182쪽.
2 Michael J. Toolan, 김병욱·오연희 옮김, 『서사론』, 형설출판사, 1993, 106쪽
3 G. Genette, 권택영 역, 앞의 책, 174쪽.

동시에 할 수도 있다. 한 인물은 또한 다른 사람이 보고 있는 것, 또는 이미 본 것을 이야기하는 것도 가능하다.

그러므로 한 텍스트 안에서 말하는 사람들의 입장에 따라 다양한 담론층위를 형성할 수 있다. 만약 다양한 초점화의 시각들이 어떤 것에도 종속되지 않고 근본적으로 개별적·독립적으로 동등한 화법적 목소리들로 표현된다면, '다성적 서사polyphonic narration를 갖게 된다. 또한 하나의 텍스트 안에서 작자는 여러 번 그의 시점을 변화시킬 수 있으며, 복수적인 입장들을 채택할 수도 있다. 즉 작자는 동시다발적으로 여러 시점에서 초점화된 세계와 대상에 대한 서술을 할 수 있다.

초점화는 작자 자신의 것일 필요는 없다. 작자는 누군가의 다른 사람의 시각이나 서술(간접, 자유간접)을 차용하여, 그 자신의 목소리나 시각을 은폐하거나 빌려 초점화 대상을 드러낼 수 있다. 그러한 상황은 주서술자의 입장에서는 하위서술자와의 위계가 분명해진다. 이러한 상황이 텍스트에 나타나면 그것은 분명 두 개 혹은 여러 개의 중층구조로 드러날 수 있다 즉 이야기외적extradiegetic/이종적heterodiegetic인 경우와 이야기외적extradiegetic/동종적homodiegetic인 경우 또는 이야기내적intradiegetic/이종적heterodiegetic 경우 더 나아가서 이야기내적intradiegetic/동종적homodiegetic[4]인 경우에 서술자의 위상에 따라 이야기 서사 층위를 느낄 수 있다.

또한 특정한 어법적 특징들에 의해 규정될 수 있는 어떤 서술자의 목소리로 이야기를 처리할 수 있다.[5] 이것은 곧 작자는 '간접화법indirectdiscourse과

---

4 제레미 탬블링, 이호 옮김, 『서사학과 이데올로기』, 예림기획, 2000, 123쪽.
5 Boris Uspensky, 김경수 역, 『소설구성의 시학』, 현대소설사, 1992, 47쪽.

자유간접화법freeindirect discourse[6] 요소들을 통하여 공식적으로 표현된 자신의 입장을 바꿀 수 있다는 것이다. 아울러 한 편의 서술을 구성하는 모든 화자는 자신의 입장을 바꿀 수 있으며, 그리고 차례차례 사건에 연루된 한두 명의 인물들의 시점을 취할 수도 있고, 심지어는 사건에 전혀 관여하거나 가담하지 않은 인물들의 시점을 취할 수도 있다. 그리하여 하나의 텍스트 안에서 하나 혹은 그 이상의 화법적 입장이 가능해지는 것이다.

요컨대 서사텍스트에서 중층구조를 이루는 측면은 서술자가 택하는 초점화자에 의해서와 또는 자유간접화법에 의해서 가능하다고 보여진다. 그리고 시간과 공간의 변화된 서술 역시 다성적 서사를 구성하는가를 판단할 수 있다. 작자/서술자는 텍스트 안에서 누군가의 화법의 요소들(초점화), 즉 한 인물 또는 다른 인물들에 특징적인 의미나 화법요소들이 침입하는 데에서 명확해진다. 누군가의 화법요소(초점화)들을 끌어들이는 것은 텍스트 차원에서 초점화(어법론)의 변화를 표현하는 기본적인 기법이다.[7]

3. 초점화를 통한 중층서사

사냥의 초점화 양상은 매우 복잡하다. 마치 천일야화처럼 이야기가 끊어지면 죽음을 당한다는 강박관념을 가지고 이야기를 시작하고 있다. 서술자이며 보고자인 나와 함께 감옥에서 격은 이야기를 전달하는 점에서는 내가 서술자

---

6 Michael J. Toolan, 김병욱·오연희 옮김, 앞의 책 171-185쪽 참조.
  S. Rimmon-Kenan, 최상규역, 『소설의 시학』, 문학과 지성사, 1985, 163-170쪽.
7 Boris Uspensky, 김경수 역, 앞의 책, 68쪽.

며 그리고 감방의 여러 모를 전달하며 분위기와 판단의 중심도 나에게 있다. 일차서사에서는 내가 서술자이다. 서술의 중심은 감방 안에서 내가 본 것, 판단하는 것을 서술하고 초점화한다. 그러나 하위서사는 내가 판단의 주체에 있으면서도 2차 서사에서 서술자는 아니다. 초점화의 주체이면서 하위서사 안에서의 2차 서술자는 5번화자가 중심이 된다. 5번 화자가 본 것에 대한 평가적이고 인식론적인 입장에서만 그의 초점화는 드러난다. 이야기내적 intradiegetic/이종적heterodiegetic이다. 감방 안에서의 분위기나 흐름은 상위 서술자인 나의 것이지만 최두보의 남사당패에서의 이야기는 상위서술자인 나의 영향력은 미치지 못한다.

그러나 서술자인 나의 판단에 의해서 어법론적으로 제기된 호칭의 변화는 초점화의 양상을 달리하게 된다. 「사냥」은 1번인 상위화자와 1번 상위화자를 포함한 5명의 하위화자들이 이야기를 전달하고 있다. 그러나 이야기 안의 이야기를 전달하고 초점화하는, 하위초점화자는 5번 화자이다. 5번 화자에 대한 서술자의 초점화 양상의 변화는 지칭되는 호칭에서 변화를 느낄 수 있다. 다섯 명의 화자가 돌아가면서 이야기한다는 입장에서는 5번 화자이고, 사형수로서 자신의 처지를 잊은 채 이야기꾼으로서의 모습은 예술가이며, 이 감방 안의 모든 시선을 모으고 더 나아가 감방 안에 모든 극형수들의 처지를 잊게 해준다는 점에서 이방의 왕이다. 왕이라는 호칭은 사회적인 요인을 넣지 않고 판단했을 때 그가 이야기를 통해서 감방사람들을 관심을 모은다는 측면에서 존경의 호칭이다. 그리고 친근한 동료애를 느끼는 점에서 텁석부리라는 신체상의 모습을 전달함으로써 1번 화자인 서술자며 초점자인 나와는 가까움과 친근감은 느끼는 호칭이다.

삐리는 2차 서술자로서 5번 화자가 그의 어린 시절에 불리던 자신의 이름을 2차 서술 내에서 초점화한 호칭이다. 시간적으로 이미 지나간 공간에서의 호칭인데 남사당패 꼭두쇠 최두보의 입장에서 초점화한 것이다. 그는 사건의 중심에 있으며, 그 자신이 겪었던 이야기를 현재 이야기하는 시점에서 반성도 하고 평가도 하는 위치에 있기도 하다. 저 영감이라고 부르는 호칭은 나와 5번 화자와의 대화에서의 의견이 다를 경우에 5번 화자의 나이를 비하하는 투로 부르는 경우이다. 교수라는 호칭은 서로 격해진 상황에서 1번 화자인 자신의 행동을 자제하고 5번 화자의 이야기를 듣기 위해서 '絞首'께서 라고 능청을 떨 때 쓰던 호칭이다.

이렇게 호칭의 변화는 각 상황과 시 · 공간의 위계가 다르며 의미도 다르다. 따라서 초점화 양상도 다른데 공간의 중층구조를 이루는 호칭은 삐리/5번 화자(왕, 예술가, 絞首)/텁석부리(영감) 등으로 층위를 형성한다.

4. 어법적 중층서사

이정환의 '壁 속의 話者들 2'라는 부제가 붙은 「사냥」은 1975년 『소설문예』 7월호에 발표된 작품이다. 이 작품은 '살아가는 날의 獄小曲'이라는 부제의 「壁속의 話者들」(『문학』, 1972.3)에 이어지는 속편이라 할 수 있다. 기법상 특이한 점은 「아라비안 나이트」처럼 사건 자체와는 관계가 없으나 그 안에 짧은 이야기가 삽입되는 하나의 도입적 삽화의 사용에 의해서 짧은 이야기의 틀을 만드는 빈번한 기법을 사용한다는 점이다. 즉 1번 화자인 '나'라는 인물과 그 인물의 내면 의식(심리)의 흐름, 그 의식과 내면 세계에 나오는 등장인물, 그리고 각각의 개별적인 화자라는 인물과 그 화자의 이야기 속에 나오는 등장인물들의 삽입되는 여러 이야기가 섞여져 있다.

이 텍스트에는 감옥 속에 갇힌 1, 2, 3, 4, 5번 화자라는 독립된 화자가 등장하여 자신들의 이야기를 펼친다. 이렇게 하여 그들은 온갖 괴로움을 느끼지 않고 옥살이를 견뎌낼 수 있다. 이야기는 자신들이 감옥에 갇혀 있다는 현실을 망각하는 기능을 발휘한다. 살아 있으되 삶을 인식하기 위한 이야기라기보다 현실의 삶을 잊기 위해서, 혹은 사형수로서 죽음을 잊기 위한 지속의 수단인 것이다. 〈어두운 벽 속에 갇힌 발가벗겨진 수인들의 목소리가 옥창을 가득 울리고 있어〉 그들이 '이야기를 가질 때 살이 뛰고 피가 흐르는' 분위기가 존속된다.

다섯 명의 수인인 독립된 화자들이 차례로 이야기를 펼쳐 나가며 무료한 나날을 살아가는데, 1번 화자인 내가 탈영병 이야기를 하고 나면, 살인 강도인 2번 화자는 잔학했던 범죄 현장 이야기에 열을 올린다. 3번 화자와 4번 화자는 군인 출신 죄수로 이렇다 할 이야기 전개가 없는 대신 남사당 패거리로 사형수인 5번 화자가 벽 속이 꽉 차도록 남사당 이야기에 특이한 달변을 구사한다. 꼭두쇠 최두보를 비롯한 유랑 예인 남사당에 대한 이야기가 감방 안의 세계를 온통 지배한다.

① 삿상 왕족인 샤리아르 왕에게 천일야天─夜의 얘기를 해주며 나라 안 처녀들의 억울한 죽음을 막고 또한 자신의 목숨을 이어간 샤라자아드와는 다르게 우리들이 극형수라는 사실을 잊어버리게 하고 또한 자신이 극형수라는 사실을 의식하지 않으며 자신의 얘기에 도취되어 있는 그는 실로

위대한 예술가였다. 그는 이 방의 왕이랄 수 있었다.[8]

그러나 독립된 화자의 이야기 중간 중간에 '나'라는 인물이 개입하여 '관념적 혹은 평가적'이라고 말할 수 있는 관념적 초점화가 나타나 회상하는 이야기를 혹은 서술되는 세계를 관념적으로 평가하고 있다.[9]

②　(참 그 늙은이 말씀 한번 기동차게 하시네, 헷, 그때쯤 나는 슬그머니 5번 화자의 코빼기께로 뻗쳤던 발을 철수하였다.)

이 1번 화자 '나'라는 인물의 개입으로 이야기는 연기되고 지연되어 미루어둔 의미의 중요성을 강조한다. 나의 역할은 분명 5번 화자의 이야기를 대화적으로 유도함으로써 보다 사실적이고 현실적인 이야기임을 알리는 역할이다. 결국 '나'라는 평가적 인물의 위치는 서로 다양한 관계 속으로 침투하면서, 텍스트 안에서 서로 교차적으로 다양한 관계를 맺으며 유기적으로 통합된다. 사형수들과의 관계에서는 해설자며 진행자의 역할을 하고 그리고 5번 화자의 이야기를 듣는 입장에서는 청자이며 그의 이야기를 소설로 쓰겠다는 입장에서는 전달자의 구실을 한다.

어법적으로 볼 때 누군가의 화법을 사용하는 간접화법은 일반적인 것이며 여러 가지 형식을 취한다. 누군가 타자의 말은 발언 속의 발언, 발화 속의 발화이면서 동시에 발언에 관한 발언, 발화에 관한 발화이기도 하다.[10] 간접

---

8 이정환, 「사냥」, 『까치방』, 창작과 비평사, 1976, 224쪽.
9 Boris Uspensky, 김경수 옮김, 앞의 책, 31쪽.

발화를 통해 독자에게 보고가 매개될 때 작중인물의 말로부터 보다 객관적인 거리를 취하고 그로부터 초연해짐을 느끼게 된다고 주장한다.[11] 즉, 간접발화에서 서술자는 노골적으로 통제되고, 그 작중인물들을 대신해서 보고하게 된다는 것이다.

「사냥」에서 작자 이정환은 즉 작중인물들을 대신해서 보고한다. 그러나 서술자의 목소리와 작중인물의 말이 50/50으로 혼요되어 나타나는 자유간접화법이 주로 쓰인다. 즉 하위서술자인 5번화자가 남사당패에서 겪은 이야기를 최두보의 입장에서 전달할 때 자유간접화법이 쓰인다. FID자유간접화법은 발언된 말이나 표현된 사고들은 누구의 것인가가 문제이다. 직접발화에서 분명히 말하는 사람은 그 작중인물이며, 간접발화에서 말하는 사람은 서술자인 반면, FID에서 말하는 사람은 실제로는 그 작중인물인 듯하지만, 그 발화는 서술자의 어투가 침투되어 나타난다.[12]

③ 어느 날이었쐬. 꼭두쇠 최두보가 삐리야. 〈진디〉(뱀) 잡으로 가자, 하더만... 난 그렇잖아도 두렵도 무섭기만한 꼭두쇠에게 그 진디란 말을 듣고 그만 울상을 지었디. 그라고 행중行衆의 〈뜬쇠〉나 가열들에게 애원하는 눈길을 보냈쐬다.

누군가의 화법이 사용되는 FID는 다양한 형식들에 의해 재현된다. 여러

10 M.M. Bakhtin. V.N. Voloshinov, 송기한 역, 『마르크스주의와 언어철학』, 한겨레, 1988, 158쪽.
11 Michael J. Toolan, 김병욱・오연희 역, 앞의 책, 174쪽.
12 Michael J. Toolan, 김병욱・오연희 역, 앞의 책, 179쪽.

개의 시점들의 조합은 한 텍스트에서 가능할 뿐만 아니라 한 문장에서도 위의 문장과 같이 가능하다. 이것은 특히 구어화법의 특징인데, 구어화법에서 화자는 그가 이야기하고 있는 사람의 시점을 가정한다. 즉 인용문의 문장에서는 꼭두쇠의 시점을 가정한 발화이다. 여기에는 두 명의 다른 사람의 것인 두 개의 발화, 즉 하나는 5번 화자, 곧 전체 문장의 작가의 것이고, 다른 하나는 꼭두쇠 최두보의 것이 조합되어 있다. 두 개의 발화가 하나의 문장에 묶여 있음을 볼 수 있다.

「사냥」이라는 전체 텍스트를 놓고 볼 때, 여기에는 네 명의 각기 다른 사람의 것인 네 개의 발화[13]와 그 발화에 등장하는 인물들의 여러 개의 발화, 즉 하나는 작자 이정환 곧 전체 텍스트의 작자이고, 다른 하나는 여러 개의 개별 인물들의 것인 발화가 조합되어 있다. 여러 화자의 발화가 한 작품 속에 묶여 있지만, 그 각각의 화자의 발화들은 그 자체의 문법적. 의미론적 특징들을 지니고 있는 것이다.

「사냥」에서 주된 화자로 등장하는 인물은 5번 화자와 1번 화자인 '나'이다. 5번 화자는 자신의 경험담을 회상하면서 벽 속의 등장인물들을 압도해 나간다. 이러한 5번 화자의 이야기와 교차적으로 서술되며, 또한 5번화자의 화법과 1번 화자의 화법이 결합하여 텍스트 안에서 이중적 목소리를 낸다.

④ 이힛힛힛 … 하여간 극악무도한 몇 사람의 똥찬설들은 굶주린 소년들을 사서 진디 사냥을 시키고 소년이 진디에 물려 죽거나 병나면 화살이나 한 대 밖아 준다는 거였쎠. 그리고 애장터에 훌쩍 버려 준다는 거였쎠.

---

13 「사냥」에서는 4번 화자의 발화는 들리지 않는다.

⑤ (그러니까 미치고 환장하겠다는 말씀이시렸다. 나는 얼굴이 빨개진다. 동
　시에 묘한 기분마저 인다. 발끈 화를 내고 싶다. 물론 변화무쌍한 내 수염
　난 소년기의 감정은 전술한 대로 영감에게 한번쯤 안겨 주고 싶은 기분이
　었다.)

인용문 ④는 5번 화자의 발화이고 ⑤는 1번 화자의 발화이다. 이와 같은
교차적 서술은 보통 시간적이거나 불연속적인 배열의 한 방략으로써 텍스트
에서 한 작중인물과 더불어 서술자의 가치와 관점을 나타내 준다. 또한 위의
인용문 ④에 보이듯이 상당한 정도로 은어와 사투리 등 독특한 어투가 쓰이
고 있다. 즉 '똥찬설', '진디', '그라고', '거였쐬' 등의 은어와 사투리의 독특한
어투가 5번 화자라는 인물의 화법 속으로 침입해 들어와 있다. 5번 화자라는
인물은 그의 집단 속에 속해 있어야 이해할 수 있는 그 자신의 화법으로 은어
뿐만이 아니라 사투리를 사용한다.
　이와 같은 사실은 각각의 등장인물들이 한결같이 개별 어투를 사용하여
그들의 성격 특성이 한결같은 지속성과 강도를 지니고 있는 것을 말한다.
1번 화자인 '나'는 5번 화자와는 구분되는 비교적 표준적인 어투를 사용한다.
가령 '했디요/거였소이다' 등의 예에서 볼 수 있듯이 작자는 각 특징 인물들에
게 독특한 개인의 어투를 부여함으로써 어떤 인물이 말하는 방법에 대한 감
각을 전달하고 독자에게 그 화자의 개인적 양식에 대한 이해의 열쇠를 전달
하려고 특이한 화법적 특징들을 사용한다. 그리고 이러한 입장은 독자들에게
때때로 변별적인 특징들을 상기시키기 위해서 그렇게 한 것이라 생각된다.
　작자가 자연 그대로 사투리 어투라든가 은어라든가 하는 규칙적인 화법을

재현하는 이러한 경우, 즉 변별적 화법 특징들의 자연 그대로의 재현은 독자들에게 묘사되는 인물의 특징적인 화법 양식에 대한 일반적인 느낌을 전달하기 위해서 작자에 의해 의도적으로 사용된 것이다. 그러나 독자가 그 인물과 보다 친숙해질수록, 작자는 더 이상 그의 화법 태도상의 변별적 특징들을 강조할 필요를 갖지 않는다. 결과적으로 우리는 우리가 모르는 사람의 독특한 화법적 규칙성에 놀라게 되지만, 그러나 독서가 진행됨에 따라 그와 보다 친밀해졌을 때 우리는 그것을 쉽게 잊을 수가 있다.

이러한 다양한 화법적 입장의 조합의 결과로 얻어지는 문장들은 물론 실제 화법의 재현으로 간주될 수 없다. 그리고 그것들은 분명히 현실과 직접적으로 일치할 것을 요구하지 않는다. 오히려 이러한 화법적 장치는 그 문장의 발화를 둘러싼 일반적 조건을 언급하거나 아니면 화자의 개인적 의식을 언급하는 데 사용된다고 할 수 있다.

5번 화자의 화법이 문체론적으로 사투리와 은어의 사용에 있다면, 1번 화자의 화법은 1번 화자의 의식의 흐름을 나타내는 내부 독백으로 간주할 수 있는 것이 특징이다. 1번 화자는 그의 무의식 상태의 가장 가까운 곳에 자리한 가장 내밀한 생각들을 표현한다. 그러나 엄밀한 의미에서의 작자의 개입이 거의 없이 그리고 청중을 전제하지 않고 제시되는 유형의 내부 독백과는 차이가 있다.

⑥ (그때 나는 오싹 몸을 떨었다. 햐아, 저런! 아무리 뭣 해도 어린 주검을 가마니뙈기에도 싸지 않았다니, 그래서 나는 때깍 5번 화자에게 항의했다. 에이 여보쇼, 가마니뙈기로도 싸지 않고 아무리 … 나는 뭔가 분한

마음까지 나달아와 그에게 대들 듯 그랬다. 귀를 쫑긋이 세우고 열심히 듣고 있는 감방 사람들에게는 얘기 도중 팍 김새는 개입이었지만 할 수 없었다....)

위의 예문에서 보는 바와 같이 1번 화자의 내부 독백은 분명히 청자를 가정하고 있으며, 설명적인 논평과 함께 작자가 문장 속에서 완전히 혹은 거의 완전히 사라져 버리지 않았기 때문이다.[14] 이러한 사실은 간접화법의 영향아래서 변용된 작자 화법, 즉 어느 정도까지 누군가의 목소리를 모방하는 작자의 목소리를 드러내었다는 말이 된다.

작자가 누군가의 화법(인물의 화법)으로 이야기를 재가공하고 재손질하는 것은 소설이나 일상화법에서 인물의 의식 속에서 발생하고 있는 상황을 전달하기 위해서 빈번하게 등장한다고 한다.[15] 따라서 작자는 여기에서 1번 화자라는 특정 인물의 화법을 재가공하는 편집자의 기능을 수행한 것이다. 독백은 1번 화자의 사고와 명상을 반영하고 있으며, 그 5번 화자의 발화에서 연유한 의식 내용에 집중하고 있다.

지금까지 살펴본 바와 같이 「사냥」은 1번 화자와 5번 화자의 발화가 교체적으로 제시되어 나타난다. 이와 같은 방식은 〈아라비안 나이트〉의 모든 이야기들이 샤라자아드의 이야기에 삽입되어 있듯이, 그들이 감옥에 갇혀 있다는 사실의 이야기에 각 화자의 이야기가 삽입되어 있다. 끼워 넣어진 이야기는 이야기의 이야기인 것이다. 또 다른 이야기의 줄거리를 얘기함으로써, 그

---

14 Robert Humphrey, 천승연 역, 『현대소설과 의식의 흐름』, 삼중당문고, 1984, 53쪽.
15 Boris Uspensky, 김경수 역, 앞의 책, 82쪽.

첫 번째 이야기는 근본적인 주제를 얻게 되고, 동시에 자신의 이미지를 반영시킨다. 끼워 넣어진 이야기는 직접적으로 그에 우선하는, 그를 포함하는 이야기의 이미지이며, 동시에 다른 모든 것들은 단지 미소한 부분에 지나지 않는, 거대하고 추상적인 이야기, 즉 전체 이야기의 이미지인 것이다. 하나의 이야기 속의 이야기가 된다는 것은 끼워 넣기를 통하여 그 자신을 실현시키는 모든 이야기의 운명이다.[16]

1번 화자인 '나'의 내부 독백에서 이루어지는 이야기는 겉 이야기extradiegetic이며, 각 화자들에게서 이야기되는 사건들은 이 안에 있다. 그러므로 5번 화자를 비롯한 각 화자들이 자신의 경험담을 회상하는 허구적 이야기는 이 안에 이루어지는 사건을 이야기diegetic 혹은 속이야기intradiegetic라 할 수 있다. 그리고 이차적인 수준에서의 서사인데, 이것을 중층구조 속의 이야기metadiegetic라 부를 수 있을 것이다.

이러한 기법상의 유형적 특성은 두 겹 속의 사건과 속 이야기 속의 사건 사이에 직접적인 인과관계가 있는 경우로, 이 때 일차 서사(1번 화자의 독백적 의식의 흐름)는 설명적 기능을 갖는다.[17] 즉 듣는 이의 호기심은 독자의 호기심에 답하기 위한 핑계에 불과하며, 두 겹 속의 이야기 서사는 설명하는 회고 서술의 일종으로 간주 할수 있다.

「사냥」에서 이야기하는 것은 산다는 것과 같다. 각 화자들은 감옥 속에서 오로지 이야기를 계속할 수 있는 한 사는 것이며, 그렇기 때문에 이러한 상황은 그 이야기 안에서 끊임없이 되풀이된다. 이야기는 목숨과 같다. 그리고

---

16 T. Todorov, 신동욱 역, 『산문의 시학』, 문예출판사, 1992, 85쪽.
17 G. Genette, 권택영 역, 앞의 책, 222쪽.

이야기의 부재는 죽음과 같다. 즉 서술의 차원에서 「사냥」은 〈아라비안 나이트〉에서처럼 이야기가 끝나면 곧 죽음이 도래한다. 그렇기 때문에 이야기의 부재는 죽음을 의미한다.

5. 마무리

이정환의 「사냥」을 대상 텍스트로 중층구조를 이루는 두 개의 코드를 살펴보았다. 하나는 서술의 공간에서 서술자가 초점화 대상에 대한 호칭의 변화 양상을 통해서 인식과 평가의 차는 시·공간을 달리하는 중층 구조를 이루며, 또한 자유간접화법을 통해 서술자(작가)와 작중인물의 혼요됨이 중층구조를 이루는 다성서사로 이야기될 수 있다는 것을 살펴보았다.

FID는 다양한 형식들에 의해 재현되는데, 여기에서 화자는 그가 이야기하고 있는 사람의 시점을 가정하고 있다. 그러나 직접화법도 아니고 간접화법도 아닌 자유간접화법의 발화가 단일 문장이나 작품 속에 묶여 여러 문법적.의미론적 기능을 담당한다.

제3부
정신분석과 서사

1. 들머리

오늘날 짧은 시기인 반년, 혹은 일 년 사이에 과거 수백 년 동안 발전해왔던 이상과 이념들이 동시다발적으로 증폭되고 교섭되면서 문화[1]의 전면에 부상했다. 거대서사[2]가 사라진 자리에 개개인의 자의식들이 소왕국을 꿈꾸며

---

1 전경수,『문화의 이해』, 일지사, 1994, 71-76쪽. 문화를 규정하는 방식은 여러 가지가 있을 수 있지만, 그 가운데 하나가 문화는 상징적 교섭 작용이라는 시각이다.
　리오타르에 따르면, 탈근대는 '거대서사'의 종말로 설명된다. 거대서사란 모든 삶과 사물의 총체성을 해명하고자 하는 해석 혹은 서사이다. 가장 대표적인 거대서사 중 하나가 마르크스주의이다. 슬라보예 지젝 지음, 박정수 옮김,『누가 슬라보예 지젝을 미워하는가』, 103쪽.

2 우한용,『문학교육과 문화론』, 서울대학교 출판부, 1997, 5쪽. 문학을 역동적 관점에서 바라볼 때라야 문학의 구체상이 문제로 떠오름은 물론 문학에 관여하는 주체들의 정당한 자리가 확보된다.
　상호텍스트성은 동질감과 이질감, 이어 쓰기와 고쳐 쓰기, 계속성과 순간성이다. 이는 문화적 환경에서 새로운 인식방법을 수립하는 전략이라 보여진다. 즉 은유와 환유적 관계를 통해서 문화를 생산하는 창조적 방식이라 볼 수 있다. 빈센트. B 라이치, 권택영 역,

자기 목소리를 높여가고 있다. 사이버상의 세계와 현실 세계가 동시적으로 문화에 폭발적으로 이바지하고 중심과 주변이 뒤바뀌며 지역과 중앙의 문화가 소통하면서 세상은 그 본래의 의미와 색깔을 규정하기가 매우 혼란스럽다. 모호한 표현들, 그리고 불연속적인 인물의 행동들, 변용된 스토리들 그리고 세계와 세계를 잇는 엄청난 양의 정보가 동시다발적으로 생산되고 확산된다.

문화를 향유하고 소비하는 방식이 다양해진 이 시대에 소설연구도 매우 혼란스럽고 따라잡기가 매우 어려운 처지에 놓여있다. 가장 문화현상을. 흡수하기 적절한 소설과 영화는 종합매체로서 충격을 적절하게 흡수하고 또 여러 가지 부조리한 세계를 반영하기도 하고 인간의 의식에 생산된 혼란스러운 기표를 상징화하며, 합법성을 위기로 몰아넣고 비웃는 자아를 생산해 낼 수 있는 문화생산 장르가 되었다.

따라서 모든 소설 텍스트는 다양한 문화를 흡수하고 혼합하여 새로운 문화 창조의 장으로서 해체와 상호텍스트성을 바탕으로 문화 전면에 창조적 텍스트로서 역할을 담당해야 한다. 그런 면에서 김영하의 소설「옥수수와 나」는 다양한 문화적 상징들을 형상화하고 있다. 특히 지젝의 사유를 통해서 자본주의의 물신화와 이데올로기에 의해 사유가 지배받는 현실을 인물들을 통해서 분석하고자 한다.

『해체비평이란 무엇인가』, 문예출판사, 1990, 42-49쪽. 궁극적으로 해체론은 토대의 전복이며 흔적 쫓기이다.

2. 슬라보예 지젝의 '농담'과 「옥수수와 나」

슬라보예 지젝은 그의 저서 『이데올로기라는 숭고한 대상』에서 믿음의 객관성을 설명한다. 그는 믿음이라는 것은 내적인 것이고, 지식은 외적인 것이라는 통상적인 테제에 반하여 오히려 믿음이야말로 근본적으로 외적인 것이며, 사람들의 실생활의 실제 절차 속에 구현[3]된다고 말한다.

(event1) 한 정신병원에 철석같이 스스로를 옥수수라 믿는 남자가 있었다.

(e2) 오랜 치료와 상담을 통해 자신이 옥수수가 아니라는 것을 겨우 납득한 이 환자는 의사의 판단에 따라 귀가 조치되었다. 그러나 며칠 되지도 않아 혼비백산 병원으로 되돌아왔다.

"아니, 무슨 일입니까?"

의사가 물었다.

(e3) "닭들이 나를 자꾸 쫓아다닙니다. 무서워 죽겠습니다."

환자는 몸을 떨며 아직도 닭이 자기를 쫓아오는 것은 아닌지 두려워하면서 연신 뒤를 돌아보았다. 의사는 부드러운 목소리로 안심시켰다.

"선생님은 옥수수가 아니라 사람이라는 거, 이제 그거 아시잖아요?"

환자는 말했다.

(e4) "글쎄, 저야 알지요. 하지만 닭들은 그걸 모르잖아요?"

---

3 토니 마이어스 지음, 박정수 옮김, 『지젝, 누가 슬라보예 지젝을 미워하는가』, 앨피, 2008. 135쪽.

김영하의 소설 「옥수수와 나」는 지젝의 유명한 '농담'을 이어 쓰고 있다. 이 소설을 이해하기 위해서는 먼저 지젝의 '믿음의 객관성'에 대해 살펴볼 필요가 있다. 믿음은 주관적이지만 객관적인 물질에 의해서 믿음이 객관화되며 물질화 된다는 것이다. 티벳의 기도하는 '물레'와 유사하다고 했다. 즉 물레 자체가 나를 대신해서 나를 위해 기도한다. 정확하게 말하면 나 자신이 물레를 매개로 기도한다는 것이다. 이는 객관적 기도를 통해서 믿음이 유지되고 객관화된다. 이는 주관적인 믿음을 객관화하기 위해서 타자의 인정을 통한 객관화 되고 물질화될 때 가능한 것이다. 진정성이 손상되지 않은 채 타인에게 전이되고 확인될 때 인간의 주관적인 생각은 사회의 공인된 행위로 인정받게 되는 것이다. 다시 말해 기도의 진실성은 (통을 돌리는)내 행위 속에 있지 내가 생각하는 것 속에 있지 않다는 것이다. 만약 믿음의 객관적인 상태를 고려하지 않는다면 우리는 유명한 농담에 나오는 자신을 옥수수라 생각했던 멍청이 같은 사람이 되고 말 것이다.[4]

김영하는 소설, 「옥수수와 나」는 믿음의 객관성을 갖지 못한 바보의 농담을 작품의 서두와 끝에 이어 쓰고 있다. '농담' 속의 바보[5]는 자신의 세계에 빠져 주변적이고 타자의 생각을 자기화하여 욕망으로 객관화하지 못할 때 인간들이 어떻게 이데올로기적이고 상징 효과가 있는 현실에서 왜곡되는지 「옥수수와 나」을 통해서 우리의 삶을 상징적으로 보여주고 있다.

---

4 슬라보예 지젝, 이수련 역, 『이데올로기라는 숭고한 대상』, 인간사랑, 2002, 73-75쪽.

5 슬라보예 지젝, 김종주 옮김, 『환상의 돌림병』, 인간사랑, 2002. 96쪽. 바보는 그는 현존하는 질서를 "뒤집어엎기"로 정해진 놀이 방식에 대한 보충물로서 작용한다. 지젝은 바보와 건달을 구별하는데 바보는 속아 넘어가는 사람이고 건달은 남을 속이는 사람이다. 「옥수수와 나」에서는 소설가인 박만수가 바보이고 출판사 사장이 건달이다.

「옥수수와 나」는 옥수수와 닭의 이분법적 인물이 제시되는데 박만수와 출판사 사장의 행동은 심층적으로 볼 때나 서사 단계에서도 대립적이다. 옥수수는 식물성이며 동물들에게 필요한 영양소를 제공한다고 생각하면 곧 에너지이다. 이 에너지는 세계가 추동하고 움직이는 데 필요한 리비도의 대체물이라 생각할 수 있다. 또한, 대립적인 닭은 상징계의 법으로서 자본주의를 표상한다. 닭은 거대한 입을 가진 자로서 자본가의 탐욕을 표상한다. 생김을 통하여 끝없이 옥수수를 탐한다는 점에서도 그 속성을 파악할 수 있다. 옥수수는 결국 닭에게 끝없이 쫓기는 신세이며 닭은 옥수수가 어디에 있고 어떻게 생산되는지 예측하고 투입하여 이득을 추구하는 권력의 생산자이다. 닭들은 오늘날 자본가이다. 지역과 소자본을 착취하는 자본가이며 출판사 사장이다. 이러한 생산구조에 옥수수는 생산과 유통구조에 저항하고 순수한 주체로서의 정서를 찾을 수 있어야 한다.

(event1)은 옥수수라 믿는 상태는 오인의 단계로서 상상계적 인물로 생각된다. 자신이 스스로 옥수수라 믿는 것이다. 옥수수란 무엇일까? 상상계는 자아와 세계가 완벽하게 일치하여 대상을 오인해 자신이라고 믿는 단계로 생각한다. 즉 어머니를 자신과 동일시한 아들은 완벽한 세계에 갇힌 동물이다. 이는 자아가 우리의 바깥의 이미지 위에 구축되어 있다고 볼 수 있다. 옥수수라고 스스로 믿는 것은 자아가 외부에 한 이미지를 동일시했기 때문이라고 볼 수 있다. 이 상황은 현실감이 떨어지고 외부의 자극들은 모두 인식하지 못하고 오직 편집증적인 이미지를 통해서 지식을 획득했기 때문이다. 대부분 자신이 믿고 판단하고 생각한 것이 검증을 통하지 않고 세상의 진실이라고 믿는 상태라 볼 수 있다. 이 단계에서 상징계로 이입되면 자아는 분열된

주체가 된다.

(event2)는 분리의 단계이다. 상상계적인 인물에서 아버지의 법과 언어의 세계로 진입하여 즉 의사의 법은 상징적인 개입이고 분리의 단계로 생각할 수 있다. 이 단계에 접어들면 상징계의 질서에 주체로서의 자신을 보게 된다. 상상계에서 나는 어쩌면 자아로서 완벽한 한 몸으로 이루어졌지만 분리된 옥수수와 나는 이제 상징적 질서에 주체로서만 의미가 있다. 이때의 주체는 자신이 옥수수가 아니라는 믿음을 가져야만 세계를 자기화할 수 있다. 그것만이 상징계에서 주체로서 살아갈 수 있다. 분열된 주체는 늘 타자의 욕망을 자기화하여 욕망하는 주체로 살아간다.

(event3)은 그러나 닭들이 옥수수인 줄 알고 자꾸 쫓아온다는 생각에 잡힌 주체는 계속해서 자신의 상태를 상징적인 세계와 상상계적 세계를 완벽하게 분리시켜진 상태가 아니라 서로 넘나들고 있는 불안정한 단계로 생각된다. 이러한 단계는 결국 자신의 행위에 대한 사회의 법과 동일시해서 극복해야만 함에도 극복하지 못하고 상상계에 안주하려는 의미가 더 크다. 사회적 주체로서 일상현실에서 생활은 매우 불편함을 느끼는 것이다. 실재계는 상상계와 상징계는 뫼비우스 띠처럼 이어져 있으며 어떤 사안에 따라 상상계와 상징계를 넘나들면서 현실에서 실재계를 만나고 그 틈입을 찾아 상징계의 이데올로기를 해체할 주체를 만나야 한다. 그러나 (event3)는 실재계에서 강압된 이데올로기를 해체할 주체로서 역할보다 인물 자신은 아직도 오인의 단계에서 자신이 보고 싶은 것과 느끼고 싶은 것만 진실인 것처럼 믿고 판단하므로 일정수준의 편집증 환자이다. 정상적인 환경에 주체가 놓이면 종합적인 판단이 왜곡된다.

(event4)는 여기에서 상징계의 질서는 대타자에 의해 구동되며 유지되는 공간이고 현실[6]이라 볼 수 있다. 이 현실은 생명력을 부지하기 위해 아버지의 법에 주체가 편입되어야만 세계의 물상들을 뚜렷하게 확인하고 변별하고 의미를 구별하게 될 것이다. 그러나 닭에 의해서 아직도 쫓기고 있는 상상계적 공간에 완전히 벗어나지 못한 자아와 주체는 혼란을 겪게 되고 그에 따라 닭은 공포의 대상이요 상징적인 법과 아버지의 법이 위협적인 존재가 된다. 이 위협적인 존재는 곧 옥수수를 둘러쌓고 있는 모든 것이 되며 또한 상상계에서 극복하지 못한 자아의 소멸 장소이며 주체가 되기 전의 단계이다.

(e1-e4)는 김영하가 박만수라는 인물을 어떻게 믿음의 상태로 객관화할 수 있느냐가 관건이다. 지극히 주관적인 믿음은 객관적인 상관물을 통해서 믿음의 행위를 지속해 나가는 것이다. 여기서 바보는 사람이라고 인식하고 있지만 타자들은 인간이라기보다 식물인 옥수수라고 물질화시키고 있기 때문이다. 옥수수가 아닌 자신도 그들의 인식을 벗어나고 싶지만 벗어날 수 없는 완벽하게 잘 짜인 세계에 갇혀버린 억압된 상태에 있다. 즉 자신은 자신이 옥수수가 아닌 사람이라고 외치고 있지만 타자들은 자신을 인간으로 보는 것이 아니라 물질로 환언해서 이데올로기가 구동되는 하나의 질서 속에 즉 메커니즘의 요소로 생각하고 있는 것이다. 결국 자신이 자신을 객관화하지 못한 결과이기도 하고 또 그러한 상황을 연출한 외부적인 요인이 강력한 억압과 위협적인 타자에 의해 주체가 왜곡되어가는 것이다.

인간의 욕망은 타자의 욕망이다.[7] 타자의 욕망을 통해서 나의 욕망이 생성

---

6 현실은 허구 즉 어떤 것으로 구성된 것이다. 이는 주체에 의해 '정립된' 어떤 것으로 이해한다. 〈징후를 즐겨라!〉, 108쪽.

되고 또 타자의 시선으로부터 인정받으려는 욕망인 것이다. 인간들이 타자의 욕망에 자신의 욕망을 종속시킨다. 결국 옥수수가 되기 위해 욕망하는 것이 아니라 사람이 되려는 욕망 속에 채워지지 않은 조건 즉 타자의 시선에 의해서 자신을 바라보게 되는 것 그것 때문에 불행에 빠진 '바보'인 것이다. 내가 불행해진 것은 타자의 시선을 욕망해서 주체로서 세계에 진입해야 한다. 그러나 주체로서의 상태보다 자아의 세계에 안주하여 부족함을 모르기 때문이다. 결국 오인의 상태는 지속된다. 또한, 상징계에서는 타자의 시선과 욕망을 받아들이길 거부하는 자이다. 타자를 위해 자신이 노력해야 하는 것은 이러한 믿음의 객관성을 확보할 '물레'를 가져야 하는 것이다.

결국, 자신의 믿음의 세계에서 편집증적 오인 혹은 환상의 단계에서 빠져나오지 못한 자아는 자기 의견이 곧 절대적 믿음이며 절대적 진실로 착각하여 현실에 안주할 때 누구라도 착취의 구조에 빠지는 것이다.

3. 자본가의 음모와 믿음의 물질화

믿음의 객관성을 가진 자들은 상징계[8]에서 이데올로기를 생산한다. 그들은 숭고한 믿음을 가지고 행동하고 있다. 숭고하다는 것은 이데올로기요 믿음이다. 이러한 믿음 자체가 우리가 추구하는 세계에서 삶을 유지하는 원리로 보인다. 돈과 권력이 그렇고 자본, 종교 그리고 언어이다. 자본주의를 가

---

7 토니 마이어스 지음, 박정수 옮김, 『누가 슬라보예 지젝을 미워하는가』, 10쪽.
8 슬라보예 지젝 지음, 이수련 역, 앞의 책, 73쪽. 상징계의 믿음은 즉 실제 사회활동 속에서 구체화되어 있다는 점이다. 믿음은 사회 현실은 규제하는 환상을 지탱한다.

장 잘 이해하는 자만이 자본을 통하여 이익을 극대화할 수 있을 것이다. 그것은 이미 자본이 상징적인 구조와 상징화된 체계를 가장 잘 이해하고 활용할 수 있는 자라야만 가능하다.

김영하의 「옥수수와 나」에서 자본가인 출판사 사장은 잘 짜인 음모이며 플롯을 구상한다. 그의 구상은 곧 소설가인 박만수에 대한 조직적 투자를 통해 그가 소설을 쓸 수 있도록 하는 것이다. 우선 출판사 사장은 투자은행 중의 투자은행 골드만 삭스사에서 OPM Other People's Money으로서 남의 돈으로 돈을 버는 능력을 갖춘 회사에서 최고 중의 최고였으며, 골드만 삭스사의 자체 자금을 굴리는 인원 중의 하나로 가장 신뢰하는 직원 중 하나였다. 세계의 금융의 중심지인 월가에서 도태되지 않고 생존하여 5년 동안 30억을 번 자본주의의 생리를 아는 자이다. 즉 자본으로 자본을 생산할 수 있는 자이다. 자본의 흐름을 알고 속성을 정확하게 파악하여 재화를 통하여 체제의 유지시키며, 재화를 통한 생산성과 이윤을 극대화하는 방법을 아는 자이다. 그는 자본주의 사회 질서를 만드는 자이며 아버지의 법을 세우고 상징적 남근으로서 언어와 법의 중심에 있는 자이기도 하다.

그는 박만수를 출판사의 최고의 인적자원이라 생각한다. 그는 모든 기업의 가치는 사람에게서 나온다는 신념을 지닌 인물이다. 그는 이윤의 극대화를 위해 그가 추구한 것은 완벽한 출판라인이다. 출판사에서 소설을 출판하기 위해 작가를 물색하고 작가로 하여금 소설을 생산하게 유도하며 생산된 소설은 생산가치보다 교환가치에 중심을 둔다.

그의 치밀한 플롯은 곧 음모이다. 좋은 글은 개인의 일상에서 나오지 않고 철저하게 분석하고 그 대척점에서 좋은 작품이 나온다는 생각이 지배적인 인물이다. 그의 생각은 곧 자본주의 사회에서 이윤을 극대화하기 위해서 치러야 하는 믿음을 생산하는 물질적 형태로 환원시킨 것이다. 그는 주체가 세계에 대하여 갖는 상징적인 의미관계를 잘 수행하고 있으며 그것을 통해서 이익이 어떻게 생산되는지를 가장 현명하게 알고 있는 인물이다. 자본주의에서 권력이란 바로 자본이며 재화이다. 믿음의 객관성을 획득하기 위한 행동을 통해서 재화의 흐름을 선점함으로써 권력을 생산하고 유지하여 자본주의 세계의 생리를 연장하려는 자이다.

박만수의 글쓰기는 출판사 사장의 기획과 연출이 소설의 플롯이 되며, 작품을 생산하는 것은 곧 철저한 관리와 투자에 의한 소설 쓰기의 결과물인 것이다. 사장의 글쓰기는 자본을 투자한 투자자로서 몇 가지 측면에서 철저하게 투자한 플롯으로 상품이 완성된다.

"일단 최후통첩을 하고 반응이 없으면 소송하겠대."

"뭐? 소송? 그래서 당신을 보낸 거야? 최후 통첩하라고? 우리가 한때 한이불 덮고 자던 사이라는 걸 혹시 모르고 있나?"

"알아 미국에서는 그딴 거 신경 안 쓰나 봐 아니면 이게 더 잘 먹히는 방법이라고 생각하든지."-중략-

"종이 말로는, 일부러 등록금 싼 데만 골라서 보냈대."

"그럼 스탠퍼드나 뭐 그런 비싼 사립도 갈 수 있었다는 거야?"

"아빠가 좀 믿음직한 사람이었으면 그런 데도 지원했을 거야."

"왜 모든 게 내 탓으로 귀결되는 거야?"

출판사 사장은 불량채권을 회수하는 방법으로 소설가 박만수와 가장 친한 전처를 투입한다. 그녀의 접근은 출판사 사장의 철저하게 계산된 접근이며 음모의 시작이다. 박만수는 소설을 쓴다는 핑계로 출판사에서 선금을 받아 쓴 악성채권자이다. 그러나 소설가 박만수는 13권의 책을 냈지만, 지금은 글을 쓰는 능력을 의심받고 있는 자이다. 그에게 출판사 사장이 이혼한 아내를 보내 출판사의 상황이 바뀐 것과 선금을 받은 작가들은 글을 쓰든지 아니면 배상을 하든지 결정을 강요한다. 이러한 강요는 일차적인 아내가 박만수에게 접근하여 소설을 쓰기를 강요한다. 돈을 받고 소설을 쓰지 않을 경우 법적인 조치를 할 것이라는 경고한다. 그러나 작가인 박만수가 수지의 말에 귀담아 듣지 않자 전략을 변경하여 박만수의 인간적인 면에 호소한다. 현실적으로 소설을 쓰지 않을 경우 돈을 벌 수가 없고 그렇게 되면 딸의 유학은 어렵게 되며, 종국에는 무능한 남편, 무능한 아빠로 전락할 수밖에 없으니 소설을 써야만 된다는 논리로 설득한다.

그는 어쩔 수 없이 자신의 무능을 극복하는 길은 글을 쓰는 것이고 아내의 논리를 받아들이게 된다. 그러나 이러한 제안은 출판사 사장이 의도한 음모에 빠지게 되는 것이다. 박만수는 세계에 대한 자기중심적 관찰력을 바탕으로 현실과 유리된 체 무능한 룸펜으로서 존재감을 상실한 자이다. 그러한 그를 현실로 복귀시키는 것은 글쓰기이고 글을 쓸 때 그의 존재감을 찾는 것이다. 그러나 수지의 설득은 곧 자본가인 출판사 사장이 설치해 놓은 덫에 걸리게 되는 것이다. 출판사 사장과 박만수는 닭과 옥수수로 착취관계에 빠지게 되는 것이다.

내 책에 대해서 떠들어대기 시작했다. 작가라고 자기가 쓴 책의 내용을 전부 기억하는 것은 아니다. …중략… 사장과 대화는 유독 많이 엇갈렸다. 내 책의 여백에 자기 나름의 대안적 스토리를 자꾸 적어 넣다 보니 마치 그것이 원래 스토리였던 것처럼 착각하고 있는 것 같았다. 아니면 내가 잘못 기억하고 있는 것일 수도 있다.

다음은 사장과 박만수의 만남이다. 사장은 박만수의 책 열세 권이나 되는 것을 모두 초판으로 가지고 있었다. 책의 갈피갈피마다 대안적 스토리를 적어 넣은 체 간직하고 있었다. 기업의 가치는 사람에게 나온다는 말은 박만수의 작가적 역량을 인정하는 것이다. 이러한 믿음은 곧 출판사 사장이 호명하는 세계로 들어선 것이다. 그는 지젝이 말하는 믿음의 객관적인 대상이 된 것이다. 즉 기도하는 물레와 같은 것이다. 이미 사장은 박만수의 13권이나 되는 책에 자본가의 음모를 적어 넣어 사장 나름의 스토리로 만들어 놓은 자이다. 그는 박만수의 책들을 치밀하게 분석하여 대안적 스토리를 만들 놓았다. 예술성과 원석에 가까운 박만수의 소설은 이미 자본가인 사장에 의해서 상품가치로 인정받고 투자에 대한 프로젝트가 확보된 것이다. 박만수의 소설에 자본가의 투자논리가 겹쳐지면 박만수의 소설은 이윤을 극대화할 수 있는 기업의 가치로 재탄생되는 것이다.

"지금 쓰고 있는 소설이. 내가 만들어 낸 주인공이 나를 끌고 다녔다.
"나는 열흘 동안 한 번도 눈을 붙이지 못했다."
"격렬한 섹스와 광적인 집필. 오직 그것뿐이었다."

"우리는 다시 한 번 질펀하게 얽혔다. 그리고는 열흘 만에 처음으로 눈을 붙였다."

박만수의 성적인 관심과 추구하는 삶의 모습을 상세하게 파악한 출판사 사장은 마지막으로 별거중인 아내 박영선을 투입함으로써 음모의 마지막 부분을 치밀하게 짜 맞추었다. 음모는 자본가인 출판사 사장이 꾸미고 플롯은 소설가인 박만수가 구성하는 이중적인 구성이 된 것이다. 소설가인 박만수의 글쓰기는 지젝이 말하는 '바보'에 해당한다. 출판사 사장은 건달이다. 하나는 속이는 자이고 하나는 속는 자이다. 박만수는 '엑스터시에 사로잡혀 미친 듯이' 작품을 창작할 뿐이다. 다른 플롯을 가진 사장은 작품생산을 위해 정확한 투입(박영선)을 함으로써 그것이 계기가 되어 작품생산을 완벽하게 만들었다. 그의 음모한 대로 말이다.

음모는 소설가에겐 플롯이고 범죄자에겐 음모로 해석된다. 다국적 출판사의 자본의 논리에 의해서 문화가 조직적으로 생산되는 현실을 보여주고 있다. 모든 일상이 거대자본에 편입되면서 개인 혹은 지역의 정체성은 변질되고 자본의 현실(상징계)적 질서에 편입되어 예술이라는 상상계적 질서가 자본으로 생산된 상품으로 판매되어 경제 논리에 왜곡된 체 편입될 수밖에 없는 현실의 논리를 출판사 사장을 통해서 보여주고 있다. 「옥수수와 나」는 예술가들의 생산과 소비의 예술품과 소설이 물질화되어가는 것을 문제를 삼고 있다. 생산된 것을 제값을 받지 못하고 자본가에 의해서 강탈당하는 모습이며 또 자본가는 생산성이 있는 예술가를 조종하여 생산성(상품의 가치)를 극대화할 수 있는 요소를 가미할 때 생산의 극대화를 가져올 수 있다는 논리

인 것이다. 상품가치를 결정하는 것은 사용가치가 클수록 높아지지만 사용가
치를 결정하고 생산하는 것은 결국 노동자의 주관에 의해서가 아니라 자본가
의 투자에 대한 냉철한 상품생산이고 고도의 자본논리를 통한 의미결정 과정
을 통해서만이 오늘날 사회가 왜곡된 체 유지될 수 있다는 것으로 파악된다.

따라서 노동자인 작가는 창작할 뿐 가치를 결정할 때 자연적 유통에 맡겨
진다. 그러나 자본가가 개입될 때는 왜곡되는 것이다. 자본주의 사회의 상품
의 가치는 자본가의 손을 통해 결정된다. 예술가인 작가 박만수가 창작한
예술품은 결국 자본가의 손에 의해서 그 효용성이 결정되고 소비된다는 것이
다. 결국 박만수는 '물레'이며 자본가의 객관적 믿음의 실체인 것이다.

4. 소설가의 저항과 정신적이고 내밀한 세계

오늘날의 사회구조를 유지하기 위해 믿음의 환상이 구동된다. 자본주의
사회는 많은 (순수하고 아름답고 인간적이고 예술적인) 것들이 사라진 자리
에 왜곡된 이데올로기가 숭고하게 자리를 잡고 세계를 움직이고 있다. 시
인·소설가들은 잠재적 무의식을 표출함으로써 현실에서 꿈꾸는 자이다. 현
실에서 자기중심적 백일몽의 환상을 받아들이도록 독자에게 유혹하지만 그
러한 환상을 정확하게 읽어 줄 독자를 찾기란 여간 어렵지 않을 것이다. 이러
한 자기중심적 표현은 결국 상상계적 자아와 대상 간의 완벽한 일치로서 표
현하지만 그것은 현실의 불합리하고 억압된 진실을 만날 수밖에 없다. 상상
계적인 질서 속에서 발현되는 순수는 삶의 전체에 미치는 리비도이지만 또한
그 증상은 정신병적인 증상을 함께 가지고 있다

지젝의 '농담'에서 바보는 옥수수라 생각하는 자이지만 김영하의 소설 「옥수수와 나」에서는 소설가인 박만수이다. 그는 13권씩 쓴 박만수는 작가로서 스스로 옥수수라 생각했다. 스스로 옥수수라는 것은 그의 심리에 세계와 자아가 완벽하게 붙어 있어서 분리의 상태를 갖지 못함으로써 오는 정신병의 단계이다. 즉 오인단계로서 신경증 환자이며 더 나아가 편집증 증세까지 보인다. 그 단계는 흠집이 없는 이성, 혹은 현실원칙만 지키는 원칙주의자라는 의식체계를 고집한다. 배우자나 연인, 그리고 타인들이 부정한 관계에 있을 때 원칙을 들어 비판하기도 한다. 또한, 자아와 상황을 잘 구별하지 못한다. 주체의 무의식적 소망에 대한 금욕은 누적된 리비도로 인해 생겨나는 신경증이다. 그는 오직 섹스의 억압 상태에 있다. 이혼은 성의 거부이며 또한 리비도 방출제한이라는 신경증이라 볼 수 있다. 다만 아내가 불륜 관계에 있다는 의심을 자주 한다.

신경증적인 관점에서 볼 때 박만수[9]는 자신이 관찰하여 포착한 감각의 파편들을 기반으로 믿음의 체계를 구축한 인간의 전형이다. 자신이 본 것이 옳다고 믿었지만 실제로는 자신이 보고 싶은 것을 보았을 뿐이다.[10] 지젝의 '농담'에서 정신병원은 현실세계이고 옥수수는 곧 예술가로서 작품을 생산했

---

9 S. 리먼 케넌, 최상규 역, 『소설의 시학』, 에림기획, 2003, 146쪽. 「옥수수와 나」는 서술자-초점화자의 단일한 지배적 관점을 통해 사건이 중개된다. 서술자-초점화자의 관념형태는 보통 권위적인 것으로 인정된다. 독자들이 그의 권위를 인정해 그의 시각과 서술을 옳은 것으로 믿다가 마지막에서 반전을 느끼게 되는 것이다. 또한 「옥수수와 나」는 독자를 흡인하는 일인칭 서술을 통해서 독자를 아주 가깝게 붙들고 있다가 마지막에서 전복하는 형식의 글이다. 독자는 이제껏 작가가 서술자로서 인물로서 사건을 지각하고 관념적인 세계까지 모두 동조하도록 하다가 마지막에 반전을 준비한다.

10 장두영, 「작품론, 「옥수수와 나」의 작품세계」, 『이상 문학상 작품집』, 문학사상사, 2012, 137쪽.

을 때의 자신을 지칭하는 것이고 상상계에서 오인된 결과인데 어머니의 욕망을 욕망한 결과 옥수수가 나이고 내가 옥수수인 욕망의 충족이 일어난다.

여기서 박만수의 욕망구조를 살펴볼 수 있다. 그가 믿고 있는 사고체계는 매우 관념적이다. 사실이 진실로 되기 위해서는 사회적 믿음의 객관적 토대가 만들어져야 하지만 박만수는 내밀하고 정신적인 생각을 바탕으로 세계를 언어화한다. 그의 주관적 믿음 자체는 곧 사실이며 진실을 바탕으로 믿고 싶은 결과일 수 있다. 따라서 박만수의 '무의식은 언어로 구조화'된 것처럼 그의 무의식 세계는 결코 상징계의 언어적 현실에서 얻어진 객관적이고 물질적인 대상을 바탕으로 세계를 개념화하지 않는다. 세계를 자기중심적이며, 편집증적인 세계에 대한 관심이라 볼 수 있다.

「옥수수와 나」에서 특히 박만수는 섹스에 대한 관심이 매우 높다. 섹스는 곧 욕망이고 이 욕망은 현실적으로 강박되어 억압된 상태기 때문에 그것을 위장한 행위로 혹은 전치의 상태로 발전한다. 그것은 친구들의 섹스파트너와 섹스에 대한 관심이 매우 높다. 박만수는 그의 친구들이 모두 그의 관찰의 대상이 되고 연구의 대상이 된다. "라캉에 의하면 무의식은 언어로 구조화되어 있다"는 명제는 곧 박만수의 정신구조가 금욕에 의한 리비도의 방출제한에 근거한 행동이라 볼 수 있다. 글을 써야한다는 강박은 심리적 압박이 지속적으로 가중되자 박만수의 심리상태는 육체적인 결함으로 나타난다. 그것은 배설의 욕구에 장애가 온 것이다.

"섹스 파트너와 뭔가를 교환한다고 믿는 사람들이 있지. 나는 그런 의견에 동의하지 않아. 교환하다니? 뭘? 전쟁 당사국들이 전쟁을 교환하지 않듯이,

섹스 파트너들끼리 섹스를 교환하지 않아. 나와 그녀는 뭔가를 교환하기 위해 만나는 것이 아니라 낭비하기 위해 만나는 거야. 우리는 시간과 에너지를 함께 소비하지. 그러나 궁극적으로 낭비하는 것은 바로 섹스라는 관념이야." '나는 섹스를 한다'라는 무거운 관념을, 덤프 트럭이 모래를 쏟아놓듯 훌훌 던져버리고 홀가분하게 집으로 돌아가는 거야.

박만수는 그의 첫 번째 친구 철학교수의 연애관에 대해 비판한다. 섹스는 교환이 아니라 소비하는 것이다. 교환일 때는 상호 간의 대등한 관계에서 주고받는 섹스가 되는 것이다. 그러나 철학은 섹스를 관념의 소비로 본다. 소비는 관념이 차오를 때 함께 상품을 사는 기쁨을 얻듯이 관념을 소비함으로써 행복을 얻는 것이다. 그는 에너지를 방출함으로써 정신적으로 욕망을 충족시키는 것이다. 그러나 적절하게 해소하지 못하거나 표현하지 못했을 때 일상의 삶에서 방출 장애를 가져온다. 그러나 지극히 정상적인 관계를 지속하고 있는 철학은 섹스가 교환일 때 오히려 변질된다는 것이다. 교환이라는 것은 서로의 동등한 상태에서 애정을 주고받는 관계인 것이다. 애정을 주는 것과 받는 것은 모두 환상에 불과할 뿐이고 단지 섹스를 한다는 것은 서로 만나서 생리적 욕구를 소비함으로써 행복을 얻는 것이라는 생각이다.

"사실 우리는 서로를 별명으로 불러. 걔한테 내가 붙여준 별명이 백 개도 넘을 거야. 만날 때마다 다른 이름으로 부르거든. 무의미할수록 좋아. '나의 다리 부러진 의자'라고 부를 때도 있고 '매우 공허한 찐빵'이라고 부를 때도 있어"

박만수의 또 다른 친구 카페의 섹스는 매우 생산적이다. 카페는 최전방에 근무하는 여군 장교와 섹스를 한다. 그녀는 카페를 만날 때 군복으로 갈아입고 후방으로 나와서 접선하는 섹스를 한다. 유니폼을 갈아입고 그를 만나러 오는 여자를 사랑하는 카페는 철저하게 애정이라는 고정된 의미를 지속하거나 표현하지 않는다. 상황에 따라 그들의 기분에 따라 그들을 삶의 방식이나 섹스의 방식이 새롭게 표현된다. 섹스보다 둘 사이의 호칭의 변화를 통해서 섹스 파트너를 늘 새롭게 창조한다.

　　나는 수지와 사장은 어떤 체위로 섹스를 할까 생각하며 삼청동의 밤길을 걸어 내려왔다.

박만수의 일련의 관심과 비판은 그의 내면에 발현된 무의식의 세계가 작품 전체에 기표처럼 제시되고 있다. 박만수의 욕망은 철저하게 현실 속에서 막혀있고 그가 추구하는 것은 육체노동자로서 현실 속에서 정액을 통한 섹스이지만 그에게 있어 현실은 갖추어진 것이 아무것도 없다. 박만수가 가진 것은 주변에 대한 섹스에 대한 관심만 있을 뿐 그가 현실에서 집요하게 추구하는 것은 아무것도 없다. 그는 정액을 교환할 수 있는 상황을 욕망한다. 강박에 의한 억압은 섹스의 장애였고 그러한 장애는 남들의 섹스에 대한 관심으로 나타난 것이다.

언어로 구조화된 무의식은 기표로 나타나는데 그것이 곧 수지와 출판사 사장과의 섹스, 철학과 카페의 부인이 관념을 소비하는 섹스, 친구 카페가 만나는 여군 장교와 프라이팬 섹스 등은 박만수의 분열된 주체이다. 그의 무의식은 현실에 충족되지 않는 섹스에 대한 망상과 환상이 섹스에 대한 기표를 생산한다. 이는 채워지지 않는 욕망이 타자들의 섹스에 비판을 하면서 오히려 자신의 세계에 대한 갈증을 왜곡하고 있다.

"감히 같은 인간의 몸이라고 할 수 없는 아름다운 나신이 내 옆에 누워 있었다. 나는 창조주의 전능함과 한없는 사랑에 잠시 경배를 드린 후,"

"신의 선물은 아직도 침대 위에 놓여 있었다."

"나는 한 줄도 쓰지 못한 소설을 위해 빈 워드창을 띄웠다. 나는 자판 위에 손가락을 얹었다. 내가 한 일은 오직 그것뿐이었다. 그런데 손이 저절로 움직이기 시작했다. 손가락 끝에 작은 뇌가 달린 것 같았다. 미친 듯이 쓴다. 문장들이 비처럼 쏟아져 내리기 시작했다."

"음란하고도 난해하면서 매우 실험적인 이 소설의 서두는 주인공 남자가 뉴욕의 차이나타운에 머물며 기괴한 성적 모험을 시작하는 장면이었다."

"나는 다른 세계. 그러니까 뉴욕도 서울도 아닌, 그 모든 곳이 중간. 세계의 빈틈. 영혼과 육신의 메자닌. 문자와 세계의 문턱에 서 있었다."

"모든 창작자들이 애타게 찾아 헤맨다는 에피파니의 순간일지도 몰랐다. 뮤즈가 강림한 것이다. 이제야 비로소 진짜 작가가 됐다는 강한 확신이 들었다.

박만수가 맨해튼에 도착해서 박영선이라는 여자를 만나면서 그의 욕망은 에피파니의 상태가 된다. 무의식은 유사성과 인접성에 의해서 의식화 된다고 했는데 즉 환유와 은유적인 시공을 통해서 실재계의 감정으로 터져 나온 결과이다. 즉 박만수는 '섹스를 한다'는 은유적인 반복과 환유적인 인접성을 바탕으로 이혼한 아내 수지와 사장의 섹스, 철학교수와 카페의 부인의 관념을 소비하는 섹스, 카페와 여군 간의 반복과 변형의 섹스를 통해서 무의식을 구조화하고 있다.

지젝은 운전을 하는 동안 우리는 상상계의 일부가 되며, 그로 인해 주체로서의 우리가 사라진다. 그러다 갑자기 반대 방향에서 오던 트럭이 차선을 넘어 내 쪽으로 다가올 때, 실재의 침입을 경험하게 된다. 그때 우리는 브레이크를 밟을지, 핸들을 옆으로 돌릴지 결정해야 하며, 바로 그 순간, 우리는 주체로서 다시 존재하게 된다. 이런 의미에서 지젝은 주체는 상징계와 실재 사이의 경계, 혹은 그 사이에서 출현한다. 따라서 주체는 상징계와 실재계 사이의 상호작용을 할 때만 주체는 존재한다고 생각한다.[11]

박만수가 박영선을 만난 것은 그의 무의식의 시니피앙이 실재계와 대면하는 것이고 이럴 때만이 그는 주체로서 판단할 수 있다. 박만수는 박영선을 만나면서 억압된 신경증과 편집증은 모두 사라지고 섹스를 통해서 그동안 강박에서 벗어나게 된다. 그가 그동안 작품을 쓸 수 없었던 가장 큰 이유는 결국 섹스라는 억압된 장애가 있었기 때문인 것이다. 박만수는 박영선을 만났기 때문에 그의 잠재된 의식 즉 무의식에서 욕망했던 것이 해소됨으로써 작가로서 복귀가 가능했던 것이다. 박만수가 이제껏 억압되었던 것은 현실에서 섹스에 대한 억압이 글쓰기를 좌절시켰던 것이다. 그의 욕망은 섹스에 있다고 볼 수 있다. 섹스는 곧 인간을 움직이는 에너지인 리비도이다. 리비도

---

11 토니마이어스 지음, 박정수 옮김, 위의 책, 64쪽.

의 방출은 곧 억압된 자아의 해방을 맞이하는 것이고 그가 지금껏 막혔던 정신의 방출인 소설쓰기가 가능해진 것이다. 그가 추구하는 예술의 세계를 다시 찾을 수 있으며 그것을 통해서 세계는 다시 아름다운 세계로 바뀌어 간다. 섹스에 대한 관심은 결국 글쓰기의 근본적인 욕망의 추구였으며 섹스 만이 세계의 모든 글쓰기의 에너지라는 환상에 도달한 것이다. 그에게 필요한 욕망인 리비도적인 에너지는 자신의 무의식 속에서는 타오르고 있었지만 그것이 현실계에 구동되지 않고 억압되어버린 상태에서 그는 작가로서 능력을 모두 상실한 체 살아갈 수밖에 없었다. 그러나 그가 박영선이라는 이상적인 대상을 만남으로써 에피파니의 상태의 절대적인 이상적 자아와의 만남은 상징적 현실을 거부하고 상상계적인 편집증적인 고착상태를 고수하면서 세계를 이상화하려는 의도가 보인다.

5. 마무리

김영하는 소설, 「옥수수와 나」는 지젝의 '농담'을 작품의 서두와 끝에 이어 쓰고 있다. 「옥수수와 나」는 옥수수와 닭의 관계는 식물성과 동물성의 대립이다. 옥수수는 에너지이고 이 에너지를 통하여 세계는 유지되는 것이다. 이는 세계를 움직이게 하는 에너지는 리비도의 대체물이다. 닭은 상징계의 법으로서 자본의 허구를 표상한다. 닭은 거대한 입을 가진 자로서 자본가의 탐욕으로 볼 수 있다.

출판사 사장을 통하여 다국적 출판사의 자본의 논리에 의해서 문화가 조직적으로 생산되는 현실을 보여주고 있다. 모든 일상이 거대자본에 편입되면서 개인 혹은 지역의 정체성은 변질되고 자본의 현실(상징계)적 질서에 편입된 현실이다. 소설문화 역시 자본으로 생산된 상품으로 판매되어 경제 논리에 왜곡된 체 주류에 편입될 수밖에 없는 현실이다. 「옥수수와 나」는 예술가들의 생산과 소비의 예술품과 소설이 물질화되어가는 것을 문제로 삼고 있다. 생산된 것을 제값을 받지 못하고 자본가에 의해서 강탈당하는 모습이며 또 자본가는 생산성이 있는 예술가를 조종하여 생산성(상품의 가치)을 극대화할 수 있다는 논리이다. 상품가치를 결정하는 것은 사용가치가 클수록 높아지지만 사용가치를 결정하고 생산하는 것은 결국 생산주체의 의지보다 자본가의 투자에 의한 자본논리로 결정되는 현실이다.

　이러한 현실에서 지젝은 '믿음이 정신적이고 내밀한 상태가 된다'는 것은 세상에서 바보가 되는 과정임을 말하고 있는데 작가 김영하는 「옥수수와 나」에서 소설가를 통하여 자본가의 물질화된 믿음의 객관성을 창의적인 자기 세계를 견지하는 것만이 물질화된 세계에 저항하는 길임을 제시하고 있다.

1. 들머리

　홍상수 영화 〈해변의 여인〉은 작중 인물들이 모두 크고 작은 병리적 일상
에 노출되어 있다. 그들은 정신적인 문제는 일상에서 가려져 우리가 인식하
지 못한 현실로 영상화된다. 그는 정신적 장애에 대한 병리적 반응을 보여주
는 것뿐만 아니라 그것에 대한 극복 방안을 인간의 삶 속에서 찾고 있다.
　일상의 공간은 인간에게 많은 상처를 만든다. 그리고 그러한 상처를 어떻
게 치유하느냐는 사람마다 각기 다르다. 홍상수의 논지는 인간에게 받은 상
처는 인간에 의해서 치유할 수 있다는 명제로 표현된다. 인간은 끝없이 상처
를 주기도 하고 상처를 받기도 하는 이중적인 존재이다. 인간이 상처를 주는
자는 주는 자대로 받는 자는 받는 대로 삶 속에서 곪은 채 살아간다. 이렇게
곪은 상처는 치유가 필요하다. 좀 미련스러워 보일지 모르지만 홍상수는 치
유 역시 삶에서 해결하려는 의도가 짙다. 그것은 인간만이 또는 인간 스스로.

혹은 소통을 통해서 해결하려는 의도로 보인다.

일상은 표면적으로는 아무렇지 않은 듯 보이지만 그 내면에 일일이 들여다 보면 세계는 매우 복잡한 모습으로 다가온다. 홍상수의 일상은 매우 지루하 고 복잡하다. 왜냐하면 반복되기 때문이다. 늘 비슷한 일들 그리고 단순한 대화나 섹스와 같은 것들이 홍상수감독이 추구하는 일상이다. 그런 일상을 나름대로 다듬고 다듬어 새로운 색깔을 입히고 덧대서 일상을 낯설게[1] 만든 다. 일상은 비슷하고 변화가 없고 지루하지만 개개인의 내면으로 들어가면 복잡하고 낯설다.

홍상수 영화 〈해변의 여인〉은 일상에 표현된 무의식을 옮겨놓은 텍스트이 다. 많은 정신분석학자들이 인간의 무의식에 대한 메카니즘을 발견하기 위해 노력을 해왔다. 라캉은 '무의식은 언어로 구조화되어있다'는 명제는 인간의 정신계나 혹은 그것들이 현실에서 구동되는 실재계를 언어를 통해서 해석할 수 있다는 의미이기도 하다. 실재계는 '나보다 더 큰 나'인 것이다. 상징계의 합리적인 모습을 무너뜨리며 우리가 예측하지 못한 미지의 세계로 볼 수 있 다.[2] 홍상수 영화〈해변의 여인〉에서 실재계는 작중 인물 중래가 트라우마를 극복하고 치유적하는 과정, 타자의 욕망, 그리고 작중 인물 중래와 문숙을 통한 환상 가로지르기가 모두 실재계의 공간이라 볼 수 있다. 따라서 홍상수 영화 〈해변의 여인〉에 대한 무의식의 실재 구조를 밝히고자 한다.

---

1 이충직·마아림, 「홍상수 감독의 영화적 형식 변화에 대한 연구」, 184쪽.
2 김서영, 『영화로 읽는 정신분석』, 은행나무, 53쪽.

2. 일상의 트라우마와 타자의 욕망

1) 일상의 트라우마

오늘날 광의로 트라우마를 정의하는 경우 일상에서 발생하는 외상적[3] 사건도 포함한다. 이혼에 대한 고통(폭력에 의한 것과 간통에 의한 것), 재정파탄, 심각한 질병, 타인에게 거부당한 경험, 어린 시절 개에 물린 사건 등이 포함될 수 있다. 외상성 신경증이 발생할 경우 당사자는 놀람과 경악[4]의 상태에 처하게 되는데 이는 타인들이 인지하지 못하는 경우가 대부분이다. 왜냐하면 외상의 체험은 외부로부터 받은 자극이 인간 개개인들의 환경과 정신세계에 반응하는 것들이 각각 다른 형태로 나타나기 때문이다. 그러므로 트라우마는 의식의 공간에서 안정화 되지못한 것이다. 주체[5]가 타자로부터 자극된 것 중 긍정적인 것은 안정화 되어 문화에 적응 및 생산적인 활동을 할 수 있으나 안정화되지 못한 부정적인 것은 동화되지 못하고 주체에 영향을

---

3 박찬부, 「트라우마와 정신분석」, 『비평과 이론』, 31쪽.
쾌락원칙을 넘어서(1920)에서 프로이트가 제시한 트라우마의 정의는 간단명료하다. "우리는 보호 방패를 뚫을 만큼 강력한 외부로부터의 자극을 '외상적'이라고 말한다. '외상적'이라고 말할 때 주로 전쟁, 고문 강간, 비행기 사고 자동차 사고, 건물 붕괴 등이 외상적 사건이라 할 수 있다. 이는 라캉의 용어로 주체의 상징적 재현 체계의 붕괴로 말할 수 있다.

4 박찬부 옮김, 『쾌락의 원칙을 넘어서』, 열린 책들, 1997, 17쪽.

5 토니 마이어스 지음, 박정수 옮김, 『지젝, 누가 슬라예보 지젝을 미워하는가』, 앨피, 2008, 64쪽.
지젝은 주체는 상징계와 실재 사이의 경계, 혹은 그 사이에서 출현한다고 말한다 간단히 말해서 상징계와 실재 간의 상호 작용이 없다면 주체는 존재하지 않을 것이다. 운전하고 가다가 갑자기 반대 방향에서 오던 트럭이 차선을 넘어 내 쪽으로 다가올 때 실재의 침입을 경험한다. 그때 우리는 브레이크를 밟을지, 핸들을 옆으로 돌릴지 결정해야 하며, 바로 그 결정의 순간 우리는 주체로서 다시 존재하게 된다.

미친다. 게다가 트라우마는 주체가 운용하는 정상적인 의식을 뚫고 매순간
주체를 괴롭히며 반응하도록 하여 생활에 절대 기준이 되는 의식이다. 무의
식과 욕망 등은 이것으로 인하여 언어로 구조화되어 일상의 대화 속에 나타
난다.

> 나 어떻허지 !
>
> 내 속에 병이 있어. 내 전처가 내 친한 친구와 예전에 잠을 잤어.
>
> 나 몰랐어. 나중에 알고나니까 용서가 안되더라.
>
> 둘이 자는 거 보니까 그 이미지가 너무 강해서 계속 생각이 났어.
>
> 생각 이겨내려고 싶었거든, 책도 많이 읽고 일기도 몇 권을 썼는데
>
> 이겨내지 않더라.
>
> 정신 병원 가고 싶었어 매일매일
>
> 이성적으로 후진 놈이라는 거 알아도 느낌 더러웠어
>
> 그 사람 힘들었을 거야 몇 년 동안
>
> 너도 그럴까봐 겁이나, 나 너 너무너무 좋아 하는데
>
> 너 외국남자와 잤니 바보야(울면서)[6]
>
> 너무 힘든 이미지 잖아(울면서)
>
> 나 또 그럴까봐 겁나

---

6 숀호머 지음, 김서영 옮김, 『라캉 읽기』, 은행나무, 2006, 155쪽.
외상이라는 개념은 의미화 과정에 어떤 교착상태나 고착이 일어났음을 암시한다. 외상은
상징화의 흐름을 정지시키고 주체를 초기 발달 단계에 고착시킨다. 중래의 나쁜 이미지는
상징화의 흐름을 정지시키고 주체를 초기 원장면과 연관된다. 아내가 친구와 섹스를 했다
는 나쁜 이미지는 현실에서 고착되고 망각되었다가 문숙이 외국인 3-4명과 관계를 가졌다
는 말을 듣는 순간 그는 그의 무의식에서 트라우마로 작동되는 것이다.

위의 인용은 중래가 신두리 해변에서 후배의 애인 문숙과 성교를 한 후 그녀가 독일 유학시절 2-3인과 잤다는 고백을 듣고 내면의 고통을 표현하는 장면이다. 중래는 이혼[7]을 하고 하루하루 고통 속에서 살고 있다. 아내에게 당한 배신과 친한 친구에게 당한 배신은 중래의 내면에 하나의 상처로 자리를 잡는다. 처음에는 관대하고 이성적으로 대처하나 점차 저항할 수 없는 이미지가 중래를 덮쳐오기 시작한다. 친구와 아내가 벌인 성적인 모습을 상상할 때에 중래의 평화는 영원히 달아나 버린 것이다.[8] 이러한 '나쁜 이미지'는 일상에서 부정적으로 반복되고 재생된다. 이러한 트라우마는 문숙을 만나면서 다시 감정을 뚫고 주체를 저항할 수 없는 지경까지 몰고 간다. 현실은 과거의 고통이 반복되고 '나쁜 이미지'는 점차 거대해 져서 주체의 모든 기능을 마비시킨다. 상징계적 주체가 택할 수 있는 길은 두 가지로 생각할 수 있다. 먼저 죽음이다. 죽음은 스스로를 파괴해서라도 평화로운 죽음의 세계에 이르고 싶어 한다. 이는 죽음만이 주체의 욕망을 잠재우고 평화를 줄 수 있기 때문이다. 이는 상징계를 벗어나 실재계와 대면하는 것이다. 다음으로 중래가 선택한 방법은 트라우마를 벗어나기 위한 몸부림이다. 중래가 책을 읽고 일기도 써보지만 현실의 고통은 벗어날 길이 없다. 두 가지 모두 부정적 현실을 벗어날 수 있는 대안이 될 수 없다.

가정은 감정의 풍요와 충만의 세계이다. 지극히 안정과 평화의 공간이 폭력적[9]으로 파괴될 경우 외상적 실재가 발생한다. 따라서 중래의 억압된 무의

---

7 이동진, 『이동진의 부메랑 인터뷰』, 위즈덤하우스, 2009, 138쪽.
　가족 경험이란 게 굉장히 깊은 경험이죠. 무의식에 스며들 정도로 깊고 지독해요. 그런데 동시에 그 경험은 긍정적이든 부정적이든 굉장히 상투적이거든요.
8 슬라보예 지젝 지음, 김종주 옮김, 『환상의 돌림병』, 인간사랑, 2002, 13쪽.

식이 트라우마인데 언어의 기표를 통해서 항상 주체를 간섭한다. 트라우마는 상징계에 포섭될 수 없고 의미로 드러낼 수도 없다.

중래가 문숙을 만난 것은 새로운 전기가 된다. 중래가 아내로부터 받은 상처로 인해 그의 행동은 매우 제한적이고 소극적이며, 문제에 봉착하면 피하거나 과거에 고착이 되어 벗어나질 못하고 있다. 큰소리는 치는데 조리가 없고 뒷감당을 못하는 결핍된 주체이다.[10] 즉 불안한 주체이다. 트라우마의 상태의 주체는 현실에 대한 여러 가지 장애로 대체되는 데 먼저 혼자서 일처리를 못하는 대인장애를 가진다. 일상의 일들이 뒤죽박죽되어 일처리를 미루거나 마감 시기에 도달해야 겨우 일을 급히 수행하는 모습을 보인다. 중래의 일상의 삶은 겉보기에 정상적인 모습으로 보이지만 그의 행동과 정신 상태는 매우 불안하며 일처리를 제대로 못하는 인물이다. 일상의 삶은 정상적인 생활에 뿌리를 내리지 못하고 늘 겉도는 모습으로 산다. 인물이 고통에서 벗어나기 위해서는 죽음만이 유일한 대안으로 다가온다.

2) 타자의 욕망(문숙과 선희)

부모와 자식 간의 양육형태가 어떠냐에 따라 자녀에게 일생을 두고 삶에 지대한 영향을 미친다. 육아에 대한 형태가 어린 시절이기 때문에 더욱 신체와 정신의 발달에 영향을 미친다. 라캉은 상상계에서 양육의 형태에 관한 많은 정보를 찾고 느끼는 자아가 있다고 생각한다. 자아는 주체로 성장하는

---

9 페터 비트머 지음, 홍준기 · 이승미 옮김, 『욕망의 전복』, 한울, 1998, 63쪽.
　프로이트는 성, 죽음, 폭력, 비의미 등을 항상 배척한다는 사실을 깨닫게 되었다 이것들은 상징계에 포섭될 수 없는 한계인 것이다.
10 이동진, 『부메랑인터뷰』, 136쪽.

상징계로의 이행 이전 단계로 보지만 한순간 나타났다가 사라지는 정신구조
는 아닌 것이다. 성인이 되어서도 상징계에서 상상계로의 도피나 갑자기 외
부적 상황이 주체에게 위협이나 억압으로 다가올 때 주체는 자아의 공간을
희구하여 어머니의 자궁과 같은 아늑한 공간을 찾기도 하는 것이다. 그러므
로 주체와 자아는 한 순간에 나타날 수도 있고 각각 나타날 수도 있다.

문숙의 양육형태는 아버지[11]인 타자의 욕망의 대상으로 성장했다. 그러한
성장과정은 집착이며 집착이 가져오는 것은 자아의 절대적 대상이 아빠기
때문에 남근적 욕망을 문숙이 가졌다고 볼 수 있다. 그러나 상징계로 진입할
때 오이디푸스 콤플렉스를 거쳐 어머니와 동일시하게 된다. 그러나 아버지의
집착은 계속되었기 때문에 문숙이 한국을 떠나 독일로 유학을 가는 계기가
되었다.

아버지와의 분리는 주체적 인간으로 성장하는 계기가 된다. 문숙이 상상계
적 자아에서 상징적 주체로 성장할 수 있는 기회가 된다. 이것은 아버지의
집착을 벗어나 타자를 욕망의 대상으로 삼을 수 있다. 그는 아버지로부터
벗어나 독일인 2-3인과 깊은 애정관계를 갖게 된다. 그것은 아버지와 분리되
어 다른 남자를 욕망했다는 점에서 오이디푸스 콤플렉스의 단계를 매우 슬기
롭게 극복한 주체이다. 문숙은 주체적으로 남성들과 사귀고 사랑을 한다. 정
신적 애인인 창욱을 속이고 중래와 섹스를 한다. 문숙은 사랑이란 섹스를
나눌 때만 가능하다고 생각한다. 그래서 창욱은 사랑의 대상이 아니다. 상상
계에 머문 대상일 뿐이다. 사랑의 대상은 오직 중래뿐이다. 오직 문숙이 중래
를 애정의 대상으로 욕망한 것이다. 그녀는 타자의 욕망으로부터 벗어나 주

---

11 이동진, 앞의 책, 138쪽.

체로서 삶을 갖게 된 것이다.

선희는 어머니의 욕망의 대상이다. 어머니가 자신에 대한 집착으로 매우 고통스러운 상황에 처한다. 그녀는 그녀의 어머니가 자신을 삶을 망쳤다고 생각한다. 어린 시절 육아의 형태에서부터 지금까지 엄마는 선희 삶과 동시적인 것이다. 어머니의 집착은 오히려 남성인 아버지에 대한 오이디푸스의 단계에서 아버지에 대한 거세 콤플렉스를 자연스럽게 극복하고 어머니와 동일시함으로써 자신의 주체에 대한 상징계로의 진입을 자연스럽게 할 수 있다. 그러나 선희는 어린 시절에 어머니의 보호 아래 그가 넘어야할 단계에 대한 학습이 부족했다. 선희의 경우는 어머니의 집착[12]에 의한 어머니와의 동일시가 아주 강했기 때문에 아버지의 법에 대한 학습이 없었다. 학습의 부재는 결혼생활에서 남편에 대한 학습 또한 서툴렀기 때문에 결혼생활이 원만하지 못했다고 본다. 가족에 대한 전반적인 학습의 부재는 일상 결혼생활에서 결핍이 드러나기 마련이다. 어머니는 언어를 가르치면서 자신에 대한 이상도 아이에게 지속적으로 제공할 수 있다. 일상에서 현실까지 자신의 욕망을 아이에게 언어를 통해서 체계적으로 입력하여 복종시킨다.[13] 그러한 교육은 여성인 선희가 현실에 필요한 것과 지속적으로 욕망해야할 것들을 유아기로부터 성인이 될 때까지 어머니의 모유를 수유하는 것처럼 모든 부분의

---

12 선희: 뭐가 제일 힘드세요? 어머니요. 아무리 해도 끝이 없어요. 제 모든 걸 망쳐났어요.

13 홍준기 지음, 『오이디푸스콤플렉스, 남자의 성, 여자의 성』, 아난케, 2013, 113쪽.
어머니에 대한 양육에 대한 강제적 측면으로 인해 아이는 거세자로서의 어머니에 대한 반항심과 공격적 성향을 갖게 된다. 프로이트에 따르면 여자아이는 이미 거세당했으므로 거세위협이 아니라 사랑을 상실할 위험으로부터 오이디푸스 콤플렉스는 서서히 빠져나오며, 억압을 통해 그것을 제거함으로써 정상적인 여자의 삶을 시작한다.

사회적 삶을 제공함으로써 제 때에 어머니와 분리를 통해서 아버지의 법을 배워 슬기롭게 오이디푸스 콤플렉스를 벗어나서 현실에 자연스럽게 진입해야 한다. 그러나 외향적인 삶은 모두 가능하고 쉽게 적응할 수 있지만 정신적인 단계를 거쳐야할 때 거치지 않음으로써 남성과의 인간관계를 맺는 과정은 어떤 자신의 주체를 제대로 표현할 수 없는 결여된 여성으로서 자아가 삶의 중심이 된다. 남편(남편의 외도)에게 배신당했다는 것은 남편에 대한 학습 부재를 들 수 있다. 즉 남편은 가정을 버리지 않을 것이라는 시선, 이상적 자아를 통해서 타자인 남편을 바라보고만 있었기 때문이다. 타자인 남편의 시선으로 자신을 응시했더라면 선희의 삶은 달라졌을 것이다.

선희가 성숙한 여성으로서 중래를 만나 사랑을 나눈 것이 아니다. 마치 이상적인 자아를 만나 교감을 나누는 섹스의 성격을 가진다. 왜냐하면 그녀의 중래에 대한 친절은 논리적인 면보다 감각적인 면이 더 많이 찾지하기 때문이다. 선희는 막연히 "저 감독님과 섹스 안 할래요" 그리고 문숙이 중래와의 관계에 대하여 묻자 문제에 적극적으로 대처하는 것이 아니라 중래처럼 회피적이고 소극적인 모습으로 일관한다. 선희는 "저는 아무래도 좋아요"라면서 남성을 소유하기 위한 화법을 택하는 것이 아니라 문숙에게 양보하는 것 같은 태도를 보이는 것은 자신의 욕망을 감추기 위한 태도일 뿐이다.

선희의 사유체계에서 분명히 인간이 거쳐야 할 학습 단계를 생략[14]됨으로써 결혼 생활이 뒤죽박죽이 된 것이다. 따라서 성인이 된 지금이지만 자신의 주체적인 세계를 확보하지 못하고 어머니를 원망하는 상상계에 갇힌 여성이다. 그러나 중래를 만나서 자신이 세계의 중심으로 나설 수 있는 계기가 될

---

14 홍준기 지음, 앞의 책, 아난케, 2013, 122쪽.

수 있었다. 비록 남편과 정리하기 위해 온 여행이지만 중래를 만나서 자신의 본래의 모습으로 타자를 욕망할 수 있는 주체로서 선희가 될 수 있었다. 그러나 문숙이 중래와의 관계를 묻자, "언니 화내지 나한테 화내지 말아요" "난 다 괜찮아요(울면서)"라며 문제를 이성적으로 해결하려는 의도보다 감정적인 상상계의 자아로 후퇴한다.

3. 일상의 반복과 치유

1) 일상의 반복으로서 삼각관계

홍상수 감독의 〈해변의 여인〉은 인물간의 갈등을 삼각관계로 설정하여 계속 반복하여 의미를 확장해 가는 구조이다. 마치 고대 소설에서 처첩간의 갈등구조를 보는 것과 같다. 인물 간의 욕망의 모습이 서로 대치되거나 제외 혹은 소외시키는 상태로 발전하는데, 이는 옛날이나 현재의 가족관계뿐만이 아니라 남녀관계에서도 삼각관계를 상정하여 갈등의 폭을 넓히거나 독자의 흥미를 지속적으로 견지하려는 욕망의 소산일 것이다. 이는 애정영상물인 경우 가장 기본적이고 근원적인 반복을 차용하여 주체의 욕망이 갈등과 긴장을 유발하여 흥미를 끌 수 있는 기법이기 때문이다. 한 쌍의 남녀에 갈등의 주체가 개입될 때 문제의 상황이 시작되는 것이다. 이런 삼각관계는 근대사회 이후 남녀관계에서 갈등의 실마리로 자주 사용되었기 때문에 홍상수 감독은 이를 반복적으로 사용한다. 이자관계를 통해서 세계에 대한 사랑이야기를 풀어갈 수 있겠지만 〈해변의 여인〉은 삼자관계가 인물의 중심구조이다. 이곳에서 인물들 간의 욕망구조[15]는 다양하게 나타난다. 먼저 중래의 가족에게 찾아온 갈등의 핵은 불륜이다. 이 불륜으로 말미암아 중래의 정신적 고통은 이 영화의 중심에 놓이게 된다. 아내가 중래의 아주 친한 친구와 관계를 맺었다. 그것을 중래가 알게 되었고 그로 인해 중래에게 나쁜 이미지가 형성된다. 그리고 그 고통은 이혼 후 오년이 된 지금도 지속되고 있다. 그는 나쁜 이미지와 계속 싸우고 있다.

먼저 첫 번째 반복은 중래를 중심으로 중래의 아내가 대립되는 위치에 있다. 중래의 위치에서는 아내는 보이지만 친구는 보이지 않는다. 가정을 이루고 남자는 자신이 완벽한 하나로 거듭난 부부가 되길 꿈꾼다. 그러나 현실은 여러 가지 문제에 부딪치면서 부부는 일상에서 변질되어 간다. 윤리적으로나 도덕적으로 상상계적 환상을 추구하지만 그 환상은 이중적으로 상처를 주면서 찢긴다. 하나는 아내의 불륜이라는 점으로 중래에게 정신적으로 상처를 준 것이다. 그리고 친구는 우정이라는 관계를 찢고 현실을 고통 속으로 밀어넣었다. 현실은 부부관계가 깨지고 폭력적으로 재편되어 갈등이 파생된다.

두 번째 반복은 문숙이다. 문숙은 애인 창욱을 속이고 중래와 섹스를 맺는다. 문숙이 창욱과의 관계는 이상적인 사랑이다. 이들의 관계에 대해서 문숙은 친구로 창욱은 애인으로 서로 주장한다. 창욱은 섹스를 하지 않아도 애인이라고 주장한다. 그러나 문숙은 섹스를 하지 않는 것은 애인일 수 없다는

---

15 <해변의 여인>의 인물들은 작품 속에 하나의 패턴을 구조화하고 있다. 이것은 홍상수 감독의 무의식에 대한 패턴을 읽을 수 있다. 라캉에 의하면 무의식을 프로이트와 다르게 소쉬르의 언어학의 힘을 빌러 '무의식도 언어처럼 구조화되었다'는 명제를 만든다. 이 명제가 갖는 의미는 우리의 일상에서 우리가 추구하는 세계에 대한 욕망이 사회의 삶 속에서 드러나 있다고 보는 것이다. 따라서 일상의 현대인들은 그가 아무리 감추려고 해도 그의 행동과 언어적 패턴을 통해서 나름대로 무의식적 욕망을 표현하고 있다. 허나 그것이 분명하게 타자적 시선을 통해서 읽어내는 사람이 있는가 하면 그렇지 못한 경우가 있다.

것이다. 이 두 사람의 주장은 현실에서 매우 이상적이며 현실적인 관계로 대립된다. 하나는 상상계적이며 또 하나는 상징계적인 범주에 있다고 보여진다. 앞에서 중래와 아내와의 관계는 이상적인 관계지만 친구가 깨뜨리면서 상징적인 단계로 해체된 상태이다. 문숙은 창욱을 속이고 중래를 선택함으로써 현실에 주체로 진입한다. 그는 중래를 선택한 것은 자신의 의지와 자신이 중심이 되는 섹스를 통해서 현실에 당당하게 진입한다. 자신이 사랑하는 대상을 알고 사랑에 대한 자기 생각이 분명하다. 그가 보여준 섹스는 당당하고 자기감정에 충실한 주체로서의 모습이 보인다.

세 번째 반복은 중래가 새로운 삶의 상태로 이행하는 결정적인 역할을 한다. 그것은 중래와 선희의 섹스이다. 중래는 문숙을 속이고 선희와 관계를 맺는다. 중래가 삼각관계의 중심이고 갈등은 문숙과 선희이다. 문숙과 선희는 서로 모르는 사이다. 중래가 선희를 신두리 해수욕장에서 우연히 만난 것이다. 중래가 문숙을 사랑하면서 선희에게 접근하는 이유는 아내와 문숙에게 받은 나쁜 이미지를 희석시키려는 행위로 볼 수 있다.

중래는 자신이 주장하는 도형을 문숙에게 설명하는 것은 자신이 처한 곧 나쁜 이미지를 반복하다보면 원래 이미지는 점차 흐려지고 기존의 불결한 이미지를 깨뜨릴 수 있다는 논리로 해석할 수 있다. 중래가 아내와 문숙에게 받은 불결한 이미지를 순수한 이미지로 덧칠함으로써 나쁜 이미지를 깨뜨릴 수 있다고 생각한 것이다. 홍상수는 중래를 통해서 결국 지금껏 나쁜 이미지에 사로잡힌 중래를 현실로 복귀시키기 위한 전략으로 보인다. 중래는 아내에게 받은 불결한 이미지가 문숙에게 반복되고 문숙으로부터 받은 나쁜 이미지를 선희를 통해서 순결한 이미지로 확장, 희석시키려 했다.

2) '돌이'-'똘이'-'바다'로의 반복과 치유

안정된 실체로서 오늘은 상징계이고 현실이다. 이러한 현실은 많은 가능성을 내포하고 있고 부정적인 요소도 매우 많다. 그리고 그 속에 존재하는 주체의 모습 역시 아주 다양하다. 정신분석 관점에서 볼 때 사회와 만나는 것은 주체이다. 주체만이 세계의 중심이 된다. 그러므로 주체가 사회를 만들어간다. 대타자의 의도를 벗어날 수 없는 주체는 대타자의 욕망을 욕망할 뿐이다. 그래서 사회의 한 요소이기도 한 주체는 무엇보다 사회와 개인 간의 문제를 야기하거나 주체는 타자의 관점에서 사회를 이해하고 받아들인다. 주체는 늘 세계를 안정화시키기 위해 노력하지만 그 실체를 만나지 못한다. 만나는 순간은 오직 죽음만이 가능하다. 늘 억압되고 충동적이며 결핍된 존재일 뿐이다. 주체가 이입된 상징계는 실재계와 깊은 관계를 맺고 있다.

실재계와의 불가분의 관계를 주고받는 두 차원이 존재한다. 먼저 순수한 가정으로서 문자(상징계)이전의 실재와 다음으로 상징적 질서의 요소들 간의 관계 덕분에, 즉 상징계를 통과함으로써 생성되는 불가능성에 의해 규정되는 문자 이후의 실재로 구분된다.[16] 주체가 실재를 만난다는 것은 상징계의 상태를 새로운 틀로 대체하거나, 새로운 상태로 전치시키는 것이다. 상징계는 새로울 것이 없는 현실이다. 낯설게 만든 현실과 그로데스크한 삶과 언캐니한 세계는 실재계이다. 이미 전경화되었거나 고착된 현실은 상징계의 모습일 뿐이다. 실재계의 비언어가 언어화되면 상징계 내부에 안정된 실체로 남거나 사라지는 것이다.

홍상수는 작중인물 중래를 통해서 나쁜 이미지를 극복하는 논리를 만든다.

---

16 김용규, 「지젝의 대타자와 실재계의 윤리」, 『비평과 이론』, 2004, 87쪽 참고.

중래가 문숙에게 도형을 그려 보이면서 설명한 논리는 최초의 실체인 나쁜 이미지를 어떻게 사라지게 만들어, 상처 받고 고통 받는 인간의 삶을 안정화 시킬 수 있는가이다. 중래가 일상에서 받은 나쁜 이미지는 도형의 논리대로 따라가면 극복할 수 있는 것이다. 여기서 홍상수는 인간에게 받은 이미지와 상처는 인간을 계속 만남으로써 치유하고 초월할 수 있다는 논리를 세운다. 중래가 그러한 근거를 문숙과 선희를 통해서 보여주는데, 여기서 중요하게 거론된 것은 도형의 마지막 단계인 비대칭 육각형은 최초의 삼각형에서 완전 바뀐 형태의 기표의 모습이다.

　홍상수감독이 〈해변의 여인〉에서 표현한 아주 적절한 기표는 하얀 색의 진돗개인 '돌이'라는 개일 것이다. 개가 갖는 의미는 매우 충격적인 은유로 제시된다. 이것은 주제의 대체물인 인물들의 삶의 방식을 아주 단순하게 보여주는 기제라 생각된다. 첫 번째 만났을 때는 중래와 문숙 그리고 창욱이 '돌이'를 만난다. 그 때 중래는 어린 시절 개에게 물린 상처로 '돌이'를 두려워 피한다. 두 번째 만날 땐 문숙이 혼자서 스치듯 '똘이'를 만난다. 세 번째는 중래와 문숙이 함께 '돌이'-'똘이'에서 새로운 이름인 '바다'로 바뀐 진돗개를 만난다. 그리고 중래와 문숙과 '바다'는 신두리 해변에서 아주 유쾌하고 즐겁게 뛰어논다. 새로운 상태로의 실재계를 만난 중래가 '바다'인 것이다. '돌이' -'똘이'-'바다'로 진돗개의 이름이 바뀌는 과정은 중래의 삶과 중첩되고 병치된다. 중래는 나쁜 이미지를 아내로부터 받았고 그로 인해서 중래와 아내는 이혼했다. 그때 생긴 트라우마는 문숙을 만나면서 반복되고 극복된다. 즉 버려진 '돌이' 그리고 버릴까 말까 망설임 속에 있는 '똘이'로 반복되고 결국 버려진 '똘이'는 새로운 주인을 만나서 '바다'란 이름으로 불리면서 새로운 상태의 세계를 만나는 것이다. 불안정한 개의 상태에서 새로운 상태의 개로 바뀐 것이다. 그와 같이 중래 역시 아내의 '나쁜 이미지'가 문숙이 독일에서 여러 남자와 성교를 했다는 말에 불결한 이미지가 반복된다. 그리고 문숙과 거리를 둔 사이에 선희를 만나서 새로운 세계로 진입하는 것이다. 즉 선희와 섹스[17]는 나쁜 이미지를 벗고 새로운 이미지로 확장된 형태인 '바다'로 바뀐 것이다. '진돗개 바다'가 새로운 주인을 만나서 행복한 순간을 맞듯이 중래 역시 트라우마를 벗고 주체화[18]의 길로 들어선 것이다. 중래는 개에 대한 트라우마 뿐만 아니라 아내로부터 받은 트라우마를 모두 극복한 상태[19]이다.

주체가 실재계[20]를 만나는 순간은 중래가 문숙의 불결한 이미지를 제거할 '순결한 대역인' 선희를 통해서 자신이 새로운 가치로 혹은 새로운 윤리적 실체로 바뀐 상태인 것이다. 중래가 '돌이'-'똘이'는 '전처'-'문숙'으로 반복되고 '바다'는 선희를 만나면서 나쁜 이미지가 사라지고 상투적이고 사악한 이미지를 깨뜨린 상태로 바뀐 상태로 볼 수 있다. 이는 독특하게 상징계인 현실에서 문숙과 선희를 통한 성교는 중래에게 안정된 주체화의 길을 걷게 만든 행위인 것이다. 아내에게서 받은 트라우마는 여성들을 만나면서 희석되

---

17 이동진 지음 『부메랑 인터뷰』, 85쪽.

18 박찬부 지음, 『에로스와 죽음』 서울대 출판문화원, 2013, 63쪽.

19 quix****리뷰, 「껍데기는 가라」, 2006, 2-3쪽. 중래에게 문숙의 불결한 이미지를 제거할 순결한 대역이 필요하기 때문이다. 중래는 선희에게서 문숙의(외국 남자 환상이 제거된 결백한) 버전을 느끼고자 하고 있습니다.

20 토니 마이어스 지음, 박정수 옮김, 앞의 책, 61쪽.
실재는 상징계가 이런 분절 과정을 완수하고 남은 잔여물이기도 하다. 이런 의미에서 실재는 상징계 이후에 발생한다. 상징계 내부의 실패나 공백으로만 나타나는 상징화에 저항하는 잉여인 것이다. 이렇게 실재가 상징적 질서 이전에도 존재하고 동시에 상징화 이후에 존재하기도 한다.

고 극복된 것이다. 이렇게 극복된 주체는 인간에게서 실망하고 인간에게서 새로운 길을 만나게 되는 아이러니를 체험하게 된 것이다. 다시 말해 상징계 안에 실재계가 내재되어 있는 상태인 것이다. 그동안 풀지 못했던 중래의 고통을 문숙과 선희를 통해서 새롭게 현실로 복귀했기 때문이다. 잠시 중래가 만난 해법은 실재계의 모습이고 이것은 현실로 복귀함으로써 실재계는 사라지고 상징계로 주체가 안정화되는 것이다. 이는 상징계의 기표는 의미를 획득하여 일상화된 상태로 볼 수 있다.[21]

4. 현실에서 환상 만들기

홍상수는 〈해변의 여인〉에서 환상을 창조한다. 환상은 욕망의 미장센이다. [22]환상은 순수하게 개인적 사건이 아니다. 환상은 '사회적 현실과 무의식의 상태가 한데 얽혀 나타나는 특권적 지대라고 할 수 있다.'[23]이는 주체가 실재계의 외상을 주체화하는 것이다. 주체화란 라캉에겐 존재차원에서 의미차원으로 이동을 뜻한다. 홍상수는 환상을 통해서 인물이 그들의 욕망을 구조화하고 조직하는 방식을 보여준다. 그것은 욕망의 근거가 된다.[24] 환상 가

---

21 김용규, 「지젝의 대타자와 실재계의 윤리」, 『비평과 이론』, 2004, 104쪽.
　지젝이 실재계의 윤리를 설명하기 위한 가장 대표적인 예로 소포클레스의 작품『안티고네』에서 산 채로 죽음을 고집하는 안티고네의 모습이다. 안티고네는 크레온 왕의 명령을 어기고 전장에서 죽은 오빠 폴리니케스의 시신을 묻어준다. 그럼으로써 안티고네는 크레온 왕의 명령(상징적 질서의 법)을 따르기 보다는 "국가에 대항하는"죽음을 택한다. 그녀가 죽기를 선택했으며 나아가 자신의 입장을 국가의 상징적 법의 밖에 두었다. 이는 지젝에 의하면 대타자의 욕망과 단절하는 독립된 주체의 무조건적인 자율성을 읽는다.
22 숀 호머 지음, 김서영 옮김, 앞의 책, 238쪽.
23 위의 책, 238쪽.

로지르기는 인물이 실재계의 외상을 주체화하는 것이다. 고통은 결핍을 낳고 결핍은 극복하고자하는 욕망을 만들어 낸다. 작중인물인 중래가 '세 그루 나무 앞에서 기도하기'와 문숙이 이상한 나라 앨리스에 나오는 '주문' 외우기는 중래와 문숙이 택할 수 있는 현실 극복하기로 볼 수 있다. 이는 그들이 직면한 고통을 스스로 치유하고 극복하려는 모습을 보여주거나, 현실에 당당히 맞서는 문숙의 모습을 보여준다.

먼저 중래의 경우 글쓰기를 통해서 트라우마를 극복할 수 있는 방식이 존재하지만 홍상수는 중래의 글쓰기는 고통을 극복하는 차원으로 나아가지 못하고 억압의 기제로 나타난다. 다음으로 중래가 선택한 것은 신두리 해변의 沙丘에 있는 '세 그루의 나무' 앞에서 울면서 기도하는 행위이다. 중래의 선택은 현실에서 지속된 고통을 끝내고 새로운 삶으로 전환하고 싶은 간절한 염원에서 나온 행위이다. 그가 '나쁜 이미지'와 싸워 온 자신의 고통을 스스로 벗을 수 있는 현실적 방법은 없다. 그의 자연물에 대한 기도행위는 환상을 창조하여 이상적 세계로 도달하려는 심리의 발현체이다.

일상에서 복잡하게 얽힌 실타래를 풀지 못해 고통스러워 할 때, 초월적 환상을 창조함으로써 실재를 만드는 행위이다. 이는 주체가 절대적 존재를 통해서 고통으로부터 벗어나려는 무의식적 욕망이 전제되어야 가능한 것이다. 아내의 '나쁜 이미지'와 불륜의 트라우마는 대타자의 욕망인 안정적 삶의 영위를 벗어나 있는 주체인 것이다. 일상의 욕망인 대타자의 욕망을 상실하고 실재계의 외상을 스스로 주체화할 때만이 가능한 방법인 것이다. 절대자에게 자신의 나약한 것을 인정하고 모든 것을 드러내놓고 울면서 기도하는

---

24 박찬부 지음, 23-39쪽 참조.

행위는 또 다른 차원으로 진입할 수 있는 마음자리가 만들진 것이다. 따라서 세 그루 나무 아래에서 중래의 간절한 기도는 중래가 그동안 행동했던 상태와 완전 다른 주체화의 상태로 바뀐 것이다. 다시 말해서, 트라우마에 사로잡힌 사람은 환상의 주체가 되어 자신의 상상을 생산해 나감으로써 고통을 극복한 행위로 볼 수 있다. 결국 기도는 중래의 트라우마를 스스로 치유하기 위해 생산해낸 자기 정화방식인 것이다. 이것은 상징계적 환경에서 실재계를 만나는 것이다.

작중인물 중래가 변모한 모습은 신두리 해변에서 환상(주이상스)을 맞는다. 특히 백구('바다')와 문숙 그리고 중래가 함께 해변에서 노니며 즐기는 유희는 아무런 가식이나 그들을 둘러싼 고통을 찾아볼 수 없다. 중래가 '기도'를 한 후 변화된 그의 모습은 웃음을 찾았다는 것이다. 그리고 중래의 손에 박힌 가시도 자신도 모르는 사이에 빠진 것이다. 중래가 신체의 변화를 통해서 자연스럽게 중래와 백구(바다)와 일치시킨다. 즉 버려진 개에서 주인의 사랑을 받는 '바다'로 상태가 완전히 새로운 상태로 변했듯이 중래 역시 이전의 고통스러운 존재에서 트라우마가 사라진 새로운 중래인 것이다.

그러나 유희 중에 중래는 장딴지에 상처를 입는다. 이 상처는 쓰지 않던 근육을 썼기 때문에 생긴 상처인 것이다. 쓰지 않던 근육은 '나보다 더 큰 나'인 실재계의 영역으로 보여진다. 다시 말해 중래가 트라우마를 벗어나기 위해 노력한 흔적인 기도는 결국 중래의 내부에 무의식적인 공간인 근육을 사용함으로써 자신이 스스로 치유의 길을 열었다고 보여진다. 그것은 상징계에서 드러나지 않았던 근육인데 중래의 마음의 상처가 육체적 상처로 바뀌어 치유되어가는 과정으로 볼 수 있다. 그것은 새로운 차원의 일상이며 기표로 드러난다. 이는 무의식에 대한 기표로서 심리적인 일상의 나쁜 이미지를 벗어나 새로운 일상의 고통으로 대체됨으로써 심리적인 병리현상으로부터 점차 회복되는 상태인 것이다. 상징계안에서 주체화를 통해 실재계의 현상이 상징화된 현실로 내재된 것이다.

"아직도 사람을 통해서 뭔가 얻고 싶은가 봐요"

'인간으로부터 위로를 받고 싶다'는 문숙의 생각은 인간을 통한 소통을 욕망한다. 문숙은 사람을 만나면서 서로를 이해하고 보듬기보다 자신을 이익을 위해 타인을 이용하는 모습에 실망을 한다. 하지만 결국 사람으로부터 위로받고 소통하고 사랑할 수 있는 가능성을 열어놓고 싶은 것이다.

인간은 치유적 존재이다. 우리가 살아가는 현실은 많은 상처로 만들어진 사회인 것이다. 이 공간을 채우고 있는 주체는 상상계의 자아가 상징계의 주체로, 혹은 현실의 주체로 형성된다. 인간이 상징계의 주체로서 결핍된 것을 찾으려는 노력은 인간에 대한 믿음의 욕망으로 나타난다. 문숙은 이상한 나라 앨리스에 나오는 동화적 상상력을 통한 환상[25]에 기대어 어려운 현실을 극복하려는 무의식적 욕망을 보인다. 그녀의 이러한 행동은 하나의 신념처럼 문숙에게 힘을 줄 수 있는 것이다. "도마뱀 도마뱀 무슨 일이든 척척해낸다[26]"

---

25 손 호머, 김서영 옮김, 117쪽.
　　라캉에 의하면 현실을 떠받치고 있는 것이 환상이며 실재가 우리의 일상생활의 경험 안으로 침입할 때 방어하는 역할을 한다. 이것을 환상 가로지르기는 주체가 실재계의 외상을 주체화하는 것이다.
26 1985년 KBS 만화영화 〈이상한 나라 앨리스〉 주제곡. 앨리스가 어려움에 봉착했을 때 도마

라는 노래를 부르면서 어두운 숲속의 길을 통과해 현실로 복귀한다. 이 노래
는 중래의 태도에 대한 비판의 노래로 혹은 질타의 노래로 확장된다. 중래의
이중적인 사랑의 태도는 문숙에게 심리적 충격을 준다. 그녀는 중래의 태도
가 심각한 도덕적 해이로 판단한 것이다. 따라서 문숙은 앨리스가 위기에
처했을 때 모두 도마뱀이 모두 해결해주듯이 복잡한 문제를 해결하기 위한
주문인 것이다. 자신을 속이고 다른 여자와 자신의 방에서 성교를 했다. 더욱
이 자신이 술이 취해 잠든 위로 두 사람이 넘어서 나갔다는 것을 알게 된다.
문숙이 도마뱀 노래를 부르면서 숲길을 빠져 나온 것은 문숙이 동화속의 주
인공처럼 환상의 공간을 형성한 실재계의 주체로서 파편화된 현실을 치유의
심리상태로 전환시킨다.

　결국 문숙이 본 것은 현실에서의 나약한 남성의 실체를 본 것이다. 중래가
영화감독으로서 보여준 이미지와는 전혀 다른 중래의 모습을 통해서 "제가
한국 남자들을 좀 무시하거든요?"라고 말한 문숙의 태도는 겉과 속이 다른
한국적 남성의 논리를 비판하는 목소리인 것이다. 그러나 문숙은 "사람을 통
해서 얻고 싶거든요"처럼 매번 실패를 거듭 하면서도 인간 통해서 얻으려는
생각하는 주체인 것이다. 문숙이 중래를 사랑하지만 일방적인 사랑보다는
쌍방의 소통을 통한 새로운 관계를 원하는 것이다. 문숙의 행위는 신두리를
빠져나오면서 새로운 차원의 주체로 상징계에 진입한 것이고 사람에게 실망
하고 사람에게 고통을 받지만 문숙이지만 결국 한 차원 높은 단계로 승화된
상태로서 우리사회의 모순된 현실을 가능성 있는 현실로 열어 놓고 있다.

　뱀이 나타나 어떤 일이든 도와준다는 노래 "도마뱀 도마뱀 무슨 일이든 척척 해낸다."

5. 마무리

인간주체가 타자와의 관계형성을 통하여 문화와 문명을 이룬다. 홍상수가 만든 일상은 인간이 중심이다. 인간의 움직임은 사건이며, 문화가 된다. 『해변의 여인』의 작중인물들은 병리적 일상에 노출된 우리시대의 삶을 영상화한다. 작가는 그들의 정신적인 문제인 개개인의 의식에 내재된 정신적 상처만을 전경화시킨다.

작중인물 중래는 아내의 불륜에 대한 트라우마가 있다. 해변에서 만난 새로운 애인 문숙은 유학시절 몇몇 남성들과 관계를 갖는다. 아내의 '나쁜 이미지'는 문숙에게 재현되고 그는 고통과 쾌락의 주이상스를 맞는다. 그는 결국 또 다른 여인 선희를 만나면서 나쁜 이미지를 극복한다. 중래는 반복되던 '나쁜 이미지'를 순수한 선희를 만나면서 트라우마를 씻고 현실인 상징계로 복귀한다. 고통은 실재계에서는 쾌락으로 상징계에서는 고통으로 표현될 수 있다.

상징계의 주체는 늘 타자를 통해서 주체가 형성된다. 그래서 주체는 늘 결핍된 주체이다. 문숙과 선희는 타자인 문숙의 父와 선희의 母로부터 삶에 대해 강요받는다. 또한 환상 가로지르기는 작중인물인 중래가 자신의 트라우마를 '세 그루 나무'에 기도함으로써 믿음을 객관화한다. 문숙은 <이상한 나라 엘리스>에 나오는 '도마뱀 송'을 통해서 자신의 믿음을 강화한다. 그녀가 선희를 만나고 숲을 통과하면서 부른 노래는 환상을 통해서 자신의 의지를 다지려는 의도가 반영된 것이다. 여기서 숲과 노래는 실재계의 공간이다. 바로 문숙의 무의식적 욕망을 실재계로 보여주고 있다.

홍상수의 영화 〈해변의 여인〉은 현실에서 많은 인간관계가 형성되고 그 가운데 만나는 실재의 상태를 어떻게 극복하고 현실로 복귀하여 주체의 안정화를 취하느냐가 관건인 것이다. 작중인물들의 현실로 복귀는 상징계의 주체로 안정화됐다는 것이다. 주체가 현실의 대타자의 욕망을 벗어나 도덕적으로나 심리적으로 고통을 받고 있을 때 현실은 실재계와 만나는 균열된 모습이었고 주체가 환상을 통해서 상징계로 돌아왔을 땐 이전의 상태로부터 벗어난 새로운 현실로 복귀한 것이다.

소설이 여기에 존재하는 것은,
이 세계가 소설이라는 것을 감추기 위해,
그것을 위해, 지금 여기, 존재하는 것이다.　　「수인囚人」, 193쪽.

1. 들머리

오늘날 우리는 고도로 발달한 전자매체로 인해 편리한 생활을 영위하고
있다. 복잡한 인증절차를 거치지 않아도 주민번호를 매개로하는 많은 숫자들
이 자신의 정보를 기록하고 인증한다. 주체가 서있는 현실공간과 다르게 사
이버공간에서 또다른 자신이 존재한다. 이 때 주체와 분리된 또 다른 자아의
세계는 '반현실半現實'공간이라는 '환상'으로 다가온다. 환상은 주로 '기이함'이
나 '반현실'으로 논의되어 왔다. 환상에 대한 개념 규정은 논자들에 따라 다르
게 나타난다. 토도르프는 환상의 기본적인 요소는 '작중인물과 독자의 머뭇
거림, 의심, 불안감'으로 보았다.[1] 흄의 경우에는 문학을 두 가지 충동의 산물

---

1 츠베탄 토도르프, 이기우 역, 『덧없는 행복─루소론 환상문학 서설』, 한국문화사, 2005.

이라 보았다. 여기에서 문학이 갖는 환상은 '미메시스'에 대응될 만한 것으로서 '모방하고 싶은 사건들, 사람들, 상황' 등 '대상을 묘사하고 싶은 욕망으로서 주어진 것을 바꾸고 현실을 변형시키고 싶은 욕망의 표출'이라고 정리한다.[2] 로즈메리 잭슨은 현실에서 극복하지 못한 부조리를 역으로 드러내는 전복의 양상들이 '환상'이라고 정의한다.[3]

이기호의 소설 「수인囚人」은 이 같은 사실을 잘 드러내 주는 작품이다. 특히 환상 세계가 갖고 있는 함정을 소설이라는 문자 텍스트를 통해서 교묘하게 감추어 놓고 있다. 따라서 본고에서는 환상 세계가 감추고 있는 함정을 토대로 이를 인지하지 못하는 현대인과 주체적 사고의 관계를 집중적으로 분석하고자 한다. 2장에서는 숫자를 통하여 개인의 정보를 관리하는 전자매체 그것을 통해서만 인지하는 현실을 통해서 현실이 감옥이라는 환상이 발생하고 있음을 살피고자 한다. 3장에서는 심판관의 미션 부과와 작중인물 수영의 미션 수행이라는 관계에서 감옥이라는 환상공간이 게임이라는 환상공간으로 전환되고 있음을 밝히고자 한다. 4장에서는 현실공간을 환상공간으로 만들고 환상공간 안에 머물고 있는 인물들을 마음대로 조작하는 심판관을 통해 환상공간이 만들어내고 있는 함정을 고발하고자 한다.

환상은 그것을 만들어내는 자에게는 실재하지 않는 것을 마치 현실처럼 눈앞에 드러내 보이는 것인 동시에, 환상을 경험하는 자에게는 착각[4]을 가져

---

2 캐서린 흄, 한상엽 역, 『환상과 미메시스』, 푸른나무, 2000.

3 로즈메리 잭슨, 서강여성문학연구회 역, 『환상성 - 전복의 문학』, 문학동네, 2001.

4 환상the fantastic은 라틴어 '판타스티쿠스phantasticus'에서 유래한 말로, 어원상 '나타나 보이게 하다, 착각을 주다, 기이한 현상이 드러나다' 등의 뜻을 내포하고 있다. (이재실, 「환상문학이란 무엇인가」, 『오늘의 문예비평』 겨울호, 1996, 20쪽.)

다주는 것이다. 이러한 관점에서 본 연구는 우리의 현실 세계가 어떤 형태의 환상으로 우리에게 다가오고 있는가를 밝혀줄 수 있을 것으로 사료된다. 또한 환상 세계 안에서 주체적 사고가 갖는 역할이 무엇인지 비판적으로 드러내 줄 것으로 기대한다. 이를 통해서 고도로 발달한 전자문명의 시대에서 살고 있는 현대인에게 주체적 사고를 통한 비판적 현실 인식이 중요하다는 사실을 드러날 것이다.

2. 감옥과 주민번호住民番號

존재에 대한 탐구는 인류의 역사화 함께하고 있다는 것은 잘 알려진 사실이다. 하나의 존재는 그것을 둘러싼 수많은 존재들과 연관을 지니고 있다. 적어도 한국이라는 사회에서 인간의 삶은 이름과 주민번호라는 언어와 숫자의 조합을 갖고 시작한다. 우리의 삶은 본래 이름이라는 언어를 본래 중시하는 삶이었던 듯하다. 가령 나이를 먹어가면서, 또한 새로운 인간관계를 형성하면서 자신의 정체성을 정립하는 것은 새로운 이름의 형태인 '호號'와 '자字'를 획득5이었다. 반면 현대사회는 자신의 정체성을 드러내는 것은 이름이 아닌 숫자의 형태로 전환되었다. 태어나면서부터 주민번호라는 숫자를 갖고 살아가면서 학생번호, 진료번호, 계좌번호, 핸드폰 번호 등 수많은 번호들을 획득하면서 살아간다. 그리고 이러한 번호들이 자신의 정체성을 드러내는

---

5 어릴 때의 이름을 아명, 집안의 어른들이 지어준 이름을 본명, 별명을 자, 호, 죽은 다음에 관청에서 지어주는 이름을 시호라고 한다. (편집부, 「중세기 조선 사람의 이름과 별호」, 『중국조선어문』 68, 길림성민족사무위원회, 1993, 33쪽.)

기호로써 작용한다. 대표적으로 인터넷이라는 고도화된 의사소통매체를 활용하기 위해서 본인을 인증하는데, 여기에서 사용하는 것이 숫자라는 점은 숫자가 중심이 된 현대사회를 단적으로 보여주는 예라고 할 수 있다.

숫자의 사용은 환상 세계로의 진입과 깊은 관련성을 맺는다. 오늘날 우리는 많은 환상 매체[6]와 더불어 살아가고 있다. 환상 세계는 비단 소설에서만 나타나는 것이 아니다. 모니터를 통해서 그리고 스크린을 통해서 환상 세계는 쉼 없이 우리에게 노출되고 있다. 환상 세계는 눈을 통해서만 주시되는 것도 아니다. 귀를 통해서 들려오는 미지의 공간에서 벌어진 일들은 인지적 상상력을 통해서 또 하나의 환상을 만들어낸다. 결국 외부에서 전해오는 수많은 정보들이 우리에게 환상 세계를 제공한다. 그런데 이와 같은 외부정보들의 수용에는 대부분 숫자의 개입이 전제된다. 문자 텍스트마저 디지털 매체가 침입하는 오늘날의 수많은 정보들은 0과 1을 사용하는 전기적 신호의 산물이다. 결국 숫자의 조합이 우리가 수용하는 외부정보의 실체들이다. 숫자들의 끝없는 조합이 하나의 정보를 만들고, 정보들의 조합은 하나의 환상을 만들어낸다. 그리고 전기적 신호를 수용하기 위해서 우리는 항상 본인을 인증해야만 한다. 현대인들은 환상에 접근하기 위해서 개인이 갖고 있는 숫자와 외부 정보의 숫자와 동기화를 필요로 한다.

숫자는 현대인에게 편리함을 제공하고 있지만, 우리에게 보장된 편리함만큼 위험성도 담보하고 있다. 이러한 사실은 숫자가 만들어내고 있는 환상이

---

6 '환상'은 사실적 재현을 우선으로 하지 않는 문학적 경향에 무차별적으로 적용되어왔다. 환상의 가장 큰 특징은 '실재인 것' 또는 '가능한 것'의 일반적 규정에 대한 완강한 거부, 때로는 격렬한 대립에까지 이르는 거부이다. (로즈메리 잭슨, 앞의 책, 24쪽.)

우리에게 어떤 영향을 미치고 있는가에 대한 비판적 성찰이 필요한 시기가 도래하였음을 암시한다. 현실과 환상은 동떨어져 있을 것 같은 언어적 외형을 갖지만, 그 실체의 경계는 모호하기 때문이다.

이기호의 소설 「수인囚人」의 제목은 작품 전체를 상징적으로 드러낸다. 그의 작중인물 '수영'은 이 작품 안에서 '수인囚人'이다. '감옥'에 갇혀 있는 사람이라는 의미를 전달하는 이와 같은 제목은 우리에게 많은 정보를 제공한다. 감옥은 한 사람의 자유와 그를 규정하는 수많은 정보를 박탈하는 공간이다. 사회에서 자신을 지칭하던 이름을 소거할 뿐만 아니라 그가 어떤 사람인지 알려줄 수 있는 아이콘들을 몰수한다. 즉 외부와 소통할 수 있는 모든 매개물이 사라지는 공간이다. 결국 감옥에 갇혀있는 자가 누구인지를 확인하는 것은 숫자에 불과한 수인번호囚人番號가 전부이다.

> "자, 우선 이름하고 주민번호 먼저 대시죠."
>
> 수영은 천천히 자기 이름을 말했다. 하지만 순간적으로 주민번호 맨 끝자리가 기억나지 않았다. '구'인 것도 같고, '영'인 것도 같았는데, 그 어느 것도 자신 없기는 마찬가지였다. 그는 잠시 머뭇거리다가 '구'라고 대답했다.
>
> "이름하고 주민번호하고 맞지 않는데요?"
>
> 서기가 심판관을 바라보며 말했다. 심판관의 상체가 책상 쪽으로 조금 수그러졌다. 그제야 수영은 심판관 가슴에 새겨진 'UN'이라는 마크를 명확히 볼 수 있었다. 수영은 황급히 끝자리를 '영'으로 정정했다.
>
> "그런 번호도 없습니다." (중략)
>
> "이러면 곤란한데…… 혹시 정신질환 병력이 있습니까?" (194쪽)[7]

자신을 숫자로밖에 증명해 낼 수 없다는 사실은 우리가 살아가는 사회를 감옥이라는 공간으로 전환하는 계기가 된다. 수영이 자신의 이름을 기억하고 있으나 주민번호를 기억하지 못한다는 사실은 자신이 누구인지를 밝힐 수 없다는 것을 의미한다. 수영 자신에게는 분명 '수영'이라는 이름이 존재하지만, UN 심판관은 주민번호가 정확하지 않다는 사실 하나로 수영을 '수영'으로 인정하지 않는다. 숫자가 개인의 존재를 대신하는 공간은 감옥과 유사한 공간이다. 주민번호를 기억하지 못하는 것은 단순히 자신이 누구인지 의심받고 있다는 것에서 그치지 않는다. 국민연금의 가입, 재산세 납부 등의 여부를 알 수 없기에 수영이라는 사람이 '수영'이라는 사실, 나아가서는 국민인지에 대한 의문도 해소할 수 없는 상태로 만든다. 결국 주민번호라고 하는 13자리에 불과한 숫자는 한 개인의 정체성을 대신하는 상징적 코드인 셈이다.

숫자는 수영의 정체성을 대신하는 기능만 수행하는 것도 아니다. 그것은 '수영'을 어떤 사람으로 인식하게 만드는가의 문제도 개입한다. 그의 현재 상태를 알려주는 것들은 온갖 형태의 숫자들의 조합이다. 국민연금의 가입, 재산세 납부, 자동차 등록, 여권 등은 수영이라는 사람에 대해 일정의 정보들을 제공하는 것들인데, 이러한 정보들은 모두 주민번호를 통해서 확인이 되는 것들이다. 더군다나 주민번호를 통해서 새롭게 획득되는 정보들마저 숫자의 조합으로 이루어진 것들이 대부분이다. 그리고 이와 같은 숫자 정보들은 수영을 실직상태로 인지하게 만든다. 심판관 앞에는 수영이라는 인물이 있고, 모든 정보는 수영을 통해서 획득 가능하지만 심판관은 수영의 입을 통해서

---

7 이기호, 「수인囚人」, 『갈팡질팡하다가 내 이럴 줄 알았지』, 문학동네, 2006. 이후 인용은 쪽수만 표기하도록 한다.

전달되는 정보를 불신한다. 심판관이 믿는 정보는 오로지 모니터 안에 표기되고 있는 숫자 정보들이다.

그의 직업이 소설가라는 사실은 숫자가 모든 정보를 대신하는 현실과 극명하게 대비된다. 소설의 공간은 언어를 통해서 세계를 인지하는 공간이다. 즉 모든 사물을 언어화하는 것이 수영의 직업이다. 그런데 수영의 이 같은 작업은 현실세계와 동떨어진 것이며, 때로는 현실의 반대편으로 몰고 가는 것처럼 보이기도 한다. 현실은 언어를 숫자로 변환하여 모니터 안으로 저장하는 데 반해서 수영은 숫자를 포함한 모든 사물을 언어로 변환하여 모니터 밖으로 끄집어낸다. 현실공간의 요구를 전복하려는 자들, 현실세계의 질서를 어지럽히는 자들은 곧 위법자이다. 결국 숫자의 세계에 살고 있으면서도 숫자를 거부하고 모든 것을 언어화하려는 소설가라는 직업으로 인해 수영을 숙명적으로 범죄자가 된다. 수영이 수인囚人이 되는 것은 심판관에게 심문을 받고 있다는 표면적 현상들에서만 기인하는 것이 아니다. 그가 수인囚人인 이유는 현실 공간은 감옥과 같은 모습으로 구성되어 있으며, 수영은 현실 세계를 전복하려는 자이기 때문이다.

> 심판장에서 만난 서기가 교부문고 앞으로 수영을 찾아온 것은, 그가 벽을 부수기 시작한 지 일 주일째 되는 날 오후였다. 서기는 방독면을 쓴 채 곡괭이를 내리치고 있는 수영의 뒷모습을 말없이 지켜보았다. 그리고 몇 장의 폴라로이드 사진을 찍었다. 그는 최대한 서기에 대해 무관심하려 노력했다. 따지고 싶고 물어보고 싶은 것은 많았지만, 아무런 말도 건네지 않았다. 대신 그는 곡괭이의 궤적을 평상시보다 더 크게 그려 보았다. (221쪽)

그 뒤, 서기는 이틀에 한 번꼴로 그를 찾아왔다.　　　　　　(222쪽)

작업 속도는 눈에 띄게 떨어지고 있었다. 서기는 그의 변화를 금세 눈치챘
다. "왜, 요새 몸이 안 좋아요?"　　　　　　　　　　　　　　(224쪽)

감옥은 개인의 정보를 소거할 뿐만 아니라 행동의 자유도 박탈한다.[8] 위법
자의 처벌은 생사박탈에서 신체 구속의 형태로 변화하면서 은밀한 감시의
형태로 전환되어왔다. 이 같은 사실은 개인의 자유를 속박하기 위해 만들어
진 원형감옥을 통해서 쉽게 인지할 수 있다.[9] 여기에서 중요한 것은 현실
세계가 감옥과 같은 공간으로 환유되고 있다는 사실이며, 현실 세계는 감시
의 체계 안에 놓여있다는 사실이다. 수영의 정보를 빠짐없이 확인하려는 심
판관이나 그의 행동을 기록하는 서기는 감시자의 역할을 수행한다. 감시의
대상은 원천적으로 위법할 소지가 있는 자들에 한한다. 이런 이유로 감시의
시선 안에 놓여 있는 수영은 비행자로 전락당할 뿐만 아니라, 현실 세계는
수영 자신을 주체로서 증명할 수 없도록 그를 숫자의 함정에 가둬버린다.
결국 수영을 둘러싸고 있는 모든 상황들, 즉 숫자가 정체성을 대신하는 현
실 세계, 감시 체계(판옵티콘)로 이루어진 환상 세계가 그를 수인囚人으로
만든다.

감시가 이루어지는 공간에서 감시의 대상은 언어로 인식되지 않는다. 그의
정체성을 드러내는 모든 기호는 숫자가 대신하기 때문이다. 언어의 기술을
압축하여 저장하는 숫자는 분명 언어보다 고등기술 이지만, 이러한 고등 문

---

8 미셸 푸코, 오생근 역, 『감시와 처벌』, 나남, 2003, 34쪽.
9 위의 책, 309~313쪽 참조.

화들은 항상 비극으로 치닫는 경향을 보인다.[10] 숫자가 언어를 점령할 때 우리는 문명의 몰락과 마주한다. 한 개인을 증명하는 숫자의 조합은 단 한자리의 오류만으로도 인증대상을 위법자로 만들어 버린다. 잘못된 숫자의 조합은 어떤 대상을 온전하게 인식할 수 없도록 방해한다. 결국 숫자 하나의 변동이 대상의 삶을 비틀어 버린다. 숫자의 변경만으로도 이름, 직업, 거주지를 포함하여 심지어는 성별까지도 변경된다. 그러나 이 같은 사실은 존재 의식에 자유와 해방을 가져오지 않는다. 숫자는 오히려 존재 의식을 구속하는 기재로 작동한다. 숫자로 인증한 것만이 주체에게 정체성을 부여하며, 인증되지 않은 것들은 결코 그의 정체성이 될 수 없도록 만들어 놓는다.

따라서 수영이 주민번호를 기억하지 못한다는 사실은 주체의식이 결여되어 있음을 상징적으로 보여준다. 숫자가 언어를 점령해버린 현대사회에서 주민번호를 잊어버린 것은 곧 자신의 이름을 잃은 것과 동일하기 때문이다. 한 개체가 정체성을 드러내는 데에 필요한 것은 이름이다. 각각의 개체들은 각자의 이름을 통해서 자신의 정체성, 즉 성향이나 특징 등을 드러낸다. 이름이 없다거나 그것이 인지되지 않는다는 것은 존재 의미가 없는 것과 동일하다. 수영에게는 분명히 '수영'이라는 이름이 있음에도 그것을 자신의 이름이라고 증명하는 방법에 곤란을 겪는다. 오히려 주민번호와 일치하지 않는 자신의 이름에 대해서 불안감을 느낀다. 그리고 이러한 사실이 그를 정신병자로 몰아붙이기까지 한다. 사실 주민번호를 포함하는 모든 기호들은 '수영'이라는 하나의 개체의 정체성을 드러내는 보조적 수단일 것인데, 수영은 자신의 주체성을 버리고 보조적 수단에 자신을 증명하려는 모습을 보인다. 자신

---

10 슈펭글러, 양우석 역, 『인간과 기술』, 서광사, 1999, 70-71쪽 참조.

이 소설가였다는 사실을 증명하려는 것은 수영을 '수영'으로 보여주는 보조수단에 불과하다. 자신의 정체성을 드러내는 데에는 소설이 반드시 필요한 것은 아니기 때문이다. 이미 지금 여기에 수영이라는 인물이 있다는 것 자체만으로 극명하게도 자신의 정체성을 드러낼 수 있을 것인데,[11] 수영은 이러한 주체적 사고를 이루지 못한다. 즉 소설을 찾아내려는 그의 행동은 주체적 사고가 이미 멈춰있음을 증명하는 행위이다.

수영이라는 인물이 판옵티콘 기계 안에 놓여 있고, 주체적 사고에 이상을 보이게 되는 원인은 단 하나에서 출발한다. 그것은 주민번호라는 명칭의 숫자이다. 숫자에게 정체성을 빼앗김으로 인해서 우리는 범죄자론 전락하며, 주체적 사고의 결여를 경험한다. 그러나 숫자가 갖고 있는 보다 심각한 문제는 현실 세계가 이와 같은 사실들을 감지하지 못하도록 설계되어 있다는 사실이다. 주체적 사고가 결여된 것은 비단 수영만이 아니다. UN 심판관 역시 주민번호를 잊은 수영을 '수영'으로 인식할 수 없다는 사실에서 이미 주체적 사고의 결여가 엿보인다. 주체성이 사라지는 사회, 그것이 곧 숫자 형태인 주민번호가 갖는 함정이다.

3. 게임과 미션mission수행

숫자의 함정은 감옥이라는 환상체계를 만들어 내고, 주체적 사고를 정지시키는 것에서 그치지 않는다. 주체적 사고의 정지로 인해서 자신의 정체성을

---

11 생각하는 어떤 것이 생각하고 있을 때 존재하지 않는다고 믿는 것은 모순이다 (데카르트, 원석영 역, 『철학의 원리』, 아카넷, 2002, 12쪽.)

드러낼 수 없는 수영은 그의 정체성을 드러내 줄 보조적 수단을 필요로 한다. 그래서 그가 선택한 것은 자신이 예전에 쓴 소설책을 찾는 것이다. 소설책이 필요한 이유는 UN 심판관이 수영에게 그가 쓴 소설책을 가져오면 그가 '수영'이라는 사실을 인정하겠다는 약속 때문이다. 자신의 정체성 확보에 절실함을 느끼는 수영과 수영의 정체성을 요구하는 UN 심판관 사이에는 하나의 권력구조가 형성된다.[12] 수영은 자신의 정체성을 확인시킬 수 없는 한 감옥이라는 공간에서 빠져나갈 방법이 없다. 즉 UN 심판관은 수영을 감시하는 간수看守인 동시에 감옥이라는 공간의 탈출구에 서있는 수문장인 셈이다.

> "좋습니다. 그럼, 이렇게 하지요. 선생께서 우리에게 그것을 확인시켜줄 수 있다면, 우리가 최대한 선생의 출국을 도와드리도록 하겠습니다."
> "확인이라면 어떻게……?"
> "선생께선 그저 그 서점에서 선생의 소설책만 찾아주시면 됩니다. 그 다음은 우리가 다 알아서 할 테니."
> (210쪽)

UN 심판관은 수영에게 하나의 임무를 제공한다. 그것은 수영 자신이 쓴 소설을 갖고 오라는 명령이다. 간단한 미션 수행과 그것의 보상으로서 탈출을 제공하겠다는 것에서 감옥이라는 환상체계는 게임이라는 환상이 덧붙는다.[13] 이제 UN 심판관은 게임마스터이며, 수영은 게임 참가자가 된다. 미션

---

12 권력은 하나의 소유물로서가 아니라, 하나의 전략으로 이해되어야 하며, 그 권력지배의 효과는 소유에 의해서가 아니라 배열, 조작, 전술, 기술, 작용 등에 의해서 이루어진다. (미셸 푸코, 앞의 책, 57쪽.)
13 어드벤처 게임은 '도입(동기화) − 퍼즐(갈등) − 보상(재동기화)'라는 경험단위가 전체의 퍼

의 수행은 과제의 난이성에 따라 적절한 보상을 제공할 때 도전 의지를 불러
일으킨다.[14] 쉬운 과제에 과한 보상은 게임의 흥미를 떨어트리며, 어려운 과
제에 부족한 보상은 미션을 포기하게 만든다. 따라서 게임을 계속 유지하기
위해서는 플레이어의 게임 집중력을 계속해서 고려해야만 한다. 그리고 각각
의 상황에 맞춰 적절한 미션과 보상을 제공해야만 한다. 이와 같은 게임 체계
를 역추적 하게 되면 결국 보상의 존귀尊貴를 통해서 도전 과제의 난이성을
유추할 수 있다. 결국 게임의 특성으로 비춰보면 UN 심판관이 수영에게 부과
하는 미션은 결코 쉬운 것은 아니라는 것을 짐작케 한다. 왜냐하면 게임 참가
자가 게임에서 탈출한다는 것은 게임이라는 상황을 종결짓는 것을 의미한다.
게임을 종결할 정도의 보상을 얻으려면 그에 상응하는 미션을 수행해야만
할 것인데, 그것이 바로 소설책 찾기이다. 즉 소설책 찾기는 게임의 가장 마
지막 미션에 해당하는 것이다.

　　그런데 여기에서 발생하는 심각한 문제는 UN 심판관이 제공하고 있는 미
션에는 수영의 주체적 사고를 요하지 않는다는 사실이다. 이러한 사실은 UN
심판관이 제공하고 있는 미션이 게임 종결이라는 특수한 상황과 맞물려 있기
때문이다.[15] 게임을 진행하는 동안에 제공되는 일부 미션들은 그것을 수행하

　　즐 엔딩을 향해 순환하며 진행된다. (이인선, 「어드벤처 게임의 퍼즐 시스템이 플레이어의
　　게임 몰입과 참여도에 미치는 영향」, 『한국게임학회 논문지』 4, 한국게임학회, 2008, 18쪽.)
14 보상의 단계는 조작적 통제감과 내러티브적 카타르시스를 얻게 되는 단계이다. 갈등 해결
　　을 통한 카타르시스가 아닌 새로운 문제의 국면으로 곧바로 진행되는 경우도 있지만 이
　　경우도 또한 당면한 갈등을 해결하고 진행하는 단계이므로 플레이어는 일정한 만족감을
　　얻게 된다. 조작적 통제감은 보상적 획득을 통하여 더욱 상승하게 되는데, 구체적으로
　　아이템, 새로운 기술, 비밀의 단서 등 임세계를 보다 더 통제하게 되는 상징적 획득이다.
　　(이인선, 위의 논문, 26쪽.)
15 플레이어에게 있어 미해결 사건에 대한 긴장과 기억이 퍼즐 완결에 대한 강한 욕구를

지 않아도 게임을 계속해서 진행할 수 있다. 게임 안에서 부과되는 미션들을 수행할 것인가, 그렇지 않을 것인가의 선택은 플레이어의 자유의지의 문제이다. 그러나 게임을 종결하는 것은 플레이어의 자유의지와는 조금 다른 양태를 갖는다. 게임을 종결하기 위해서는 필수 요소들이 갖추어져야 하며, 이러한 요소들의 조합은 플레이어가 구성해내야 하는 것처럼 보인다. 그러나 여기에서 놓쳐서 안 되는 것은, 플레이어는 게임마스터의 명령을 수행해야만 한다는 사실이다. 명령 수행에 있어 찬贊과 반反의 선택지가 있을 테지만 게임 종결이라는 목적 하에서 반反이라는 선택지는 사라진다. 결국 플레이어에게 남는 것은 반강제적 찬贊만 남는다. 출국이라는 목적 하에서 UN 심판관이 제공하고 있는 미션에 대해서 수영의 찬반贊反 선택은 이미 결정이 되어 있는 상태이다. 다른 선택지를 긍정하지 않는 미션의 제시, 결국 수영에게 주어진 것은 선택을 가장한 강제일 뿐이다.

선택을 가장하고 있는 강제는 주체적 사고의 정지를 유도한다. 표면적으로는 선택의 가능성을 열어두고 있는 것처럼 보이지만 실제로 선택의 가능성은 닫혀있다. 그물망처럼 여러 상황들의 조합 안에서 주체의 선택이 수많은 상황의 변화를 유도할 것으로 예측되지만 주어진 보상에 이르는 선택은 하나이기 때문이다. 이 같은 사실은 게임마스터에게 있어서 플레이어를 효과적으로 제어하는 은밀하면서도 합법적인 장치이다. 이미 부여된 명칭에서 드러나듯이 '게임마스터game master'는 게임 세계 안에서 절대적 존재이다. 그의 말이 곧 진리이며, rule이다. 게임은 자유로움으로 위장된 구조화된 세계이다. 게임 참가자들은 미션을 왜 수행해야만 하는가를 비판하는 것이 아니라, 어떻

현성한다. (이인선, 앞의 논문, 25쪽.)

게 해야 미션을 완수할 수 있는가에 대한 방법들만을 고민한다. 게임은 미션 완수의 방법이 자유롭다는 환상으로 게임마스터의 권력을 감추어두는 은밀한 작업이다. 때문에 게임이 갖고 있는 함정은 플레이어들에게 자유의지를 보장해주는 듯하지만, 정작 그 안에 지배와 피지배의 권력구조 감추어 놓는 것이다.

> 몇 번이나 심판관에게 다시 찾아갈까, 생각한 적도 있었다. 이건 불가능하는 일이라고, 꼭 증명이 필요하다면 다른 방법으로 증명을 하면 안 되겠냐고, 그렇게 사정을 해볼 생각이었다. 하지만 수영은 심판관을 찾아가지 않았다. 그 모든 것이 다 무의미하게만 여겨졌기 때문이다. 애초부터 심판관은 교보문고가 봉인되었다는 것을 알고 있었을 것이다. 빤히 알고 있으면서도 그에게 그런 제안을 했다는 것은…… 그건 일종의 형벌이 아니었을까? (중략)
> 다시 심판관을 찾아간다 하더라도 결과는 마찬가지일 터. 이제 그에게 남은 일이란, 말도 안 되는 심판관의 제안을, 현실로 바꾸는 일뿐인 것 같았다. 불가능한 일처럼 보였지만, 세상엔 그런 일들이 너무도 쉽게, 너무도 많이 도처에서 일어나고 있었다. 그가 밟고 있는 현실이 그랬다. 그런 현실 속에서 이십오 미터 두께의 시멘트벽을 뚫는다는 것은, 그것은 오히려 더 구체적이고 더 현실성 있는 일처럼 여겨졌다. (215쪽)

수영은 자신의 소설책을 찾기 위해 이십오 미터 두께의 콘크리트 벽을 부수기 시작한다. 벽을 부수기 위한 장비는 출국하는 사람들이 버리고 간 곡괭이가 전부이다. 미션의 불가능성을 미리 상정한다는 사실은 출국이라는 상황이 결코 녹록치 않다는 것을 단적인 증거이다. 자신을 증명할 수 있는 다른 방법의 탐색은 출국의 방법이 아니다. 게임 세계에 놓여 있는 수영은 심판관의 규칙에 따라 자신의 소설책을 찾아야만 한다. 더구나 심판관은 게임마스터답게 게임세계의 상황을 이미 꿰뚫고 있다. 교보문고가 봉인되었다는 사실을 알면서도 수영에게 소설책을 찾아오라는 미션을 남긴 것이다. 욕망의 대상을 소유한 사람은 욕망 대상을 원하는 사람과 자연스레 권력과 피지배자의 관계를 형성하게 된다. 피지배자가 원하는 것을 보상하는 대가代價로 권력자는 피지배자에 대한 지배권을 요구한다. 심판관은 수영에게 교보문고를 막고 있는 콘크리트벽을 뚫을 것을 명령하였고, 수영은 출국을 보상받기 위해서는 이를 수행해야 하는 상황에 놓이게 된다. 때문에 다른 방법은 출국이라는 보상을 가져올 수 없다는 결론과 함께 수영은 곡괭이로 콘크리트 벽을 부술 수밖에 없는 것이다.

주체적 사고는 권력자의 명령을 수행해야 하는 상황에서 소멸한다.[16] 수영에게 있어 주체적 사고는 '다른 방법으로 증명할 수는 없는가'와 같은 명령 수행에 있어 불필요한 사고들만 가져온다. 그리고 이러한 의문들은 자신을 증명해 줄 수 없다는 결론에 도달한다. 따라서 수영에게는 심판관의 명령을 수행해야만 한다는 당연한 의무만 남는다. 게임이라는 환상체계는 이처럼 주체적 사고를 효율적으로 삭제하는 기능을 수행한다. 수영이 소설책 찾기에 몰두할 수 있게 만드는 것은 소설책을 찾고 난 이후에 제공될 출국이라는

---

16 복종시킬 수 있고, 쓰임새가 있으며, 변화시킬 수 있고, 나아가서는 완전하게 만들 수 있는 신체가 바로 순종하는 신체이다. 자동인형은 … 권력의 축약된 모델이다. (미셸 푸코, 앞의 책, 215쪽.)

달콤한 보상 때문이다. 따라서 불가능할 것처럼 보이는 어려운 미션도 현실성 있음으로 사고의 전환을 가져온다. 그러나 여기에서 작동하는 사고의 전환은 주체적 사고의 산물이 아닌, 결정된 세계에 대한 순응이다. '왜?'라고 하는 문제의식이 상실되는 공간에서 게임은 완성을 이룬다. 수영은 심판관이 만들어내고 있는 게임이라는 환상세계에서 주체적 사고를 몰수당한 채 수동적 게임 참가자로 전락하고 만다.

수영이라는 인물이 게임이라는 환상 기계 안에 놓여 주체적 사고를 몰수당하는 원인은 미션 수행이라는 강제성에서 기인한다. 미션의 수행은 우리에게 주체적 사고의 정지를 유도한다. 감옥이라는 환상이 그러했듯이 게임이라는 환상에서도 이와 같은 사실들을 감지하지 못하도록 설계된다. 심판관의 규칙에 따라 움직이는 수영은 주체성을 상실한 인물이다. 뿐만 아니라 그가 밟고 있는 현실도 주체성이 사라진 곳이다. 주체적 사고의 정지, 이것이 곧 미션수행(규칙)이 갖는 함정이다.

4. 소설과 이야기 구성의 함정

감옥과 게임이라는 환상 기계는 우리가 밟고 있는 세계를 더 이상 현실이 아닌 공간으로 옮겨놓는다. 심판관이라는 간수看守가 계속해서 감시를 하고 있는 곳, 게임마스터game master가 미션을 부여하고 있는 곳은 사실 우리가 발을 딛고 살아가고 있는 현실이지만 그곳은 환상으로 뒤덮인 세계이다. 우리가 살아가는 현실 세계와 우리를 왜곡하는 환상 세계는 동일하다. 우리가 살아가는 공간이라는 배경이 존재하며, 그 안에서 살아가는 캐릭터가 존재한다. 뿐만 아니라 미션이라는 사건도 마련되어 있다. 인물과 사건, 배경이 모두 존재하고 있는 환상세계는 결국 소설 구성의 3요소를 모두 갖추고 있는 셈이다. 구태여 정리하자면 우리가 살아가는 현실 공간은 소설과 같은 공간이다. 수영이 자신의 소설책을 찾는 행위에서 우리는 그의 삶이 소설과 동일하다는 사실을 엿볼 수 있다.

> "내일 오전 중으로 국방부 지하 벙커로 오시면 됩니다. 그럼 그곳에서 곧장 예비 수속을 밟고, 아마 다음주 안으로 배를 타게 될 거예요. 그러면 바로 고생 끝, 방사능이여 빠이빠이, 가 되는 거죠." (중략)
>
> "만약, 저 안에 말입니다.…… 저 안에 제 소설책이 없으면…… 그러면 전 어떻게 되는 겁니까?"
>
> "뭐가 없어요?"
>
> "제 소설책 말입니다…… 혹시, 그게 저 안에 없는 경우가 생기면…… 그러면 무엇으로 저를 증명해야 하는 건지, 그걸 묻는 겁니다……"
>
> "소설책? 아, 형씨가 썼다는 그 소설책?" / "네……" / "에이, 괜찮아요."
>
> 서기는 아무렇지도 않은 목소리로 말했다. 수영은 고개를 들어 서기를 빤히 바라보았다.
>
> "아, 형씨야 이미 증명이 다 된 걸, 뭘 그런 걱정을 합니까?
>
> "증, 증명이라니…… 제가 무, 무슨……?"
>
> "아, 이 벽을 다 깼잖아요. 이렇게 두꺼운 벽을 혼자서 다 깼는데 그 이상 무슨 증명이 더 필요합니까? 제가 그 동안 사진으로 다 찍어서, 이미 서류 제출 끝냈어요."
>
> (228-230쪽)

소설은 일차적으로 작가의 창작물이다. 작가는 작품 안에 하나의 세계를 구성하고, 그 안에 작중인물을 배치하며, 그들을 움직여서 사건을 만들고 풀어나간다. 즉 작가는 환상 세계를 만들어내는 창조자인 동시에, 환상 세계를 마음대로 조종하는 일종의 절대 권력자이다. 이와 같은 사실들은 수영이 경험한 환상 세계와 일치한다. 감옥이라는 환상 세계를 만들어낸 사람은 심판관이며, 미션이라는 사건을 만든 사람도 심판관이다. 뿐만 아니라 심판관이 부여한 미션으로 인해서 수영은 소설을 찾는다. 여기에서 출국이라는 상황을 두고 자신을 증명하려 했던 수영의 행위는 주체적으로 해석될 여지가 없다. 수영의 행위는 처음부터 심판관의 의도대로 움직이고 있을 뿐이다. 결국 심판관은 감옥이라는 세계를 구성해내고 수인囚人이라는 작중인물을 만들었을 뿐만 아니라 소설 찾기를 통한 출국이라는 사건을 만드는, 즉 하나의 이야기를 구성하는 작가인 셈이다.

작가가 만들어내는 세계는 소설을 포함하여 모두 허구의 세계이다. 심판관이 수영에게 본인을 증명해줄 다른 무엇이 있어야만 출국이 가능하다고 말하고 있지만, 사실 수영이 '수영'이라는 사실을 증명하는 것은 반드시 소설책이 필요한 것은 아니다. 다만 수영은 숫자로 자신을 증명할 수 없는 상태라는 이유 하나로 심판관이 원하는 대로 이십오 미터의 콘크리트 벽을 깨트렸을 뿐이다. 심판관이 수영을 자신의 마음대로 조종할 수 있는 것은 수영이 주체적 사고를 그만 두었기 때문에 가능하다. 타자의 사고를 받아들이고 그의 의도대로 움직이고 있는 수영은 소설 속의 작중인물과 다름없다. 이 작품에서 심판관의 말은 믿을 수 없는 정보들로 가득 차있다. 소설책을 찾아오면 본인을 증명할 수 있다고 말하지만, 이미 수영을 '수영'으로 받아들일 생각은 없다. 그는 수영에게서 또 다른 '수영2'를 만들어 내려고 한다. 재확인 되는 것이지만 수영이 발을 딛고 서 있는 현실은 믿을 수 있는 것이 없는 허구의 세계인 동시에 소설과 동일한 세계이다.

종로 출입구 옆 벽면에 새겨진 '사람은 책을 만들고, 책은 사람을 만든다.'(218쪽)는 문구는 매우 상징적이다. 사람과 책이 서로 사이클을 이루며 상호 보완하고 있는 것처럼 보이지만, 이 안에는 허구의 세계가 자리하고 있다. 심판관은 소설과 같은 세계를 만들고, 소설과 같은 환상 세계는 수영을 증명한다. 사람이 책을 만들고 책이 사람을 만들지만 전자의 사람과 후자의 사람은 서로 같지 않다. 전자의 사람은 허구 세계를 창작하는 자이며, 후자의 사람은 허구 세계를 통해 조종당하는 사람이다. 이 문구가 갖는 함정은 전자의 의도에 따라서 후자의 삶의 가치는 변화할 수 있다는 사실이다. 즉 전자의 목적에 따라서 후자의 행동은 변화한다. 결국 전자는 자신의 작중인물을 마음대로 조종할 수 있는 작가이며, 후자는 누군가가 만들어내는 의도에 따라 움직이고 있는 작중인물이다.

"아니, 그럼 왜 내게 책을 빼, 빼오라고 한 거죠……?"

"아, 그거야 형씨에게 동기부여하려고 한 말이죠. 아, 어느 국가가 망한 나라의 소설가를 고이 받아들이겠어요? 소설 말고 뭐 다른 장점이 하나쯤은 있어야죠."

"그, 그럼……"

"아, 그리고 한 가지 더, 우리 심판관이 소설책을 너무 좋아해서, 뭐 겸사겸사 이쪽으로 작업장을 잡은 거죠. 어쨌든 당신은 이 땅을 떠나게 되어서 좋고, 우리 심판관은 밤에 무료하지 않아서 좋으니, 뭐 이거야말로 윈윈 아니겠습니까? 안 그런가요?"

서기는 그렇게 말하면서 크게 웃었다. (230-231쪽)

소설이 갖는 함정은 허구 세계의 모든 장치들이 작가의 의도에 의해서 구성되고 있다는 점이다. 한 번도 자신을 증명해야만 한다는 사실을 의심하지 않았던 수영은 심판관이 만들어 놓은 함정에 보기 좋게 걸려든다. 서기의 사진에 찍힌 수영의 모든 모습들은 심판관의 뜻대로 쓰인 소설과 같은 셈이다. 서기가 말해주는 다른 장점의 필요나 심판관의 취미는 이면에 감추어진 이야기의 진실과도 같다. 작중인물이 이야기의 진실을 알게 되는 경우는 극히 드물다. 왜냐하면 작중인물은 작품이 종결되는 그 순간까지도 작가의 의도대로 움직이고 있는 작중인물이기 때문이다.

이 같은 소설이 완성되는 것은 작중인물이 작중인물로서 역할을 충실히 수행한 덕분이다. 심판관의 의도와 달리 수영이 콘크리트 벽을 부수지 않고, 다른 방법으로 자신을 증명하려 했다면 심판관이 구성해 놓은 이야기는 파괴가 된다. 작가의 마음대로 움직이지 않는 인물은 더 이상 그의 작중인물이 될 수 없다. 이야기의 구성에서 이탈한 자는 자기 스스로 판단하고 결정할 수 있는 인물, 즉 주체적 사고를 갖고 있는 사람이다. 결국 한 개인이 소설 안에 등장하는 작중인물이 될 것인가 아니면 하나의 인격체로서 당당히 주체성을 확보할 것인가는 주체적 사고의 유무에 의해 결정된다. 자신의 세계를 비판적으로 받아들이지 못하고 환상을 인지하지 못하는 이상 그들은 계속해서 누군가의 작중인물로 살아가게 된다.

수영이라는 인물이 소설의 구성이라는 환상 세계 안에 놓여 작중인물로서 조종을 당하는 원인은 주체적 세계 인식의 부재에서 비롯한다. 작가가 만든 환상 세계는 우리에게 완전한 세계를 보여주는 것처럼 다가온다. 감옥이라는 환상이 그러했고, 게임이라는 환상이 그러했듯이 소설이라는 환상에서도 이와 같은 사실들을 감지하지 못하도록 설계된다. 심판관의 의도에 따라 하나의 이야기가 되어버리는 수영은 주체성을 상실한 인물이다. 주체적 세계 인식의 결여, 이것이 곧 소설의 구성이 갖는 함정이다.

이기호의 「수인囚人」은 우리에게 무엇을 전달하려 한 것인가. 이 작품의 진실은 무엇인가. 이 작품은 소설가에게 작품이란 이미 자신의 손을 떠난 텍스트라는 사실을 전달하기 위한 작품은 아니다. 소설가가 받아들여야 하는 자신의 작품들에 대한 의미 또는 소설가를 위한 소설 등으로 해석하는 것은 표면적이다. 우리는 이 작품 안에 숨겨진 작가의 의도들을 찾아내야 하는데, 그것은 지금까지 살펴본 바와 같이 우리의 세상은 환상으로 뒤덮여 있으며, 그 사실을 인지하기 위해서는 주체적 사고가 필요하다는 사실이다.

5. 마무리

이기호는 소설 「수인囚人」이 시작되는 곳에 "소설이 여기에 존재하는 것은, 이 세계가 소설이라는 것을 감추기 위해, 그것을 위해, 지금 여기, 존재하는 것이다."라는 전언을 남겨두었다. 이 세계가 소설이라는 인식은 우리가 살아가는 세계가 환상이라는 사실을 전달한다. 정보의 출처가 확인되지 않는 오늘날 모든 사람들은 누군가가 만들어 놓는 환상 안에서 그들의 의도에 의해 조종되고 있다. 미션 수행, 관리 감독, 작업 의도 등은 모두 환상 세계를 만들어내는 장치들이다.

우리가 발을 딛고 살아가고 있는 현실은 각각의 방법을 통해서 환상 세계를 만들어 낸다. 2장에서 살펴본 바와 같이 숫자가 언어를 점령한 현실 세계는 우리를 감옥이라는 환상 세계로 인도한다. 자신의 존재를 드러내는 모든 정보는 숫자에 의해 통제되며, 숫자가 우리 자신을 대신한다. 숫자가 개인의 인식체계가 되어 버리는 곳은 곧 감옥과 같은 공간이며, 이곳에서 우리는 판옵티콘 기계와 마주하게 된다. 그러나 현실에는 감옥이라는 환상만 있는 것이 아니다. 3장에서 확인한 것처럼 판옵티콘의 환상 안에서 간수看守의 미션은 게임이라는 환상 세계를 덧씌운다. 간수의 미션은 주체의 선택을 무시한 강제적 의무이다. 적절한 보상이 주어질 것이라는 믿음을 담보하고 있는 게임이라는 환상은 우리에게 미션 수행의 찬반贊反을 선택하게 만드는 것이 아니라 미션 완수의 방법만을 탐색하게 만든다. 4장에서는 두 가지 환상세계가 만들어내는 세계가 결국 소설과 같다는 사실을 확인하였다. 즉 판옵티콘과 게임이라는 환상 세계는 현실을 하나의 소설로 만들어 버린다. 소설이 되어버린 환상 세계 안에는 작가의 의도대로 움직이고 있는 작중인물이 있으며, 작가는 그를 관리 감독하고, 그에게 미션을 부과한다. 작중인물은 미션의 의도가 무엇인지 고민하지 않고 그것을 수행함으로써 사건을 해결한다.

현실 세계가 이와 같은 환상 세계로 전이되고 또한 환상 세계가 성공적으로 완성이 되는 것에는 개인의 주체적 사고의 결여에서 비롯한다. 더 이상 의심을 할 수 없는 자기 자신이 땅을 딛고 서 있음에도 자신을 증명해줄 다른 것을 찾는 것이나, 자신에게 던져진 미션에 대해서 왜 수행해야 하는가를 생각하기보다 당연한 의무로 받아들이는 것들에서 우리는 주체적 사고가 정지한다. 무엇보다도 현실 세계가 환상이 되는 가장 큰 이유는 앞의 두 가지 우리가 이유를 인지하지 못하고 있다는 사실이다.

이러한 사실들을 통해서 이기호는 우리가 살아가는 세계는 환상 세계이며, 이것을 또다시 감추기 위해 소설이라는 환상물이 존재하고 있다는 사실을 전언하고 있다. 하나의 환상은 보다 확연한 다른 환상 앞에서 인식되지 않음을 보여준다. 이기호의 「수인囚人」은 수영이라는 작중인물을 통해서 주체적 사고로 현실을 비판적으로 인식하지 않으면, 현실이 만들어내는 환상의 함정에 함몰되어 스스로 죄인이 될 것임을 경고한다. 즉 이기호는 우리에게 주체적 사고를 견지할 것을 그의 작품 「수인囚人」을 통해서 전달하고 있다.

1. 들머리

서술과 초점화는 상호 보완적이며 상호 충돌적인 면을 가지고 있다. 상호 보완적인 경우는 뫼비우스의 띠처럼 상호간에 연결점을 가지며 상호 충돌적인 면에서는 각각의 영역을 뚜렷하게 분할할 수도 있다. 즉 밑그림의 상상계와 겉그림의 상징계의 영역으로도 설명이 가능할 것이다. 이 양자는 원화와 작화의 관계로 설명할 수도 있는데 초점화를 통해서 보이는 대상은 곧 지각되는 시각이라 생각할 수 있고, 지각의 시선을 통해서 인지되는 영역인 서술은 서술의 방향을 지시하는 제도화된 서술법인 것이다. 각각은 상상계적 영역과 상징계적 영역으로 설명이 가능하다. 초점화는 나르시시즘적이며 서술은 아버지의 법이며, 서술법이라고 할 수 있다.

초점화는 일어나는 사건을 사실 그대로 반영하는 사실적인 사건의 보임이고, 서술은 일어난 사건을 서술자의 태도에 따라서 왜곡시킨 결과로 생각할

수 있다. 작가의 세계관은 뫼비우스의 띠처럼 이 두 영역을 넘나들면서 세계
를 해석하거나 의미화하는 작업을 추구한다. 대개의 서사는 일어난 일을 기
술함으로써 서술된 것과 서술하는 것 사이의 관계를 유지하면서 서사텍스트
가 생산된다. 서사텍스트는 현재 서술하는 위치에서 상위서술자가 나타나며,
그에 따른 고정초점화일 경우 초점자−주인공이 나타나던가 아니면 가변초
점화일 경우 초점자−여러 인물이 나타난다.[1]

이청준의 이어도는 1970년 8월에 신동아에 연재한 중편소설이다. 이를
1975년에 〈가면의 꿈〉으로 출간했다. 그해 한국일보의 창작문학상을 수상한
작품이다. 이 작품에서는 가변초점화자를 중심으로 서사가 진행되며 상위
서술자는 인칭화되지 않은 서술자가 전체의 서술상황을 이끌어 간다. 서술자
의 태도인 서술상황에서는 오늘날의 삶과 멀리 떨어져 있는 설화를 오늘날의
삶의 논리 안에서 새롭게 재창조하는데, 가변초점화자들의 상호 대화적 관계
를 통해서 실현된다. 즉 섬사람들과 뭍사람들 간의 다양한 인식태도를 삶의
차원에서 통합하려는 의도가 보인다. 그들의 대화를 통해서 자연스럽게 개인
과 집단 간의 인식태도를 보이는데 이는 다양한 삶의 논리를 제시하려는 의
도를 보인다.

2. 이어도의 서사 수준

서사 소통상 책임을 지는 서술자를 등장시켜 서사수준을 모색한다. 서사

---

1 서술수준, 초점화자, 눈과 목소리, 지각하는 의식과 서술하는 태도 등은 개인 차원의 수준
  과 전략을 넘어서서 민족, 계급, 성 등에 따라서도 달라진다.

수준은 작가와 독자 사이에 최상위 담론을 책임지는 요소로서 담론의 수준을 어떻게 잡느냐하는 문제이다. 이어도의 서사 수준은 사전제시된 텍스트와 본 텍스트 사이에 서술자의 위상이 문제가 된다고 본다. 사전텍스트에서는 설화적 목소리로 서술자가 인지된다. 그러나 본 텍스트에서는 여러 초점화자가 있지만 선우 현의 초점과 혼재되어 진행하다가 마지막에 천남석의 시체가 제주도로 밀려 올 때 비로소 최상위 서술자로 드러난다.

모든 읽히는 서사물은 서사전달의 구조체로 이해될 수 있다. 서사물은 여러 수준의 서사전달 층위로 이루어진다. 머리글을 앞서 놓은 이유는 타당한 해석으로 이끌기 위한 소통상의 결정적인 맥락이나, 단서로 취급되어야 한다.[2] 이렇듯 서사전달 층위의 문제는 서사소통상에서 매우 중요한 정보로 활용할 수 있다. 이어도는 모두 1-7장으로 구성된 텍스트이다. 그런데 위에 인용된 글은 서술의 순서 안에 서술된 것이 아니라 1장 앞에 머리글처럼 놓여 있다. 이는 프롤로그로 볼 수도 있지만, 놓여진 위치로 보아 또 다른 텍스트로 보아야 할 것이다. 그러므로 하나는 인칭화되지 않은 서술자의 사전제시의 정보단위로 볼 수 있는 것과, 또 하나는 1-7장과는 별장으로 텍스트 구실을 할 수 있는 구전 텍스트로서의 독립된 서사 수준을 갖는다고 본다.

서사수준상 위 텍스트의 이어쓰기한 것이 본 텍스트(1-7)이라 생각할 수 있다. 더 나아가 동일한 서술자의 서술수준으로 볼 수도 있는 것이다. 그러나

---

2 모든 읽히는 서사물은 서사전달의 구조체로 이해될 수 있다. 서사물은 여러 수준의 서사전달 층위로 이루어져 있다. 머리글, 주해, 저자후기 등과 함께 핵심 속이야기를 위한 주변 또는 저변으로 평가되어 온 겉이야기 액자는 이제 더 가치있는 심층구조에 종속된 덜 의미 있는 변두리서술이기보다는, 속이야기 상위의 서사수준으로 하위의 서사수준을 바르게 하여 타당한 해석으로 이끌기 위한 소통상의 결정적인 맥락이나, 단서로 취급되어야 한다. 김종구, 『한국현대소설의 시학』, 한남대출판부, 1999, 70쪽.

따로 분리해서 서술한 것을 보면 위 텍스트는 하나의 밑그림이요, 전제이며 본 텍스트(1-7)은 이어쓴 것이며 새로운 텍스트 해석의 위상을 갖는다.

1) 본 텍스트의 서사 수준

    ㉠ 긴긴 세월동안 섬은 늘 거기에 있어 왔다.

    ㉡ 그러나 섬을 본 사람은 아무도 없었다.

    ㉢ 섬을 본 사람은 모두가 섬으로 가버렸기 때문이었다.

    ㉣ 아무도 다시 섬을 떠나 돌아온 사람이 없었기 때문이었다.[3]

위 텍스트는 네 문장으로 서술자의 목소리는 개인이지만 집단적인 목소리일 가능성이 있다. 첫 문장에서 "긴긴 세월동안 섬은 늘 거기에 있어 왔다"는 개인의 목소리이며 집단의 목소리가 혼요되어 있는 이중의 초점을 갖는다. 개인적으로는 시간적인 관계에서 매우 오래 전에 존재한 섬의 정보를 주며 더 나아가 인식시는 과거이며 발화시는 현재이다. 이런 관계로 볼 때 섬에 대한 집단의 함의적인 존재를 인정하는 것이고 서술자만이 단독으로 아는 것이 아니라 그 섬과 관계되는 사람은 모두 알고 있고 보아야 할 것이다. 따라서 ㉠의 서술은 개인이든 공동이든 모두가 섬이 존재하는 사실을 환기시

---

3 언젠가는 그 섬으로 가서 저승의 복락을 누리게 된다는 희망 때문에 이승에선 어떤 두려움도 달게 견딜 수 있었다면 그 섬은 죽음의 섬이기를 넘어서 구원의 섬이 된다. 이어도가 일상적인 삶과 사고의 바깥쪽인 상상의 세계에 존재하면서도 현세의 생활까지 간섭해 오고 있음을 통해, 우리는 배를 타지 않으면 안 될 운명에 있는 제주도 사람들의 삶을 이해하고 그 고통스러움 속에 열려있는 정신적 탈출구를 보게 된다.

키며 문화적인 함의를 가지고 있는 모든 사람은 그 섬의 존재를 인정하는 진술이라 할 수 있다. 다음 문장은 "그러나 섬을 본 사람은 아무도 없었다."는 섬의 존재를 의심케 만드는 사건이다. 문화적인 코드 내에서는 인정하고 함의되지만 그 실체에 대한 확신은 없는, 믿지 않는 사람들에 대한 반박이면서 자기화된 진술로 볼 수 있다. 즉 섬이 없으므로 믿을 수가 없다는 논리구조에 대한 다음문장은 이유를 달고 있다. "섬을 본 사람은 모두가 섬으로 가버렸기 때문이었다.", "아무도 다시 섬을 떠나 돌아온 사람이 없었기 때문이었다."라는 진술은 논리적인 관계에서 믿지 못하는 사람들에 대한 이유제시가 된다. 따라서 진술시의 입장에서 보면 섬의 부재를 말하면서 섬의 존재를 말하는 것이 된다. 그러나 논리 구조로 보면 실체를 믿을 수 없는 세계에 대한 역설적 논리로 허구를 사실화하는 진술방식이라 생각된다. 이는 라깡의 말로 빌면 시니피앙만 확대되어 시니피에가 거세되어버린 결과로 읽혀진다. 서술자의 태도에서는 섬의 실체를 믿고 있는 것은 ㉠의 진술의 초점자는 보고 있는 대상인 섬을 보았을 가능성을 열어 놓았다고 보여진다. 다만 보여져야만이 있다고 생각하는 것과 보지 않아도 있다고 믿는 것 사이의 거리감만 존재할 뿐 인식의 측면에서는 섬의 존재가 있으나 보여지지 않고 있다는 이유를 ㉢, ㉣의 서술을 통해서 섬의 존재를 확신하는 서술자의 태도가 보여진다.

그러므로 여기에서의 서술 층위는 매우 단성적인 인물이거나 집단일 가능성이 높다. 섬은 곧 삶의 인식태도와 관련되어 있으며 더 나아가 문화적 믿음의 실체와 직·간접으로 이어져있다. 문화 내의 인식자들과 관련하여 섬은 곧 전해져 내려오는 설화의 본질이고 현재의 콘텍스트에서 확증될 수 없는 환상으로, 사실에 기인한 믿지 않는 목소리가 더 많아짐으로써 그에 대한 반증으로써 본 텍스트(1-7)를 쓰기 위한 전제의 역할을 한다. 문화 내에 전해오는 설화는 존재하면서 그 존재의 실체를 확인할 수 없는 경우가 매우 많다. 그러나 역으로 말하면 설화가 구동하는 실체로 작용하는 경우는 삶의 논리와 집단의 논리 즉 섬사람들의 삶의 논리를 지배하고 있음을 역설적으로 말하는 경우라 할 수 있다. 이 역설적 논리구조를 다성적 서사로 확장하고자하는 텍스트가 본 텍스트이다. 본 텍스트는 단성적인 서사에서 다성적 서사전략이 제시된다. 단순한 믿음의 실체를 확인하는 인물이 아니라 섬의 존재에 대한 회의하는 초점자와 사실을 바탕으로 섬을 초점화하나 체험을 통하여 섬의 실체를 믿는 초점자 그리고 섬에 존재에 대한 맹신적으로 믿는 초점자 등 다양한 초점자를 통해서 섬의 존재를 문화적인 단계까지 끌어올려 삶의 지배적인 윤리로 내재케 한다.

2) 본 텍스트의 서사 수준

> 해군 함정까지 동원한 파랑도 수색전은 작전 2주일 만에 완전히 끝이 났다
> 마라도 한 곳을 제외하고 나며 제주도 남단으로부터 동지나해 일대의 광막한
> 해역 안에는 섬 비슷한 것 아나도 떠올라 있는 것이 없었다. 예정된 해역
> 안을 갈아엎듯이 누비고 다닌 두 줄일간의 치밀한 수색전에도 불구하고 배들
> 은 끝내 섬을 찾아 낼 수 없었다.
>
> 섬은 없었다. 배들은 다시 항구로 돌아왔다. 작전임무는 끝난 것이다.

위의 인용은 선우 현이 초점화자로 등장한다. 그의 지각에 의한 해군 수색

작전에 대한 정보가 제공된다. 2주간의 수색과 제주도 일대의 해역에 섬이 없으며 치밀한 수색이었다는 것이다. 초점화 대상은 수색전이다. 초점화자의 지각에 대한 신빙성을 확보하고 있으며, 더 나아가 구전으로 떠돌던 파랑도에 대한 사실 규명의 성격을 띄는 서술이다. 이 서술단락이 제시하는 정보의 양은 피술자에게 중개됨으로써 다음 독서에 정보의 신빙성을 전제로 읽혀질 가능성이 있다. 그러나 등장인물의 시각을 초점화함으로써 서술자의 위상이 쉽게 드러나지 않는다.

본 텍스트는 인물의 시각을 전경화하여 초점화해 나간다. 특히 선우 현의 사실적인 태도의 견지가 지속되어가면서 사건을 끌어간다. 그러나 다른 인물과의 만날 때는, 초점화자가 상호 교체된다. 양주호를 만나면 초점화자의 위치가 양 주호-선우 현으로 교체 반복되고 천 남석을 만나며, 천 남석-선우 현으로 나가다가 이어도 여인을 만나면 선우 현의 중심으로 진행되어 간다. 이렇듯 서술자의 위상이 분명하게 드러나지 않으며 인물의 시각으로 교체 반복됨으로써 상위 서술자의 태도나 지각의 위치가 인물에 놓여있게 되어 서사소통상 인물-초점자의 형태를 취한다.

①그러던 어느 날이었다. 밤 사이 바닷가에 불가사의한 일이 한 가지 일어나 있었다. ② 천남석이 마침내는 자기의 섬을 만나 이어도로 갔을 거라던 양주호의 말은 사실이 아니었을까. 아니 그 양주호의 말이 사실이라해도 천남석 자신은 그 사나운 폭풍우 속에서 끝끝내 그 이어도엔 도달할 수가 없었거나, 그것도 아니면 그가 그토록 떠나고만 싶어했던 이 섬을 거꾸로 그 이어도로나 착각을 한 것이었을까. ③이어도로 갔던 천남석이 남지나해에서

그 밤 파도에 밀려 홀연히 다시 섬으로 돌아와 있었던 것이다. 기이한 일이었다. 한데 더욱더 신기하고 불가사의한 조화는 그 여러 날 동안 표류에도 불구하고 천남석의 육신은 그 먼 바닷길을 눈에 뛴 상처 하나 없이 고스란히 다시 섬을 찾아온 것이었다…… 그 심술궂은 썰물 물 끝에 얹혀 용케도 다사 섬을 떠나가지 않고 있는 것이다.

다음 서술단락은 결미부분이다. 이는 선우 현의 지각태도로부터 인지된 서술이 아니다. 서술단락은 서술자의 위상이 드러난다. 이미 사건의 마무리를 통해서 선우 현은 뭍으로 돌아갔다. 선우 현의 서술은 아닌 것이다. ②의 문장은 서술자가 선우 현이 양주호의 말을 통해서 인지한 시점이다. 추측도 다분히 선우 현의 추측처럼 제시되었지만 선우 현의 시점이라고 볼 수 없다. 그렇다면 ③의 서술을 보면 서술자의 지각의 위치가 매우 전지적임을 알 수 있다. ①에서는 시간의 경과를 제시하고 ②에서는 선우 현의 시각을 초점화하며 ③은 전지적 위치에서 바라보고 있음을 알 수 있다. 서술자의 시각은 남지나해에서부터 제주도까지 천남석이 행했던 모든 것을 인지하는 위치에 있어야만 가능한 시점이다. 여기서 비로소 상위서술자의 위상이 드러나며 본 텍스트의 등장인물－초점화자는 하위 서술로 전락한다. 물론 등장인물－초점화자인 선우 현, 양주호에 의해서 천남석의 과거가 서술되는 것은 하위하위 서사이다. 즉 천남석과 그의 어머니와의 에피소드는 어린 천남석의 눈으로 사건이 제시된다. 그러므로 이어도의 서사 수준은 상위 서술자로부터 상위서사에서 하위서사로 또 하위하위 서사로 중층구조를 이루어 다성적 서사 수준을 이룬다. 각각의 층위는 종속적이지만 각각의 층위에서 서사소통상의 수준은 모두 독립적임을 알 수 있다. 이렇게 독립적일 경우는 각 수준의 의미 결이 충돌될 가능성이 많음으로써 다성적 세계관이 제시된다.

3. 가변 초점화자를 통한 삶의 진실 만나기

본 텍스트인 이어도는 모두 7장으로 구성되는데 서술자의 눈의 역할을 하는 인물은 네 명의 초점화자를 통해서 상호 대화적 관계로 의미를 형성하는데 일조를 하고 있다. 서술자−초점화자의 구조가 아닌 여러 명의 초점화자인 가변초점자들에 의해서 의미구조가 드러난다. 가변적 초점화자를 서술자가 택할 때는 위상이 보다 상위에 위치하며 더 나아가 전지적이고 권위 있는 서술이 될 가능성이 높다. 그러나 이어도에서는 인칭화되지 않은 서술자를 택함으로써 하위서술인 초점자들의 태도에 의해서 세계가 드러난다. 이는 신빙성 없는 사건을 인물들의 행위를 통해서 신빙성을 획득해가는 서술태도로 볼 수 있다. 따라서 초점화자들의 교차, 중복된 대화관계에서 자연스럽게 독자가 인지해가도록 하는 서사전략이라고 볼 수 있다. 이어도의 초점화자는 네 명이지만 천 남석과 이여도 여인은 동일 선상에서 논의되어야 하며 양주호와 선우 현은 각각 다른 관점에서 초점화자의 역할을 한다. 이들은 상호 초점화하기도 하고 자신의 과거를 내적 초점화를 통해서 드러내기도 한다. 초점화자의 태도는 세계를 보는 눈이며 그들이 하위 서사수준에서 독립된 인식구조를 가지면서 자기 세계를 확보한다. 초점자의 태도가 의미를 중개하거나 생산하는데 중요한 정보가 될 수 있다. 인물들 세 사람은 모두 각각의 태도가 분명하게 서술되고 있다

천 남석은 千 南石이란 이름[4]을 가지면서 "천리 남쪽의 돌"로서 이미 이어도와 매우 밀접한 관계에 놓임으로써 그의 세계관은 운명적으로 결정된 태도를 견지한다. 이는 작가가 이미 한 인물의 세계관을 고정시키는 명명하기로 볼 수 있는데 그의 행위에 대한 사전 제시적인 성격을 띠며, 인물이 움직임 역시 명명과 관련된다. 따라서 그가 보고 인지하는 초점자의 태도 또한 이에 근거함을 알 수 있다. 그의 초점화 대상은 과거의 어린 시절의 흔적인 어머니와 아버지 사이에서 이어도와 관련된 상처를 입은 인물이다. 그의 지각 대상은 어머니가 중심에 놓인다. 초점화자는 성인 천 남석이며 초점화자는 어린 천 남석[5]의 눈으로 지각한다. 그의 아버지는 뱃사람이다. 아버지가 바다에 나가 일을 할 때면 불안하고 우울한 모습으로 일관하는 어머니를 보면서 어린 시절을 지낸다. 천 남석의 아버지가 배를 타고 나가 이어도를 체험하고 다시 바다로 나가면서부터 그의 어머니는 신경병이 더욱 정도가 심해진다. 체념의 모습으로 신음소리를 내다가 "천가여 천가여"라고 소리높여 부르다가 결국에는 어두워질 무렵 숨을 거둔다. 어린 그에게 끊임없이 반복되어 제시된 이어도는 기자로 성장한 천 남석의 삶에 움직일 수 없는 삶의 목표가 된다. 천 남석은 그의 삶에 벗어날 수 없는 이어도의 수색작전에 참여하고 수색작

---

4 인물은 간접제시의 한 방법으로 성격지표의 독립된 형식으로 보기도 하고 인물 구성의 강화의 한 방식으로 다루기도 한다. 특히 간접제시는 주로 인접성을 기초로 하고 있다. 따라서 간접제시 방법은 스토리—인과율을 내포하고 있을 때도 적지 않다. 그리고 이 유비는 인과관계가 강력히 작용하지 않게 될 때 순전히 유추적인 인물 구성으로 파악된다. 리먼 케넌, 최상규 역, 『소설의 시학』, 1992년, 102쪽.

5 이청준적 인물은 유년 시절에 가족관계의 비정상성 땜에 정신적 외상을 입어 타인과의 관계를 원활하게 이끌어 나가지 못한 한 인간의 분신들이다. 이재선, 『현대한국소설사』, 민음사, 1992, 231쪽 참조.

전이 끝날 무렵 부재를 확인한 그는 홀연 비바람이 치는 새벽녘에 자살을
하는 것이다. 그의 자살은 의문사이기도 하지만 그가 죽음으로 해서 이어도
의 존재를 믿게 만드는 역설적인 죽음이다. 그의 증오의 대상인 이어도가
부재함을 사실로 인지해야 함에도 불구하고 그는 새로운 이어도가 되고자
죽음을 택한 것이다. 그의 행위는 이어도가 부재할 때 이어도를 믿고 삶의
윤리로 살아왔던 집단에 대한 상실감을 회복하고 이어도가 삶의 지배적 질서
로 거듭나게 하는 행위로 이해되어야 할 것이다.

선우 현 역시 仙羽 現으로 이름[6]에서 이중적인 의미가 담겨있다. 선우는
환상적인 의미이고 현은 현재라는 사실적인 의미가 복합적으로 결합된 이름
이다. 천남석과 같이 그의 이름 자체에 태도의 변화란 사전제시적인 의미가
내포되었다. 이 또한 운명적으로 사실의 세계에 근거를 하지만 환상적이고
몽환적인 성관계를 통해서 그의 삶이 확장된다. 그는 군인 정훈장교로서 이
어도 수색작전에 참여했다. 무엇보다 그는 사실을 중시하고 사실에 근거하는
인물이다. 2주간의 수색을 통하여 어어도의 부재를 확인한다. 그의 삶은 현세
의 진리가 모두 사실에서 구동되고 있음을 굳게 믿고 있다. 따라서 이어도란
환상의 섬으로 판명이 났으며 더 이상의 수색은 무의미한 것이 된다. 그런
선우 현이 천 남석의 죽음을 알리러간 남양일보 편집장인 양 주호를 만나면
서 새로운 세계로 이입하게 된다. 그의 체험은 이어도 여인과의 하루 밤 인연
에서 자신이 수색한 결과, 부재한 이어도가 섬에서 삶의 논리로 구동되고

---

6 인물특성 유비 중엔 네 가지 범주로 아몽Hamon은 말한다. 시각적 유비, 청각적 유비,
발음적 유비, 마지막엔 어형론적 유비 제시한다. 여기서는 어형론적 유비로 보며 의미론
적 연결관계Semantic Connections의 다른 이름이다.

있음을 보게 된다.

> "하지만 이번 경우는 그 사실이라는 걸 단념하십시오, 사람들은 때로 사실에
> 서보다는 허구 쪽에서 진실을 만나게 될 때가 있지요. 그런 때 사람들은 그
> 허구의 진실을 사기 위해 쉽사리 사실을 포기하는 수가 있습니다. 꿈이라고
> 해도 상관없겠지요. 천남석이 이어도를 만난 것도 아마 그 사실이라는 것을
> 포기했을 때 비로소 가능했을 것입니다. …중략… 당신에게서 그 사실에 대
> 한 집착이나 욕망을 포기시키는 일이었을 겁니다."

선우 현의 초점화자로 양 주호의 말을 제시한 부분이다. 양 주호는 사실을
버릴 때 비로소 진실을 만날 수 있다는 요지이다. 사실에 대한 집착은 곧
진실을 묻어버리고 진리를 현현케하지 못하는 구조라 양 주호는 생각한다.
그의 말속에는 사실에 집착하는 선우 현의 삶의 자세에 대한 비판이 들어
있다. 〈저에게도 그게 포기될 수 있을 까요?〉라는 선우 현의 물음에서 선우
현의 변화를 보게 된다. 그는 이미 이어도 여인과의 성관계에서 이어도를
보았고 천 남석이 그의 어머니를 통해서 이어도를 알았듯이 이어도 여인과의
만남에서 이어도를 보게 된 것이다. 따라서 선우 현의 이름 자체에 이미 존재
하는 변화의 축을 실현하고 있다고 보여진다. 그의 체험을 통해서 사실에
집착한 세계가 점차 사실을 단념함으로써 허구와 같은 이어도(진실)를 만나
게 된 것이다.

양 주호 역시 그의 이름에서 내포되는 의미는 다분히 복합적이라 할 수
있다. 그의 태도 역시 세계와의 불균형 하에 사전 제시된 兩主呼이다. 그의

이름처럼 양쪽에 중심이 있음을 나타내는 명명이다. 그의 신체적 조건 또한 불균형적이며 그의 하루하루가 낮과 밤이 다르다. 신체조건은 〈둔해보이는 몸집에다 한쪽 다리마져 절뚝거리며 투박한 몽둥이 모양의 지팡이 신세를〉 지고 있다. 외형적 불균형은 곧 심리적 불균형으로 이어지는데 그의 하루하루가 낮과 밤의 태도가 다르다. 낮에는 신문사 편집국장으로 지적이고 사실적인 공간에서 생활한다. 그러나 선우 현과 이어도 술집에 간 양주호는 태도가 사뭇 다르다.

양 주호는 양쪽에서 모두 중심이 되어 부르는 이름을 상기시켜보면 그의 태도는 선우 현의 쪽에서 보면 일관되지 않다. 신문사의 편집국장이라는 직업이 말해주듯이 그의 직업은 사실을 보도해야 하는 직책에 있다. 그럼에도 불구하고 그의 밤에 하는 행동은 이성적이라기보다는 감성적이며 비논리적인 행동으로 일관한다. 외적인 행위에서의 낮과 밤의 변화는 매우 다른 양주호로 볼 수 있다. 천 남석에 대한 견해 역시 선우 현 쪽에서 보면 분명 자살이지만 그의 자살 또한 이어도를 사랑했기 때문에 자살을 했다고 믿으며 그의 자살은 이어도를 사랑하는 법을 배우지 못했기 때문에 이어도의 부재함을 알았을 때 황홀한 절망을 느꼈으며 그로 인해 진실을 알게되어 자살을 했다고 할 정도로 현실적인 논리보다 상황논리로 일관한다. 그는 사실과 허구의 양쪽에서 모두를 아우르는 존재이며, 사실의 논리를 허구적 논리로 전환할 수 있는 역할인 셈이다.

사실	←	사실 · 허구(진실, 설화적 삶)	→	허구(진실, 설화적 삶)
선우 현		양주호		천남석, 이어도 여인

위의 도표로 볼 때 가변 초점화자들의 삶의 과정이 뚜렷하게 차이가 있다. 작가의 서사전략이 위의 초점화자들의 상호 세계관을 분명하게 제시한다. 그러나 무엇보다도 선우 현을 초점화자-탐색자로 제시함으로써 서사진행의 신빙성을 높였으며, 양 주호를 통하여 사실의 논리 즉 현실의 논리가 허구의 논리 집단의 논리로 전환하여 섬사람들의 삶을 지배해온 진실과 만나게 한다. 이는 곧 선우 현의 세계인 뭍의 세계와 섬의 세계 사이에 거리감을 좁히는 행위이다.

4. 이어도의 서사적 공간의 의미

이어도의 서사적 공간은 여러 초점화자에 의해 보여지고 반복됨으로써 그 스토리와의 인과율을 제시할 수 있다. 초점화자가 지각한 공간은 특수한 자질이 부여되며 텍스트 여러 곳에 반복적으로 드러날 때는 초점자의 인지 태도가 공간을 통해서 드러난다고 볼 수 있다. 초점화자가 초점화 대상에 대한 시간적인 거리감이 제시될 때는 정보의 중개가 소급제시되는 경향이 많다. 이때는 현재의 인물의 행위와 과거의 체험사이에 정신적인 거리감이 생길 수 있으며, 정보가 현재 초점화자의 눈으로 중개될 때는 정보의 양이 초점화자의 눈과 동시적이다. 그러므로 서사화된 텍스트에서 공간의 중개는 서사의 핵심이 되기도 한다. 모든 것이 초점화자나 서술자에 의해서 독자에게 혹은 피술자에게 제시되는 정보 양에 따라 서사 전략이 수립되기도 한다.

1) 낮과 밤의 유비

이어도에서는 천 남석의 과거를 초점화하거나, 천 남석이 자살을 할 때 초점화되거나 이어도 여인과 선우 현이 만날 때 매우 중요한 유비 관계가 성립된다. 즉 초점화자에 의해 중개되는 스토리라인과의 환유적인 관계가 성립될 가능성이 매우 많기 때문이다. 이어도에서는 낮과 밤의 공간이 서사적인 스토리라인과 환유적인 관계로 볼 수 있다. 공간은 곧 환경이며 한 인물의 움직임이 사건을 이루고 사건의 해석적 실마리가 되는 환경과의 관계라고 해도 과언을 아닐 것이다. 이어도의 공간 중 사실의 공간으로서 낮은 무의미의 공간이다. 사건이 일어나거나 문제가 생기는 것이 아니라 일상의 공간이면서 어쩜 죽음의 공간이요 변화가 없는 공간이다. 그러나 밤의 공간은 죽음과 삶이 교차하며 생성의 공간의 의미를 획득한다.

어린 천 남석의 눈으로 초점화되는 가족의 공간은 매우 고통스런 흔적으로 제시된다. 그의 어머니는 아버지가 바다에 가 있을 때면 신음의 이어도 노랫가락을 읊조리며 생산성이 메말라 버린 밭에서 돌을 골라낸다. 그러나 아버지가 돌아온 날 밤은 이어도를 만나는 사람처럼 한 곡조를 하고는 편한 잠이 든다. 그리고는 아침이 되면 말짱한 얼굴이 되곤 하는 것이다. 어둠이 내리기 시작한 저녁 때 그의 어머니는 죽음을 맞이한다. 천 남석의 이야기에서 밤은 죽음의 공간이며 낮은 고통의 공간이다. 낮의 공간은 가난을 상징하는 신음 소리와 끝없이 나오는 돌을 고르는 행위에서이며, 밤은 어머니의 죽음을 가져온 공간이다. 다만 그의 어머니의 삶에서 밤의 공간이 긍정적으로 제시할 수 있는 부분은 천 남석의 아버지가 바다에서 돌아왔을 때 만이다.

선우 현의 초점화자로 천 남석이 자살하기 전에 절망적인 목소리로 절망적인 어린 시절을 이야기한다. 그의 말속에서 고통이 베여있고 이어도에 대한 부재를 확인하자 밤에 자살을 한다. 여기서 천 남석의 죽음과 관련된 환경은 밤이다. 폭풍우가 몰아치는 밤이며 그 밤의 의미는 다분히 혼돈과 생성의 공간으로 정리할 수 있다. 다음으로는 선우 현의 체험의 공간이다. 그가 낮에 바다에서 확인한 것은 모두 사실의 공간에서 움직일 수 없는 정지된 듯한 일상의 공간이나 다름이 없다. 그러나 양주호를 만나고 이어도 술집에 가고 이어도 여인을 만나는 일련의 행동은 곧 긴 자궁의 공간을 통해서 이어도를 만나는 행위로 볼 수 있겠다. 그가 삶을 영위하는 공간은 일상의 공간이요 모든 것이 혼돈이 없이 정리된 공간으로 생각 할 수 있다. 그러나 이어도 술집에서 이여도 여인을 만나서 성관계를 갖게 되는 과정이란 평소와는 다른 행동이고 만남이 된다. 그것은 어둠과 밤이 주는 생성의 공간이기 때문이다.

이렇듯 낮의 공간보다는 밤의 공간이 움직이고 살아있는 공간으로 제시된다. 이 공간은 지극히 모순적이고 비사실적이며 더 나아가 생성의 공간이라고 보아도 될 것이다. 이어도에서 밤은 천 남석의 죽음의 시간과 이어도 여인과 선우 현이 관계를 가지는 공간까지 모두가 밤에 이루어지며 그 밤은 보다 신비함과 함께 비극적이며 생성되고 만들어지는 공간이다. 그러나 낮은 무엇인가를 찾고 그리고 확인하고 사실만을 전달하는 공간이다. 즉 살아있지만 살아있는 공간이 아니다. 죽어있는 공간으로 역설적으로 드러나 있다. 설화의 공간은 사실이 배제된 공간이고 그 곳에는 생성과 죽음이 공존하는 장소이다.

현실에서 사실이 사라지면 곧 설화적인 공간과 만나는 것이다. 이어도 여인과 선우 현의 관계는 뭍사람들의 공간과 섬사람들의 공간 사이에는 절대적이며 운명적으로 서로 다른 세계관이 존재함을 나타내는 것이다. 선우 현 쪽에서 보면 새로운 문화체험이고 이어도라는 세계가 현실에 공존함을 아는 계기가 되며 그러한 인식이 가져오는 것은 절대독자에 대한 설화적 세계에 대한 창조적 수용을 요구한 것이 될 수 도 있다는 것이다.

2) 여성적 공간

닫힌 공간과 열린 공간 사이에는 여자와 남자라는 삶으로 대체된다. 움직 임이 부재하고 하는 공간은 여성의 공간이며, 푸념과 원망과 한이 남는 존재 이고 남성의 공간은 동적이며 움직여서 다른 세계로 지향하려는 몸부림이 있는 공간이다. 이어도에서 여성들의 공간은 음의 공간이고 음습하고 어둠의 공간이며, 밤의 공간이다. 폐쇄적이고 더 나아가 삶의 미래가 없는 공간이다.

천 남석의 어머니가 그랬고 이어도 여인이 그렇다. 그들의 자질은 한 남자 에게 얽매이어서 자신의 삶을 주체적으로 살아가기보다는 운명적인 남성의 삶과 죽음에 연결되어서 그들의 삶이 규격화되거나 그들의 세계관이 결정된 다. 천 남석의 어머니는 삶의 일반이 남편에 종속된 삶이다. 남편이 어부이며 어부로서의 삶에 대한 운명적이고 거역할 수 없는 그의 행동에 대한 하나의 불안과 고통을 감내하는 여인이다. 그의 남편과 자신의 삶과 연관 하에 또 다른 세계를 추구하지만 이어도를 만나지 못하는 여인이다. 또한 이어도 여 인 역시 섬에 태어나서 천 남석에게 길들여져 그의 삶이 천 남석과 이어져 있다. 천 남석이 만들어놓은 이어도 여인 구출작전은 결국 실패하고 만다. 삶의 전환(선우 현과의 성관계) 을 요구하나 그는 천 남석을 떠날 수도 제주 도를 떠날 수도 이어도를 떠날 수도 없는 존재인 것이다. 이들의 삶의 방식은

A-Å로서 반복에서 변화를 모색하지만 결국 상호 말소적이고 소모적인 방식으로 제주도로 다시 돌아오는 구조로 되어 있다. 즉 여성의 삶이 한 남성과 연결되어서 세계의 변화가 없는 반복되는 삶이 제공될 뿐이다.

5. 마무리

소설은 하나의 창작이다. 작가가 현대사회에서 설화를 모티프로 삼을 때, 현재의 삶에서 새로운 세계로 이행하거나 새로운 현실의 질서를 세우기 위한 노력의 일환이다. 이어도에서 작가는 현실적 삶의 세계에, 끊임없이 구동되는 어어도 설화를 통하여 삶의 윤리로 재진입시키고 있다. 이런 방식은 이어도 설화를 재창조했다고 해도 과언은 아닐 것이다. 재창조의 방식은 단순 설화에서 인물들의 서사 수준과 초점화 전략을 통해 삶의 노정을 제시하는데, 그 중심의 축이 선우 현의 탐색적 사고로부터 시작해서, 이어도 체험으로 끝나고 있다. 물론 설화적 세계관이 현실적 삶을 억압하는 경우에는 천 남석과 양 주호, 이어도 여인이라 볼 수 있다.

이렇듯 하나의 문화 안에서 소멸되어가는 설화적 권력을 작가는 고스란히 삶의 논리로 바꾸었다고 볼 수 있다. 따라서 작가는 이어도의 설화를 오늘날 새롭게 문화적 층위로 재질서화시켰다고 본다.

1. 들머리

종래의 허사학자들은 모든 서사물을 논리적으로 설명할 수 있는 서사소통 narrative communication 모형을 만들기 위해 노력해 왔다. 소통하는 모든 것은 화자와 청자라는 대화자 사이에서 일어난다는 점에서 일상의 발화행위를 근거로 허구적 서사가 연구되어 온 것이다. 이러한 연구의 결과로 서사학자[1]들은 사물의 필수적인 요소를 이야기histoire와 담화discours라는 두 부분으로 구분하는데 이야기는 내용 또는 사건들(행위, 사고) 및 존재하는 것들이라 불리는 것들을 포함하며, 담화는 표현, 내용이 전달되는 수단을 말한다. 간단히 말하면, 이야기는 서사물에서 묘사되는 '무엇'이고, 담화는 '어떻게'이다.[2]

---

1 스토리와 언어적으로 재현된 텍스트를 '이야기'와 '담화'로 구분한 사람은 즈네트와 채트먼을 들 수 있는데, 이중 필자는 채트먼의 이론을 중심으로 담화를 분석하였다.

2 시모어 채트먼, 김경수 옮김, 『영화와 소설의 서사구조』, 1990, 20~21쪽.

　　그러나 여기서 담화라고 하면 일반적으로 이야기를 전달하는 수단에 불과한 것으로 생각하게 되는데 이것에 대해 김현[3]은 텍스트의 담화론적 이해에 대한 인식의 결여에서 오는 보편적인 오해라고 지적하고 있다. 실생활에서 자신이 자주 사용하는 담화방식이 있듯이 작가에게도 작품을 구성하는 발화양식, 즉 작품을 어떤 이야기를 전달하고자 하는 발화된 텍스트라고 할 때 그 텍스트가 갖는 담화적 속성이 드러나게 된다. 여러 작품을 통해 지속적으로 드러나는 담화적 속성은 그 작가만이 사용하는 서사문법으로 작품의 이해를 돕는 중요한 열쇠가 된다.

　　담화는 이미 전달하기 위해 결정된 내용을 담는 그릇일 뿐만 아니라, 그 자체가 스스로를 드러내는 '자기 발생적 원천'이기도 하다. 담화는 존재를 전달하는 수단으로서의 역할보다는 오히려 존재 그 자체라는 속성에 보다 근원적이고 고유한 자기정체성이 있다는 점에서 '담화로 말한다.'기 보다 '담화가 말한다.'고 표현할 수 있다. 담화는 스스로 말할 수 있을 뿐만 아니라 한걸음 더 나아가 역사의 구체적인 지점에서 영향력을 행사하는 주체로서 인식되기까지 한다. 담화는 '현실을 모방하는 것이 아니라 현실을 구성한다.'라는 라캉이나 알튀세르 그리고 이글튼이나 제임슨의 언급도 실은 담화가 갖는 이런 존재론적 속성에 기인함은 더 말할 필요도 없다.[4]

　　그렇다면 '담화가 말한다.'라고 했을 때, 담화는 어떻게 말할 수 있는가를 살펴보는 것이 과제가 될 것이다. 그러기 위해 본고에서는 2000년대 소설 중 정이현과 윤성희의 초기 단편소설을 대상으로 담화가 어떠한 서사적 전달

---

3 김현, 「혈의누」 재고찰」, 『현대소설의 담화론적 연구』, 계명문화사, 1995, 157쪽.
4 위의 책, 158쪽.

구조를 통해 말하고 있는지를 살피고자 한다.

윤성희와 정이현은 여러 면에서 공통점을 가지고 있다. 70년대에 태어난 여성작가들인 윤성희는 2005년 「유턴지점에서 보물을 묻다」로, 정이현은 2006년 「삼풍백화점」으로 현대문학상을 수상하면서 주목받는 신예라는 점과 그들의 작품 속 등장인물들은 대부분 육체적·정신적 상처를 갖고 있다는 점에서 상처와 치유의 글쓰기라는 비슷한 양상을 보인다. 그러나 이들의 상처는 기존 우리 문학에서 보여 왔던 것과는 다른 상처를 지니고 있다.

두 작가가 그러하듯 70년대 생이라고 하면 80년대라는 질곡의 시대를 학교라는 제도적 울타리에서 보낸, 기존 세대와 변별될 만한 물질적 풍요를 누린 세대들이다. 더욱이 90년대라는 사회 전반적으로 이완기에 들어서면서 80년대와 변별되는 90년대의 패러다임, 즉 '문화의 시대'에서 생성된 다양한 문화 텍스트를 체험한다. 이러한 세대적 특징이 그들 작품을 낳는 원동력이 되는데, 80년대가 '정치와 경제'라는 거대담론을 지향했다면 90년대 이후에는 상대적으로 소홀했던 미시담론 즉 '개인의 일상'과 파편화된 현실에 주목한다.

윤성희와 정이현 역시 이러한 흐름에 합류하여 90년대와 이 천 년대를 살아가는 사람들의 일상을 소설에 담아내고 있다.

2. 담화방식

정이현의 인물이 인과성에 의해서 긴장을 유발하며, 끊임없이 과거-현재-미래라는 시간적 전망을 염두에 두는 시간형 인물이라면, 윤정희의 인물들은 병렬적 등가성을 전제로 하여 공존하는 이웃과 사물에 대해서 대등한 관심을 부여함으로써 공간적 관계를 염두에 두는 공간형 인물들이 등장한다. 그런 만큼 정이현의 인물들은 계기적으로 끊어서 그 의미나 가치를 담론화하고 있고 윤정희의 인물들은 병렬적으로 관련지어서 그것을 담론화하고 있다.

아직 작품화 되지 않은 소재를 두 작가가 담론화한다고 했을 때 그 차이는 각각 어떠한 상상력을 부여하여 의미를 생산해내는가 하는 문제와 어떠한 언어와 구성으로 형상화하느냐로 구분될 것이다. '삼풍백화점 붕괴'라는 동일 소재를 작품화한다고 했을 때 백화점에서 일하고 있는 사람과 백화점에 물건을 사러간 사람 중 누구를 주인공으로 하느냐에 따라 작가가 생각하는 의도는 판이하게 다를 수 있다. 즉 누구를 초점화자로 삼을지, 사건의 어느 부분에 초점을 맞춰 이야기를 전개할 것인지, 또는 배경은 어떤지, 이런 여러 요소들은 작가의 삶과 밀접하게 연관되어 드러난다고 볼 수 있다. 서사담화의 분석은 작품 속의 개별적 요소들이 서로 어떻게 관계를 맺고 의미를 생산하는지에 대한 심층적인 분석을 통해 전반적인 의미생성의 원리와 그 양식을 파악하는 것이다.

「삼풍백화점」과 「부분들」[5]은 '삼풍백화점 붕괴'라는 동일한 소재를 다루고 있지만 정이현은 주인공을 중심으로 서사를 병렬적으로 배치하여 대비의 전략을 사용하였고, 윤정희는 비슷한 인물군을 병렬적으로 배치하여 하나의 동류항을 묶어내는 전략을 사용하고 있다. 이러한 전략으로 구성된 인물의 표현방식은 서로 다르기 마련인데, 같은 소재일 경우 어떤 인물을 다루는가도 중요하지만 그 인물을 어떤 측면에서 어떤 방식으로 바라보는가도 중요하다

---

5 윤성희의 「부분들」의 경우 삼풍백화점이라는 지칭을 사용하지 않았지만 내용의 정황상 삼풍백화점 붕괴를 염두에 두었음을 확인할 수 있다.

는 점에서 두 작가의 차별화된 인물서사전략도 주목해봐야 할 점이다.

정이현의 「삼풍백화점」은 주인공 '나'의 어린 시절부터 삼풍백화점이 무너진 전후의 성장과정이 시간적 순차에 의해 진행되고 있다. 이러한 기본적인 서사에 1955년 6월 29일 삼풍백화점이 붕괴되기 직전의 '나'의 일상이 기본서사의 사이사이에 병렬적으로 삽입되어 있다. 이러한 병렬적 배치는 'R'과 '나'가 만나기까지의 지루한 전개를 긴박하게 이끄는 효과와 함께 'R'과 '나'를 대비시키는 효과를 준다. 주인공 '나'는 '비교적 온화한 중도 우파의 부모, 슈퍼 싱글 사이즈의 깨끗한 침대, 반투명한 초록색 모토로라 호출기와 네 개의 핸드백, 주말 저녁에는 증권회사 신입사원인 남자친구와 데이트'를 하는 강남에 사는 20대 여성이다. '나'는 한국의 중류가정의 삶을 대표하고, 그의 삶의 태도는 현실에 대한 가난과는 거리가 먼 유복한 가정상황임을 알게 한다. 그런 '나'는 강남에 위치한 삼풍백화점이라는 이미지가 만들어 내듯, 소비적인 현대사회의 표적이 되는 계층이다. 삼풍백화점의 붕괴는 '대한민국이 사치와 향락에 물드는 것을 경계하는 하늘의 뜻일지도 모른다.'는 한 여성명사의 기고에서 보듯 그가 속한 세계는 비판의 대상이 되는 하나의 계층에 속함을 우회적으로 보여준다. 이와 같은 배경은 '나'가 어떤 사회적 비판을 가하려는 의도 보다 자신의 입장을 있는 그대로 긍정하고 시작한다는 것으로 해석할 수 있다.

그러나 중산층 가정에서 유치원부터 대학까지 자본 이데올로기에 의한 제도교육에 젖어있는 '나'와 고등학교 졸업 후 백화점에서 일하고 있는, 왜 혼자서 살고 있는지도 모르는 'R'의 이야기가 병렬적으로 제시되면서, '나'는 'R'을 만나기 전까지 있는 그대로 받아들이던 세계에 대한 균열을 느끼게 된다.

이러한 주인공 '나'의 이야기와 삼풍백화점이 무너진 하루 동안의 이야기가 주인공 '나'에게는 정신적 상처로 남아 있음을 보여준다.

'나'는 R의 부탁으로 R이 일하는 Q브랜드에서 아르바이트를 하게 된다. 일일 아르바이트 임에도 제복을 입으라는 대리의 말에 '나'보다 더 당황한 R은 유니폼을 입지 않게 해달라고 간곡히 부탁한다. 대리가 입히려는 것이 판매원 유니폼이 아닌 죄수복이라는 생각이 들 만큼 강경한 태도를 보이는 R을 말려서 그냥 유니폼을 입었지만 R은 대리에게 지원 아르바이트라는 명찰을 달아달라고 부탁한다. '나'는 가끔 R을 도와줄 때와 달리 정식 유니폼을 입고 아르바이트를 할 때는 그 일의 낯설음을 피부로 느낀다. 이 낯섦은 자신이 입고 온 Q브랜드와 비슷한 옷으로 갈아입은 후에도 그 옷에서 무거움이 느껴질 정도로 '나'에게는 'R'과 다른 경계가 분명한 것임을 나타낸다. 제복이 갖는 효과가 신분에 대한 명확한 구분에 있다고 할 때, 강북에 사는 백화점 판매원인 'R'과 대학 졸업 후 취업을 준비하는 '나'사이에는 그만큼 명확한 구분이 있음을 보여주는 것이다.

이 에피소드에서 볼 수 있듯이 이 작품의 담화론적 특징은 단순한 시간성을 넘어서 판매자와 소비자의 대비 원리에 근거하고 있다는 것을 알 수 있다. R과 '나'의 거리는 보이지 않지만 분명한 것이었고 그것을 '나'보다는 R이 더 확연히 구분하고 있는 것으로 보인다.

윤성희의 「부분들」은 각각의 상처를 지닌, 그러나 비슷한 인물들을 병렬적으로 배치하는 서사전략을 보인다. 이 작품은 건물붕괴에도 불구하고 살아남은 '기적의 사나이' 세 명에 대한 이야기이다. 휴가를 받아 집으로 가는 중 갑자기 배가 아파서 이 건물에 들어온 군인 원과, 야학에서 영어를 가르치던

대학생이 신발공장에 다니던 어머니의 임신 소식을 알고 사라지자 가족 모두가 아이를 지우라고 종용한 가운데도 일곱 달 만에 태어난 투, 분식집 아들 쓰리는 붕괴된 건물 속에서 목소리만 들을 수 있는 상태로 만난다. 그러나 '기적의 사나이'라고 불리는 이들의 일상은 '기적'이라는 말과 대비될 만큼 평범하고 우울하다. 무너진 건물에서 기적적으로 구조된 날, 피자가 먹고 싶다고 말한 쓰리는 한 피자회사로부터 평생 무료시식권을 선물로 받았지만 부모님이 돌아가신 충격에서 벗어나지 못해 하루 세끼를 피자만 먹다가 체중이 두 배로 늘었다. 원은 콘크리트 냄새만 맡아도 어지럼증이 이는 병에 걸려 남은 군 생활을 하지 못했고, 여자 친구와 헤어진 후 그녀에게 주려던 반지를 강물에 던져버린 후 그것을 찾겠다고 강물에 뛰어들어 식물인간이 되었다. 그런 원의 산소 호흡기를 제거하려다 잡힌 쓰리는 살인미수로 경찰에 체포된다.

투가 건물이 붕괴된 이후 죽음의 경계를 넘나드는 사이 무의식중에 '어머니, 지금 이건 꿈인가요?'라고 묻는 말에 '아니요. 불행하게도, 이건 현실이에요'라는 대답이 돌아오듯 그들에게 '기적'은 일상의 삶 앞에서 무의미할 뿐이다. 쓰리가 투에게 전화를 걸어서 이십 칠 년 동안 살았다는 것 자체가 기적이라며 '생각해 보니까, 세상 사람들 모두가 기적 같은 삶을 사고 있었던 거예요.'라고 말하듯이 그들에게 위로가 되는 것은 '기적'이 아니라 '상처'를 함께 공유하는 주변인인 것이다. 이것은 윤성희가 자주 사용하는 서사담화 전략이기도 하다. 바로 상처를 공유할 수 있는 인물들을 병렬적으로 배치함으로써 상처 치유의 이야기를 이끌어간다.

> 달밤은 우리들의 그림자를 아름답게 만들어주었다. 그 그림자들이 서로를
> 스치고 지나갔다. 우리들은 서로 가슴을 밟고, 서로의 얼굴을 밟고, 서로의
> 웃음을 밟았다. 하지만 아무도 아프지 않았다. (「부분들」, p.252)

윤성희의 건조한 문체에서 나오는 인물들의 병렬적 배치는 위의 구절처럼
서로가 서로의 상처가 되기도 하지만 서로를 밟아도 아프지 않을 만큼 위로
가 되는 그 무엇이 작용한다.

이러한 점에서 정이현은 「삼풍백화점」에서 삼풍백화점이 붕괴하듯 고교
동창인 R과 나의 관계가 공존하지 못하고 차별화된 과정을 확인함으로써 자
기동일성을 찾아간다면, 윤성희의 「부분들」은 주변 인물들과 등가적 대응성
을 확인함으로써 자기동일성을 회복해간다.

3. '상처'와 '치유'의 서사담화

서론에서 두 작가가 육체적 · 정신적 상처를 갖고 있는 주인공들의 상처와
치유의 글쓰기라는 비슷한 양상을 보인다고 지적하면서 이들의 상처는 기존
우리 문학에서 보여 왔던 인물들과는 다른 상처를 지니고 있다고 말한 바
있다. 은희경이 특이한 체험이나 역사적이든 개인사적이든 강렬한 고통이
없는 자신이 글을 쓸 수 있는 것은 90년대가 자신과 같은 사소한 삶 속에서도
인생의 의미를 찾을 수 있다는 암묵적 동의가 있었기 때문이라고 했던 것[6]처
럼 90년대 이후 등장한 작가들 또는 그 작가들이 만들어 낸 인물들은 이전

---

6 은희경, 「나의 문학적 자서전」『제22회 이상문학상 수상작품집』, 문학사상사, 1998, 401쪽.

시대의 인물들에 비하면 소소한 상처를 지니고 있다. 이는 '역사철학'과 '거대 서사'의 틀에 메여있던 텍스트들이 그 틀을 벗고 개인의 일상으로 돌아오기 시작한 90년대 이후부터 보이는 당연한 결과일 것이다.

앙리 르페브르가 『현대세계의 일상성』에서 "정신적으로 '작품'이라는 용어는 더 이상 예술적 사물을 가리키는 것이 아니라 자신을 알고, 자신을 이해하고, 자기 자신의 조건들을 재생산하고, 자신의 자연과 조건들(육체·욕망·시간·공간)을 전유하고, 스스로 자신의 작품이 되는 그러한 행위를 지칭한다.7라고 했듯이 이 천 년대 문학은 개인의 소소한 일상이 작품이 되어 그 속에서 파편적인 인생을 반복적으로 보여준다. 일상은 채워지지 않는 욕망으로 인해 항상 부족함의 연장이며, 지루한 임무와 인간관계의 연속이지만 그 끝없는 지속성이 작품 속에서 상처가 되기도 하고 치유의 모티브가 되기도 한다.

1) '상처'에 대한 고백과 독백

90년대 문학의 상처는 '고백과 독백'의 담화로 풀어낸다. '독백'은 소통의 가능성을 상실한 여성들의 고유한 발성법이었다. 그러나 '고백과 독백'은 단순한 문학적 형식이나 문체적 특징이라기보다는 세상으로부터 상처받은 그들이 타자의 시선이 미치지 못하는 자기만의 세계를 구축하는 전략적 화법이기도 했다.8 이 때, '고백과 독백'은 대중과의 소통을 원활하게 만든다는 장점을 지니는데 세계와의 소통가능성을 상실한 상처에서 출발하는 '고백과 독백'

---

7 앙리 르페브르, 박정자 옮김, 『현대세계의 일상성』, 기파랑, 2005, 355쪽.
8 고봉준, 「그녀들의 모노드라마」, 『비평, 90년대 문학을 묻다』, 여름언덕, 2005, 301쪽.

은 역설적으로 타자와의 만남을 더욱 왜곡시킬 수 있는 위험을 안고 있다. 이러한 위험을 이용하여 서사를 이끌어가는 것이 정이현[9]의 특징이다. 고봉준은 정이현의 소설은 '고백과 독백'이 상처받은 자들의 고유한 화법이라는 통념을 부정하고 있으며 그러한 부정에서 이 천 년대 소설이 시작된다고 평한 바 있다. 정이현은 과거－현재－미래의 인과성을 염두에 두는 인물을 주인공으로 하여 고백과 독백의 서사형태를 빌어 '몸'과 '소비'에 대한 욕구에 감싸인 자본주의의 일상을 있는 그대로 보여주는 방식을 사용하고 있다.

이러한 정이현 특유의 서사담화는 법정진술처럼 이야기를 끌어가는 「순수」에서 가장 확연하게 드러나는데, '고백과 독백'의 서사담화를 사용한다는 점에서 90년대 여성적 서사담화의 연장인 것처럼 보인다. 그러나 물질적 욕망을 노골적으로 드러냄으로써 가부장적 사회구조가 여성에서 강제했던 도덕적 허위의식을 해체시켜버린다는 점에서 90년대 여성적 서사담화와는 질적으로 다른 위치에 놓인다.[10] 공지영의 「무소의 뿔처럼 혼자서 가라」에서 똑똑한 대졸 여성들의 가부장적이고 속물적인 사회의 금기들을 공격하거나 조롱하는 일탈적이고 도발적인 시도에 비해 정이현의 여성 인물군은 현실에 안주하고 순응하는 오히려 90년대 여성 인물군에 비해 후퇴하거나 반 페미니스트적으로 보이기도 한다.

---

9 정이현은 1972년 서울 출생으로 성신여대 정외과 졸업, 동대학원 여성학과 수료, 서울예대 문창과를 졸업했다. 단편 「낭만적 사랑과 사회」로 2002년 제1회 『문학과 사회』 신인문학상을 수상하며 문단에 나왔다. 이후 단편 「타인의 고독」으로 제5회 이효석문학상(2004)을, 단편 「삼풍백화점」으로 제51회 현대문학상(2006)을 수상했다.
첫 단편집 『낭만적 사랑과 사회』에서 보여주는 소설 속의 각주, 날렵한 구성, 명료한 영화적 글쓰기 방식을 통해 정이현의 소설의 서사담화를 엿볼 수 있다.
10 위의 책, 302쪽.

그러나 정이현 소설에 등장하는 여성 인물군이 위악적이고 팜므파탈적인 것에 주목해야 할 것이다. 「순수」에서 첫 번째 남편의 자살로 인해 받은 보험금으로 발리로 여행을 떠날 때까지만 해도 평범한 여성으로 보이던 주인공은 두 번째, 세 번째 남편의 죽음에 대한 진술에서 그 혐의가 농후함에도 불구하고 한밤중에 여자 혼자 빈집의 문을 따고 들어가는 건 퍽 위험하고 쓸쓸한 일이라고 말하는 위악적 모습을 보인다. 「낭만적 사랑과 사회」에서 주인공 유리는 '오리지널 샤넬 백'을 메고 '병아리색 뉴비틀'을 타고 다니는 친구 혜미가 평범한 조건의 남자와 만나서 임신까지 했다는 사실에 안타까움을 느낀다. 유리는 혜미와 달리 자신이 진짜 명품가방을 구입할 경제적 능력이 없다는 사실을 깨닫고 부유한 남자와의 결혼을 꿈꾼다. 그 부유한 남자와의 결혼을 위해서 유리는 '순결'을 무기로 한다. 「트렁크」에서는 외국계 화장품회사의 9년차 차장인 주인공이 자신의 성공을 위해 남자 상사를 이용하는 모습이 그려진다. 「소녀시대」의 주인공은 엄마 아빠가 죽으면 현재 살고 있는 55평 8억 5천하는 아파트부터 처분하고 여행을 가겠다는 맹랑한 소녀이다. 그녀는 유산을 위해 부모가 죽기를 바라는 위악적인 인물이다. 이러한 정이현의 여성 인물군은 90년대 소설에서 볼 수 없던 낯설고 위험한 존재들이다. 그녀가 형상화하고 있는 여성 인물들은 과거의 사고나 개념을 전복하고 새로운 질서에서 씌어 진 인물이다. 이런 여성 인물군을 중심으로 정이현이 사용한 '고백[11]과 독백'의 서사담화는 90년대 사용되었던 서사담화와는 확연히 다를 수

---

11 가리타니 고진은 「고백이라는 제도」에서 "고백이라는 것은 단순히 죄를 고백하는 일이 아니라 하나의 제도인 것이다. 일단 성립한 고백이라는 제도 속에서 처음으로 감추어야 할 일이 생기며 나아가 그것이 제도라는 사실이 의식되지 않는 것이다."라고 정의하고 있다. 가리타니 고진, 박유하 옮김, 『일본근대문학의 기원』, 민음사, 1997.

밖에 없다.

90년대 여성 작가들이 '고백과 독백'의 서사담화를 통해 작가 자신의 세계를 건설[12]했다면 정이현은 그녀가 그려낸 위악적 여성들의 물질욕망을 '고백과 독백'의 서사담화를 통해 그녀들의 세계를 보여준다. 그러나 정이현은 그녀가 만들어낸 인물들의 권력의지를 통해 소비시대의 이데올로기를 역으로 비판한다. 장 보드리야르가 그의 저서에서 '소비가 현재를 살아가는 이들의 언어활동이며, 그것에 의해서 사회 전체가 의사소통하고 서로에 대해 말한다.'[13]고 규정한 것처럼 '소비'를 향유하는 여성 인물들을 통해 이 천 년대를 말하고 있는 것이다.

그렇다면 정이현이 이러한 여성 인물들을 통해 말하고자 하는 것은 정확하게 무엇일까? 그것은 주인공들의 '상처'이다. 소설에서 주인공의 '상처 입음'은 누구나 겪는 성장통이며, 통과의례로서 그다지 특별한 것이라고 할 수 없다. 또한, 2000년대 자본주의 폐해로 인한 일상적 상처는 한국문학사에서 드러난 전쟁이나 그로 인한 이주 등과 같이 정치적 원인에 기인한 것이 아닌 개인의 소소한 경험에서 나온 상처인 만큼 상처에 대한 서사담화만 보일 뿐, 원인이 명확하지 않기 때문에 상처는 치유하기 어렵고 치유하려는 노력의

---

12 고백이라는 제도를 유지시키는 건 '죄'나 '참회'가 아니라 권력의지이다. 고백은 담화의 주체가 자신의 정당성을 확보하려는 전략, 다시 말해 주체의 권력의지를 현실화시키는 담론적 장치이다. 고백이라는 장치를 통해 고백의 주체는 타자의 진리가 개입할 수 없는 고백자의 세계를 건설한다. 고봉준, 「그녀들의 모노드라마」, 『비평, 90년대 문학을 묻다』, 여름언덕, 2005, 280쪽.

13 장 보드리야르, 이상률 옮김, 『소비의 사회』 문예출판사, 1996, 103~104쪽. 재화와 차이화된 기호로서의 사물의 유통, 구입, 판매, 취득은 오늘날 우리들의 언어활동이며 코드인데, 그것에 의해서 사회 전체가 의사소통하고 서로에 대해 말한다. 이것이 소비의 구조이며 그 언어이다. 개인의 욕구 및 향유는 이 언어에 비하면 파롤의 효과에 불과하다.

주체도 존재하지 않는 경우 가 많다. 특히 정이현의 소설처럼 위악적이고 팜므파탈적인 인물들이 주인공일 경우, 상처를 준 가해자나 상처를 받은 피해자를 구별하기란 용이하지 않다.

「낭만적 사랑과 사회」에서 자신의 순결을 무기로 부유한 남자와의 결혼을 꿈꾸던 유리는 자신의 순결을 입증하기 위해 영악하게 완전무결한 첫날밤을 위한 십계명을 암송한다. 그러나 순결의 증표인 혈흔이 나타나지 않자 당황하게 되고, 남자친구가 준 루이뷔통 백을 움켜쥐며 '아니다. 아니다. 누가 뭐래도 그는 내가 사랑하는 사람이다. 우리는 서로, 사랑하는 사이다.'라고 본인을 달랜다. 「트렁크」에서는 외국계 화장품회사의 9년차 차장인 주인공이 나오는데 막스 마라의 연회색 캐시미어 코트를 걸치고 반듯한 커리어우먼으로 보이는 데 더할 나위 없이 중요한 큼지막한 헤르메스 가죽백을 들며 안드레아 보첼리의 꼰 떼 빠르띠로가 흘러나오는 새로 뽑은 2002년형 진주색 EF쏘나타 골드를 운전하는 여자이다. 또한 성공을 위해 지사장과 지사장이 될 번한 권 사이를 오가는 존재이다. 어느 날 자신의 차 트렁크에 죽어있는 소녀를 발견하고 자신이 죽인 것이 아님에도 불구하고 그녀는 이들과의 관계가 드러날 것을 두려워하여 소녀의 죽음을 신고하지 않고 혼자 처리하려 한다. 쏘나타 트렁크에 죽어있는 소녀의 죽음은 물질 욕망에 갇힌 주인공의 모습과 오버랩 된다. 여주인공과 그 외 인물들은 자본주의 폐해에 대한 피해자인 동시에 가해자이다. 이러한 인물들을 내세워 작가가 보여주고자 한 것은 인물들의 '몸'과 '소비'에 대한 욕구를 통해 자본주의의 일상을 있는 그대로 보여주는 서사담화 방식이다.

이러한 보여주기 방식은 「삼풍백화점」에서도 유효한데, 앞서 보았듯이 중산층 가정에서 자란 주인공이 우연히 삼풍백화점에서 일하는 동창 R을 만나게 되고 소비의 공간이었던 삼풍백화점이 R을 통해 일상의 공간으로 전환된 시점에서 그 삼풍백화점이 무너진다. 그 후 R의 죽음으로 인한 정신적 상흔을 보여주고 있다. '나'는 R의 생사를 확인하지 않고, 다만 모 사이트의 미니홈피에서 R과 이름이 같은 사람을 검색하며 R역시 이렇게 살아가고 있을지도 모른다고 생각한다. 삼풍백화점이 있던 자리에 초고층 주상복합 아파트가 들어선 것처럼 '많은 것이 변했고 또 변하지 않았다.'라는 '나'의 진술처럼 주인공 역시 자신의 상처 치유를 유보한다.

이런 상처 보여주기의 서사담화는 정이현이 파악한 작가의 위상 변화, 즉 작가는 더 이상 '신'도 아니고 '천재'도 아니며 단지 한 시대의 '보고자'일 뿐이라는 데서 기인할 것이다. 작가에게 더 이상 예술성과 도덕성의 우월한 고지가 허락되지 않는 '저자의 죽음'의 시대에 정이현은 작가란 이제 '혼자 쓰는 것이 아니라, 타인들과의 관계 속에서' 쓸 수 밖에 없다고 말한다.[14] 그러나 이러한 여성 특유의 신체적 경험과 소비에 대한 욕구가 이 천 년대 여성의 존재감을 새롭게 구성하는 일면도 있지만 지나치게 상처 보여주기에 일관하고 있다.

---

14 정이현, 「작가 창작론—바보야, 너만 그런 거 아니야」, 『문학사상』, 2006년 5월호, 181쪽.

2) '인물병치'를 통한 '치유'

윤성희[15]는 이야기를 이끄는 사건의 발단, 전개, 해결의 과정에 집착하는 것이 아니라 비슷한 인물군들을 제시하여 공간화하고, 집단화한다고 할 수 있다. 이러한 인물병치의 방법은 고통을 공유한 인물들을 동류항으로 묶을 수 있다. 인물들은 서로 대응관계를 유지하고 지탱해 간다. 인물군은 하나같이 고독하고 조용하다. 「유턴지점에서 보물을 묻다」에서 주인공의 어머니는 자신의 낳은 두 딸을 안아보지 못하고 세상을 등지고, 쌍둥이 언니는 교통사고로 죽는다. 할아버지가 죽고 아버지의 배다른 형제인 일곱 명의 삼촌들은 할아버지의 유산을 놓고 싸운다. 그런 아버지는 삼촌들의 뺨을 한 대씩 때리는 조건으로 유산을 포기한다. 그리고 그런 아버지는 기차 안에서 돌아가신다. 여행 중 만난 지하철 기관사였던 Q는 열차에 뛰어들어 자살한 여자의 눈빛을 잊지 못해 직장을 그만두었고, 찜질방에서 만난 W는 어머니가 배우가 되기 전에 낳은 아이였기에 그의 존재를 어머니와 외할머니만 안다. 그만큼 W는 존재감이 없는 사람이다. 그리고 가출한 고등학생과도 만나게 된다. Q, W는 컴퓨터 자판에서도 소외된 위치에 놓여있는데 이렇게 사회에서 소외된 인물들이 주류를 이룬다.

---

15 윤성희는 1973년 경기도 수원에서 태어나 청주대 철학과와 서울예대 문예창작과를 졸업했다. 1999년 동아일보 신춘문예에 단편소설 「레고로 만든 집」이 당선되어 작품 활동을 시작했으며, 2005년 「유턴지점에서 보물을 묻다」로 제 50회 현대문학상과 제2회 올해의 예술상을, 2007년 제14회 이수문학상을 수상했다.
윤성희는 내면심리 묘사를 극도로 억제하는 대신에 등장인물을 둘러싼 환경을 관찰자의 시각으로 표현하는 방식으로 그녀의 첫 소설집 「레고로 만든 집」에 잘 드러난다. 최근 젊은 작가들의 작품들에서 되어 왔다. 윤성희 역시 자아의 고독한 내면, 그리고 무심한 일상에 대해 꼼꼼히 기록하는 서사 담화를 보인다.

윤성희는 건조한 문체로 고독한 인물들을 그리면서 고독을 더욱 강화해 나간다. 위의 내용 전개만 보더라도 사연이 많은 여러 인물들이 나오지만 이들에 대해 건조한 어조로 간단한 설명과 함께 병렬적으로 제시하는 것이 윤성희 소설의 특징이다. 이러한 병렬 구조는 「감기」, 「안녕! 물고기자리」, 「잘가, 또 보자」와 같은 작품에서도 연결하여 찾아볼 수 있다. 「감기」는 손가락 마디가 잘린 남자와 손등에 화상을 입은 여자가 처음 만나는 순간부터 서로의 상처를 쓰다듬으며 호감을 느낀다. 「안녕! 물고기자리」는 할인매장에서 만난 고등학교 동창의 우연한 초대에 응해 그녀의 집에 갔다가 만나게 된 4명이 여성들이 자신의 몸에 난 상처에 대해 이야기하며 하루를 보낸다. 「잘가, 또 보자」역시 네 친구의 이야기다. O는 W보다 더 많은 빚이 있었고, K는 사귀던 남자에게 사기를 당하고 H는 스무 살이 되던 무렵에 부모님을 한꺼번에 잃었다. 그럴 때마다 위로해 주던 W의 자살은 세 친구에게 큰 충격이었고 그 충격으로 인한 상처를 그려내고 있다.

윤성희 소설의 주인공들은 정이현 소설의 인물군에 비해 뚜렷한 상처가 가득하고, 그 상처를 치유하려는 노력 없이 묵묵히 자신의 삶을 살아가는 인물들이 대부분이다. 필자가 정이현의 서사담화를 '상처'보여주기의 서사담화라고 지칭했지만 표면상으로는 윤성희의 소설이 더 그러하다. 하지만 윤성희의 소설은 서로를 위로하는 훈훈함이 있는데 그것은 서로의 상처를 바라보는 자신과 비슷한 주변인이 항상 함께하기 때문이다. 이들은 자신의 고통을 하소연하지 않는다. 침묵하는 주인공들은 운명적 동일성을 가진 외로운 이들을 통해 서로를 지탱하고 위로를 받는다. 가족 간의 운명론은 거부하면서도 고독한 타자들 간의 운명적 동일성에 대해 집착한다. 다르지만 비슷한 고통을 갖고 있는 인물을 병렬적으로 배치하고, 피서술자에게 다시 한 번 지금까지 인물들이 겪어 온 역경을 확인시키고 그들의 아픔을 껴안는다. 가장 위로되지 않는 말이라고 할 수 있는 '나 역시 그렇다', '나의 아픔에 비하면 너의 일은 아무것도 아니다.'라는 표현이 될 수 있는 내용을 인물의 병렬적 배치를 통해 거부감 없이, 그리고 스스로 상처를 치유할 수 있는 구조를 만들어낸다.

작가에게 있어 글쓰기란, '마음의 짐'을 부리는 일ー일상의 소외된 삶 속으로 깊이 나아가 그 세계를 '포용'하고 '위무'하는 행위이다.[16] 이 때 윤성희가 그의 작품 속에서 세계를 포용하고 위로하는 방식으로 사용하는 것은 바로 주변인들과 함께 음식을 먹는 행위로 표현한다. 소영현[17]은 윤성희 소설에 나오는 인물군들을 식탁공동체라고 표현한다. 그만큼 윤성희의 소설은 함께 음식을 먹는 장면들이 자주 등장한다. 음식은 사랑의 마음을 표현하는 수단이기도 하고, 강력한 통제의 수단이 되기도 하며, 부모와 자식 간의 '연결고리의 원천'[18]이 되기도 한다는 점에서 소영현의 표현은 적절하다고 볼 수 있다. 밥은 일상 삶의 가장 근원적인 차원의 그것이며, 함께 나누는 '따뜻한 밥' 한 그릇이 갖는 의미는 사회적 관계, 존재론적 가치까지의 그 영역을 확장할 수 있다. 결국 한국인들에게 밥은 일상의 고통을 순리의 세계로 승화시키는 존재[19]라는 점에서 윤성희 소설의 인물들은 함께 밥을 먹으며 서로의 고통을 치유한다. 침묵하는 주인공들에게 '말하는' 입이 아닌, 함께 음식을 '먹는'입은

---

16 임영봉, 「일상과 초월, 그리고 탈주」, 『비평, 90년대 문학을 묻다』, 여름언덕, 2005, 275쪽.
17 소영현, 「위무의 문학, 믿거나 말거나 식탁 공동체」, 『거기, 당신?』, 문학동네, 265쪽.
18 캐롤 M. 코니한, 김정희 옮김, 『음식과 몸의 인류학』, 갈무리, 2005, 58쪽.
19 지현배, 「한국 현대시에 나타난 밥 의식 탐구」, 『국어교육연구』 제41집, 2007, 305쪽.

이들의 상처를 보듬어가는 특별한 치유의 방식으로 작용하는 것이다.

「유턴지점에서 보물을 묻다」에서 어머니와 쌍둥이 언니 그리고 아버지의 죽음으로 혼자가 된 주인공은 지하철 기관사였던 Q, 존재감 없는 W와 가출한 고등학생과 함께 매운 쫄면과 만두를 만들어 먹고 그 매운 쫄면과 만두를 만들어 팔면서 새로운 가족을 구성해간다. 「안녕! 물고기자리」에서 서로에 대해 잘 알지 못하는 4명의 여성들도 같이 식사를 하며 자신의 상처를 공유한다. 「잘가, 또 보자」에서 정신병원에 입원한 K를 찾아간 O와 H도 병원 앞 잔디밭에서 H가 준비한 음식을 먹으며 W에 대한 이야기를 한다. 이 때 그들이 싫어하던 잡채에 들어간 시금치나 밥에 있는 콩을 골라내지 않고 함께 먹는다. 「하다 만 말」에서도 딸을 잃은 아픔을 가족들이 함께 소문난 맛집을 찾아가는 여행으로 마음을 달래고, 「봉자네 분식집」에서 단무지 회사 차량에 치인 덕에 그 회사에 취직했던 주인공은 회사를 그만두고 친구와 함께 분식집을 낸다. 주인공이 '배가 부르다고 생각하니 쓸쓸하다는 생각은 조금씩 옅어졌다. 사람들은 그래서 밥을 먹나봐'라고 하듯 윤성희 소설의 주인공들은 함께 음식을 먹으며 일상을 견디고 극복해 간다.

4. 마무리

모든 소설에서는 그만의 '상처'와 '치유'방식이 담겨 있다. 그 중 필자가 '상처'와 '치유'의 서사 담화를 정이현과 윤성희의 소설을 통해 살펴보고자 한 이유는 담화는 궁극적으로 '입장'의 형태로 '대립되는 다른 담론과의 관계'에 의해서 규정되기 때문이다. 즉 담화는 관계 안에서 어떤 형태로든 일정한 자기 입장을 표명할 수밖에 없으며, 그 때 입장들 사이의 관계 양상은 '대립'적일 수밖에 없다.[20]는 점에서 두 작가를 비교하면 비슷한 시기의 등장한 소설들의 서사 담화가 더 확연히 드러날 것이라고 생각한 이유에서이다. 두 작가의 대립되는 담화 방식은 그녀들의 작품에서 때로는 이점으로 때로는 약점으로 드러나기도 한다.

정이현은 과거-현재-미래의 인과성을 염두에 두는 인물을 주인공으로 하여 고백과 독백의 서사형태를 빌어 '몸'과 '소비'에 대한 욕구가 감싸인 자본주의의 일상을 있는 그대로 보여주는 방식을 사용하고 있다. 반면, 윤성희는 인물들의 병렬적 등가성을 전제로 하여 공간적 관계를 염두에 두는 공간형 인물들을 창조하여 주변인과 조화를 이루며 상처를 치유해가는 서사담화를 보인다.

이러한 담화분석은 의미 생성양식 및 작품의 구성 원리로써 현재까지 나온 작품 전반에 내재하고 있지만, 지금까지 분석한 작품들이 아직 두 작가에게 초기작이라는 점에서 모든 서사담화를 규정할 수 없는 것도 사실이다. 또한 '상처'와 '치유'의 서사담화를 정이현과 윤성희의 작품만을 중심으로 한다는 것 역시 주관적인 담화분석으로 생각될 수 있다. 그러나 작품에 내재한 담화분석을 통해 작품 속의 개별적 요소들이 서로 어떻게 의미 관계를 맺어 가며 소통의 재료로 사용되는지를 파악할 때, 그 담화방식이 타 작가와 사회에서 어떻게 구별되고 어떻게 교감하는지에 대해 더 심층적으로 해석할 수 있을 것이라 생각한다.

---

20 김현, 「혈의 누' 재고찰」, 『현대소설의 담화론적 연구』, 계명문화사, 1995, 166쪽.

◆ 참고문헌

· **제1부 제1장**

김교봉 · 설성경지음, 정선태, 『근대전환기소설연구』, 국학자료원, 1991.

김윤식 외 3인 편, 『신소설 · 번안(역)소설1』, 아세아문화사.

양진오, "「혈의 누」 연구", 『한국문학이론과 비평2』, 예림기획, 1998. 2.

이상우, 『소설교육론』, 집문당, 1998.

전광용, 『신소설연구』, 새문사, 1990.

정선태, "신소설의 서사론적 연구", 서울대 대학원 국어국문과, 1994.

최시한, "현대소설의 시점과 형성", 『현대소설 시점의 시학』, 새문사, 1996.

다지리 히로유끼, "「혈의 누」의 담론"소고, 『한국문예비평연구 제8집』, 2001.

리몬-캐넌 저, 최상규역, 『소설의 시학』, 문지사, 1995.

마이클 J. 톨란 저, 김병욱 · 오현희 공역, 『서사론』, 형설출판사, 1993.

· **제1부 제2장**

『염상섭 전집』, 민음사, 1987.

김윤식, 『염상섭연구』, 서울대출판부, 1987.

_____ 편, 『염상섭』, 문학과 지성사, 1987.

김종구, 『혼인시련 신소설의 서사구조와 인물유형 연구』, 박사학위청구논문, 서강대학교
        대학원, 1990.

김 활, 『현대문학 이론과 의미의 부재』, 탑출판사, 1992.

로버트 C 홀럽, 최상규 역, 『수용이론』, 삼지원, 1985.

마단 사럽, 임현규 편역, 『데리다와 푸코, 그리고 포스트모더니즘』, 인간사랑출판사, 1992.

빈센트 B 라이치, 권택영 역, 『해체 비평이란 무엇인가』, 문예출판사, 1990.

· **제1부 제3장**

김동인, 「감자」, 『조선문단』, 1925, 1.

백 철, 『김동인연구』, 새문사, 1982.

상허문학회 지음, 『이태준 문학연구』, 깊은샘, 1993.

송하춘, 『1920년대 한국소설연구』, 고려대민족문화연구소, 1985.

이병렬, 「복녀와 오몽녀의 거리」, 『이태준소설연구』, 평민사, 1998.

이용남 외 2인 공저, 『한국현대작가론』, 민지사, 1992.

이주형, 「소낙비와 감자의 거리」, 『현대소설연구』, 정음사, 1982.

이재선, 『한국현대소설사』, 홍성사, 1984

이태준, 「오몽녀」, 『시대일보』 1925, 7. 13.

정연희, 「김동인과 이태준의 서술기법 비교연구」, 『한국현대문학이론연구』, 현대문학이론
학회, 291.

정한숙, 『현대한국문학사』, 고려대출판부, 1982.

• 제2부 제1장

고재석, 「소설의 공간성과 서사문법-〈증묘〉를 중심으로」, 『한국문학연구』 8집, 동국대 한
국문학연구소, 1985.

김문수 저, 『증묘』, 고려원, 1989.

김욱동 저, 『대화적 상상력』, 문학과 지성사, 1988.

_____ 지음, 『모더니즘과 포스트 모더니즘』, 선암사, 1992.

_____ 편, 『바흐친과 대화주의』, 나남출판사, 1990.

김인환 지음, 『줄리아 크리스테바의 문학탐색』, 이화여자대학교출판부, 2004.

소포클레스 외, 한상철 외 옮김, 『희랍극선』, 삼성출판사, 1990.

이선경, 「현대소설에 나타난 동종주술 모티프 연구」, 명지대 문예창작과 석사 학위논문,
2001.

이필영, 「(도둑잡이) 뱅이」, 『민속학 연구』 제 4호, 1997.

이한길, 「속신 '증묘'의 주술성과 강박체험-김문수의 증묘 론-」, 『교육과학 논문집』 10집,
교육과학 연구소 2004.

정미숙, 「제도와 탈제도의 담론간의 권력구도」, 『한국문학논총』 15집, 한국문학회, 1994.

최명숙, 「증묘의 미로적 특질」, 『한국언어문학』 39집, 한국언어문학회, 1997.

최준환 편역, 『그리이스·로마의 신화』, 집문당, 1985.

홍문표, 『현대문학비평이론』, 창조문학사, 2003.

M. 바흐찐 지음, 김근식 옮김, 『도스또예프스끼 時學』, 정음사, 1988.

마단 사럽외 지음, 임헌규 편역, 『데리다와 푸코, 그리고 포스트모더니즘』, 인간사랑, 1992.

안토니 이스트호프 지음, 임상훈 옮김, 『문학연구에서 문화연구로』, 인간사랑, 1992.

쥘르 들뢰즈·펠릭스 가타리 지음, 최명관 옮김, 『앙띠 오이디푸스』, 민음사, 1994.

르네 지라르 지음, 김진식·박무호 옮김, 『폭력과 성스러움』, 민음사, 1993.

제레미 탬블링, 이호 역, 『서사학과 이데올로기』, 예림기획, 2000.

츠베탕 토도로프, 최현무 옮김, 『바흐찐: 문학사회학과 대화이론』, 까치, 1987.

소포클레스 외, 한상철 외, 『희랍극선』, 삼성출판사, 1990.

• 제2부 제2장
　김종희 편저, 『문학과 사회』, 집문당, 1997.
　신명아, "자끄 라깡과 윌리엄 포그너의 8월의 빛에 소고", 『여성과 문학』 제 2집, 한국여성문
　　　　학회편, 1990.
　유진월 지음, 『한국희곡과 여성주의 비평』, 집문당, 1996.
　이재선, 『한국 현대 소설사』, 민음사, 1992.
　장양수, 『한국의 문제소설』, 집문당, 1994.
　한국여성연구회 편역, 『여성해방문학의 논리』, 창비사, 1990.
　한국여성학회 지음, 『여성학 강의』, 동녘, 1993.
　한승옥, 『한국현대소설의 이해』, 집문당, 1998.

• 제2부 제3장
　공정원, 「송병수 소설 연구」, 동국대 문화예술대학원, 2005.
　김윤식 외, 『한국현대문학사』, 현대문학, 1999.
　김철경, 「송병수 소설의 인물 연구」, 동아대학교 교육대학원, 2001.
　김치수, 「인간애의 세태소설」, 『현대한국문학전집』 14, 신구문화사, 1968.
　민병기, 「세태소설론 재고」, 『비평문학』, 1991.
　박배식, 「세태소설의 개념연구」, 『선청어문』 제 23집, 서울대학교 사범대, 1996.
　송병수, 「이러저러해서……」, 『현대한국문학전집』 14, 신구문화사, 1968.
　＿＿＿＿, 「필자와의 대화」, 『문학사상』, 1973.
　송하춘·이남호 편, 「50년대의 한국소설의 형성」, 『1950년대의 소설가들』, 나남, 1994.
　신동한, 「송병수의 작품세계」, 『한국문학전집』 36, 삼성당, 1988.
　유종호, 「전쟁과 전후의 현장체험」, 『한국문학전집』 21, 삼성출판사, 1986.
　이도연, 「송병수의 〈氷河時代〉론」, 『현대소설연구』 26, 2005.
　이어령, 「1957년의 작가들」, 『사상계』 54호, 1958.1.
　이형기, 「운명에의 도전-잔해」, 『현대문학전집』 14, 신구문화사, 1968.
　임　화, 「세태소설론」, 동아일보, 1938.4.1.-6.
　조건상, 「박태원 소설 연구」, 『대동문화연구』 26호, 1991.
　최재서, 「리알리즘의 擴大와 深化」, 조선일보, 1936.11.2.-7.
　Karel Kosik, 박정호 역, 「구체성의 변증법」, 거름, 1985.

• 제2부 제4장
　이정환, 「사냥」, 『까치방』, 창작과 비평사, 1976.
　Boris Uspensky, 김경수 역, 『소설구성의 시학』, 현대소설사, 1992.

G. Genette, 권택영 역,『서사담론』, 교보문고, 1992.

제레미 탬블링, 이호 옮김,『서사학과 이데올로기』, 예림기획, 2000.

M.M. Bakhtin. V.N. Voloshinov, 송기한 역,『마르크스주의와 언어철학』, 한겨레, 1988.

Michael J. Toolan, 김병욱, 오연희 옮김,『서사론』, 형설출판사, 199.

Robert Humphrey, 천승연 역,『현대소설과 의식의 흐름』, 삼중당문고, 1984.

S. Rimmon-Kenan, 최상규 역,『소설의 시학』, 문학과 지성사, 1985.

T. Todorov, 신동욱 역,『산문의 시학』, 문예출판사, 1992.

• **제3부 제1장**

— 기본자료

김영하,「옥수수와 나」,『이상 문학상 작품집』, 문학사상사, 2012.

— 단행본 및 논문

권택영,『잉여 쾌락의 시대』, 문예출판사, 2003.

우한용,『문학교육과 문화론』, 서울대학교 출판부, 1997.

이미선,「김영하의 초기 단편소설 연구」, 한국교원대, 2009.

이상우,「김문수의 증묘 연구」, 한국문예비평학회, 2007.

장두영,〈작품론, 옥수수와 나의 작품세계〉,『이상 문학상 작품집』, 문학사상사, 2012.

전경수,『문화의 이해』, 일지사, 1994.

빈센트 B 라이치, 권택영 역, 해체비평이란 무엇인가, 문예출판사, 1990.

S. 리먼 케넌, 최상규 역,『소설의 시학』, 예림기획, 2003.

사라 케이 지음, 정현숙 옮김,『슬라보예 지젝』, 경성대출판부, 2006.

슬라보예 지젝, 박정수 옮김,『HOWTOREAD라캉』, (주)웅진 싱크빅, 2011.

_____, 이수련 역,『이데올로기라는 숭고한 대상』, 인간사랑, 2002.

_____, 주은우 옮김,『당신의 징후를 즐겨라!』, 한나래, 2013.

_____, 주성우 옮김,『멈춰라, 생각하라』, (주)미래엔, 2012.

토니 마이어스 지음, 박정수 옮김,『지젝, 누가 슬라보예 지젝을 미워하는가』, 앨피, 2008.

• **제3부 제2장**

김용규,「지젝의 대타자와 실재계의 윤리」,『비평과 이론』, 2004.

김용희,『천개의 거울』, 생각의 나무, 2008.

박찬부 옮김,『쾌락의 원칙을 넘어서』, 열린 책들, 1997.

_____,『에로스와 죽음』 서울대 출판문화원, 2013.

_____,「트라우마와 정신분석」,『비평과 이론』, 2010.

이동진,『이동진의 부메랑 인터뷰 그 영화의 비밀』, 위즈덤하우스, 2009.

임진수,『상징계-실재계-상상계』, 파워북, 2012.
_____,『실재와 진실』, 파워북, 2012.
진민국,「홍상수 영화의 자기 반영성과 이미지」,『시네포럼』, 2007.
홍상수 영화 〈해변의 여인〉, 2006.
홍준기 지음,『오이디푸스콤플렉스, 남자의 성, 여자의 성』, 아난케, 2013.
마단 사럽, 김해수 옮김,『알기 쉬운 자크 라깡』, 백의, 1994.
슬라보예 지젝 지음, 김종주 옮김,『환상의 돌림병』, 인간사랑, 2002.
숀호머, 김서영 옮김,『라캉 읽기』, 은행나무, 2006.
토니 마이어스 지음, 박정수 옮김,『지젝, 누가 슬라예보 지젝을 미워하는가』, 앨피, 2008.
페터 비트머 지음, 홍준기, 이승미 옮김,『욕망의 전복』, 한울, 1998.

• 제3부 제3장
— 기본자료
이기호,「수인(囚人)」,『갈팡질팡하다가 내 이럴 줄 알았지』, 문학동네, 2006.
— 단행본 및 논문
이인선,「어드벤처 게임의 퍼즐 시스템이 플레이어의 게임 몰입과 참여도에 미치는 영향」,『한국게임학회 논문지』4, 한국게임학회, 2008.
이재실,「환상문학이란 무엇인가」,『오늘의 문예비평』겨울호, 1996.
편집부,「중세기 조선 사람의 이름과 별호」,『중국조선어문』68, 길림성민족사무위원회, 1993.
데카르트, 원석영 역,『철학의 원리』, 아카넷, 2002.
로즈메리 잭슨, 서강여성문학연구회 역,『환상성-전복의 문학』, 문학동네, 2001.
미셸 푸코, 오생근 역,『감시와 처벌』, 나남, 2003.
슈펭글러, 양우석 역,『인간과 기술』, 서광사, 1999.
아서 단토, 김혜련 역,『일상적인 것의 변용』, 2008.
자크 라캉, 원택영 역,『욕망 이론』, 문예출판사, 2009.
츠베탄 토도르프, 이기우 역,『덧없는 행복-루소론 환상문학 서설』, 한국문화사, 2005.
캐서린 흄, 한상엽 역,『환상과 미메시스』, 푸른나무, 2000.

• 제3부 제4장
강영기,「구비문학과 현대소설의 상호텍스트 관계 연구」:〈이여도〉설화와 이청준의「이어도」를 중심으로, 瀛洲語文 3, 2001. 2.
김종구,『한국현대소설의 시학』, 한남대 출판부, 1999.
김치수 외 13인 저,『이청준 론』, 삼인행, 1991.

김　현, 『현대소설의 담화론적 연구』.
신웅순 저, 『시의 기호학과 그 실제』, 문경출판사, 2000.
이재선 저, 『현대 한국소설사』, 민음사, 1992.
보리스 우스펜스키 저, 김경수 옮김, 『소설구성의 시학』, 현대소설사, 1992.
S.리몬 게넌 저, 최상규 역, 『소설의 시학』, 문지사, 1992.
수잔 스나이더 랜서 지음, 김형민 옮김, 『시점의 시학』, 좋은 날, 1998.
웨인 C. 부우드 저, 최상규 역, 『소설의 수사학』, 새문사, 1994.

• **제3부 제5장**
김종구, 『소설시학과 담론』, 글누리, 2007.
김　현, 『현대소설의 담화론적 연구』, 계명문화사, 1995.
윤성희, 『감기』, 창비, 2007.
＿＿＿, 『거기, 당신?』, 문학동네, 2004.
＿＿＿, 『레고로 만든 집』, 민음사, 2001.
정이현, 『낭만적 사랑과 사회』, 문학과지성사, 2003.
＿＿＿, 『달콤한 나의 도시』, 문학과지성사, 2006.
＿＿＿, 『오늘의 거짓말』, 문학과지성사, 2007.
조남현, 『소설신론』, 서울대학교출판부, 2005.
S. 리몬 케넌, 최상규 옮김, 『소설의 현대 시학』, 예림기획, 2003.
다이안 맥도넬, 임상훈 옮김, 『담론이란 무엇인가』, 한울, 1999.
시모어 채트먼, 김경수 옮김, 『영화와 소설의 서사구조』, 민음사, 1990.
앙리 르페브르, 박정자 옮김, 『현대세계의 일상성』, 기파랑, 2005.

이상우 한남대학교 국어교육과 졸업
동 대학교 국문과 박사과정수료(문학박사)
필리핀 국립대학(u.p.Diliman) 교환교수
태국 왕립대학(송클라 대학교) 교환교수
사범대학 사범대학장 역임
현 한남대학교 사범대학 국어교육과 교수

저서: 『소설방법론을 통한 소설 교육』(1999)

서사와 문화읽기

초판인쇄   2016년 06월 29일
초판발행   2016년 07월 07일

지 은 이   이상우
발 행 인   윤석현
발 행 처   박문사
책임편집   이 신
등록번호   제2009-11호

주소   서울시 도봉구 우이천로 353 성주빌딩 3F
전화   (02) 992-3253 (대)
전송   (02) 991-1285
전자우편   bakmunsa@daum.net
홈페이지   http://jnc.jncbms.co.kr

ⓒ 이상우, 2016. Printed in KOREA.

ISBN 979-11-87425-12-0 93800   정가 22,000원